DE NACHTEGAAL

JOHANNA MO

DE NACHTEGAAL

Vertaling Edith Sybesma

HarperCollins

MIX
Paper from responsible sources
FSC® C021394

Voor het papieren boek is papier gebruikt dat onafhankelijk is gecertificeerd door FSC®
om verantwoord bosbeheer te waarborgen.
Kijk voor meer informatie op www.harpercollins.co.uk/green.

HarperCollins is een imprint van Uitgeverij HarperCollins Holland, Amsterdam.

Oorspronkelijke titel: *Nattsångaren*

Omslagontwerp: Art by Sundberg
Bewerking: Pinta Grafische Producties
Omslagbeeld: © kn1/Getty Images; © Dan Stock/Adobe
Foto auteur: © Sofia Eckerblad
Zetwerk: Mat-Zet B.V., Huizen
Druk: ScandBook UAB, Lithuania

ISBN 978 94 027 0717 5
ISBN 978 94 027 6135 1 (e-book)
NUR 305
Eerste druk maart 2021

Originele uitgave verschenen bij Romanus & Selling, Stockholm.
Published by agreement with Ahlander Agency.

HarperCollins Holland is een divisie van Harlequin Enterprises ULC.

www.harpercollins.nl

Voor Mika

DE LAATSTE DAG

Vier stappen, dan draait hij zich weer om. Hij durft niet te vertrouwen op de stilte achter hem. Alleen het knarsen van de wrattenbijters is te horen. Geen motorgebrom. Geen vogel. Hij mist de nachtzanger. De hoge, snelle tonen die de duisternis weghouden.

Hij schrikt van een schaduw aan de kant van de weg en de pijn straalt uit vanuit zijn gebroken rib.

Het is maar een struik.

De duisternis is vol met gestalten die om hem heen dansen – steeds sneller, steeds dichterbij – en hem het ademen moeilijk maken. Misschien heeft de rib zijn longen beschadigd.

Uiteindelijk ziet hij het licht. Een stip die langzaam uitgroeit tot een vierkant. Zijn hoofd bonst. De misselijkheid komt in golven en laat het licht trillen. Hij probeert het vast te houden met zijn blik. Die kant moet hij op.

Hij kan niet meer op zijn benen staan, zakt op zijn knieën en vangt zich op met zijn handen. Hij krijgt een zure smaak in zijn mond. Het is net alsof iemand een vuist in zijn borst heeft gestoken en die ronddraait.

Het is verleidelijk om te blijven zitten, maar hij is zo dichtbij.

Hij krabbelt op en strompelt verder. Er kraakt iets achter hem. Voetstappen? Nee, dat mag niet – het moet een dier zijn geweest.

Hij ziet een beweging in het licht en blijft staan. Zijn ogen verzetten zich tegen wat ze zien; ze willen de boodschap niet doorgeven.

Waarom?

Die vraag verscheurt hem en splijt de grond onder hem. Alles stort in.

WOENSDAG
15 MEI

1

Hanna Duncker volgde het grindpad tot aan het smeedijzeren hekje. Het protesteerde klaaglijk toen ze het openduwde. De lijst van klussen die gedaan moesten worden, begon lang te worden. Ruim een maand geleden was ze in het witte houten huis met blauwe kozijnen komen wonen. Het besloeg nog geen vijftig vierkante meter en lag aan de rand van het dorpje Kleva. Ze was aan de andere kant van Öland opgegroeid, aan de oostkant, maar daarheen terugkeren was nooit een optie geweest. Daar zou ze alleen de dochter van Lars Duncker zijn.

Vorig jaar herfst had Lars zich uiteindelijk doodgedronken. Toen Hanna in haar eentje haar ouderlijk huis opruimde, besefte ze wat ze wilde. Toen ze na vele jaren voor het eerst weer de brug was overgestoken, was er een hevig verlangen in haar ontwaakt. Een verlangen naar alles wat ze in Stockholm had gemist. Op Öland hoorde ze thuis.

Een huis kopen waar zoveel aan moest gebeuren was geen bewust besluit, maar het was het beste geweest wat er in haar prijsklasse te koop was. Toen het besluit eenmaal was genomen, had ze er geen gras over laten groeien. Binnen drie weken had ze haar flat in Bagarmossen verkocht, dit huis gekocht en een nieuwe baan geregeld.

Daarna pas had ze haar broer Kristoffer in Londen gebeld en ongeveer de reactie gekregen die ze had verwacht.

'Je bent niet goed snik,' had hij geroepen.

Daarna hadden Kristoffer en zij elkaar niet meer gesproken. Natuurlijk had zij ook gemene dingen gezegd, er was zoveel opgekropte boosheid geweest. Dat hij niet eens op de begrafenis was geweest. Dat hij alle praktische zaken aan haar had overgelaten, de afwikkeling van de erfenis en het opruimen van het huis waarin ze waren opgegroeid. Ze scheelden maar een jaar. Een tijdlang waren ze net tweelingen geweest.

Op de eerste ochtend in het nieuwe huis had Hanna meteen al een ritueel voor zichzelf bedacht: een wandeling van zevenhonderd meter naar het strand van Kleva. Na een meter of vijftig kwam ze langs het grijze stenen huis van Ingrid, dat zeker dubbel zo groot was als dat van haarzelf.

Vanochtend zat Ingrid met haar ogen dicht op de schommelbank voor haar huis. Ze had zilvergrijs haar en een huid vol rimpels. Een deken over haar benen. De gelijkenis met Hanna's oma was treffend. Zo bracht oma haar dagen door nu de grote vergeetachtigheid haar te pakken had gekregen.

Hanna probeerde te sluipen. Ze was niet in de stemming om met iemand te praten. Zelfs niet met Ingrid.

Ingrid deed haar ogen open en de gelijkenis verdween. Haar ogen waren niet blauwgroen zoals die van oma, maar donkerbruin, en uit haar blik sprak aanwezigheid. Waarschijnlijk zat ze alleen buiten om op Hanna te wachten. Aan de andere kant van haar huis was het uitzicht beter, daar strekten de kaarsrechte velden zich uit. Aan deze kant lag een hobbelig terrein dat vermoedelijk binnenkort bebouwd zou worden. Maar Ingrid had meer belangstelling voor de buren dan voor de natuur.

De deken gleed af toen Ingrid opstond en een paar stappen naar voren zette.

'Hallo,' zei ze. 'Een grote dag.'

Hanna knikte. Het was haar eerste dag als rechercheur bij de politie van Kalmar. Daar zou ze werken aan ernstige delicten in de provincie Kalmar län, die Oost-Småland en heel Öland omvatte. Het had haar nieuwe baas, Ove Hultmark, een goed idee geleken dat ze op woensdag zou beginnen, dan kon ze er langzaamaan in komen.

Waarom had hij haar aangenomen, met de achtergrond die ze hadden? Hanna kon het nog steeds niet goed begrijpen. Het gaf haar het nare idee dat er iets speelde wat ze niet begreep.

'Niet moeilijk doen, dan zul je zien dat het goed komt,' zei Ingrid.

Moeilijk doen was het ergste wat Ingrid zich kon voorstellen.

Een paar dagen nadat Hanna in het huis was komen wonen, stond Ingrid met een trommel versgebakken kardemombeschuitjes op de stoep. Hanna had geprobeerd haar voor de deur te laten staan, maar Ingrid had zichzelf uitgenodigd en om thee gevraagd voor bij de kardemombeschuitjes. Zwarte thee zonder bloemetjes of andere rare dingen. En toen ze de rommel had gezien had ze haar neus opgehaald en gevraagd: 'Dus dit mocht ik niet zien?'

Dat was zo recht voor zijn raap dat Hanna er geen verweer tegen had. Zo was oma ook geweest en zonder haar had Hanna het vermoedelijk niet gered.

Binnen een paar minuten had Ingrid haar een samenvatting van haar leven gegeven. Haar achternaam was Mattsson, ze had jarenlang naar een kind verlangd en op haar zesendertigste een zoon gekregen. Hij bestierde de boerderij die ze van haar vader had geërfd. Ze had drie kleinkinderen, de twee oudste studeerden aan de universiteit, een in Linköping en een in Umeå, de jongste was een nakomertje van elf met het syndroom van Down. En ze tobde met haar heup. Op een directe vraag had Hanna haar achternaam gezegd.

'Ben jij de dochter van die Lars?' had Ingrid gevraagd.

Hanna had geknikt en daarna hadden ze het er niet meer over gehad. Maar even waren Ingrids bruine ogen vol geweest van medelijden. Misschien moest Hanna Kristoffers voorbeeld volgen en een andere achternaam aannemen. Hij heette Baxter, net als zijn vrouw. Maar dat wilde Hanna niet. Zij had niets verkeerd gedaan.

'Wat ga jij vandaag doen?' vroeg Hanna.

'Het is woensdag,' zei Ingrid. 'Dan neem ik altijd de bus naar Mörbylånga om een briefje in te leveren.'

'Een wedbriefje voor de paardenraces,' voegde Ingrid eraan toe, toen ze Hanna's blanco gezicht zag. 'Vandaag is de V65.'

Hanna verontschuldigde zich met de opmerking dat ze de tijd in de gaten moest houden en ze liep door naar de Kleva strandväg. Er stonden nu nog maar twee huizen aan het stukje tot aan de afslag naar de zee. In het ene woonde een jong gezin, het tweede scheen leeg te staan. Misschien werd het als zomerhuis gebruikt. Haar tweede bezoek had Ingrid besteed aan het bespreken van de inwoners van Kleva, dat waren er zo'n dertig, maar over de mensen aan de strandväg had ze niet veel te vertellen gehad. Ze had het vooral over Jörgen gehad, de Stockholmer die hier een paar jaar geleden met zijn vrouw was komen wonen en altijd iets te klagen had. Van paardenvijgen op de weg tot mensen die hun huis lieten vervallen en alles daartussenin.

'Die zeikerd,' had Ingrid gezegd. 'Ik ga geen dingen vervangen die het nog doen, alleen omdat een stuk chagrijn van het vasteland dat zegt.' Ondanks Hanna's jaren in de hoofdstad beschouwde Ingrid haar als eilander. En volgens Ingrid was ze welkom in het dorp. Ze was immers van de politie.

De weg naar de zee was Öland voor Hanna. Een kaarsrecht grindpad, omzoomd door korenvelden. Sprietige maïsplanten en iets wat ze niet herkende. Het onkruid in de berm stond zo hoog dat de lage stenen muur er bijna achter schuilging. Een paar honderd meter verderop ving ze een glimp op van de bomen, als een belofte van iets beters. Erachter lag de Kalmarsund.

Langzaam kwamen de bomen dichterbij en de geur van mest maakte plaats voor die van dennen en zeewier. Hanna legde haar hoofd in haar nek en liet de wind haar gezicht kietelen. Ze had dit gemist. In Stockholm had ze in een flat van vijf verdiepingen ingeklemd gezeten tussen mensen van wie ze niets wist. Hier kon ze vrij ademhalen.

Na nog een paar stappen werd de zeestraat zichtbaar als een klodder blauw in de opening tussen de bomen. Met elke stap werd hij groter. De grindweg ging over in een klein parkeerterrein. Hanna liet het badstrand links liggen, stak het parkeerterrein schuin over en sloeg af in zuidelijke richting. Het badseizoen was nog niet begonnen, en het was nog vroeg op de dag, maar ze wilde toch niemand tegenkomen. Een oudere man en zijn labrador kwamen recht op haar af en Hanna groette met een knikje.

Misschien zou ze een hond moeten nemen. Ze was overdag niet thuis, maar ze gokte erop dat Ingrid er graag op wilde passen. Voor een vrouw van eenentachtig was ze ongekend fit. Van de problemen met haar heup was nauwelijks iets te merken.

Maar nee. Hanna hield niet eens van honden. Bovendien was de eenzaamheid hier op Öland minder voelbaar, ook al had ze behalve met Ingrid nog met niemand echt gepraat. Er was niemand in Stockholm met wie ze contact zou houden. Al helemaal niet met Fabian.

Hanna volgde het wandelpad een eindje en bleef toen staan om uit te kijken over de Kalmarsund. Ze ademde de geur van wier en zout in. De wind had de dennen landinwaarts gebogen. Naast haar lag een roeiboot op z'n kop. De witte verf was langs de kiel afgebladderd. Eigenlijk gaf ze de voorkeur aan het uitzicht aan de andere kant van het eiland. De schijnbaar eindeloze Oostzee die met de horizon samenvloeide. Hier kon je aan de overkant land zien. Ingrid was niet de enige die van mening was dat de meeste problemen daarvandaan kwamen, en die 'vastelander' als scheldwoord gebruikte. Toen Hanna na haar terugkeer voor het eerst het *Ölandsbladet* weer las, was haar dat ook opgevallen. Op pagina vier hadden twee berichten over gepleegde misdrijven gestaan en in beide gevallen werd erbij gezegd dat de dader een vastelander was.

Het verlangen greep haar bij de keel. Een nawee van wat ze had gevoeld toen ze vorig jaar herfst over de brug was gereden. Het verlangen naar een leven dat haar niet langzaam verstikte.

Ze was na haar twaalfde nooit meer echt gelukkig geweest.

Haar vingers kropen in haar jas, onder de mouw van haar trui. Ze hoefde de kleine tatoeage niet te zien om te weten dat die er was. Haar eigen hartslag als een fladderend vogelhartje onder de zwarte lijnen. Ze werd altijd rustiger als ze de tatoeage aanraakte.

Als Hanna op tijd op het politiebureau wilde zijn, moest ze nu omkeren, maar daar kon ze zich nog niet toe zetten. Straks had ze eerst een gesprek met Ove Hultmark en daarna zou ze aan het ochtendoverleg meedoen. Vooral het eerste maakte haar zenuwachtig. Ze was negentien geweest toen ze voor het laatst tegenover hem had gezeten en hij haar had verhoord over haar vader. Over de dingen die haar vader volgens Ove had gedaan.

Je bent niet goed snik.

Daar kwamen de woorden van Kristoffer weer prikken en storen. Misschien had hij gelijk in wat hij met een snik in zijn stem had geroepen voordat hij de hoorn erop had gegooid: 'Je weet niet wat je overhoophaalt. Je maakt alles kapot.'

2

'Ontbijt,' zei Rebecka Forslund en ze klopte op de deur, vlak onder de eenhoorn die Molly voor haar grote broer had getekend.

De paracetamol had ervoor gezorgd dat haar hoofdpijn tot een knagen was afgezwakt, maar de misselijkheid ging niet over. Ze had vannacht bijna niet geslapen. Toen de alcohol haar lichaam verliet, was haar angst toegenomen. Ze had geprobeerd stil te blijven liggen en Petri niet te storen, maar in de kleine uurtjes was ze opgestaan en had ze een warme douche genomen. Daarna was ze weer teruggegaan naar bed. Toen Petri's wekker ging, had ze zich slapend gehouden. En hoewel ze wakker was, had ze toen haar eigen wekker ging, moeite gehad met opstaan. Joel vond het vreselijk als alles 's ochtends snel-snel moest, en hij zou het niet fijn vinden om pas een halfuur voordat de bus vertrok wakker te worden gemaakt. Op woensdag begon hij pas om negen uur.

Rebecka wachtte niet op een reactie, voordat ze Joels deur opende. Hij sliep overal doorheen. Een paar nachten geleden was Gerds garage afgebrand. De brandweer was met loeiende sirenes gekomen en waarschijnlijk was Joel de enige in Gårdby geweest die niet wakker was geworden. Gelukkig had de brand zich niet verspreid.

In de kamer rook het licht naar zweet en hormonen en naar die vreselijke wierook die hij zo nodig moest branden. Rebecka liep naar het raam, trok de luxaflex omhoog, opende het raam en zoog de koele lucht naar binnen. Een puberzoon hebben was anders dan ze had verwacht.

Zelf had ze tegen haar moeder geschreeuwd en dingen naar haar gegooid. Joel was ook weleens humeurig, maar dat richtte hij naar binnen. Hij kon uren over zijn schetsboek gebogen zitten of achter de computer. Hij deed bijna altijd wat hem gezegd werd en ze hoefde zelden op hem te mopperen omdat er vuile kleren op de grond lagen of omdat hij zijn huiswerk liet versloffen. Toch was ze bang dat hij thuis zou blijven hangen, dat hij de wereld niet aan zou kunnen. Ze was bang voor zijn innerlijke duisternis.

Rebecka draaide zich om en het duurde even voordat ze begreep wat ze zag. Het bed was leeg. Het zwarte dekbed lag als een verwarde bult in het midden, maar dat was in principe altijd zo. Ze wilde geen andere regels voor de kinderen dan die waarnaar ze zelf leefde. Omdat ze had gehoord dat huismijt minder goed gedijde in een onopgemaakt bed, maakte ze het hare alleen op als ze bezoek verwachtte.

Haar gedachten schoten terug naar gisteravond. Ze hadden bij Gabriel en Ulrika gebarbecued. Normaal gesproken bleven ze door de week thuis, maar Gabriel werd veertig en Ulrika had een razend dure barbecue voor hem gekocht en hen uitgenodigd om die te komen inwijden.

De herinnering aan Gabriel blokkeerde haar even, maar ze duwde haar weg. Het deed te veel pijn. Om een uur of negen had Joel Molly naar huis en naar bed gebracht. Toen Rebecka en Petri een paar uur later volgden, had ze door een kier van de deur naar de kinderen gekeken en toen lagen ze in bed. Ze had niet alleen de contouren van Joels dunne lichaam gezien, maar ook zijn donkere, verwarde haar. Nu was Joels bed leeg. Wat betekende dat? Joel kneep er meestal niet 's nachts tussenuit. Vooral niet midden in de week.

Rebecka ging weer naar beneden en liep de keuken in, terwijl haar ongerustheid snel toenam. Molly voelde het en keek op van haar ontbijtgranen.

'Zal ik hem wakker maken?' vroeg ze.

Soms stuurde Rebecka Molly naar boven om Joel te roepen. Hoe nors en in zichzelf gekeerd hij 's ochtends ook was, zijn zusje wist bijna altijd tot hem door te dringen. Ze scheelden negen jaar en een gestrande relatie. Soms wilde ze dat ze Petri eerder had ontmoet, dat hij de vader van beide kinderen was geweest.

Ze zou Petri moeten bellen. Hij was een uur geleden al naar Kastlösa vertrokken. Een jong stel wilde de keuken van hun zomerhuisje renoveren voordat ze begin juni naar het eiland kwamen. Op zich twijfelde ze eraan of Joel stiekem was opgestaan zonder dat zij het had gemerkt, tenminste niet na vier uur. Maar ze kon het niet zeker weten, en misschien had Petri hem een lift gegeven. Als Joel de schoolbus had gemist of eerder op school moest zijn, nam Petri hem soms mee. Mörbylånga lag toch op de route. Ze zocht naar haar mobiele telefoon, ze wist zeker dat ze die op het aanrecht had gelegd.

'Mama?' vroeg Molly dringend.

'Joel is al weg,' zei Rebecka. 'Ze gaan een excursie maken met school, dat was ik vergeten.'

De leugen ontglipte haar zonder weerstand te ontmoeten.

'Ik wil ook op excursie.'

Molly keek haar aan, verwachtte een antwoord, maar Rebecka kon alleen maar knikken. Waar was die telefoon nou? Ze wroette in de stapel oude kranten en schoof het pak cornflakes zo heftig opzij dat het omviel. De misselijkheid welde op, ze sloeg haar hand voor haar mond en nam snel een paar slokken uit het glas water waarmee ze de pijnstillers had weggespoeld. Uiteindelijk vond ze haar telefoon op de magnetron, waar ze hem altijd neerlegde.

Ze ging op de veranda staan om te bellen, ze wilde niet dat Molly het hoorde. De telefoon ging drie keer over voordat Petri opnam.

'Heb jij Joel vanmorgen meegenomen?' vroeg ze.

'Nee. Hij kon toch uitslapen?'

'Heb je hem gezien?'

'Nee. Waarom vraag je dat?'

'Zijn bed was leeg toen ik hem wakker wilde maken.'

Het hardop zeggen gaf brandstof aan haar ongerustheid. Rebecka snikte.

‘Hij is vast met iemand anders meegereden,’ zei Petri. ‘Of hij heeft een bus eerder genomen.’

Hij wilde haar geruststellen, maar zijn woorden hadden het tegenovergestelde effect. Er was geen logische verklaring voor het lege bed. Joel had geen groepsopdracht die voorbereid moest worden, geen huiswerk dat hij was vergeten, en alleen dan ging hij naar school voordat de les begon.

‘Heb je geprobeerd hem te bellen?’

‘Natuurlijk heb ik dat geprobeerd,’ snauwde Rebecka en ze hing op.

Wat was er mis met haar? Ze had er geen moment aan gedacht Joel te bellen. Ze zocht zijn nummer op, maar zijn telefoon stond uit. Misschien had ze dat al vermoed en had ze hem daarom niet meteen gebeld. Daar kon ze het beter aan wijten dan aan het feit dat haar hoofd zwaar was door slaapgebrek, een kater en de emotionele stormen van gisteren. Tegelijkertijd kwamen er vijftien jaren van tekortschieten als moeder op haar af, en ze wankelde. Hoe ze haar best ook deed, het was nooit genoeg. Maar in plaats van daarin te blijven hangen belde ze Joels vriendin Nadine.

‘Wanneer heb jij voor het laatst contact gehad met Joel?’ viel ze met de deur in huis.

‘Gisteren. Hoezo?’

‘Weet je wat hij vandaag doet?’

Er volgde een korte stilte, die Rebecka interpreteerde als aarzeling.

‘Hij zal wel op school zijn,’ zei Nadine.

Rebecka had geen puf om met haar te bekvechten. Haar aarzeling kon zoveel oorzaken hebben. Drie jaar geleden was Nadine van Gårdby naar Kalmar verhuisd, maar ze was nog steeds degene met wie haar zoon het meest omging. Soms dacht Rebecka dat ze een stel waren, maar ze had geleerd om er niet naar te vragen. Ze wilde niet dat ze een relatie hadden. Joel had er nooit iets over gezegd, maar Rebecka wist dat Nadine ten minste één keer had geprobeerd zich van het leven te beroven. Dat het een van de redenen was van haar verhuizing.

'Als je hem spreekt, kun je dan vragen of hij me wil bellen?'

'Ja, doe ik.'

Molly kwam naar buiten met haar roze eenhoorntas op haar rug. Eigenlijk zou ze een jas aan moeten, het was nog niet warm genoeg om met blote armen te lopen, maar Rebecka liet het maar zo. Ze vroeg niet of Molly haar tanden had gepoetst. Daar schenen kinderen het meest over te liegen. Ze pakte de hand van haar dochter en begon naar de Gårdbyschool te lopen. Het was maar achthonderd meter, maar ze vertrouwde Molly niet in het verkeer. Ze was te snel afgeleid. En de mensen die langs scheurden, vertrouwde ze al helemaal niet. Lang niet iedereen hield zich aan de maximumsnelheid. Molly giechelde.

'Wat is er?'

'Ga je daar echt op lopen?'

Rebecka keek naar haar voeten en realiseerde zich dat ze Petri's klompen aanhad. Ze waren zeven maten te groot.

'O jee.' Ze glimlachte.

Maar de glimlach stierf weg bij de vraag die zich in haar had vastgebeten: waar was Joel?

Ze kwamen langs de afgebrande garage. Alleen de achterste muur stond er nog. De rest was een zwarte hoop, waar verwrongen balken en planken uit omhoogstaken als armen die reikten naar hulp. De geur van rook was nog steeds zo sterk dat die in haar neus prikte. Het had die nacht geonweerd, maar veel mensen waren ervan overtuigd dat de brand was aangestoken. Branden lagen hier gevoelig. Eind jaren vijftig had er op het oostelijke deel van Öland twee jaar lang een pyromaan huisgehouden, die nooit was gepakt. In maart 2003 was Ester Jensen in Åby vermoord en was haar huis met haar erin in brand gestoken. Tussen 2005 en 2012 waren er in het noordelijke deel van Öland zes mensen bij een brand omgekomen. De laatste brand, in een garage, was aangestoken om een dubbele moord te verbergen.

Molly keek niet eens naar de garage. De hele weg naar school praatte ze over een spel dat ze in de eerste pauze zouden doen. Iets met knechten en boeren. Molly's fiets had dit weekend een lekke band gekregen, maar ze had er niet over gezeurd dat die geplakt moest worden. Rebecka luisterde niet echt, maar camoufleerde dat door vaak genoeg te hummen. Na een snelle knuffel verdween Molly in het gele gebouw, waar Rebecka dertig jaar geleden ook op school had gezeten. Toen waren er minder kinderen geweest, maar veel was nog hetzelfde. Rebecka bleef even staan. Ze wist niet wat ze moest doen.

'Hallo.'

Rebecka draaide zich om naar de stem. Het was Ulrika, die Elias kwam brengen. Hij werd negen komende herfst en was er niet overdreven blij mee om zijn moeder bij zich te hebben. Ze gaf hem tegen zijn zin een knuffel, waarna ze hem liet gaan.

'Het was gezellig gisteren, nogmaals bedankt,' zei Rebecka.

'Ja hè?'

Ulrika zag er heel wat fitter uit dan Rebecka zich voelde. Hoewel Ulrika ook het nodige had gedronken tijdens het barbecueën. Fris gedoucht en licht opgemaakt, met alleen een schaduw onder haar ogen die de foundation niet kon verdoezelen. Ze had hen diezelfde dag over de heg uitgenodigd, gefluisterd dat het een verrassing zou zijn voor de jarige Gabriel. Ulrika was hopeloos als het op plannen aankwam. Naast Elias hadden ze nog een dochter, Linnea, die iets jonger was dan Joel. Toen ze zeven jaar geleden buren werden, had het feit dat ze kinderen van dezelfde leeftijd hadden ervoor gezorgd dat ze regelmatig bij elkaar over de vloer kwamen. Rebecka, Petri en Joel waren een paar maanden voor Molly's geboorte in het huis komen wonen.

Hoe had Joel zich gisteren gevoeld? Een beetje neerslachtig misschien, maar hij en Linnea hadden zitten tekenen. Ze wilde leren portrettekenen. Haar tekening was onverwacht goed geweest, maar zo goed als Joel zou ze nooit worden.

Ulrika liep met haar mintgroene fiets aan de hand, zodat ze elkaar op de terugweg gezelschap konden houden. Ze zat achter de kassa bij Almérs supermarkt en had haar werktijden aan de kinderen aangepast. Op doordeweekse dagen begon ze pas om negen uur. Soms draaide ze in het weekend een extra dienst om aan meer uren te komen.

'Is Linnea op school?' vroeg Rebecka.

'Dat mag ik hopen.'

Ulrika keek haar met een bezorgde uitdrukking aan en Rebecka gooide haar ongerustheid eruit.

'Hij is vast gewoon vroeg naar school gegaan,' zei Ulrika. 'Kom op. We hebben het wel over Joel.'

Op grond van haar eigen puberjaren had Rebecka van Joel erger verwacht. Maar ze had hem nooit op leugens of alcohol betrapt.

Rebecka wierp een steelse blik op Ulrika. Ze hadden gezellig gebarbecued gisteren. De afgelopen maanden hadden ze verrassend makkelijk met zijn vieren kunnen omgaan. Misschien omdat ze zoveel soortgelijke avondjes hadden om op voort te borduren. Maar bij Ulrika en Gabriel aan tafel zitten zou er voortaan niet meer bij zijn, niet na wat hij haar had aangedaan. Rebecka twijfelde er sterk aan of Gabriel het aan Ulrika zou vertellen. Daar was hij te laf voor. Zelf was ze niet van plan iets tegen Petri te zeggen.

'Tot ziens,' zei Ulrika en ze liep door naar haar eigen huis.

Rebecka had een bestelling voor een fruitschaal en zou naar haar atelier moeten gaan. Ze verdiende een mager inkomentje als pottenbakker. Ze schilderde ook, met olieverf, maar van haar schilderijen verkocht ze zelden iets. Omdat ze wist dat ze zich niet op haar werk zou kunnen concentreren, liep ze de keuken in en schonk de koffie in die er nog stond. Joel zou boos op haar worden, maar dat was niet anders. Ze belde de Skansenschool en werd doorverbonden met de conrector.

'Is Joel Forslund aanwezig?' vroeg ze.

'Goed dat je belt,' zei de vrouw aan wie ze een serie theekopjes had verkocht. 'Ik wilde zelf net contact opnemen. Joel is gisteren ook niet op school geweest. Is er iets gebeurd?'

3

Het parkeerterrein voor het politiebureau was vol, dus zette Hanna haar auto bij winkelcentrum Giraffen neer en stak de straat over. Ze was hier in een halfuur naartoe gereden. De gevel van het politiebureau was opgetrokken uit donker hout en lichte steen. In de lichte steen waren twee grote vingerafdrukken verwerkt. Hanna liep de entree binnen. Ze vertelde de jongeman bij de receptie wie ze was en met wie ze een afspraak had.

De seconden tikten weg en Hanna wist niet waar ze haar blik op moest richten. De licht- en donkergrijze plavuizen vloeiden samen tot één tint en ze was bijna in staat om te keren en weg te rennen. Nu ze zich niet meer in haar huis in Kleva kon verstoppen, zou alles anders worden. In haar werk zou ze mensen moeten ontmoeten en sommige zouden niet blij zijn dat ze er weer was.

Hanna probeerde haar zenuwen weg te puffen. Ze wist dat ze geen keus had gehad. Terugkeren was een kwestie van overleven geweest voor haar.

Haar blik ging even naar de receptionist en hij glimlachte bemoedigend. Alsof een glimlach genoeg was om haar ervan te overtuigen dat dit goed zou gaan.

De deur ging open. Hanna had Ove Hultmark zestien jaar niet gezien, maar ze herkende hem meteen. Zijn haar was grijzer geworden en zijn buik dikker, maar zijn lichaamstaal en blik waren hetzelfde. Hij was de politieman die door iedereen aardig wilde worden gevonden. Anders dan vroeger werden zijn ogen omlijst door een ronde zwarte bril, maar zijn kledingstijl was niet veranderd: een spijkerbroek en een lichtblauw overhemd. Even was ze bang dat hij haar wilde omhelzen, maar hij stak zijn hand uit.

'Welkom. Het is echt fijn om je hier te hebben.'

Hanna pakte zijn hand en knikte. Ze kon geen woord uitbrengen. Ze liep achter Ove aan de trap op naar zijn kantoor.

De laatste keer dat ze tegenover elkaar hadden gezeten, was in een verhoorkamer van het politiebureau van Kalmar geweest. Niet dit politiebureau, maar het oude. Op die plek stonden nu het huis van bewaring en een heleboel fastfoodrestaurants. Het was een ontspannen verhoor geweest; zij op een rode bank en Ove in een stoel. Hanna kon zich woordelijk herinneren wat Ove toen tegen haar had gezegd. Eerst had hij gevraagd hoe het met haar ging. En toen ze had geantwoord dat het goed met haar ging, had hij gezegd dat er bewijzen waren. Dat het als een paal boven water stond dat haar vader schuldig was. Alsof hij het woord dat ze had gebruikt door wilde prikken. Dat het *goed* met haar ging.

Ove leunde achterover op zijn bureaustoel en vouwde zijn handen op zijn buik. Er groeide haar op zijn knokkels. Tijdens dat eerste verhoor had hij zich naar haar toe gebogen, haar met zijn blik ontleed. Nu was zijn lichaamstaal ontspannener, maar zijn ogen niet. Hij babbelde een paar minuten over het vak en over haar verhuizing, en leunde vervolgens een stukje naar voren.

'Sorry dat ik het vraag,' zei hij. 'Maar ik moet het gewoon weten. Waarom ben je bij de politie gegaan?'

Hanna wist niet of ze dat zelf wel wist. Ze had lang de overtuiging gekoesterd dat er iets rampzalig fout was gegaan. Dat ze rechercheur moest worden, zodat ze het onderzoek kon overdoen, alles boven tafel kon halen wat ze over het hoofd hadden gezien of wat ze verkeerd hadden geïnterpreteerd. Maar ze snapte ook wel dat het gedeeltelijk een kwestie van ontkenning was. Ze wilde niet dat haar vader gedaan had wat ze beweerden.

'Om het te begrijpen, denk ik,' zei ze.

'En heb je het begrepen?'

Hanna aarzelde. Ze wist niet goed hoe eerlijk ze kon zijn.

'Er valt niet zoveel te begrijpen,' zei ze. 'Er zijn zoveel verschillende redenen waardoor mensen in dat soort situaties terechtkomen. Het is niet allemaal koelbloedige berekening, het gebeurt ook uit wanhoop, door toevalligheden. Pech… En ik denk echt dat ik hen kan helpen. Daar komt het waarschijnlijk door dat ik hen aan het praten kan krijgen.'

Hen.

De criminelen, bedoelde ze. De daders. Maar nog meer wilde ze de mensen eromheen helpen. De familie en de slachtoffers.

'Ja, je chef in Stockholm zei al dat je een kei bent in verhoren,' zei Ove. Hij leek tevreden met haar antwoord.

Hanna wilde nu liever niet aan haar vader denken. Ze had gedacht dat het makkelijker zou worden toen hij werd vrijgelaten, maar het werd erger. Drie keer was ze op bezoek geweest in het oude huis, in het dorp waar niemand behalve zijn vriend Gunnar hem wilde hebben. Gunnar was de enige die Lars niet in de steek had gelaten toen hij naar de fles greep, en Gunnar had voor het huis gezorgd toen Lars in de bak zat. Het was zo pijnlijk geweest om hem te zien. Een vader in vrije val. In de gevangenis had hij zich niet op die manier kunnen misdragen. Ze had er niets van gezegd, maar was niet meer gekomen. Ze had wel af en toe gebeld en geschreven, steeds sporadischer, maar hij antwoordde zelden.

Misschien was die schuld het ergst: dat ze hem niet had weten te redden. Nee, ze had het nauwelijks geprobeerd.

'Je chef had nog veel meer goeds over je te zeggen,' ging Ove verder. 'Ik weet zeker dat je uitstekend werk zult doen. Maar vóór de bespreking met de recherchegroep wil ik je toch vragen hoe je wilt dat we met je achtergrond omgaan.'

'Wat bedoel je?'

‘Gezien je achternaam zullen sommigen vragen hebben. Misschien is het beter om… de olifant te benoemen, zeg maar.’

Haar hart bonsde panisch. Wilde Ove haar echt introduceren als de dochter van Lars Duncker? Hanna slikte, maar haar keel was droog. Ze perste de woorden eruit alsof ze erin geloofde: ‘Nee. Wie mijn vader was, doet er niet toe.’

Ove leunde naar voren en keek haar onderzoekend aan. Ze voelde zich weer negentien.

‘Weet je dat zeker?’ vroeg hij ten slotte.

4

Het ochtendoverleg was een uur uitgesteld en Erik Lindgren liep vanuit de kantine de trap op met zijn tweede kop koffie van de dag. Hij had die ochtend tien kilometer hardgelopen en hij voelde zijn bovenbenen. Zijn tijd was iets beter geweest dan die van gisteren, iets meer dan zevenenveertig minuten. Het werk hier in Kalmar beviel Erik beter dan in Malmö. Daar had hij drie jaar geleden nog door de stad gejaagd op zoek naar getuigen en daders van schietpartijen en hij had nauwelijks tijd gehad om te trainen.

Zijn vrouw Supriya had het nooit prettig gevonden in Malmö. In het eerste jaar daar had ze Zweeds geleerd. Toen ze eindelijk als tandarts geregistreerd was en aan de slag ging, was dat geen succes geweest. Ze had moeite met de taal en de arbeidsmentaliteit en ze vond de conflicten met haar collega's vreselijk. Erik had haar duidelijk proberen te maken dat ze misschien gewoon pech had gehad met de plek waar ze terecht was gekomen, en nadat ze ergens anders was gaan werken, had ze ingezien dat dat inderdaad zo was. Soms vroeg hij zich af of ze heimwee had naar Mumbai. Daar hadden ze gewoond voordat ze naar Malmö waren verhuisd. Hij miste de drukke miljoenenstad niet – het lawaai, de uitlaatgassen, het getetter – maar hij miste India wel. De levendigheid, de kleuren en geuren, ook al konden die soms erg doordringend zijn.

Er stond een vrouw in de recherchekamer die Erik niet kende. Dat moest de collega uit Stockholm zijn die vandaag zou beginnen. Erik liep naar haar toe en stelde zich voor. Verbaasd besefte hij dat Hanna Duncker langer was dan hij, en hij was één meter drieëntachtig.

'Heb je Ove al ontmoet?'

Dat was niet echt een moeilijke vraag, maar Hanna aarzelde even voordat ze knikte. Erik zette zijn kopje bij zijn computer neer – hij had een van de twee zit-stabureaus in de kamer, waar ze met zijn vijven gebruik van maakten – en logde in.

'Heeft hij je de drinkplaats gewezen?'

Hij zag dat Hanna niet begreep wat hij bedoelde.

'Waar je koffie kunt halen.'

Hanna knikte.

'Je moet het maar zeggen als je ergens hulp bij nodig hebt.'

Weer een knikje. Erik keek op de klok van zijn computer. Bijna halftien. Hij checkte snel zijn mail en logde uit.

'Weet je waar het ochtendoverleg is?' vroeg hij aan Hanna, die achter het bureau zat dat nu waarschijnlijk van haar was.

'Ja,' zei ze.

Toen Erik de kamer verliet, dacht hij eerst dat Hanna bleef zitten, het duurde een paar tellen voordat hij voetstappen achter zich hoorde. Hij stapte de vergadering binnen met haar in zijn kielzog. De anderen zaten er al. Ove hield de groep graag klein. Behalve Erik waren er nog drie rechercheurs. Vier nu, met Hanna erbij.

'Mooi,' zei Ove. 'Daar zijn jullie. Dit is onze nieuwe aanwinst, Hanna Duncker. Ze heeft hiervoor als rechercheur in Stockholm gewerkt en is een geweldige ondervrager.'

Er gebeurde iets in het vertrek wat Erik niet begreep. Amer rechtte zijn rug en keek Hanna nieuwsgierig aan. Daniel ook. Maar Carina draaide zich om naar Ove en perste haar lippen op elkaar, zoals ze altijd deed als iets haar niet aanstond. Ruim een jaar geleden was Daniel van de geüniformeerde dienst overgestapt naar de recherche en toen had iedereen zijn best gedaan om hem op zijn gemak te stellen. Carina iets meer dan de anderen, zij was oud genoeg om zijn moeder te zijn.

Hanna stak haar hand op bij wijze van groet en glimlachte flauwtjes. Erik hoopte dat Ove haar niet zou dwingen iets te zeggen. Hij trok zijn stoel naar achteren en ging zitten.

Duidelijk opgelaten deed Hanna dat ook.

Ove sloeg haar enkele seconden gade. Het leek wel of hij overwoog om zelf een paar woorden te zeggen, maar uiteindelijk beperkte hij zich tot het verzoek om een voorstelrondje.

'Wij hebben al kennisgemaakt,' zei Erik.

Amer maakte zoals gewoonlijk een gekscherende opmerking over zijn achternaam Moghadan. Volgens hem kon niemand van de groep die correct uitspreken, maar Erik hoorde het verschil nog steeds niet. Hij mocht Amer graag, die zoals altijd onberispelijk gekleed was in een donkerblauwe spijkerbroek en een jasje, en een goed getrimd baardje had. Daniel stelde zich kort en bondig voor met zijn achternaam, Lilja, terwijl Carina ervoor koos om niet alleen haar achternaam Hansson te noemen, maar ook het feit dat ze uit Kalmar kwam en hier al meer dan twintig jaar bij de politie werkte.

'Bedankt,' zei Ove. 'Nou, dan ter zake. We moeten opnieuw beginnen met de mishandeling voor het Stadshotel.'

Ove richtte zich tot Hanna en vertelde over de man die zo zwaar mishandeld was dat hij in een rolstoel terecht was gekomen. Ondanks wekenlang onderzoek waren ze nog nergens, wat onder andere kwam doordat het slachtoffer zich de gebeurtenis niet kon herinneren.

'Ik loop alle getuigenverklaringen na om te kijken wat we over het hoofd hebben gezien,' zei Amer.

Hij had de hoofdverantwoordelijkheid in die zaak, aangezien hij als enige van hen Perzisch sprak. Het slachtoffer was, net als Amer, in Iran geboren.

'Gisteren is er een overval gepleegd voor de staatsslijterij in de Norra Långgatan,' ging Ove verder. 'Een tweeëntwintigjarige vrouw is neergestoken op weg naar huis vanaf haar vriend. Ze ligt op de IC. Daniel, praat jij met die vriend en hou je in de gaten wanneer de vrouw verhoord kan worden?'

‘Zeker,’ zei Daniel, terwijl hij aantekeningen begon te maken.

Amer boog zich naar Carina toe en fluisterde iets. Haar schouders gingen omlaag en ze schoot in de lach. Amer was degene die de meeste verantwoordelijkheid nam voor hoe het met de anderen ging en vermoedelijk had hij Carina’s weerstand tegen de nieuwe collega ook gevoeld.

‘Pardon?’ zei Ove.

Amer keek hem met gespeeld onbegrip aan.

‘Mogen wij ook weten wat er zo grappig is?’

Voordat Amer kon antwoorden, ging de deur open en de wachtcommandant stak zijn hoofd om de hoek.

‘Op het Alvaret is een dode gevonden.’

5

Toen Hanna hoorde dat de dode op het Alvaret was gevonden, zakte ze onderuit op haar stoel om zich kleiner te maken. Wat niet zo makkelijk was met haar één meter vijfentachtig. Misschien was zij de enige van de groep die op Öland woonde, en ze wilde op het bureau blijven. Ze wilde eerst een beetje acclimatiseren, voordat ze het veld in zou gaan. Even had ze gedacht dat Ove Lars zou noemen toen hij haar aan de anderen voorstelde, ook al had hij beloofd dat niet te zullen doen.

Oves blik ging langs haar heen en stopte bij Erik. Het eerste woord dat bij haar opkwam toen ze met hem kennismaakte, was 'surfer'. Hij was gebruind, ook al was het nog maar half mei, en onbeschaamd goed getraind. Sportief gekleed in een lichte spijkerbroek en een zwart T-shirt. Hij had donkerblonde krullen en het soort professionele vriendelijkheid waar ze jeuk van kreeg.

'Erik, jij gaat erheen. Neem Hanna maar mee, die komt daarvandaan.'

Neem Hanna maar mee. Alsof ze iets was wat je in je tas stopte en meedroeg. Of liever gezegd: terugbracht. Erik knikte en stond op.

'En onze afspraak dan?' liet ze zich ontvallen.

Ze hadden afgesproken dat ze na het overleg mee zou lopen naar Oves kantoor. Ze had nog geen pasje en geen werktelefoon. En geen dienstwapen.

'Dat komt later wel.'

Haar ongerustheid wilde niet verdwijnen. Ze had niet zien aankomen hoe lastig het precies was om hier te komen en Ove te ontmoeten. Ze wilde beoordeeld worden om wie ze zelf was, en ze had er schoon genoeg van om zich klein te laten maken door wat er gebeurd was. Alle blikken waren op haar gericht. Carina's vijandigheid was duidelijk. Natuurlijk wist ze wie Hanna's vader was. Misschien was ze betrokken geweest bij het onderzoek, aangezien ze hier toen ook al werkte. Daniel was een paar jaar jonger en in zijn ogen stond alleen interesse te lezen, maar Hanna vond het ook moeilijk om hem aan te kijken. Met zijn donkere kortgeknipte haar deed hij vaag aan Fabian denken. De collega met wie ze een relatie had gehad voordat ze uit Stockholm vertrok. Amer knikte bemoedigend, een beetje zoals de receptionist eerder had gedaan, en Hanna knikte terug.

Ze liep achter Erik aan naar de garage. Hij deed geen poging om met haar te praten. Zonder het tempo te verlagen pakte hij zijn mobiel en typte iets. Ze gokte dat hij de informatie rond de melding checkte. Aangezien Hanna haar werktelefoon nog niet had gekregen, kon zij niet inloggen in het systeem.

Bij de wapenkluis bleef Erik staan om zijn Sig Sauer eruit te halen. Hij keek haar vragend aan en ze schudde haar hoofd. Ze had haar wapen nog nooit hoeven gebruiken tijdens diensttijd, maar toch was het een raar idee om zonder te vertrekken. Je wist nooit wat er kon gebeuren.

'Wil jij rijden?' vroeg Erik toen ze bij de auto waren.

'Nee.'

'Weet jij waar het Möckelmossen ligt?' vroeg hij, terwijl hij zijn veiligheidsgordel vastklikte.

Hanna had vage herinneringen aan een schoolreisje in een van de hogere klassen. Rotsen, een zitmatje en insecten. Ze had beweerd dat ze haar lunch was vergeten, aangezien het te gênant was geweest om toe te geven dat ze kale boterhammen bij zich had. Haar beste vriendin Rebecka had haar een paar van haar pannenkoeken gegeven. Het was vroeg in de herfst en ze gingen er naar de kraanvogels kijken, die daar overnachtten op weg naar het zuiden. De vogels met hun lange poten en lange halzen hadden in groepjes verspreid op het kale veld gestaan. Hun geluiden een klaagzang van trompetten.

'Jawel, maar je kunt beter je gps gebruiken.'

Niet dat de wegen op Öland zich vaak verplaatsten, maar Hanna vertrouwde niet op haar geheugen. Waarom moest er uitgerekend bij het Möckelmossen een dode worden gevonden? Je zou het aan de naam niet zeggen, maar het Möckelmossen was een meer. Misschien was het een toerist of een vastelander die ongelukkig ten val was gekomen. Die met zijn hoofd op een van de vele rotsen terecht was gekomen. Dat was waarschijnlijker dan verdrinking, want het meer was ondiep. In de zomer droogden grote delen ervan op. En hoe moesten ze er komen? Met de auto was het bijna niet te bereiken.

'Het slachtoffer is bij een parkeerplaats gevonden,' zei Erik, alsof hij haar had horen denken.

Daar ging haar eerste theorie, ook al was het parkeerterrein ook vrij rotsachtig.

'Dus jij komt van Öland,' zei Erik. 'Dat verklaart het ontbreken van een Stockholms accent.'

'Ik heb de laatste zestien jaar in Stockholm gewoond.'

'Waarom ben je teruggekomen?'

Hanna trok haar schouders op. Daar wilde ze het niet met hem over hebben.

'Waar werkte je aan in Stockholm?'

'Onderzoeken,' antwoordde ze.

'Ga weg,' zei Erik.

Hanna stoorde zich aan zijn geamuseerde toon, maar ergerde zich nog meer aan zichzelf, omdat ze het er niet beter van afbracht. Ze praatte eroverheen met een opmerking dat hij het werk wel kende. En zo groot was het verschil niet tussen de stad en het platteland. Erik begon te vertellen over de jaren dat hij in Malmö had gewerkt.

Zodra ze op de brug kwamen, keerde Hanna haar gezicht naar de zeestraat. Ze had een tijdlang nachtmerries gehad waarin ze over de brug reed. Hij kromp en slingerde hoe verder ze kwam. Tot het onvermijdelijke einde, waarbij de auto in het donkere, kolkende water viel. Voordat de auto het oppervlak bereikte, werd ze altijd wakker. Maar er was iets gebeurd met haar toen ze over de brug reed om haar vader te begraven en haar ouderlijk huis leeg te halen. Tegenwoordig hield ze van de brug, tenminste als ze wakker was. Het enige thuis dat ze ooit had gehad, lag daar aan de overkant. En in haar wereld had de brug altijd bestaan; toen zij werd geboren, in 1984, was de zes kilometer lange verbinding tussen Öland en Kalmar al twaalf jaar open.

De gps wilde dat ze weg 136 in zuidelijke richting zouden nemen. De Runsbäcksvägen was beter, maar dat zei ze niet.

'Wat is het hier mooi,' zei Erik toen hij bij Resmo was afgeslagen naar het oosten en het Alvaret zich aan weerszijden uitstrekte.

'Ben je nog nooit op het Alvaret geweest?' vroeg Hanna.

'Nee, voor het werk is dat nog niet nodig geweest. Ik woon nog maar drie jaar in Kalmar. En met mijn gezin ben ik vooral op het noordelijke deel van het eiland geweest.'

Hanna nam aan dat ze daar hadden gezwommen, net als alle toeristen.

Het was zeker mooi, het vlakke en schrale heidegebied dat op dit moment door een tere nevel werd gestreeld. Maar in plaats van zijn mond te houden en van het uitzicht te genieten begon Erik over zijn droom van een huisje op het platteland. Over het verbouwen van zijn eigen voedsel. Zelfvoorzienend worden. Hij was waarschijnlijk meer een geitenwollensokkentype dan een surfer, besefte Hanna, en dat was maar een ietsepietsje beter. Of hij was een prepper, die op de grote catastrofe wachtte. Hij zweeg pas toen ze er waren.

De forensisch onderzoekers waren al ter plaatse. Evenals de patrouille die voor het afzetten zorg had gedragen. Ze ging ervan uit dat de patrouillewagen ook uit Kalmar was gekomen. Öland had een wijkbureau in Borgholm, maar vandaar was het twee keer zo ver. Erik stapte uit, groette de geüniformeerde agenten en stelde Hanna voor als zijn nieuwe collega. Gelukkig beperkte hij zich tot haar voornaam.

'Wie heeft de ontdekking gedaan?' vroeg hij.

'Een Duits echtpaar,' antwoordde een van de agenten, die naar een geparkeerde auto knikte. 'Ik heb gezegd dat ze hier moesten blijven totdat ze met een rechercheur hadden gesproken.'

Hanna's mobiel trilde in haar zak. Totdat ze een werktelefoon kreeg, moest ze haar privétoestel gebruiken. Maar ze wist vrij zeker dat dit geen privébericht was. Het was Ove, die over een uurtje in Färjestaden wilde afspreken, bij Fredriks Brood en Banket, hij moest toch voor iets anders op Öland zijn. Hanna stuurde snel een 'oké'.

'Kan het om een natuurlijke dood gaan?' vroeg ze.

Nu ze aan het werk was, voelde ze toch dat dat fijn was. Ze wist dat ze er goed in was. Haar chef in Stockholm had haar een flinke loonsverhoging beloofd toen ze zei dat ze wilde verhuizen. Er waren geen geschikte vacatures geweest in Kalmar, maar toen ze zag dat Ove Hultmark daar nog werkte, had ze rechtstreeks met hem contact opgenomen en hij had de baan voor haar geregeld. Hij had gezegd dat ze er toch een rechercheur bij moesten hebben. Pas toen ze al ja had gezegd, had ze zich gerealiseerd dat hij haar chef zou worden.

'Nee, het was geen natuurlijke dood,' antwoordde dezelfde agent. 'Kijk zelf maar, dan begrijpen jullie waarom.'

Erik liep naar een van de forensisch onderzoekers en de kennismakingsprocedure werd herhaald. De FO'ers hadden hun tent nog niet opgezet. Het regende niet en er waren muren die tegen inkijk beschermden. Niemand zou op het parkeerterrein worden toegelaten zolang het onderzoek gaande was. Hanna wierp een blik op het Alvaret en zag huiverend hoe de nevel vlak boven de grond in het rond leek te dansen.

Het eerste wat ze van het slachtoffer zag, was een arm. Die hing over de ingestorte stenen muur. Aan het formaat te zien was die niet van een volwassene. Langzaam zette Hanna een stap naar voren. Ze bereidde zich geestelijk voor op wat ze te zien zou krijgen.

Het slachtoffer was een jonge jongen. De leeftijd viel moeilijk vast te stellen, een jaar of dertien, veertien. Hij droeg een grote trui met capuchon en zat tegen de stenen geleund. Zijn hoofd onder de capuchon was maar zo'n tien centimeter verwijderd van een informatiebordje met een Duitse tekst.

Hij was duidelijk mishandeld. Zijn ene wenkbrauw was gesprongen en zijn oog was dik. Het andere oog was halfopen. De trui had een grote bloedvlek op de buik, en een kleine meter van hem vandaan lag een plas bloed.

Ja, dit was zonder twijfel een moord.

Hanna zocht de grond om hem heen af naar het wapen dat moest zijn gebruikt, maar vond er geen. Haar blik viel op de rechterhand van de jongen. Die omsloot iets.

'Wat heeft hij in zijn hand?' vroeg ze aan een van de FO'ers.

De man nam een foto van de hand, waarna hij de vingers met enige moeite open wist te wrikken. Het was een klein roze bloempje dat bezig was te verwelken.

DE LAATSTE DAG

Vloekend stopt Joel zijn duim in zijn mond. Hij zuigt het bloed op. Hoe kan hij nou zo stom zijn om zich aan een kaasschaaf te snijden?

Molly stopt met het heen en weer schuiven van de ontbijtgranen in haar schaaltje en kijkt verbaasd op. Een tijdlang heeft er in de keuken een jampotje op de kookboekenplank gestaan, waar ze een papiertje met hun eigen teken in moesten stoppen als ze vloekten. Het potje verdween toen hun moeder doorkreeg dat zij het vaakst vloekte. Op bijna alle briefjes stond een blauw kruisje.

Joel lacht naar Molly. Soms lijkt zij de enige die hem ziet. Zijn moeder zit als gewoonlijk over de *Barometern* gebogen. Een artikel over een tentoonstelling in het kunstmuseum van Kalmar. Het *Ölandsbladet* komt maar drie keer per week, daarom hebben ze beide kranten. Petri is met zijn gedachten heel ergens anders. Vermoedelijk bij een van alle problemen die zijn opgedoken tijdens de verbouwing. Gisteren zeurde hij daar de hele middag over.

Joel neemt een grote hap van zijn boterham en wurmt zijn telefoon uit de zak van zijn spijkerbroek. Geen telefoon aan de eettafel is een van de weinige regels waar zijn moeder de hand aan houdt. Maar al vanaf het moment waarop hij vanochtend wakker werd, heeft hij moeite met ademhalen en hij is nu zover dat hij wel in tranen kan uitbarsten. Hij moet Nadine een berichtje sturen.

Het bloed spuit over het ontbijt, appt hij.

Er komt meteen een reactie. Wie had genoeg van wie?

Joel kijkt naar zijn familie. Hij overweegt of hij een ruzie zal verzinnen tussen zijn moeder en Petri, maar dat is te onwaarschijnlijk. Bovendien wil hij het lot niet tarten. Hij wil niet dat het zijn schuld is als er iets gebeurt.

De kaasschaaf greep de duim, antwoordt hij.

Nadine reageert met een emoji die huilt van het lachen.

'Leg dat ding es weg,' zegt Petri.

Joel zucht en doet wat hem is gezegd. Zijn stiefvader werkt hem af en toe behoorlijk op de zenuwen, maar Joel heeft vandaag geen puf om te ruziën.

'Ik wil een paard hebben,' zegt Molly vrolijk.

Misschien om de ruzie af te wenden die in de lucht hing. Ze is ongelooflijk slim voor een kind van zes. Of zoals ze zelf zegt: bijna zeven. Al duurt het nog ruim vijf maanden voordat ze jarig is.

'Dat lijkt mij ook wel wat,' zegt Rebecka en ze slaat de krant dicht. 'Maar dat kunnen we niet betalen.'

'En als we er een krijgen dan?'

'Dan kan het.'

Het is een belofte zonder risico. Dat zal nooit gebeuren.

Petri staat op en mompelt dat hij weg moet. Hij zet zijn bord met kruimels en zijn lege koffiekopje op het aanrecht, zijn enige bijdrage aan het opruimen van de keuken. Soms vraagt Joel zich af wat zijn moeder in Petri ziet. Een bekrompener persoon kun je je bijna niet voorstellen. Vaak kraamt hij meningen uit over de regering die akelig veel op samenzweringstheorieën lijken. Misschien is hij zelfs wel zo'n *flat earther* die denkt dat de aarde plat is.

Zijn moeder slaat zuchtend de krant weer open en Joel wordt overspoeld door een golf van warmte voor haar. Om wat er allemaal in die zucht zit. Ze heeft zoveel meegemaakt en houdt toch vol. Hij zegt tegen Molly dat ze haar tanden moet poetsen en begint de tafel af te ruimen, maar zijn moeder houdt hem tegen.

'Dat doe ik zo wel. Jij moet de bus halen.'

Daar is de gedachte weer, zoals zo vaak de afgelopen weken. Dat hij het moet vertellen. Dat hij zich dan beter zal voelen. Maar hoe? Hoe kan hij onder woorden brengen dat hij helemaal niet is wie zij denkt?

6

Hanna duwde de deur van Fredriks Brood en Banket aan het Södra hamnplan in Färjestaden open. Op het laatste moment slikte ze haar groet in. De man die voor het brood stond te weifelen was Ove niet. Zijn kapsel en spijkerjack hadden haar op het verkeerde been gezet. Ze keek door de etalageruit naar buiten, maar daar was hij ook niet. Zou ze iets kopen of zou ze wachten? Ze wist niet of het de bedoeling was dat ze zelf betaalde.

De man die ze voor Ove had aangezien, liep weg met zijn vier walnootbroodjes. Het meisje achter de toonbank keek haar aan en Hanna zette een stap naar voren en bestelde koffie en een broodje kaas. Haar ontbijt had bestaan uit koffie en een schaaltje melk met cornflakes, waarvan ze de helft had laten staan, dus ze had trek.

Er stonden een paar tafeltjes binnen, waar op dat moment niemand aan zat, maar Hanna koos voor het terras. Daar was veel meer ruimte en ze praatte makkelijker als ze dacht dat niemand het hoorde. Buiten lagen fleecedekens op de stoelen, maar die had Hanna niet nodig. De hemel was hier helderder dan bij het Möckelmossen en het was bijna vijftien graden.

Erik zou de Duitse toeristen in hun eigen auto naar hun pension brengen en hen daar verhoren. Ze waren te veel van streek om zelf te rijden. Het vinden van een dode jongen was niet echt wat ze zich van hun vakantie hadden voorgesteld.

Er kwam een groepje jongeren voorbij, die richting haven liepen. Ze lachten en het enige meisje in het gezelschap sloeg in de lucht naar een van de jongens. Misschien had Hanna binnen moeten gaan zitten. Ze wilde net opstaan toen ze Ove het parkeerterrein aan de overkant van de straat zag op draaien. Hij stapte uit en stak zijn hand op bij wijze van groet. De vlammen sloegen haar uit van de zenuwen.

Nadat hij thee en een geglazuurd amandelschuitje met plakjes aardbei erop had gekocht, kwam Ove naar buiten en ging zitten. Het spijkerjack dat hij zestien jaar geleden had gedragen, had een upgrade gehad. In plaats daarvan droeg hij nu een zwartleren jack. Hanna begon te vertellen hoe het er op het parkeerterrein bij het Möckelmossen had uitgezien. Ove nam een grote hap van zijn gebakje, terwijl hij luisterde. Er vielen kruimels zandgebak op zijn schoot, die hij afklopte.

'Ik weet dat je het prima zult doen,' zei hij. 'Ik wilde vooral even checken of je het aankunt om meteen in het diepe te worden gegooid. Eerlijk gezegd voel ik een zekere verantwoordelijkheid voor je.'

'Waarom?'

'Omdat ik je heb aangenomen en… vanwege wat er met je vader is gebeurd. Ik heb er per slot van rekening voor gezorgd dat hij in de gevangenis terechtkwam.'

Hanna staarde naar haar broodje, naar de glimmende kaas. Ze nam een slok koffie. Een deel van haar wilde vragen of Ove twijfels had gehad, maar dat durfde ze niet. In plaats daarvan zei ze dat er maar één verantwoordelijk was voor de gevangenisstraf van haar vader, en dat was haar vader zelf. Ove was merkbaar opgelucht, alsof hij echt had gedacht dat ze hem iets verweet.

'Over het werk zelf hoef ik niet veel te zeggen,' ging hij verder. 'Dat kun je. En je komt er wel achter hoe wij de dingen hier doen. Maar schroom niet om me aan te spreken als er iets is. Wat dan ook.'

'Oké,' zei Hanna en ze hoorde zelf hoe stom dat klonk.

Zijn bezorgdheid stoorde haar. Ze was er niet aan gewend.

'Heb je nog contact met je broer?' vroeg Ove.

'Heel zelden. Hij woont in Londen.'

Alsof de keuze van woonplaats verklaarde waarom zij en Kristoffer uit elkaar waren gegroeid. Ove had Kristoffer ook verhoord. Vaker dan haar, aangezien hij niet zo meegaand was geweest. Ove nagelde haar vast met zijn blik. Hij liet pas los toen ze zichzelf dwong hem aan te kijken.

Hij reikte naar zijn tas en haalde er een telefoon uit, die hij haar samen met een pasje en een vel papier gaf.

'Alsjeblieft, je pasje, je werktelefoon en je inlogcode. Zorg dat je het wachtwoord meteen vervangt.'

'Zal ik doen,' antwoordde Hanna.

Dat klonk in elk geval iets geïnteresseerder dan 'oké'.

'En een dienstwapen?'

'Dat regelen we vanmiddag.'

Ove nam een slok van zijn thee.

'Het slachtoffer is geïdentificeerd,' ging hij verder. 'Hij had zowel een bankpas als een bibliotheekkaart bij zich, op naam van de vijftienjarige Joel Forslund. Aan de hand van een recente pasfoto hebben we kunnen vaststellen dat hij het inderdaad is. Hij komt uit Gårdby.'

Daar was Oves indringende blik weer.

'Is dat een probleem?'

Hanna schudde haar hoofd. Verder kwam ze niet. Ze begreep dat dit de reden was waarom Ove met haar had willen afspreken. Forslund was geen bekende naam voor haar, maar het was haar eerste werkdag hier, en ze zou terug moeten naar Gårdby. Toen ze afgelopen herfst de deur van haar ouderlijk huis op slot deed en de sleutel bij de makelaar afgaf, had ze gedacht dat ze klaar was met die plaats.

'Joel Forslund was ten minste een paar uur dood toen hij werd gevonden. Dat heeft de arts ter plaatse op basis van de mate van lijkverstijving vastgesteld.'

Hanna herinnerde zich dat de FO'er de vingers van de jongen open moest wrikken, maar het enige wat ze hoorde, was de stem van Kristoffer. *Je bent niet goed snik. Je maakt alles kapot.*

Ove haalde nog een blaadje tevoorschijn.

'Hier zijn de gegevens van zijn moeder, bij wie hij woonde, samen met een jonger zusje en een stiefvader. Jij en Erik moeten erheen om haar op de hoogte te stellen en zo mogelijk te verhoren.'

Pas toen Hanna weer in de auto zat, keek ze naar de informatie over de moeder van Joel Forslund. Die bestond uit het adres en een uittreksel uit het rijbewijsregister.

Hanna staarde naar de foto.

Naar het donkerbruine haar dat nu slechts tot aan de schouders kwam – niet tot aan haar middel. Naar de ogen en de wipneus die nog precies dezelfde waren als zestien jaar geleden.

Alles om haar heen verdween. Het leek wel of de grond zich had geopend en haar en de auto had verzwolgen.

Rebecka.

7

Het Duitse stel dat de dode jongen had ontdekt, verbleef in pension Bo in Vickleby. Het pension lag zo diep verscholen in het groen dat Erik er bijna voorbijreed, ook al was het huis felgeel. Hij sloeg af en parkeerde voor de ingang. In zijn binnenspiegel zag hij dat Adam en Kirsten Buchner elkaars hand vasthielden, of liever gezegd: dat zij zich aan hem vastklampte. Erik stapte uit en keek om zich heen. Tussen de bomen door ving hij een glimp op van een grote tuin met een terras. Het was na elven, maar de tuin was bijna leeg.

'Misschien kunnen we daar gaan zitten,' zei hij en hij knikte naar de terrasmeubels.

Erik had Duits gehad op school, maar koos toch voor Engels, omdat hij zich daar prettiger bij voelde. Het was de taal die ze thuis meestal spraken. Supriya had nog steeds het gevoel dat het Zweeds er bij haar niet goed uit kwam. De Duitsers spraken goed Engels. Ze hadden een kind in Canada en een in Australië. De autorit had hij gebruikt om vragen te stellen over hun leven en hun gezin in een poging hen op hun gemak te stellen.

Het was duidelijk dat het echtpaar nog van streek was en hij was blij dat hij hen naar het pension had kunnen brengen. Ze konden beter hier worden verhoord dan bij de vindplaats. En hij had de tijd, aangezien Hanna in Färjestaden was.

Het terras was een ongelooflijk rustige plek. Zodra ze tussen de bomen kwamen, was het net of de wereld verdween. Alleen de lichte bries door de bladeren en een eenzame vogel waren te horen. Hij vroeg zich af hoe de parkeerplaats bij het Möckelmossen er normaal gesproken uitzag. Of het daar vaak mistig was. Daar was het op een andere manier stil geweest dan hier, een stilte die gevuld was met ondertonen.

Ze gingen aan een wiebelige witte houten tafel zitten en Erik vroeg of hij iets te drinken kon halen voor hen. Ze wilden niets hebben, dus Erik haalde zijn notitieboekje tevoorschijn.

'Kunnen jullie vertellen hoe jullie hem ontdekten?' vroeg hij.

'Ik zag hem het eerst,' zei Adam. 'Ik was het... trapje over gestapt, over het hek dat het vee binnen moet houden. Toen ik erover was, draaide ik me om om Kirsten te helpen.'

Adam pauzeerde en keek zijn vrouw aan.

'Ik wilde Kirsten waarschuwen dat ze die kant niet op moest kijken, maar ik kon geen woord uitbrengen.'

'Het was zo verschrikkelijk,' zei Kirsten. 'Die arme jongen.'

Erik knikte. Dit waren de ergste onderzoeken, die naar de dood van jonge mensen. Zijn eigen dochter zou de komende herfst voor het eerst naar school gaan.

'En jullie hebben dus niets gezien voordat jullie op het opstapje stonden?'

'Nee,' zei Adam. 'De stenen muur waar de jongen tegenaan zat, benam het zicht. We keken gewoon recht voor ons. Het is daar zo ongelooflijk mooi op het Alvaret.'

Erik humde instemmend. Het was er mooi, maar ook verlaten op een manier die hij niet had begrepen.

'Viel jullie iets op bij het parkeerterrein?' vroeg hij.

'Nee,' antwoordde het echtpaar Buchner tegelijk. Kirsten zweeg, maar Adam praatte door.

'Het was daar zo rustig,' zei hij. 'Je hoorde alleen de vogels.'

'Stonden er nog andere auto's op het parkeerterrein?'

'Eén, geloof ik.'

Die auto had daar gestaan toen de eerste agenten ter plaatse kwamen.

'Ik ben een paar weken geleden vijfenzestig geworden,' zei Kirsten. 'En ik wilde mijn pensionering vieren met een reisje naar Öland. Mijn oma kwam hiervandaan.'

Dat had ze in de auto al gezegd en ze glimlachte beschaamd toen ze zich dat realiseerde. Erik vroeg zich af of het enkel de schok was die haar in verwarring bracht. Adam legde een hand op de knie van zijn vrouw.

'Ik ben al twee jaar met pensioen,' zei hij. 'Het was zo saai om dingen in mijn eentje te doen.'

'Zijn jullie onderweg daarnaartoe iemand tegengekomen?' vroeg Erik om het gesprek weer op de dode te brengen.

'Een man op de fiets,' zei Kirsten.

'Hoe ver van het meer?'

Kirsten keek haar man onzeker aan.

'Een paar honderd meter,' antwoordde Adam.

'Hoe zag hij eruit?'

'Blond, met een dun blauw jack. Een jaar of dertig.'

'Welke kant fietste hij op?'

'Onze kant op. En zijn gezicht was gejaagd, zeg maar. Daarom herinner ik me hem nog.'

'Weet je nog welke kleur de fiets had?'

'Volgens mij was het een rode.'

Een vrouw van in de vijftig stapte het pension uit en kwam naar hen toe. Ze had dik, grijzend haar in een vlecht en een schort met een patroontje.

'Zijn jullie daar al weer?' vroeg ze vrolijk.

Het echtpaar Buchner keek elkaar gepijnigd aan en Erik besloot zijn legitimatie tevoorschijn te halen. Hij legde in het kort uit wat er was gebeurd. Dat ze een dode jongen hadden gevonden op het Alvaret.

De vrouw sloeg haar hand voor haar mond. Een moord nu de zomer naderde, was voor de toeristische sector bepaald niet wenselijk. Maar de vrouw richtte zich weer tot de Buchners en vroeg of ze iets wilden. Een kop thee of zoiets.

'Straks misschien,' zei Kirsten. 'Ik krijg nu niets weg.'

De vrouw verdween en Kirsten legde haar handpalm tegen de borst van haar man.

'Ik ben doodop,' zei ze. 'Ik zou graag naar onze kamer willen gaan om te rusten.'

'We zijn bijna klaar,' zei Erik. 'Hoelang blijven jullie hier?'

'We zijn zondag gekomen en het plan was om nog een week te blijven,' zei Adam. 'Maar nu...'

'Het is beter als jullie de komende dagen nog niet vertrekken,' zei Erik.

Niet alleen vanwege het onderzoek, maar ook voor hun eigen bestwil. Hij dacht dat ze de gebeurtenis makkelijker zouden kunnen verwerken als ze niet halsoverkop naar huis gingen. Hij gaf hun zijn visitekaartje en drukte hun op het hart te bellen als hun iets te binnen schoot.

'Het zou kunnen dat er journalisten gaan bellen,' zei hij. 'Of dat ze hiernaartoe komen. In dat geval raad ik jullie aan niet met hen te praten.'

Dat was zowel voor henzelf als voor het onderzoek beter. Mensen in shock zeggen vaak dingen waar ze later spijt van krijgen. Dat er een jongen dood was gevonden op het Alvaret was waarschijnlijk al bekend, maar het echtpaar Buchner had details gezien die uit de publiciteit gehouden moesten worden om het werk van de politie niet te bemoeilijken.

8

Hanna schoof naar het stuur toe en pakte het zo stevig vast dat haar handen pijn deden. Ook al waren er zestien jaar verstreken, ze herkende Rebecka moeiteloos op de pasfoto. Ze had nauwelijks rimpels, haar leeftijd was vooral aan de ernst op haar gezicht te zien. Wat Hanna zich vooral van Rebecka herinnerde, was haar lach. In hun jeugd was ze Hanna's enige echte vriendin geweest, maar toen was haar achternaam Karlsson geweest.

Rebecka had geen schuld gehad aan wat er was gebeurd. Toch was ze er voor altijd mee verbonden.

De omgeving kwam terug, maar Hanna was nog niet klaar om weg te rijden. Het was een geluk dat ze niet naar de informatie had gekeken toen ze bij Ove zat, aangezien ze haar reactie beslist niet had kunnen verbergen. Moest ze Ove bellen om het te vertellen? Nee, ze wilde niet het risico lopen om van de zaak te worden gehaald. Rebecka was er altijd geweest voor haar. Nu wilde Hanna Rebecka helpen, proberen iets van de schuld in te lossen.

Ze startte de auto en reed naar pension Bo. Ze schakelde de motor uit en staarde naar de passagiersstoel, waar het uittreksel uit het rijbewijsregister lag. Toen ze het wegstopte, bedacht ze dat ze nog niets met de werktelefoon had gedaan. Ze zette hem aan, logde in en wijzigde het wachtwoord. Ze stopte de mobiel in haar zak, stapte uit en liep het gele houten gebouw in.

Een aantal kleine kamers en overal stoelen: houten stoelen met gestreepte kussens, rieten stoelen, fauteuils... Maar ze waren allemaal leeg. Achterin was een balie. Een vrouw dook op en keek haar vragend aan.

'Ik zoek mijn collega,' zei Hanna.

'Als hij politieman is, zit hij buiten in de tuin.'

Hanna vond Erik in een witte houten stoel, waar hij met zijn gezicht naar de zon van een broodje zat te smullen.

'Ik maak van de gelegenheid gebruik om vroeg te lunchen,' zei hij. 'Heb jij al iets gegeten?'

Hanna knikte en ging naast hem zitten. Haar enige relatie met Vickleby was dat ze hier een keer op een feest was geweest, bij een vriendin van Rebecka. Kristoffer was er ook bij geweest. Het enige wat ze zich van het feest herinnerde, was dat ze in de bosjes had overgegeven en dat ze wijn had gemorst op een bank. En dat de ouders – die in Spanje hadden moeten zijn – thuis waren gekomen en tegen iedereen hadden geschreeuwd. Het was een maand voor het eindexamen. De bank en de stereo waren vernield en met alle ouders waren gesprekken gevoerd. Ze had toen gewild dat haar vader op haar zou mopperen, maar dat deed hij natuurlijk niet – ook al was zij degene die de rode wijn op de bank had gemorst, waar ze eigenlijk voor had moeten betalen. Het was een van de weinige keren dat ze er tegen hem over had geklaagd dat ze nooit geld hadden.

Had hij daarom besloten te gaan inbreken?

Alles wat je zegt en doet, heeft consequenties.

'Hoe was je gesprek?' vroeg Erik zonder eerst zijn mond leeg te eten.

'Uitstekend,' zei ze met zoveel enthousiasme dat hij hopelijk niet verder zou vragen.

Dat deed hij ook niet. In plaats daarvan vertelde hij wat het echtpaar Buchner had gezegd.

'We moeten die fietser te pakken zien te krijgen,' zei Hanna.

'Zeker,' zei Erik. 'En de eigenaar van de auto die op het parkeerterrein staat.'

De eigenaar van de auto zou heel wat makkelijker te vinden zijn dan de fietser, bedacht Hanna.

'Het slachtoffer is geïdentificeerd,' zei ze.

'Nu al?'

'Ja, we moeten zijn moeder op de hoogte gaan stellen.'

Hanna's gezicht was kalm toen ze dat zei.

'Hoe oud was hij?' vroeg Erik.

'Vijftien. Hij zou in december zestien zijn geworden.'

'Toch nog ouder dan ik dacht.'

'Ja.'

Alsof het iets had uitgemaakt als de jongen een paar jaar jonger was geweest. Rebecka's zoon. Haar oogleden trilden. Vijftien was veel te jong om te sterven. Joel was nog maar een scholier. Vermoedelijk had hij andere dromen gehad over de toekomst dan dood tegen een muur te belanden. Als hij nu vijftien was, was Rebecka in die vreselijke examenweek al zwanger geweest. Waarom had ze niets gezegd?

'Vind je het moeilijk?' vroeg Erik.

'Wat?'

'Om een bericht van overlijden te brengen.'

Hanna knikte, deed alsof dat het probleem was. Misschien zou ze het op z'n minst aan Erik moeten vertellen. Rebecka zou haar herkennen. De laatste keer dat ze elkaar hadden gezien was op een zondag geweest, ruim een week na het examen. Ze hadden bij Rebecka thuis op de bank naar *Friends* liggen kijken met een schaaltje ijs. Een paar uur later was Hanna op de Silverlinjen gestapt bij het brughoofd en naar Stockholm vertrokken.

Waarom heb je niets gezegd?

De teleurstelling en de boosheid waarmee Rebecka Hanna had bejegend toen ze een paar dagen later belde, brandden nog steeds. Maar als ze van tevoren had verteld wat ze van plan was, dan was weggaan nooit gelukt.

Hanna stond op.

'Zullen we gaan?'

Erik stopte het laatste stuk van het broodje in zijn mond en volgde haar. Hanna wist in welk huis Rebecka nu woonde, dus zij wilde rijden. Ze nam de zuidelijke weg via Resmo, aangezien die ietsjes langer was. Dat zou haar meer tijd geven om zich voor te bereiden.

Een paar minuten, langer kon Erik zijn mond niet houden.

'Heb je kinderen?' vroeg hij.

Stop met praten, wilde Hanna tegen hem zeggen. Op dit moment had ze stilte nodig. Maar in plaats daarvan schudde ze haar hoofd. Haar exvriend Fabian was zeven jaar ouder en ze had zijn verlangen naar kinderen als hete adem in haar nek gevoeld. Na drie maanden samen had hij gevraagd of ze bij hem wilde komen wonen in zijn rijtjeshuis in Gustavsberg.

Ze reed over het Alvaret, langs het parkeerterrein waar Joel was gevonden. De forensisch onderzoekers waren nog steeds aan het werk; ze stapten rond op de hei in hun witte pakken. De tent was opgezet. Lag Joel er nog in of hadden ze hem verplaatst? De mist was opgetrokken, en veilig achter de autoruiten ervoer ze het landschap niet als dreigend.

'Ik heb een dochter van zeven,' zei Erik. 'Ze heet Nila.'

'Mooie naam,' zei Hanna. 'Is dat Samisch?'

'Indisch. Het betekent maan in het Marathi en het Tamil, en vast ook in een heleboel andere talen.'

Waarschijnlijk verwachtte Erik een vervolgvraag, maar Hanna was niet in staat om aardig te zijn. Ze had het gevoel dat de kans om een goede indruk te maken toch al verkeken was. Toen ze afsloeg naar Gårdby, voelde ze de ongerustheid als een druk op haar borst.

'Mijn vrouw komt uit India,' zei Erik.

'Oké,' zei Hanna.

Ze kauwde op haar onderlip. Misschien dacht Erik wel dat ze problemen had met het feit dat zijn vrouw Indiase was en daar kreeg ze het nog benauwder van.

'Ik kom uit dit dorp,' zei ze. 'Ik heb daar op school gezeten.'

Hanna knikte naar het gele schoolgebouw en zag de omgeving door zijn ogen. De rechte dorpsstraat omzoomd door huizen en bomen, de velden erachter, de lage stenen muur, de brievenbussen in groepjes aan de weg. De tussenruimten. De meeste gebouwen waren woonhuizen. Na haar vertrek was zowel het tankstation als de ICA-supermarkt gesloten. Sommige huizen leken op instorten te staan, maar een groot aantal was onlangs gerenoveerd. Haar ouderlijk huis wees ze niet aan. Afgelopen kerst had een gezin met kinderen het gekocht en ze hadden het al opnieuw geverfd. In de tuin stond nu een schommel. Het gras lag bezaaid met plastic speelgoed in felle kleuren. Ze vroeg zich af of ze wisten wie daar had gewoond.

'Hoe was het om hier op te groeien?' vroeg Erik.

'Net als op andere plekken, denk ik,' zei ze. 'Goed en slecht.'

Het was goed geweest tot haar twaalfde. Toen werd haar moeder ziek, ze kreeg een agressieve vorm van leukemie en overleed binnen enkele weken. Daarna was het slecht geweest, totdat het uiteindelijk helemaal niet meer ging. Er waren twee duidelijke lichtpuntjes: Rebecka en oma.

'Hartelijk dank voor dit uitputtende antwoord,' zei Erik lachend.

'Waar ben jij opgegroeid?' vroeg ze kortaf.

'In Malmö.'

Hanna reed langs een afgebrande garage en ze kneep harder in het stuur. Van al haar taken vond ze branden het moeilijkst. Pas bij Gårdby Restaurant & Supermarkt liet ze haar greep weer verslappen. Het restaurant had een complete gedaanteverwisseling doorgemaakt en was nu iets uit een droom die stedelingen over het platteland hadden. Aan de overkant zat Pelles garage, die er nog net zo uitzag als vroeger.

Hanna parkeerde de auto voor het juiste huis. Toen ze in Gårdby woonde, was het van een zekere Sonja geweest. Haar achternaam wist ze niet meer. Misschien was het Forslund, misschien iets anders. Het was het eerste huis waar de kinderen met Pasen om snoep gingen bedelen. Aan de buitenkant leek niet veel veranderd te zijn, behalve dat de rode verf was afgebladderd en dat je kon zien dat hier nu kinderen woonden. Op het gazon lag een roze plastic bal.

Ze liepen naar de deur en Hanna kneep in haar linkeronderarm. Ze wilde de zwarte stof wegtrekken die de tatoeage van een nachtegaal verborg. De vogel die de duisternis moest verjagen. Nadat haar moeder was overleden, had oma haar een kleine houten nachtegaal gegeven om voor haar slaapkamerraam te zetten. Oma had beweerd dat die zou helpen tegen nachtmerries, omdat hij 's nachts zong.

De nachtmerries waren niet uitgebleven en toen ze had geklaagd, had oma over haar wang geaaid en gezegd: 'Ik weet dat die dromen naar zijn, maar zonder de vogel waren ze nog erger geweest.' Die woorden hadden zich in Hanna vastgebeten en ze had de vogel gehouden. Die stond nu in Kleva, op de vensterbank in haar slaapkamer.

De bel deed het niet, dus Hanna klopte aan. Ze deed haar best om alle gedachten uit te bannen, behalve aan wat ze nu moest doen. De deur ging open en Rebecka keek haar recht aan. Haar hele jeugd had Hanna lang haar gehad, maar nu droeg ze het kort – de schuine lok tot net onder het jukbeen was het langst. Bovendien was ze voller geworden. Rebecka knipperde met haar ogen en daarna veranderde de uitdrukking op haar gezicht.

'Hanna!' riep ze. 'Wat doe jij hier?'

Haar blik verplaatste zich naar de politielegitimatie die Erik omhooghield, en haar verbazing maakte plaats voor angst.

DE LAATSTE DAG

Het is bijna acht uur als Joel voor de Skansenschool in Mörbylånga uit de bus stapt. Een paar stappen, verder komt hij niet. Zijn luchtpijp trekt zich samen en zijn voeten willen niet loskomen van de grond. Zwarte vlekken stuiteren naar het lage gebouw van rode baksteen. Iemand lacht. Iemand ruziet met schelle stem. Een duw in zijn rug, gevolgd door: 'Loop 's door, man.' Mechanisch zet hij zich in beweging.

Een paar meter voor de ingang staat hij opnieuw stil. Hij trekt het niet op school. Luisteren naar leraren die denken dat ze het snappen. Het enige leuke vak op school is beeldende vorming en dat heeft hij vandaag niet.

Een halfjaar geleden ging hij nog met plezier naar school. Of misschien niet met plezier, maar hij kon er in elk geval tegen. Hij zag het als een opstapje naar iets anders.

Als Joel zich omdraait, botst hij bijna tegen de conrector aan. Hij mompelt een verontschuldiging en versnelt zijn pas. Haar ogen priemen in zijn rug, maar ze zegt niets om hem tegen te houden.

Verdomme. Het leven is klote nu. Hij verlangt naar iets anders. Het probleem is dat hij niet meer weet wat dat andere dan is.

Joel haalt zijn telefoon tevoorschijn en stuurt een berichtje aan Nadine: Kunnen we vandaag afspreken?

Zoals altijd antwoordt ze meteen: Ja hoor. Koffie-lunch?

Dan moet hij nog een halve dag door zien te komen en die halve dag lijkt nog onmogelijker dan school. Zijn vingers trillen, zodat Joel moeite heeft om de juiste letters te raken op zijn telefoon: Kan het eerder?

Ditmaal duurt het even voor er een reactie komt: Ik wil liever geen school meer missen. Hoe erg is het?

Meteen beginnen zijn tranen te stromen. Shit, hij haat het als hij zich zo voelt. Boos strijkt hij met de mouw van zijn shirt over zijn gezicht. Het is niet eerlijk van hem om zo aan haar te hangen. Nadine helpt hem al zo vaak. Het laatste wat ze nodig heeft, is een nieuwe dosis van zijn problemen.

Ik red het wel. Zeg maar hoe laat en waar.

Echt? vraagt Nadine. In dat geval: Kullzénska kwart over elf.

Joel antwoordt met een applaudisserend aapje.

Wat moet hij tot die tijd doen? De uren zijn omzoomd met hindernissen. De bibliotheek in Kalmar gaat pas om tien uur open, hij is vergeten een nieuw schetsboek in zijn rugzak te stoppen en hij heeft weinig geld.

Joel loopt naar de haven. Hij vindt het altijd leuk om naar de boten te kijken. Om weg te dromen naar andere plaatsen. Zich in te beelden dat het leven anders kan zijn.

Hij volgt de kinderkopjes tot aan de rand. De horizon maakt hem duizelig, dus hij staart naar het donkerblauwe water. Er is bijna geen rimpeling op het oppervlak te zien en het is zo verleidelijk om van de kant te stappen. Om in de stilte te verdwijnen.

9

Vanuit een ooghoek zag Hanna Eriks politielegitimatie, maar ze wendde haar blik geen moment van Rebecka af.

'Mogen we binnenkomen?' vroeg Hanna.

De misselijkheid was zo hevig dat ze dacht dat ze zou overgeven. Ze had tijdens haar werk al zo vaak een bericht van overlijden gebracht. Precies die woorden gezegd om daarmee nog een leven te verwoesten. Maar dat kon je niet vergelijken. Dit was Rebecka. Nu ze tegenover haar stond, vielen de verstreken jaren weg. Ze was weer negentien en was naar Rebecka's huis gerend omdat ze het niet meer uithield na wat er zojuist was gebeurd. Haar vader had zich met gebogen hoofd en zonder protest laten wegvoeren door de politie.

'Wat is er gebeurd?' vroeg Rebecka.

Het was dezelfde vraag als zestien jaar geleden, maar toen had Hanna het antwoord niet geweten. Waar Lars van werd beschuldigd, was haar pas later verteld. De jaren drukten als een last op haar hart. Nu was Rebecka's zoon dood, en dat wilde Hanna niet vertellen. Niet in de deuropening.

'Mogen we binnenkomen?'

Ditmaal kwam de vraag van Erik. Rebecka draaide zich met tegenzin om en liep voor hen uit naar de woonkamer. Achter Rebecka's rug keek Erik Hanna vragend aan, maar dat negeerde ze.

De woonkamer was veel gezelliger ingericht dan het huis waarin

Rebecka was opgegroeid, bij haar alleenstaande moeder die altijd werkte. Een grijze bank en een oranje retrofauteuil. Kleurige schilderijen aan de wand. Die had Rebecka vast zelf geschilderd. Ze was altijd goed geweest in dat soort dingen. Rebecka ging op de bank zitten en Hanna nam naast haar plaats.

'Dus jij bent bij de politie gegaan,' zei Rebecka.

Ze wasemde pure angst uit, gecombineerd met een zweem van alcohol.

'Rebecka en ik hebben tot aan het eindexamen bij elkaar in de klas gezeten,' legde Hanna aan Erik uit, zonder hem aan te kijken.

Zich verontschuldigen en weggaan was geen optie. Dat kon ze Rebecka niet aandoen.

'Zeg het maar gewoon,' zei Rebecka. 'Ik weet dat het over Joel gaat.'

'Ja, het spijt me zo verschrikkelijk,' zei Hanna. 'Hij is dood.'

Op het moment waarop Hanna dat laatste woord zei, schoten de tranen haar in de ogen. Ze kon ze niet inhouden.

Rebecka sloeg haar handen voor haar gezicht. Hanna schoof naar haar toe en sloeg haar armen om haar heen. Ze wierp een steelse blik op Erik in de fauteuil. Voor het eerst keek hij opgelaten, maar waardoor viel niet te zeggen. De tijd sleepte zich voort. Rebecka maakte jammerende geluidjes en duwde haar handen zo hard tegen haar ogen dat Hanna bang was dat ze die zou beschadigen.

Dood.

Er bestond niets definitievers.

Rebecka's jammeren ging over in huilen. Hanna wilde haar pijn wegnemen, maar dat kon ze niet.

Uiteindelijk kalmeerde Rebecka.

'Hoe wist je dat het om Joel ging?' vroeg Hanna zacht.

Omwille van het onderzoek moest ze haar vragen zo snel mogelijk stellen. Soms waren familieleden zo in shock dat ze geen andere optie hadden dan wachten, maar Hanna dacht dat Rebecka wel antwoord zou kunnen geven.

'Zijn bed was leeg toen ik hem vanmorgen wakker wilde maken,' zei Rebecka en ze haalde haar handen van haar gezicht. 'Hij is vandaag niet op school geweest. En gisteren ook niet.'

'Kwam dat vaak voor?'

'Nee. Hij was niet zoals ik.'

Hanna's blik gleed van de bloeddoorlopen ogen naar een van de schilderijen. Misschien stelde het een zonsondergang boven zee voor, maar dat wist ze niet zeker. Toch was het mooi. Op de witte muur rond het schilderij waren vlekken te zien, een teken van gebrekkig onderhoud, net als het beschadigde raamkozijn.

'Wanneer heb je Joel voor het laatst gezien?' vroeg Erik.

'Gisteravond. We waren aan het barbecueën bij de buurman, die veertig werd. Joel ging tegen negen uur naar huis met Molly.'

Dat verklaarde de dranklucht. Rebecka begon weer te huilen, maar ditmaal duurde de huilbui minder lang.

'Er was iets met Joel,' snikte ze. 'De afgelopen weken. Nee, de afgelopen maanden. Hij was anders.'

'Heb je...'

'Nee, ik heb geen idee waar dat door kwam.'

Geïrriteerd stond Rebecka op en ze begon door de kamer te lopen. Na verloop van tijd werden haar voetstappen zachter.

'Ik probeerde met hem te praten, maar dat lukte niet. Heeft hij zich...'

Verder kwam ze niet, maar Hanna begreep wat ze had willen zeggen. Kennelijk ging het zo slecht met Joel dat Rebecka bang was dat hij zich van het leven had beroofd.

'Nee, we denken dat Joel is vermoord.'

Rebecka bleef staan en keek haar aan.

'Vermoord?'

'Ja, waarschijnlijk wel,' zei Erik. 'Maar we weten het nog niet zeker.'

Het duurde een paar seconden voordat Rebecka die informatie had verwerkt. Het moment waarop het tot haar doordrong, was duidelijk. Haar hand vloog naar haar mond, ze draaide zich om en rende weg.

Achter de gesloten deur hoorden ze haar kokhalzen en daarna het geluid van de wc die werd doorgetrokken. Een paar minuten later kwam Rebecka naar buiten en ging ze weer zitten. Ze rilde alsof ze koorts had.

'Waarom denken jullie dat hij vermoord is?'

Hanna koos haar woorden zorgvuldig alvorens ze uit te spreken.

'Hij was mishandeld.'

Gelukkig nam Rebecka daar genoegen mee. Voorlopig althans.

'Waar is hij gevonden?' vroeg ze.

'Bij het parkeerterrein van Möckelmossen.'

Hanna keek Rebecka aan toen ze dat zei, maar haar vriendin reageerde nauwelijks.

'Heb je enig idee wat er gebeurd kan zijn?' vroeg Erik.

'Ik weet het niet. O, mijn god. Ik weet het niet.'

Rebecka barstte weer in huilen uit en Hanna legde een hand op haar rug.

'Ik weet dat het moeilijk is, maar los van het hoe en waarom, wie denk jij dat het gedaan heeft?'

'Axel.'

Daarmee kon Rebecka alleen Axel Sandsten bedoelen. Toen Hanna op de Lars Kagg-school zat, had hij bij haar in de klas gezeten. Ze had hem nooit gemogen, maar hij had met haar broer opgetrokken. Vermoedelijk omdat Kristoffer de drank regelde voor Axels feesten. En misschien ook andere dingen. Axels ouders woonden in een reusachtige villa in het centrum van Kalmar en waren vaak in het buitenland.

'Waarom zou Axel...' begon ze, maar Rebecka viel haar in de rede.

'Axel is Joels vader.'

10

'Sorry, maar hoe heet Axel nog meer?' vroeg Erik.

'Sandsten,' antwoordde Hanna.

Erik wist wie Axel Sandsten was. Hij had een adviesbureau dat ondernemers hielp hun bedrijfsvoering te verbeteren. Een paar maanden geleden had hij een of andere prijs gekregen op het Goudfeest, het gala van de lokale ondernemers.

'Axel is anders dan de mensen denken,' zei Rebecka.

'Ik heb hem altijd al een bullebak gevonden,' zei Hanna.

'Ja, dat was duidelijk.'

Rebecka glimlachte, maar de glimlach stierf snel weg.

Erik hield zich op de achtergrond. Het was duidelijk dat Hanna en Rebecka een hechte vriendschap hadden gehad. Zijn nieuwe collega was nu veel aardiger. Hij betwijfelde of dit verhoor zonder Hanna had kunnen plaatsvinden, gezien Rebecka's reactie op het bericht dat haar zoon was overleden. Minutenlang was ze niet aanspreekbaar geweest.

'Was de zwangerschap...'

Hanna aarzelde.

'Nee, Axel heeft me niet verkracht,' zei Rebecka. 'We waren een stel.'

'Wanneer waren jullie dat geworden?' vroeg Hanna.

'Een paar weken voor het eindexamen. Maar ik was bang voor wat jij ervan zou vinden. En er kwamen nog wat andere dingen tussen... Je was weg voordat ik het je kon vertellen.'

Er ging een zweem van schuldgevoel over Hanna's gezicht, maar Rebecka leek het niet te merken. Ze zat helemaal in het verleden.

'Ik had eerst niet eens door dat ik in verwachting was. Ik dacht dat het van al het zuipen kwam dat ik continu misselijk was. En ook al was ik gaan inzien hoe Axel was, ik wilde het kind. En... ik wilde proberen...'

Rebecka werd door zo'n hevige huilbui overrompeld dat ze niet verder kon praten. Ze duwde haar vuist tegen haar maag en Hanna sloeg haar armen weer om haar heen. Erik liep naar de keuken om een keukenrol en een glas water te halen. Op de weg terug struikelde hij bijna over een grijs pluchen konijn.

Hij zette het glas water op de salontafel en gaf een vel keukenpapier aan Hanna, die het aan Rebecka gaf.

'In het begin woonden we bij Axels ouders in,' zei Rebecka en ze snoot haar neus. 'Toen Joel een paar maanden oud was, kochten ze een appartement voor ons. Ze hadden waarschijnlijk genoeg van het huilen van de baby. Joel had koliek en sliep 's nachts bijna niet. Axel werd veel erger toen we op onszelf woonden.'

'Wat deed hij?' vroeg Hanna.

'Hij was waanzinnig jaloers.'

'Waaruit bleek dat?'

'Hij controleerde mijn telefoon, hij bepaalde met wie ik omging, dat soort dingen...'

'En verder?'

'Hij sloeg me.'

Rebecka wreef het vel keukenpapier stuk.

'Toch wilde ik het niet opgeven. Pas toen Joel vier was, heb ik er een punt achter gezet en ben ik teruggegaan naar Öland.'

Erik wachtte af of een van hen verder zou praten, maar ze staarden alleen voor zich uit. Rebecka naar het stuk keukenpapier en Hanna naar haar.

'Hoe was jullie contact nadat je Axel had verlaten?' vroeg Erik.

Rebecka keek op en het leek wel of het haar nu pas opviel dat hij er was.

'Hij bedreigde me. Ik woonde bij mijn moeder en hij zei dat hij het huis in brand zou steken met ons erin als ik niet bij hem terugkwam.'

Hanna verstijfde.

'Sorry,' zei Rebecka. 'Maar dat zei hij.'

Erik begreep er niets van.

'Hoe gedroeg Axel zich tegenover Joel?' vroeg hij.

Rebecka droogde haar tranen, die stilletjes waren gaan stromen.

'Ook als een klootzak.'

Hanna keek naar de tafel. Het was onmogelijk om te zien wat er in haar omging.

'Op welke manier?' vroeg Erik verder.

'Hij stelde volstrekt onredelijke eisen. Toen Joel vijf was, sloot hij hem op in zijn kamer omdat hij zijn veters niet kon strikken. Joel was over zijn toeren toen hij thuiskwam en ik moest uit hem trekken wat er was gebeurd.'

'Woonde Joel ook bij zijn vader?'

'Alleen in het begin. Ik heb zelf nooit een vader gehad, en ik hoopte dat Axel zijn leven zou beteren. Maar uiteindelijk ging het niet meer. Ik merkte dat hij niet goed was voor Joel.'

'Sloeg Axel hem ook?' vroeg Hanna.

'Maar één keer. Dat ik heb gezien.'

Rebecka kneep in het kapotte keukenpapier in haar hand.

'Wat is er?' vroeg Hanna.

'Ik moest Axel bedreigen om in mijn eentje het ouderlijk gezag te krijgen. Ik zei dat ik zou vertellen wat hij mij had aangedaan als hij daar niet mee akkoord ging... En dat stond hem niet aan.'

'Dus hij bleef jou lastigvallen?' vroeg Hanna.

'Ja.'

'Maar waarom zou hij Joel hebben gedood?' vroeg Erik.

'Misschien om mij te straffen,' zei Rebecka. 'Of de stoppen sloegen door. Dat gebeurde bij hem wel vaker.'

Erik zag de mishandelde jongen voor zich.

‘Dat Joel op de parkeerplaats bij het Möckelmossen is gevonden,’ zei Hanna. ‘Wat zegt jou dat?’

‘Ik snap het niet,’ snikte Rebecka. ‘Er is daar niets.’

Erik stond op, misschien waren er dingen die Rebecka pas zou zeggen als ze alleen was met Hanna. Hij knikte naar de deur en zei dat hij even naar buiten ging. FO, mimede Hanna naar hem.

Erik ging buiten staan en belde Ove om te zeggen dat ze forensisch onderzoekers nodig hadden, en dat Axel Sandsten moest worden nagetrokken. Ove leek niet blij met het nieuws. Kennelijk had de politie van Kalmar een aantal keren zijn adviesbureau in de arm genomen. Bovendien stond het nieuws dat er een dode jongen was gevonden op het Alvaret al op Facebook, op het Ölandforum. Met de precieze plaats er zelfs bij, maar gelukkig geen naam.

Dat had hij gehoord van een journalist van de *Barometern*, die hem had gebeld met vragen.

Na enige aarzeling vertelde Erik dat Hanna bij de moeder van het slachtoffer op school had gezeten.

Erik beëindigde het gesprek en keek om. De deur leek niet geforceerd te zijn, maar de FO’ers moesten het hele huis afzoeken op dat soort sporen. Maar misschien deden mensen hier hun deur niet op slot. Hoogstwaarschijnlijk had Joel het huis uit eigen beweging verlaten. Een puber geruisloos ontvoeren was waarschijnlijk onmogelijk, zelfs als de puber zo klein was als Joel. Misschien had hij een afspraak gehad met Axel Sandsten. Of met iemand anders.

Ze stonden nog aan het begin van het onderzoek en moesten een open blik houden.

Erik liep de trap af. Aan de voorkant van het huis stond een kleiner gebouw. Hij keek door een raam naar binnen. Het was een atelier. In de hoek stond zo’n schijf die je gebruikte voor pottenbakken, en de kasten rondom stonden vol met keramieken voorwerpen. Hij deed een paar stappen naar rechts en zag nog een kamer. Een lege ezel en doeken die met de voorkant tegen de muur stonden.

Erik begon om het woonhuis heen te lopen. Aan de zijkant stonden een wip en een gebarsten glijbaan. Een zandbak zonder zand. Aan de achterkant was een terras. Het uitzicht was anders dan hij had verwacht. De velden leken nooit ver weg op Öland, maar het enige wat je hier zag, waren bomen. Erachter was een glimp van andere huizen te zien.

Vorig jaar zomer waren Supriya en hij voor het eerst met Nila naar Öland gegaan. Naar Böda om te zwemmen. Het zandstrand daar was fantastisch, de zee die lang ondiep bleef, maar dit stond hem meer aan. Zo zou hij willen wonen. In een open plek in het bos, zoals mensen dat duizenden jaren geleden ook al deden.

'Pardon, wie bent u?'

Op het perceel ernaast stond een buurman naar hem te kijken. Vermoedelijk de man die net veertig was geworden, want hij zag er behoorlijk brak uit. Erik liep naar hem toe om zich voor te stellen en kreeg te horen dat de man Gabriel Andersson heette.

'Was het gezin Forslund gisteravond bij u te eten?' vroeg Erik.

'Dat klopt,' zei Gabriel na een korte aarzeling. 'Wat doet u hier?'

'Dat kan ik helaas niet zeggen, maar ik wil graag weten of er iets bijzonders is gebeurd tijdens de barbecue.'

'Nee. Of, wat zou dat geweest moeten zijn?'

'Dat weet ik niet. Daarom vraag ik het.'

'Nee, we hebben gegeten en gepraat. En gedronken.'

'En de kinderen?'

'Die gingen ervandoor zodra ze de kans kregen.'

'Hebt u iets aan Joel gemerkt?'

'Nee.'

Gabriel aarzelde weer en Erik glimlachte naar hem, maar er kwam niets meer.

'Ik moet naar de was gaan kijken,' verontschuldigde de buurman zich.

11

Het was alsof haar bewustzijn in tweeën was gescheurd. Het ene deel zat naast Hanna op de bank te praten. Eindelijk nuchter, na het laatste beetje alcohol te hebben uitgekotst. Het andere deel zweefde rond en zocht wanhopig naar een vluchtweg. Brulde zijn protesten uit tegen wat er gebeurde.

Joel is dood.

Rebecka probeerde de woorden uit in haar hoofd, maar ze klonken onwaar.

'Wie was Joels beste vriend?' vroeg Hanna.

De vrouw die Rebecka's allerbeste vriendin was geweest. De enige met wie ze alles had kunnen delen. Toch had Rebecka haar niet verteld van haar zwangerschap. Omdat ze zich schaamde. Ze had geroepen dat ze het nooit zou doen; ze zou het voorbeeld van haar moeder niet volgen. Maar dat had ze wel gedaan. Ze was zelfs nog erger. Haar moeder had tenminste haar school nog afgemaakt voordat ze zwanger raakte. Maar ook omdat Rebecka de vrijplaats die Hanna voor haar was niet wilde verpesten. Bij haar kon ze net doen alsof het allemaal goed zou komen. Toen kwam die geschiedenis met Hanna's vader en kon ze het niet meer zeggen. Opeens was Hanna weg. Rebecka wilde geloven dat zij ook weggelopen zou zijn als ze niet zwanger was geweest. Maar ze had het vreselijk gevonden om op die manier in de steek te worden gelaten. Ze hadden geprobeerd contact te houden door te bellen en te mailen, maar daar waren ze al voor Joels geboorte mee gestopt.

'Nadine,' zei ze. 'Nadine was waarschijnlijk de enige met wie Joel echt bevriend was. Ze hebben tot aan de zesde bij elkaar in de klas gezeten. Toen is Nadine naar Kalmar verhuisd.'

'Een vriendinnetje?'

'Dat weet ik eerlijk gezegd niet. Toen ik een keer bij wijze van grapje zei dat Nadine dat was, werd Joel razend.'

Was 'razend' wel het juiste woord? Joel had niet geschreeuwd en niets kapotgeslagen. Hij had haar aangekeken met tranen van boosheid en teleurstelling in zijn ogen. Daarna was hij naar zijn kamer gegaan en had uren aan zijn schetsboek besteed.

En nu was hij weg. Nee, niet weg. Dood.

Hoeveel tijd was er verstreken sinds Hanna had gezegd dat Joel dood was? Een kwartier – of een halfuur? Rebecka wist het niet. Waarom? Hoe? Keer op keer liep ze de gebeurtenissen van gisteren na om het begin van een antwoord te vinden. Toen ze naar de keuken liep met Ulrika om de verjaardagstaart voor Gabriel te halen, hadden Joel en Linnea niet alleen maar zitten tekenen, ze hadden met elkaar gefluisterd. Waarover?

'Joel deed raar tijdens het barbecueën,' zei ze.

'Op welke manier?'

'Hij was afwezig. Meer dan anders, dus. Molly wilde een van haar moppen vertellen en hij luisterde niet. Hij luistert altijd naar Molly. Soms gebruik ik haar om...'

Hoe zou ze het aan Molly kunnen vertellen? Molly adoreerde haar grote broer. Of aan haar moeder. Haar moeder was bij haar nieuwe vriend in Karlskrona. In Rebecka's jeugd werd haar moeder opgeslokt door haar beslommeringen, echt of verzonnen, maar voor Joel en Molly was ze een fantastische oma geweest.

Rebecka keerde terug naar de vorige dag.

'Ik heb de hele nacht onrustig geslapen. Alsof ik het aanvoelde... Ik had moeten...'

Waarom loog ze? Ja, ze had onrustig geslapen, maar echt niet vanwege een soort zesde zintuig.

‘Hou op,’ zei Hanna. ‘Het was echt jouw schuld niet.’

Hanna gaf een kneepje in haar arm. Ze hadden elkaar zestien jaar niet gezien en er was in de tussentijd veel gebeurd. Ze was heel iemand anders dan het meisje dat in de haven van Gårdby een mengsel van verschillende soorten drank had zitten drinken uit een slecht omgespoelde shampoofles. Ze had gedacht dat alles fantastisch zou worden als ze maar eenmaal van school af was. De walging welde in haar op.

‘Maar als ik...’

‘Nee!’

Ze zwegen een poosje. Het was vast anders gelopen als Rebecka ’s nachts een tweede keer bij Joel was gaan kijken, en dat idee liet haar niet los. Als hij nog wakker was geweest en ze met hem had gepraat. Ze was blij dat de andere rechercheur was weggegaan. Hanna had vroeger zo vaak haar armen om haar heen geslagen. Als weer een jongen het had uitgemaakt. Als ze te veel zelfgemaakte appelwijn had gedronken.

Er was zo weinig gebeurd. Ze was bijna vijfendertig en maakte nog steeds dezelfde stomme fouten. Ze koos de verkeerde man en dronk zich lam als iets anders ging dan zij zich had voorgesteld.

Daar waren de woorden van de conrector weer: *Joel is gisteren ook niet op school geweest.*

Waarom had de school niet gebeld? Dat moesten ze verdomme doen als een leerling niet op kwam dagen. Pas in de herfst zouden ze SchoolSoft krijgen, een programma waarin het verzuim werd geregistreerd. In een flits schoot het door haar heen hoe ze Gabriel had gesmeekt haar niet te verlaten, hoe ze zich had vernederd. Het was net of het niet echt was gebeurd.

‘Hoe gaat het nu verder?’ vroeg Rebecka.

‘We starten een onderzoek om...’

‘Nee, ik bedoel met mij.’

‘O, schat...’ Hanna slikte voordat ze verderging. ‘Je probeert de dag door te komen. Hoe lastig het ook is. Na verloop van tijd wordt dat makkelijker.’

'Bedankt voor de bemoedigende woorden.'

Hanna's moeder was overleden toen ze nog heel jong was en dat had Rebecka van nabij meegemaakt. Maar dit was niet hetzelfde. Ze had Joel in haar lichaam gedragen. Hem verliezen was...

'Zal ik iemand bellen?' vroeg Hanna.

'Petri. Maar nog niet, ik moet...'

Wat Rebecka had willen zeggen, was weg en ze kon het niet meer vinden. De vermoeidheid wikkelde zich als prikkeldraad om haar hoofd.

'Hoe is het met Kristoffer?' vroeg ze. 'Van hem heb ik ook niets meer gehoord.'

Soms vroeg Rebecka zich af hoe haar leven zou zijn geweest als ze voor Kristoffer had gekozen. Maar Axels zelfverzekerdheid had haar verleid. Zijn geld. Het vooruitzicht van een ander soort leven. Kristoffer was in veel opzichten Axels tegenpool geweest. Axel leek zo'n keurige jongen, maar hij had een vreselijk karakter. Kristoffer was een ruwe bolster met een blanke pit. Hij zou haar nooit hebben geslagen.

'Goed,' zei Hanna. 'Hij woont in Londen en werkt in een prachtig hotel. Hij is getrouwd en heeft een dochtertje van bijna drie.'

Rebecka knikte. Ze had er niets op te zeggen. Waarom had ze überhaupt naar hem gevraagd? Opeens wilde ze Hanna kleineren. Het haar betaald zetten.

'Ze noemden jou mijn schaduw,' zei ze. 'Weet je nog?'

'Dat weet ik nog,' zei Hanna.

Ze wendde haar gezicht af, maar Rebecka had haar onzekerheid al gezien.

'Sorry.'

'Het geeft niet,' zei Hanna. 'Zoals ik zei, we zijn een onderzoek gestart. Dat houdt in dat er straks een paar forensisch onderzoekers komen om Joels kamer te doorzoeken. Ik weet dat dat misschien...'

'Doe wat jullie moeten doen,' zei Rebecka.

Haar vermoeidheid verspreidde zich door haar hele lichaam. Wat er gisteren was gebeurd, werd steeds waziger. Als ze niet had gedronken, als ze niet zo ontzettend met haar eigen problemen bezig was geweest, had ze misschien...

'Weet je of er conflicten waren waar Joel bij betrokken was?' vroeg Hanna.

Rebecka schudde haar hoofd. Nog even, dan kon ze geen samenhangende gedachte meer denken. Ze stond weer buiten zichzelf en schreeuwde haar protesten uit. Van hieruit gezien walgde ze niet alleen van zichzelf, maar ook van Hanna, die haar liet praten alsof er niets aan de hand was. Joel was dood en er viel niets te zeggen.

'Ik wil dat je nu weggaat,' zei ze.

De wanhoop welde weer in haar op. Hoe kon Joel dood zijn?

DE LAATSTE DAG

Om vijf over elf staat Joel bij de toonbank van café Kullzénska en koopt twee grote stukken chocoladecake met extra slagroom. Het kind achter hem in de rij zet grote ogen op.

'Die jongen heeft vast al een paar gezonde boterhammen op,' zegt de moeder. Dat Joel het kan horen, schijnt haar niet uit te maken. Ze zal wel denken dat hij zich moet schamen voor zijn slechte eetgewoonten. *Je weet niks van me*, wil Joel schreeuwen. *Niks, nada, niente*. Maar dat doet hij natuurlijk niet.

'Mag ik straks ook cake?' vraagt het kind.

'Nee, vandaag niet.'

'Maar ik eet echt mijn bord wel leeg.'

Hoe oud is dat kind? Vier of vijf? Jonger dan Molly in elk geval. En hij heeft al geleerd wat hij moet zeggen. Het leven zit vol teleurstellingen, denkt Joel. Wen er maar aan.

'Nee,' zegt de moeder nog eens, nu veel bozer.

Ze bestelt een quiche met mediterrane groenten voor zichzelf en wafels voor het kind. Alsof wafels met jam en slagroom ook maar een greintje gezonder zijn dan chocoladecake.

Joel baant zich een weg naar hun tafeltje, dat gelukkig vrij is. Meer tegenslagen kan hij er vandaag niet bij hebben. Hij gaat op de bank zitten, onder het portret van een of ander koninklijk persoon met een baard, en stuurt Nadine een foto van de stukken cake. Ik ben er bijna, antwoordt ze. Vijf minuten later stormt Nadine op hem af en geeft hem een knuffel.

'Heb je het verteld?' vraagt ze.

Joel schudt zijn hoofd.

'Ik dacht dat je daar misschien gedoe om had.'

Joel steekt dezelfde klaagzang af als zoveel eerdere keren. Dat hij in het leven nergens iets aan vindt. Dat hij iemand anders wil zijn. Dat hij ver weg wil gaan wonen.

'In Kalmar is het niet beter,' zegt Nadine.

'Met ver weg bedoel ik Kalmar ook niet.'

'Dat snap ik,' zegt Nadine. 'Maar ik weet niet of het ergens anders beter is.'

Dan wil Joel vragen hoe het was om die pillen te slikken. Of dat makkelijker was dan je polsen doorsnijden. Waarschijnlijk wel, want het was haar de tweede keer bijna gelukt. En hij wil vertellen dat hij op het punt had gestaan om in het water te springen. Als hij door was gezwommen tot hij niet meer kon, was hij misschien niet eens meer in staat geweest om terug te komen, zelfs niet als hij zich had bedacht.

Nadine schept slagroom op haar lepel, richt op hem, maar vuurt niet af. In plaats daarvan stopt ze de lepel in haar mond.

'Ik heb besloten dat ik Mens en Maatschappij ga doen,' zegt ze. 'Op het Stagnelius College.'

Nadine heeft goede cijfers en zal gegarandeerd worden toegelaten. Zijn moeder denkt dat hij het ook goed doet op school, maar dat is niet meer zo. Het enige waarop hij kan hopen, is dat de leraren medelijden met hem hebben en hem niet al te lage cijfers geven in het laatste semester.

'Dan komen we niet bij elkaar op school,' zegt Joel en hij trekt zijn mondhoeken zo ver mogelijk naar beneden.

'Hoezo, ga je geen Cultuur meer doen?'

'Nee, ik ga Gezondheid doen.'

'Waarom?'

Nadine laadt haar lepel nog eens met slagroom en ditmaal schiet ze die weg. De room landt in de baard van de koning achter hem. Joel kijkt om zich heen, maar niemand lijkt het te hebben gezien.

'Je hebt mazzel dat je me niet hebt geraakt,' zegt hij.

'Maar serieus. Waarom?' vraagt Nadine.

'Omdat ik een baan wil waarmee ik op z'n minst wat geld kan verdienen. Ik wil niet zo worden als mijn moeder.'

'Ik vind je moeder aardig.'

'Ik ook, maar zonder Petri zouden we het niet redden.'

'Nee, dat is ook weer waar,' zegt Nadine. 'Wie wil nou afhankelijk zijn van zo'n stomme vent?'

Joel doet zijn nieuwe theorie uit de doeken, dat Petri een flat earther is. Dat hij telkens zijn duimstok en waterpas tevoorschijn haalt om te bewijzen dat de aarde plat is. Nadine valt bijna van haar stoel van het lachen. Een kale man van zeker honderd kilo steekt zijn hoofd om de hoek van de deur naar de ruimte ernaast en zegt dat ze hun kop moeten houden.

Joel kijkt Nadine smekend aan, maar zoals gewoonlijk is ze niet te stoppen.

'Hou zelf je kop,' zegt ze.

Een paar weken geleden had ze een jongen zo uitgedaagd dat Joel dacht dat ze neergeslagen zou worden. Dat was in de kiosk bij het Centraal Station, waar ze een blikje energiedrank wilde kopen. Ze stond in de rij achter een jongen die stond te appen en gaf commentaar op wat hij typte. De jongen draaide zich om en begon tegen haar te schreeuwen. Deze man beperkt zich tot hoofdschudden. Er is een kant van Nadine waar Joel van schrikt. Dat ze narigheid aantrekt.

12

Toen ze Gårdby verlieten, liet Hanna Erik rijden. Ze was bekaf door het gesprek met Rebecka. Ze was niet weggegaan toen Rebecka dat haar had gevraagd, maar had gewacht totdat de FO er was. Het waren twintig pijnlijk stille minuten geweest. Ook al had Rebecka gezegd dat ze het goed vond dat de onderzoekers kwamen, het was niet zeker of dat ook echt zo was. Bovendien konden ze niet riskeren dat ze Joels kamer doorzocht. Dat ze dingen voor hen verborg omdat ze haar niet van belang leken voor het onderzoek.

Hanna had alle begrip voor de impuls om dat te doen. Hoe vaak had ze zelf hun huis niet overhoopgehaald nadat haar vader gearresteerd was? Op zoek naar bewijzen dat hij zo'n monster was als ze beweerden. Al wist ze dat als zo'n bewijs bestond, de politie het allang had meegenomen.

Hanna was weer negentien en zag haar vader weggevoerd worden door de politie. Dat moment was het keerpunt en ze had het niet aangekund. Ze was weggeglipt naar Rebecka's huis. Toen ze na een uur of wat terugging naar huis, waren ze daar met een huiszoeking bezig. Een agent had haar naar haar oma gebracht. Door de voorruit had ze de blikken van de buren gezien. Ze hadden in groepjes bij de weg gestaan met hun hoofden dicht bij elkaar. Kristoffer was toen niet thuis geweest, hij was een paar dagen weggebleven.

De politie was ook in haar kamer geweest. Het laatje van haar bureau had niet goed dichtgezeten.

‘Waarom ben je weggegaan van Öland?’ vroeg Erik. Dat haalde haar terug naar het heden.

‘Ben je altijd zo nieuwsgierig?’ was Hanna’s wedervraag.

Hij lachte, maar herhaalde zijn vraag niet. Had hij door dat ze er echt niet over wilde praten? Of wilde hij provoceren? Erik bleef bijna een minuut stil. Hanna begon af te tellen.

‘Zou je echt wel bij het verhoor van Axel Sandsten moeten zijn?’

Daar was de vraag waarop ze had gewacht.

‘Ik heb hem in zestien jaar niet gezien, en ik heb hem nooit goed gekend.’

Ook hier vroeg Erik niet op door.

‘Doen mensen in Gårdby hun voordeur op slot?’ vroeg hij.

‘Wij deden dat zelden, maar dat is waarschijnlijk veranderd. Ik doe thuis in elk geval de deur wel op slot. Al staat mijn huis aan de rand van een dorp dat kleiner is dan Gårdby.’

De weg liep omhoog en ging verder over de Kalmarsund. Het was een verdrietig gevoel om het eiland te verlaten. Telkens weer. Ook al was het maar voor een paar uur. Hanna twijfelde eraan of Ingrid haar deur op slot deed. Het ging er niet om dat het dorp kleiner was, en ook niet dat de tijden veranderd waren. Ze was banger, en dat klopte niet. Wat had ze nog te verliezen?

Het kantoor van Axel Sandsten zat in de Larmgatan, dicht bij de oude watertoren.

Daar zaten nu appartementen in, of dat was in elk geval zo geweest. Hanna wist nog niet goed wat er allemaal was veranderd in de jaren dat ze weg was geweest. De oude watertoren was nog zo’n plek waar ze had gefeest. Op haar zestiende had ze een korte relatie gehad met een gitarist, en zijn halfzus had een appartement midden in de toren gehad. Soms leek haar schooltijd één lang feest te zijn geweest. Waarom had ze zoveel gefeest? Ze had het nooit leuk gevonden. Zelfs in haar roes was ze bang geweest dat ze vast zou blijven zitten, dat ze net zo zou worden als haar vader.

Waarschijnlijk had ze willen uitproberen hoe het was om iemand anders te zijn.

Rebecka's schaduw. Ja, zo hadden ze haar genoemd. Hoewel ze bijna twintig centimeter langer was. Of misschien juist daarom; ze was de sombere bijwagen die niets zei. Rebecka raakte makkelijk in gesprek met anderen. Ze was bijna altijd vrolijk. En het was fijn geweest om bij haar aan te haken.

Soms had dat van die schaduw Hanna gestoord, maar toen ze opeens de dochter van Lars Duncker werd, had ze terugverlangd naar die tijd van onzichtbaarheid.

Naast de oude watertoren was nu een speeltuin, met rubberen matten en een gigantisch klimnet, en daar vond Erik een parkeerplaats. De kinderstemmen volgden hen toen ze schuin overstaken naar de ingang. SANDSTEN CONSULTANTS stond er op een gigantisch koperen bord.

Axel had altijd al aan grootheidswaan geleden.

Bij de receptie lieten ze hun legitimatie zien en vroegen Axel Sandsten te spreken.

'Hij is in vergadering,' zei de vrouw, die een strakke zwarte rok en een witte blouse droeg en geen dag ouder leek dan twintig.

'We moeten hem nu spreken,' zei Erik.

Normaal gesproken was het genoeg dat ze zich als politiemensen identificeerden, maar de vrouw aarzelde nog steeds. Uiteindelijk liep ze weg. Hanna keek om zich heen. Behalve de receptiebalie stonden er twee stijve fauteuils en een tafeltje. Waarschijnlijk hadden ze de ruimte zo leeg gelaten om hem optisch groter te maken. De overheersende kleur was zwart. Het duurde een paar minuten voordat de vrouw terugkwam.

'Hij vraagt waar het over graat.'

De stressvlekken in haar hals leken te trillen.

'Dat kunnen we niet met u bespreken,' zei Erik.

'Ga hem halen,' zei Hanna. 'Dan hoeven we onze legitimatie niet in de vergadering te laten zien.'

Zodra de vrouw voor de tweede keer was verdwenen, vroeg Erik haar: 'Je mag hem echt niet, hè?'

Hanna schudde haar hoofd. Axel was altijd al een eikel geweest. Hij had de onzekere kinderen in de klas altijd gepest en zich gedragen alsof hij boven iedereen verheven was. Hij had Kristoffer een boel vuile klusjes laten opknappen. Maar alles verbleekte bij wat hij Rebecka had aangedaan. Dat niet meer mensen Axel doorzagen, was onbegrijpelijk.

Een deur ging open en dicht. Axel Sandsten kwam naar hen toe, op de hielen gevolgd door de receptioniste.

'Mijn excuses dat jullie moesten wachten,' zei hij.

'Kunnen we ergens ongestoord praten?' vroeg Erik.

Axel nam hen mee naar een kleine vergaderkamer. De deur was nauwelijks te onderscheiden geweest van de muur. Een ovale tafel omgeven door zes stoelen. Aan de muur hingen schilderijen van plaatselijke bezienswaardigheden: het kasteel van Kalmar, de domkerk en de oude watertoren. Het oogde goedkoop in vergelijking met de rest van de inrichting.

'Waar gaat het om?' vroeg hij toen ze waren gaan zitten.

Erik keek hem recht aan, met een rustige en vaste blik.

'Uw zoon Joel is helaas eerder vandaag dood aangetroffen.'

Axel kneep zijn ogen dicht, maar deed ze snel weer open. Hij wendde zijn gezicht af.

'Heeft hij zelfmoord gepleegd?'

'Waarom denkt u dat?' vroeg Erik.

'Het ging niet goed met hem. Hij had het moeilijk.'

'In welk opzicht?'

'Zijn moeder is een vreselijke controlfreak,' zei Axel. 'Volgens mij gaat het met haar ook niet zo goed.'

Hanna moest haar nagels in haar dijen boren om niet tegen hem te gaan schreeuwen. Maar daarmee verborg ze haar reactie niet.

Misschien was het toch niet zo'n goed idee dat ze erbij was.

'Sorry,' zei Axel. 'Het was niet de bedoeling om haar de schuld te geven. Ik was geschokt. Het is druk op dit moment en ik heb nauwelijks geslapen. Ik was bezig een crisis op te lossen toen jullie kwamen. En nu dit…'

Erik glimlachte begrijpend.

'We hebben begrepen dat Joel en u niet veel contact hadden?'

'Helaas niet,' zei Axel. 'Zijn moeder heeft haar best gedaan om mij bij hem weg te houden.'

Hanna wist dat ze het niet moest doen, maar ze kon haar mond niet houden.

'Misschien omdat je haar sloeg.'

Axel keek haar aan. Hij observeerde haar zonder op haar opmerking te reageren.

'Je komt me bekend voor.'

'Dat mag ook wel, we hebben bij elkaar in de klas gezeten.'

Hij leek nog steeds niet door te hebben wie ze was. Maar waarschijnlijk speelde hij dat maar omdat hij dacht dat hij haar daarmee nog verder uit haar evenwicht kon brengen. Gezien haar lengte was het moeilijk om haar niet te herkennen.

'De achternaam is Duncker. Dat helpt misschien.'

'Verdorie, zeg.'

Een geamuseerde glimlach. Zijn reactie op het bericht dat zijn zoon was overleden verschilde enorm van die van Rebecka.

'Hoe is het met je broer?' vroeg hij.

'Uitstekend,' antwoordde ze.

Ze was helemaal klaar met alle mensen die naar haar broer vroegen. Maar ze vroegen tenminste niet naar haar vader.

'Wat hebt u gisteravond gedaan?'

Axel keek naar Erik.

'Waarom vraagt u dat?'

'We denken dat Joel om het leven is gebracht.'

Met een zucht reikte Axel naar de karaf water midden op de tafel, hij vulde een glas en nam een paar slokken.

'Ik was hier aan het werk. Ik kon pas om twee uur 's nachts weg. Een crisis, zoals ik al zei.'

'Alleen?'

'Tatjana was bij me tot elf uur. Toen moest ze weg, omdat ze een oppas had.'

'Wie is Tatjana?'

'Een personeelslid.'

Axel keek haar aan toen hij dat zei. Het leek wel of hij wilde dat ze daar kritisch over door zou vragen.

13

De kinderstemmen in de speeltuin kwamen op Hanna af toen ze naar buiten stapte. Ze riepen een verlangen in haar op waarvan de hevigheid haar verraste. Ze sloot de stemmen buiten, samen met de herinnering aan hoe Fabian naast haar had gelegen en haar sleutelbeen had gestreeld. Hoe hij haar daar had gezoend en langzaam met zijn lippen omlaag was gegaan. Hoe hij omhoog had gekeken en had gezegd dat hij vond dat ze kinderen moesten nemen.

Hanna haalde haar mobiel tevoorschijn en toetste het nummer van Tatjana Edin in dat ze had gekregen. In gesprek.

'Naar het bureau, toch?'

Hanna knikte en zodra ze waren ingestapt, belde ze nog eens. Dit keer ging de telefoon wel over, maar Tatjana nam niet op. Erik wierp haar een steelse blik toe en glimlachte.

'Wat is er?' vroeg ze. Iets norser dan ze had bedoeld.

'Misschien is je eerste dag wat hectischer dan je had verwacht. Maar ik kan je verzekeren dat het normaal gesproken veel rustiger is.'

'Dat is mooi, maar ik ben het gewend. In Stockholm werkte ik aan ernstige delicten.'

'Zo bedoelde ik het niet.'

Ze zou sorry moeten zeggen. Het moeten wijten aan hoe moeilijk het was dat de zoon van een oude vriendin was omgebracht. Dat het weerzien met Rebecka veel bij haar had losgemaakt. Want dat was zo. En ze werd verteerd door het verlangen om niet meer zo verdomd eenzaam te hoeven zijn. Toen ze niets zei, schudde Erik zijn hoofd en concentreerde zich op het rijden.

Voor de verandering hield hij zijn mond.

Ove kwam zijn kamer uit toen hij hen langs zag lopen.

'Hanna, mooi zo. Kom binnen, dan regelen we een dienstwapen voor je.'

De lucht in Oves kamer was anders en ze kon de geur eerst niet identificeren. Totdat het tot haar doordrong dat hij de een of andere spuitbus gebruikte om te camoufleren dat hij rookte. Misschien was de geur er vanochtend ook al geweest, en was ze toen te gestrest geweest om hem op te merken. Hij gaf haar de naam en het nummer van de man met wie ze contact moest opnemen om haar wapen te krijgen.

'De onderzoeken zijn nog niet afgerond,' zei hij. 'Niet van de vindplaats en niet van de kamer van Joel Forslund. Maar zijn lichaam is nu onderweg naar het forensisch instituut in Linköping.'

'Oké.'

Ze moest dat woord echt niet meer gebruiken.

'Joels moeder is een oud-klasgenote van me.'

Die band zou ze niet verborgen kunnen houden, dus kon ze het net zo goed eerlijk vertellen.

'Ja, dat zei Erik al.'

Hanna wilde weer 'oké' zeggen, maar wist zich te bedwingen. Het ergerde haar dat Erik al zo snel met Ove had gepraat. Hij had vast gebeld toen ze bij Rebecka waren, dat was het enige moment dat ze kon bedenken dat ze niet bij elkaar waren geweest. Hij had het eerst met haar moeten bespreken.

'Is dat een probleem?' vroeg Ove.

'Helemaal niet,' zei Hanna. 'Integendeel. Rebecka praat met me.'

'Ja, dat zei Erik ook al. Maar Axel dan? Hem kende je kennelijk ook al.'

‘Ik heb al zestien jaar geen contact meer met hen,’ haastte Hanna zich te zeggen.

In het gesprek met Axel had ze geen voordeel gehad van hun gezamenlijke verleden. Ove haalde zijn schouders op. Kennelijk was dat deel van de discussie al afgehandeld. Op haar vorige werkplek was ze waarschijnlijk van de zaak gehaald.

‘Ik wilde zeker weten dat het geen probleem is,’ zei hij. ‘En dat het goed gaat met jou.’

Hoe gaat het me je?

Dat was de eerste vraag die hij haar zestien jaar geleden had gesteld, maar daar wilde ze niet in blijven hangen.

‘We moeten verder met Axel Sandsten,’ zei ze en ze deed verslag van wat Rebecka had gezegd en van Axels reactie.

‘Je weet wie hij is, toch?’

‘Ja, een eikel. Dat is niet veranderd.’

‘Behalve Rebecka’s woorden is er niets wat de vermeende mishandeling staaft. We hebben meer nodig als we hem te pakken willen nemen.’

‘Hem te pakken nemen? Meen je dat? We moeten in elk geval zijn telefoon en zijn mail checken.’

Hanna had de woorden nog niet uitgesproken of ze had al spijt. Maar Oves bezorgdheid was een kriebeldeken die ze van zich af wilde gooien. En zijn woordkeus stoorde haar. Hem te pakken nemen. Alsof hij haar van een soort persoonlijke vendetta tegen Axel verdacht.

‘Dat was misschien wat onhandig uitgedrukt,’ zei Ove. ‘Maar het lijkt me geen goed idee. Niet in dit stadium.’

Toen Hanna zestien jaar geleden met Ove kennismaakte, had ze al de indruk gekregen dat hij zich niet onnodig inspande. Of liever gezegd: dat was de conclusie die ze had bereikt toen ze hun gesprekken naderhand had geanalyseerd. Eigenlijk wilde ze hem naar het dossier van haar vader vragen, maar dat deed ze niet. Ze had het meeste gelezen wat erover geschreven was, maar de rechtszaak had ze niet bijgewoond, omdat haar vader haar dat had verboden. Waarom had ze naar hem geluisterd? Er waren te veel dingen die ze niet wist.

'Hebben we Joels telefoon dan?' vroeg ze.

Ze konden lijsten van telefoongesprekken en sms'jes opvragen, maar jongeren gebruikten vaak apps om te communiceren en daar had je het toestel zelf voor nodig.

'Ja, die had hij bij zich,' zei Ove. 'Maar helaas is hij kapot.'

Oves telefoon ging en toen hij ernaar reikte, stond Hanna op. Maar voordat ze de kamer uit was, zei Ove al 'bedankt' en hij hing op.

'Dat was een van de FO'ers die Joels kamer onderzoeken,' vertelde hij. 'Ze hebben hasj gevonden.'

'Hoeveel?' vroeg Hanna.

'Vijf gram.'

Vijf gram was genoeg voor zo'n vijftien joints, afhankelijk van hoe sterk je ze wilde hebben. Het was niet echt genoeg om te dealen. Maar het nieuws bezorgde Hanna een naar gevoel. Dit was vermoedelijk nog maar het begin. Ze wist hoe het altijd ging in een moordonderzoek. Kon Rebecka alle rottigheid aan die aan het licht zou komen?

DE LAATSTE DAG

Nadine gaat snel naar haar wiskundeles, maar Joel blijft in café Kullzénska zitten. Door het uurtje met haar ziet hij alles weer wat scherper. De weken nadat ze had gezegd dat ze verliefd op hem was, waren de ergste van zijn leven. Toen deed ze haar tweede zelfmoordpoging. Die bijna was gelukt. Maar ze hadden elkaar weer gevonden. Hij wil dat ze altijd vrienden blijven. Een leven zonder haar kan hij zich gewoonweg niet voorstellen.

Het probleem zit in zijn hoofd. Hij moet anders leren denken.

Maar hoe gemakkelijk is dat?

Joel schraapt met zijn lepel over het bordje van wit porselein en stopt de laatste kruimels van de chocoladecake in zijn mond.

Aan het tafeltje schuin tegenover hem komt een groepje zitten. Het is duidelijk dat ze spijbelen. Hij heeft hen hier eerder gezien. Drie jongens en twee meisjes. Luidruchtig. In zwarte kleren en met tatoeages en piercings. Het haar van een van de meisjes heeft alle kleuren van de regenboog, net als dat van die stoere voetbalster. Waarom durft hij niet te zijn zoals zij? Waarom durft hij geen ruimte in te nemen? Maar hij houdt niet van tatoeages of piercings. In elk geval niet bij hemzelf. Hij is bang voor alles wat pijn doet.

Ze praten over het examen. Dat zij volgend jaar aan de beurt zijn. Een van de jongens werpt een steelse blik op hem. De knapste van de drie. Blond met lichtbruine ogen. Met alleen een kleine tattoo die uit de hals van zijn trui steekt. Een vlam misschien. Of een bloem. Voordat Joel zijn hand kan tegenhouden, gaat die naar zijn gezicht. Hij voelt het branden bij zijn neus en hij verwacht gewoon dat het puistje zal opzwellen. De jongen zegt niet veel, hij luistert vooral. Zijn blik blijft op Joel gericht, die het idee krijgt dat de jongen iets tegen hem wil gaan zeggen. Hij staat op en gaat snel weg.

Buiten is de zon achter een wolk weggedoken. Het is te vroeg om terug te gaan naar het eiland, dus hij loopt naar winkelcentrum Baronen. Hij verstijft als hij de man ziet die uit de tassenwinkel komt. Hij probeert de Södra Långgatan in te komen, maar het is al te laat.

'Joel.'

Joel blijft staan. Het wordt erger als hij dat niet doet.

'Hallo,' zegt hij.

Hij zegt geen 'papa' als hij het over deze man heeft. En hij spreekt hem zeker niet met 'papa' aan. Joels vroegste herinnering is dat Axel zijn moeder tegen een radiator duwde. Hij was pas vier geworden en hij dacht dat ze dood zou gaan. Alles zat onder het bloed.

'Ben je niet op school?'

'Sinds wanneer maak jij je daar druk om?'

Hij zou hem niet kwaad moeten maken, maar hij kan hier geen mooi weer staan spelen. Daar heeft hij schoon genoeg van. Een deel van hem wil dat Axel hem slaat. Misschien werkt Nadines methode. Misschien heeft hij fysieke pijn nodig om de andere soort niet te voelen. Met zoveel getuigen zou Axel er waarschijnlijk niet mee wegkomen.

'Sla niet zo'n toon aan, wil je.'

Joel maakt een overdreven buiging en Axels ogen schieten vuur. Een tel later lacht hij.

'Ik kan je helpen. Wil je niet bij mij komen wonen na de vakantie? Dan zit je dichter bij school. Heb je al besloten welk profiel je kiest?'

Dit is meer dan Axel de afgelopen maanden tegen hem heeft gezegd. Hij belt af en toe, maar Joel neemt nooit op. Of hij stuurt een sms'je, waar Joel ook niet op reageert. En op zijn verjaardag stuurt hij altijd een cadeautje.

‘Ik weet het niet,’ zegt hij.

Weer laat Axel zijn valse glimlach zien.

‘Ik vind dat je Natuur en Techniek moet doen op de…’

‘Waarschijnlijk wordt het Gezondheid,’ zegt Joel.

Axel kijkt hem aan alsof hij gek is geworden. En misschien is hij ook wel gek dat hij hier met Axel staat te praten. Hij weet hoe opvliegend hij is. Maar terwijl Joel het zegt, voelt hij alle twijfel verdwijnen. Hij is dol op tekenen, maar hij ziet niet hoe hij daar zijn beroep van kan maken.

‘Ik wil niets met je te maken hebben,’ zegt hij. ‘Denk je dat ik niet meer weet hoe je mama hebt behandeld?’

‘Ze heeft je gehersenspoeld.’

‘Laat me met rust,’ zegt Joel.

Hij loopt door. Zijn hart bonst en de druk op zijn hart verplaatst zich naar zijn ogen. Joel knippert de tranen weg.

‘Ik weet niet wat je je meent te herinneren,’ zegt Axel achter hem. ‘Maar je vergist je.’

Nee, denkt Joel, ik vergis me niet in jou. En als je wist wie ik was, zou je me vermoorden.

14

Eindelijk waren de FO'ers weg. Rebecka leunde met haar voorhoofd tegen de voordeur en sloot haar ogen. Ze hadden Joels laptop meegenomen. Die had zij tweedehands op internet gekocht van een man in Färjestaden. Stel je voor dat er oude troep op stond, waarvan de politie zou denken dat het van Joel was.

Kinderporno, bijvoorbeeld. Dat was het ergste wat ze kon bedenken. Toen ze de laptop kwam halen, droeg de man een joggingbroek en een T-shirt dat zijn buik niet helemaal bedekte. Vet haar en een slechte adem. Ze probeerde zijn naam uit de nevel in haar hoofd op te diepen, maar dat was onmogelijk. Hun mailwisseling had ze waarschijnlijk niet bewaard.

Langzaam bracht Rebecka haar arm omhoog. Ze duwde haar handpalm tegen de deur. Het was net of haar lichaam het contact met de omgeving af en toe kwijt was, en dat wilde ze herstellen. Ze wilde zichzelf niet verliezen zoals ze Joel had verloren.

De FO'ers hadden ook al zijn schetsboeken meegenomen. Ook het boek waar ze van hem niet in had mogen kijken. Hij had beloofd dat hij haar dat later zou laten zien. Zou ze het nu nooit meer te zien krijgen?

Wat hadden ze nog meer meegenomen? Rebecka wist het niet. De FO'ers hadden haar vragen niet willen beantwoorden.

Eerst hadden ze haar niet alleen willen laten. Ze hadden keer op keer gevraagd of ze iemand moesten bellen. Uiteindelijk had ze hen weggejaagd. Ze had gezegd dat haar man zo thuiskwam, dat ze met hem had gepraat, ook al was dat een leugen.

Rebecka liet de deur los en ging op de bank zitten, met een van de zwart-witte zebrakussens in haar armen. Ze had zo'n pijn in haar borst dat ze niet wist waar ze het moest zoeken. Ze brulde en gooide het kussen weg. Het vloog rakelings langs de vaas op het dressoir. Ze pakte een nieuw kussen.

Eigenlijk moest ze Petri bellen. En haar moeder. Maar dat zou het definitief maken. Ergens hoopte ze dat het allemaal een vergissing was. Dat Joel binnen zou stappen en zou vragen waarom ze zo verdrietig was.

De tranen begonnen weer te stromen. Ze was terug in de merkwaardige ontmoeting met Hanna. Het was een shock geweest om de deur open te doen. Rebecka had haar gemist. Ze had een paar keer op het punt gestaan contact op te nemen, maar het was er nooit van gekomen. Gedeeltelijk vanwege Axel en Joel. Dat ze het dan zou moeten vertellen. Alsof het nu nog iets uitmaakte dat ze dat zestien jaar geleden had verzwegen.

Tegelijkertijd schaamde ze zich. Hoe had ze zo kunnen zitten praten toen ze net te horen had gekregen dat Joel dood was? Ze had eerder stop moeten zeggen.

Zat ze zo om vrienden verlegen? Ze had veel kennissen, maar bijna niemand met wie ze kon praten – niet over dingen die ertoe deden. Haar gezin en haar bedrijfje slokten al haar tijd op. Haar buurvrouw Ulrika was de beste vriendin die ze had, en met haar man was ze het bed in gedoken.

Gabriel was een klootzak. Alles was klote. Het was zo godvergeten slap van haar dat ze zich door een paar lichtblauwe ogen en strakke borstspieren had laten bedriegen. Door mooie, maar volslagen lege woorden.

Zou ze Ulrika bellen? Zou ze bellen dat Petri moest komen? De telefoon op de salontafel trilde en Rebecka schrok. Ze had geen energie om op te nemen, maar pakte de telefoon om te kijken wie het was.

De school. Shit. Was er ook iets met Molly gebeurd?

Met trillende stem nam ze op. 'Hallo.'

'Ik vond Molly buiten op de trap. Is er...'

Rebecka haalde de telefoon van haar oor en keek naar de tijd. Ze had Molly meer dan een halfuur geleden moeten ophalen. Ze drukte haar hand tegen haar hart in een poging de paniek te dempen.

'Sorry,' mompelde ze in de telefoon. 'Ik kom eraan.'

Op de een of andere manier slaagde Rebecka erin de school te bereiken. Molly zat op de trap met Isak, de leraar die had gebeld. De opvang was nog open en voor de school werd een spel gespeeld. Maar Molly wist hoe laat ze opgehaald moest worden en ze vond het niet leuk als het niet gebeurde. Net als Joel was ze de afgelopen tijd onrustiger geweest. Rebecka kon duidelijk zien dat ze had gehuild.

Ze liep snel naar haar dochter toe en nam haar in haar armen.

'Sorry, schat. Ik...'

Verder kwam ze niet. Ze kon het niet vertellen. Niet hier. Isak legde een hand op haar arm en keek haar aan. Ze schudde haar hoofd op de vraag die in de blik besloten lag. Als ze één woord over Joel zei, zou ze niet meer in staat zijn thuis te komen.

Toen ze het schoolplein verlieten, voelde ze Isaks ogen in haar rug. De weg naar huis leek kilometers lang en ze wilde Petri bellen om te vragen of hij hen kwam halen. Maar haar telefoon lag nog op de salontafel.

'Ben je moe?' vroeg Molly.

Moe was het excuus dat Rebecka altijd gebruikte als ze iets had gedaan waar ze zich voor schaamde. Zoals schreeuwen tegen Molly. Of geen puf hebben om met haar te spelen. Rebecka knikte.

'Ik lag te slapen, daardoor was ik te laat.'

'Midden op de dag?'

'Ja. Gek, hè?'

Maar minder gek dan dat Joel dood was gevonden, bedacht ze. Dat de politie dacht dat iemand hem van het leven had beroofd.

Rebecka beet op haar lip om de tranen tegen te houden, maar zelfs de smaak van bloed was niet genoeg. Ze wilde naar huis. De deur dichtdoen, in bed kruipen en het dekbed over haar hoofd trekken. En pas weer wakker worden als ze het leven weer aankon.

'Wat is er, mama?'

'Ik ben ook een beetje verdrietig.'

'Ik ook,' zei Molly.

'Waarom?'

'Dat weet ik niet.'

Rebecka gaf een kneepje in de hand van haar dochter.

'Dat kun je soms zo hebben.'

Ze waren nu halverwege en op de een of andere manier moest het lukken. Gelukkig kwamen ze alleen Gerd tegen. Ze had staar en hopelijk zag ze daardoor Rebecka's rode ogen niet. Rebecka groette met een knikje. Ze zou iets moeten zeggen, aangezien ze elkaar na de brand in Gerds garage nog niet hadden gesproken, maar ze vertrouwde haar stem niet. Sommigen beweerden dat Gerd de brand zelf had aangestoken, per ongeluk. Maar de meesten leken te geloven dat iemand anders de brand had gesticht. Rebecka was ervan overtuigd dat het door de bliksem was gekomen. Ze had wakker gelegen toen het gebeurde, ze had de seconden tussen de bliksemflitsen en de donder geteld.

Toen Rebecka binnen was en de deur dicht kon doen, stond ze op haar benen te trillen van opluchting. Ze zette Molly op de bank met de tablet en de oortjes. Molly lachte verbaasd. Vaak mocht ze de tijd tot aan het eten voor de tv doorbrengen, maar de tablet kreeg ze meestal zo makkelijk niet. Een oogarts had gezegd dat het licht daarvan schadelijker was.

Rebecka pakte de telefoon van de salontafel en liep naar de keuken. Ze stond er een paar minuten mee in haar hand voordat ze zich ertoe kon zetten Petri's nummer te bellen.

Zodra ze zijn stem hoorde, begon ze te huilen.

'Wat is er schat?'

'Je moet thuiskomen,' bracht ze hortend uit.

'Wat is er gebeurd?'

'Joel is dood.'

15

Erik stond in de kantine toen er gezoem klonk uit zijn broekzak. Hij liet het theezakje in het kopje vallen en haalde zijn telefoon tevoorschijn. Het was een berichtje van Supriya, die vroeg wat hij die avond wilde eten. Ze haalden om de beurt Nila uit school, en daar hoorde ook koken bij.

Dal? typte hij, met een lachende emoji erachter.

Ze aten een paar keer per week linzen en Erik wist dat Supriya daar genoeg van had, maar hij kon niets anders verzinnen. Supriya en hij waren allebei vegetariër. Nila at vlees op school en leek helemaal geen zin te hebben daarmee te stoppen. Ze hield van alle soorten worst, vooral van *falukorv*.

Erik schonk warm water op het theezakje en ging aan de kant voor een collega die een theekopje wilde pakken.

Misschien, kwam het antwoord van Supriya. Met een poppetje waarvan hij niet begreep wat het moest uitbeelden. Hij zou een emojiwoordenboek voor haar moeten kopen.

Ze hielden allebei van koken, maar door de stress op hun werk ging de lol er soms vanaf. Als tandarts had Supriya vastere tijden dan hij, maar een van haar collega's had zich net ziek gemeld. Hij vermoedde dat de stress op dit moment nog een andere oorzaak had.

Situatie onder controle voor vrijdag? vroeg hij.

Vrijdag zouden Supriya's ouders overkomen uit India. Hun enige eerdere bezoek had plaatsgevonden in een Malmö vol met sneeuwprut, en daar hadden ze het nog steeds over. Hoe koud en verschrikkelijk het was geweest. En dat ze geen echte sneeuw hadden gezien.

Het weerbericht zegt dat het gaat regenen.

Supriya's antwoord werd gevolgd door weer een onbegrijpelijke emoji. Erik liep met zijn theekopje in de hand naar een lege tafel, terwijl hij met zijn vrije hand een poppetje verstuurde dat huilde van het lachen.

Niet grappig, antwoordde ze.

Dat vond hij ook niet, maar hij maakte zich meer zorgen om haar dan om het weer. Hoe dat moest gaan met Supriya en haar ouders als ze twee weken op elkaars lip zaten. De vorige keer waren ze maar een week gebleven.

En misschien bovenal: om wat haar stressniveau voor hem zou betekenen.

Toen de thee lang genoeg had getrokken, haalde Erik het zakje eruit, kneep het uit met behulp van het lepeltje en legde het op een servet. Het was een drukke dag geweest en hij moest even tot rust komen voordat hij het proces-verbaal van het verhoor afmaakte. Dat van Axel Sandsten. Het verslag van het gesprek met Rebecka Forslund moest Hanna maar doen, aangezien hij er niet de hele tijd bij was geweest.

Toen Erik weer binnen was gekomen met de FO, had Rebecka alleen op de bank gezeten, terwijl Hanna in de keuken was. De sfeer was gespannener dan toen Erik hen alleen had gelaten, wat onder de gegeven omstandigheden misschien niet zo vreemd was. Rebecka had haar kind verloren. Maar er was iets met de nieuwe collega wat zijn nieuwsgierigheid wekte. Het feit dat hij haar moeilijk vond. Normaal gesproken kon hij met alle soorten mensen overweg. Ze had een geschiedenis, daar was hij van overtuigd. Hij had Hanna gevraagd of ze mee ging theedrinken, maar ze had nee gezegd. Ze wilde nog een poging doen om Tatjana Edin te bereiken.

Erik zag Joel voor zich. Een mishandelde vijftienjarige tegen een muur, ver van de bewoonde wereld. Niemand zou op die manier moeten sterven, en Erik wilde Rebecka helpen door uit te zoeken waarom Joel was gestorven. Hij moest er niet aan denken dat Nila iets zou overkomen, dat was zijn ergste nachtmerrie. Na de bevalling had hij een paar minuten in die angst geleefd, toen Nila ademnood had gekregen. De kinderarts had geprobeerd hem gerust te stellen, maar was daar niet in geslaagd.

Er kwamen twee collega's de kantine binnen. Ze haalden allebei een kop koffie en gingen aan het tafeltje naast hem zitten.

'Weet je nog die roofmoord op Öland van vijftien jaar geleden? Een vrouw die was mishandeld en daarna omkwam bij een brand?'

'Ja, in Åby, toch? Mijn tante woonde in het dorp ernaast en zij kende haar ex-man.'

'Zijn dochter werkt hier nu.'

'De dochter van de ex?'

'Nee, van de moordenaar. Ze is bij de politie gegaan.'

Erik kon het niet laten en vroeg: 'Sorry, maar waar hebben jullie het over?'

Hij kreeg het verhaal te horen over de dronkenlap die bij Ester Jensen had ingebroken. Het gerucht ging dat ze geld in huis had. Volgens Esters dochter was er om die reden al vaker bij haar moeder ingebroken. Maar het was niet waar. Toen de man geen geld vond, was hij razend geworden. Hij had Ester ernstig mishandeld en daarna het huis met haar erin in brand gestoken. Hij had beweerd dat ze zich had verzet en ongelukkig ten val was gekomen, op haar hoofd, en daardoor was overleden. De brand had veel bewijzen verwoest, maar niet al haar gebroken botten. Ze had bijna twintig fracturen gehad.

'Wie is zijn dochter?' vroeg Erik, ook al was hem dat al duidelijk.

'Hanna Duncker.'

16

Zonder zich te bukken trok Hanna haar schoenen uit met behulp van haar tenen. *Zo maak je ze kapot*, hoorde ze Fabians stem zeggen. *Je moet de veters losmaken.* Ze gooide de sleutels op het kastje in de hal en er schoot haar een andere vermaning uit het verleden te binnen, die van haar moeder: *Kun je die alsjeblieft ergens anders neerleggen?* Gevolgd door een glimlach en: *Doe het voor mij.* Haar moeder legde nooit sleutels op een kastje of een tafel, en ze vond het vervelend als anderen dat deden. Kennelijk betekende het ongeluk. Van haar moeder herinnerde Hanna zich alleen de woorden en de glimlach, niet de stem. Die was als eerste verdwenen.

Hanna pakte de sleutels op en hing ze aan het haakje bij de spiegel. Ze liep door naar de keuken en trok de koelkast open. Ze keek er niet naar uit om Rebecka te moeten vertellen van de drugs die de FO in Joels kamer had gevonden. Het gesprek dat ze hadden gehad nadat ze haar op de hoogte had gesteld van Joels dood, had een zure nasmaak achtergelaten. Ze had misbruik gemaakt van de shock waarin Rebecka verkeerde en van hun vroegere vriendschap. Misschien zou zij niet Rebecka's contactpersoon moeten zijn. Maar ook al was het voor hen allebei moeilijk, Hanna dacht nog steeds dat het goed was voor het onderzoek.

Ze haalde het plastic bakje met rijst en kip uit de koelkast. Het was de laatste portie van de grote pan die ze afgelopen zondag had gekookt. Ze had er sindsdien elke dag van gegeten.

Ze zette het bakje in de magnetron. Naast het keukenmeubilair was de magnetron haar enige bijdrage aan de inrichting van het vertrek. 'Charmant' en 'authentiek' waren twee van de woorden die de makelaar had gebruikt. Het bloemetjesbehang had er waarschijnlijk al twintig jaar op zitten. En de kastjes waren versleten en hingen scheef. Maar de keuken beviel haar en ze had geen plannen om te breken en te renoveren.

Nadat ze de kipschotel op een bord had gedaan, ging Hanna ermee voor de tv zitten. Op de benedenverdieping waren drie kamers, waarvan één de eetkamer was geworden – alsof ze die nodig had. Eigenlijk zou ze een muur moeten doorbreken om een behoorlijke woonkamer te krijgen. De bovenverdieping was in twee kamers verdeeld, waar ze waarschijnlijk ook beter één van kon maken. Vier kamers en een keuken op iets minder dan vijftig vierkante meter. Maar eigenlijk was het groter, want de vierkante meters onder het schuine dak waren niet meegeteld.

Toen Hanna klaar was met eten, belde ze haar broer.

'Hallo,' zei Kristoffer.

Bij de klank van zijn stem was het alsof er een dwangbuis om haar hart werd getrokken. Kennelijk was hij nog steeds boos op haar.

'Hoe is het bij jullie?' vroeg ze.

'Goed. Ella heeft vorige week waterpokken gehad, maar dat is weer over.'

'Gelukkig maar.'

Hanna en Kristoffer hadden tegelijkertijd waterpokken gehad, toen zij tien was en hij elf, en ze kon zich de jeuk nog goed herinneren. Hopelijk had Ella er minder last van gehad, het scheen minder erg te zijn als je klein was. Hanna had haar nichtje maar één keer gezien. Toen was ze een jaar en had ze net leren lopen. Ze kon 'mama', 'dada' en 'no' zeggen. Sprak ze nu Zweeds? Hanna dacht het niet. Ze wilde hen uitnodigen, maar had het idee dat Kristoffer nooit meer een voet op Öland wilde zetten.

'Waar bel je voor?' vroeg hij.

Die vraag kneep haar luchtpijp dicht. Hij was haar broer, maar ze had een reden nodig om hem te bellen.

'Ik ben vandaag begonnen,' zei ze. 'Bij de politie van Kalmar.'

Kristoffer haalde zijn neus op. Hij was al eerder dan hun vader met de politie in aanraking geweest. Dan had hij iets gejat of zo, of ze brachten hem dronken thuis. De arrestatie en de veroordeling van hun vader waren een belangrijk keerpunt voor hem geweest. Ze betwijfelde of hij getrouwd zou zijn en in een luxehotel in Londen zou werken als dat niet was gebeurd.

Flarden van hun laatste gesprek schoten door haar hoofd. Zijn boosheid over haar besluit om terug te gaan.

Je maakt het zo verrekte moeilijk voor jezelf. En voor mij.

Kristoffer wilde verdergaan, het verleden achter zich laten. En nu belde ze en deed ze het weer. Ze trok hem terug.

'Vandaag heb ik Axel Sandsten ontmoet.'

Kristoffer zei niets.

'Die ken je toch nog wel?'

'Natuurlijk.'

'Ik dacht dat je hem mocht,' zei Hanna.

'Niet meer.'

Nu was Hanna degene die zweeg. Waarom had ze gebeld? Dacht ze echt dat Kristoffer na al die jaren iets belangrijks over hem zou kunnen zeggen?

'Waar heb je Axel ontmoet?' vroeg Kristoffer.

'Tijdens een onderzoek.'

'Heeft hij iets gedaan?'

'Misschien, misschien niet. Wist jij dat hij een adviesbureau heeft en een hoge pief is in Kalmar?'

'Verbaast je dat?'

'Niet echt. Maar ik dacht dat hij grotere plannen had.'

'Dat had hij zeker,' zei Kristoffer. 'Maar in het leven loopt het niet altijd zoals je het je had voorgesteld.'

Hanna zei niets.

'Ik moet ophangen,' zei Kristoffer. 'We gaan eten.'

'Oké, tot horens,' zei ze en ze hing op.

Over een halfjaar of zo, dacht ze bedroefd. Ze moest wat beter haar best doen wat Kristoffer betreft, maar ze zou niet weten hoe dat moest. Het leek wel of ze niets goed kon doen. In zekere zin was dit telefoongesprek een succes geweest. Hij had niet tegen haar geschreeuwd.

Hanna miste Kristoffer, bijna nog meer dan ze haar ouders miste. In hun jeugd hadden ze een hechte band gehad. Ze scheelden maar veertien maanden. Na de dood van haar moeder hadden hij en haar vader op dezelfde manier gereageerd. Ze hadden zich laten gaan. Ze waren gaan drinken, haar vader thuis en Kristoffer buiten de deur met vrienden. Ook al was hij toen nog maar dertien. Zelf had ze wanhopig geprobeerd de boel bij elkaar te houden. Ze had gekookt en de uitgaven in de gaten gehouden. Oma, die toen in een appartement in Färjestaden woonde, had geholpen.

Hanna was rusteloos en wilde niet thuis blijven zitten. Ze kwam op het idee om bij Ingrid langs te gaan. Maar toen ze halverwege was, zag ze dat er geen licht brandde in Ingrids huis. Ze besloot om in plaats daarvan naar de parkeerplaats bij het Möckelmossen te rijden.

Toen ze daar aankwam, zag ze tot haar verbazing dat ze niet de enige was. Hanna parkeerde op de weg, achter een zwarte Audi met een kapotte zijspiegel, en stapte uit. De witte tent was weg, maar het parkeerterrein was nog steeds afgezet en werd door twee agenten bewaakt. Voor de afzettingen stonden groepjes mensen. Er waren al bloemen neergelegd en kaarsjes aangestoken. Sommige mensen praatten zachtjes, maar de meeste waren stil.

Hanna keek spiedend rond of ze Rebecka zag, maar die was er niet. Eigenlijk wilde ze contact met haar opnemen, maar ze wilde zich niet opdringen. Of erger: worden afgewezen. Ze had het gevoel dat ze Rebecka nu de ruimte moest geven.

Hanna hield zich op de achtergrond, zodat niemand op het idee zou komen om haar aan te spreken. Haar blik viel op een blonde vrouw. Ze was de enige behalve Hanna die hier alleen was. Er sprak wanhoop uit de manier waarop ze haar armen om zichzelf heen sloeg en de anderen ontweek. Alsof ze eigenlijk geen recht had om hier te zijn. Discreet haalde Hanna haar telefoon tevoorschijn om foto's te maken. Nadat ze de vrouw had gefotografeerd, maakte ze ook foto's van de andere aanwezigen. Soms keerde een dader terug naar de plaats van het misdrijf. Misschien in dit geval ook.

Het was bijna negen uur en de zon naderde de horizon. Het licht was opmerkelijk fel, maar de duisternis rukte van alle kanten op, popelend om het over te nemen. Ook vanuit het verleden. Het feit dat haar vader een vrouw dodelijk had mishandeld, vervolgens haar huis met benzine had overgoten en in brand gestoken.

'Het was niet de bedoeling,' had Lars geantwoord, de enige keer dat ze er tijdens een bezoek in de gevangenis naar had gevraagd. In de tien jaar dat hij had gezeten was ze maar een keer of tien naar Brinkeberg gegaan. Het was moeilijk om met iemand te praten die nauwelijks in staat was je aan te kijken. Vooral als die persoon je eigen vader was. Hanna had ook brieven geschreven, over haar leven waarin weinig gebeurde. Ze had vragen gesteld over het zijne. De brieven werden geïnspecteerd en het feit dat anderen de woorden zouden lezen, bepaalde de keuze ervan. De communicatie was een houterige dans rond alles wat niet gezegd kon worden.

Hanna keek uit over het Alvaret. Naar de schaduwen die steeds langer werden. Het gevoel dat ze had, was nog sterker dan die ochtend: dat de natuur hier leefde. Misschien omdat de dag haar volledig had uitgeput.

Haar telefoon ging en Hanna baalde dat ze het geluid niet had uitgezet. Ze liep snel naar de auto, terwijl ze opnam.

'Hallo.'

Ze hoorde alleen iemand ademhalen.

'Hallo,' zei Hanna nog eens. Ze probeerde de angst uit haar stem te weren.

Ze kreeg een klik als antwoord.

DONDERDAG
16 MEI

17

Om het gepraat over koetjes en kalfjes te vermijden wilde Hanna achter haar bureau blijven zitten totdat het ochtendoverleg van de recherchegroep begon. Kort voor zes uur was ze gewekt door weer een anoniem telefoontje. Het verliep op precies dezelfde manier als dat van gisteren. Haar 'hallo' werd beantwoord met gehijg, de angst ontglipte haar in de vorm van nog een 'hallo' en daarop volgde de klik toen de beller ophing.

Ze hoorde de deur opengaan en keek op. Daniel, die gisteren bij het ochtendoverleg was geweest, kwam binnen en ze sloeg snel haar ogen neer. Te laat. In een paar stappen was hij bij haar.

'Misschien moeten we nader kennismaken,' zei hij.

Hij sprak met een duidelijk Kalmaritisch accent. Dat was haar gisteren niet opgevallen. Misschien had hij niets gezegd tijdens de bespreking, dat wist ze niet meer, maar waarschijnlijk was ze te gestrest geweest om het waar te nemen. De gelijkenis met Fabian was van dichtbij groter. Ze hadden dezelfde manier om hun hoofd schuin te houden als ze praatten.

'Hallo,' zei ze.

'Je moet het maar zeggen als je ergens hulp bij nodig hebt of iets wilt weten.'

'Fijn, dat zal ik doen.'

'Het was gisteren nogal druk, en waarschijnlijk zal...'

Verder kwam Daniel niet voordat Ove zijn hoofd om de hoek stak en hun met een hoofdknik duidelijk maakte dat het tijd werd om naar de vergaderkamer te gaan. Hanna stond op en liep achter hem aan. Een van de vele redenen om Stockholm te verlaten was dat ze Fabian dan niet meer hoefde te zien, en nu kon ze niet naar Daniel kijken zonder aan hem te denken. Ze duwde het gevoel weg van Fabians vingertoppen die over haar sleutelbeen dansten. Hoe heerlijk het was geweest om iemand te hebben die haar op die manier aanraakte.

Twee weken nadat ze tegen Fabian had gezegd dat ze niet bij hem wilde intrekken, had hij haar te eten gevraagd in zijn rijtjeshuis in Gustavsberg. Meteen na de eerste hap van het toetje had hij geroepen dat het zo niet verder kon met hen beiden. Of liever gezegd: met haar. De schok had haar verlamd. Waar kwam dit opeens vandaan? Eerst wilde hij met haar samenwonen en nu wilde hij haar helemaal niet meer? Zonder een woord te zeggen was ze opgestaan en weggegaan. De boosheid was pas later gekomen, voor haar was die makkelijker dan het verdriet. Daarna was het lastig geworden op het werk. Om Fabian te zien en hem zowel te willen slaan als hem in de armen te vallen.

Ze zou nooit meer een relatie beginnen met een collega.

Er dook een nieuw beeld op. Ditmaal was het Daniel die op zijn zij naast haar lag en haar sleutelbeen streelde. Ze bleef staan. Pas toen de blos van haar wangen was verdwenen, stapte ze de vergadering binnen.

'We zetten alles opzij en concentreren ons op de jongen die op de parkeerplaats bij het Möckelmossen is gevonden,' zei Ove. 'Niet alleen de lokale pers heeft lucht gekregen van de moord. Het journaille van de boulevardbladen heeft ook gebeld. De naam stond gistermiddag al op Flashback.'

Hanna probeerde zo rustig mogelijk te gaan zitten om zijn tirade over de media niet te verstoren, maar haar lengte maakte haar onhandig.

Ove glimlachte naar haar en begon verslag uit te brengen van de resultaten van de vorige dag.

'De forensische IT'ers zijn met de kapotte telefoon van Joel Forslund bezig. En ook met de laptop die in zijn kamer lag. De FO heeft ook een stapel schetsboeken met tekeningen meegenomen. Ze zijn heel somber, wat erop zou kunnen wijzen dat het niet goed ging met Joel.'

'Maar het is zeker dat hij is vermoord?' vroeg Amer.

'Ja,' zei Ove. 'Volgens de patholoog in Linköping die de sectie gaat verrichten is hij vermoedelijk aan een steekwond in zijn buik overleden. Waarschijnlijk veroorzaakt door een mes. Bovendien was hij zwaar mishandeld. Naar schatting is hij ergens tussen twaalf en twee uur 's nachts overleden, gebaseerd op de lijkverstijving en de lichaamstemperatuur.'

Hanna liet haar blik door het vertrek gaan. Erik keek weg, maar niet snel genoeg. Haar hart stond even stil toen ze het medelijden in zijn ogen zag. Hij wist het nu ook, dat kon niet anders. Zo had hij haar gisteren niet aangekeken. Ze raakte erdoor van slag, ook al was daar geen reden voor. Ze had geweten dat het slechts een kwestie van tijd was.

'Waar is hij overleden?' vroeg Erik.

'Onduidelijk,' zei Ove. 'Er was een bloedplas die erop wijst dat hij op zijn buik heeft gelegen. Maar of hij rechtop is gezet of zelf overeind is gekrabbeld, valt niet vast te stellen. De grond is hard, maar een bandenspoor vlak in de buurt kan van iemand zijn die gestopt is om hem daar neer te leggen. Er waren ook wat schoenafdrukken, maar als je bedenkt hoeveel mensen daar langslopen, is het pure mazzel als dat iets oplevert. En we hebben geen moordwapen. In de loop van de dag wordt de afzetting opgeheven.'

'Gaan we Joels telefoon uitpeilen?'

Ove knikte.

'We moeten weten waar hij naartoe ging nadat hij van huis was weggegaan.'

'Is de bestuurder van de geparkeerde auto al geïdentificeerd?' vroeg Amer.

'Ja. Hij heet Samuel Herngren,' zei Ove. 'Hij woont in Färjestaden en werkt bij Guldfågeln, een poeliersbedrijf in Mörbylånga. Hij komt in onze registers voor als verdachte van een mishandeling. Helaas hebben we hem nog niet kunnen bereiken.'

'En de fietser?'

'Nee,' zei Ove. 'Probeer hem op te duikelen. En praat met de wijk- en jeugdagenten over bekende dealers in de omgeving.'

Amer knikte.

'Wat was het voor bloem die Joel in zijn hand hield?' vroeg Hanna.

Ze moest iets zeggen om de stem in haar hoofd te verstikken, die fluisterde dat ze hier niet mocht zijn. Dat ze nergens goed voor was. Hoeveel ze ook presteerde, ze raakte dat stemmetje niet kwijt en het dook vaak op als ze te lang stil was geweest.

'Een bloedooievaarsbek,' zei Ove. 'Die is naar een specialist gestuurd.'

'Heeft die nog een bepaalde betekenis?'

Ove schudde zijn hoofd.

'Daar kan ik wel in duiken,' zei Carina. 'Ik ben dol op bloemen.'

'Je bent dol op rustig achter de computer zitten,' zei Amer en hij grijnsde.

'Welke sporen volgen we?' vroeg Daniel.

Hanna keek naar hem en probeerde door de bruine ogen en het schuin gehouden hoofd heen te kijken. Was hij de dertig überhaupt al gepasseerd? Hij was duidelijk de jongste, maar hij wekte niet de indruk dat hij iets moest bewijzen. Hij kwam rustig en zelfverzekerd over. Hanna wilde snappen hoe de groep in elkaar zat. Wie welke rol had. Amer was de grappenmaker, maar hij was toch efficiënt; de meeste taken waren bij hem terechtgekomen. Carina en Ove deden zo weinig mogelijk, wat niet heel geslaagd was, als je bedacht dat Ove de chef was. Maar Erik? Ook al had ze de meeste tijd met hem doorgebracht, ze kreeg nog steeds geen hoogte van hem. Die constante woordenstroom. Hoe luchtig hij dingen leek op te nemen.

'Tot nu toe hebben we eigenlijk maar één spoor,' zei Ove. 'Namelijk dat zijn vader, Axel Sandsten, er op de een of andere manier bij betrokken is.'

'Dé Axel Sandsten?' vroeg Carina.

'Ja, helaas wel. Ik heb gisteren zijn telefoongegevens opgevraagd.

Daniel, ga jij daar nog maar eens achteraan. En geef het dan door aan Erik of Hanna. Die gaan verder met de verhoren.'

Kennelijk was Ove van gedachten veranderd over Axel nadat ze gisteren bij hem weg was gegaan. Toen was hij van mening geweest dat ze niet genoeg hadden voor dat soort acties. Tatjana had bevestigd dat ze tot elf uur bij Axel op kantoor was geweest, en ze ontkende dat ze haar verklaring met hem had afgestemd.

Hanna bedacht dat ze iets moest zeggen over de foto's die ze op het parkeerterrein had gemaakt. Dat ze de blonde vrouw moest noemen. Ze had er spijt van dat ze haar niet apart had genomen om met haar te praten, want de manier waarop de vrouw haar verdriet had geuit, was anders geweest dan die van de andere aanwezigen. Meer naar binnen gericht en wanhopiger. Maar Ove was al aan het afronden. Zodra hij de vergadering had gesloten, liep Hanna snel weg. Ze moest contact opnemen met Rebecka. Dat kon ze niet langer uitstellen.

Maar hoe?

Hanna sloot zich op in de wc om rustig na te kunnen denken. Ten slotte stuurde ze een berichtje: Ik vind het zo erg voor je. Ik denk de hele tijd aan jou.

Rebecka belde meteen.

'Ik denk ook aan jou. Ik ben blij dat we elkaar weer hebben ontmoet, maar...'

Haar stem klonk dik. Van het huilen of van de pillen, of van een combinatie van beide.

'Ik snap dat het gisteren naar was,' zei Hanna. 'Niet alleen om het nieuws te krijgen. Maar al die vragen. Ik...'

'Dat maakt niet uit,' zei Rebecka. 'Je deed je werk.'

Maar het klonk niet gemeend.

'Ik heb nu een vraag,' zei Hanna. 'Die ik als rechercheur moet stellen.'

'O,' zei Rebecka.

'Gebruikte Joel hasj?'

De stilte die volgde, trilde van boosheid.

'Wie zegt dat?'

'Niemand. De FO heeft hasj gevonden op zijn kamer. Of hij die zelf gebruikte of niet, zullen de tests uitwijzen.'

'Heb je nog meer vragen?'

'Nee, op dit moment niet,' zei Hanna en ze wilde laten zien dat haar betrokkenheid verderging dan het werk. 'Ik ben gisteren op de plaats geweest waar Joel is gevonden. Daar waren een heleboel mensen samengekomen.'

'Hier zijn ook mensen geweest,' zei Rebecka. 'Maar ze bellen niet aan. Ze leggen dingen bij het poortje.'

'Ergens wel mooi, toch?'

'Jawel.'

Hanna staarde naar de wc-deur. In het midden stond een blauwe streep, als het begin van graffiti waar iemand niet mee door had durven gaan.

'Is je man thuis?' vroeg ze.

'Nee, hij werkt sinds kort bij het timmerbedrijf van een maat van hem. Ze hebben een klus die voor juni klaar moet zijn. Maar ik wil hem hier ook niet hebben. Molly is vandaag bij Sonja, die onze koelkast heeft volgestampt met eten.'

'Sonja?'

'Ja, de snoepmevrouw is nu mijn schoonmoeder.'

'Ik kan me niet herinneren dat ze kinderen had.'

'Ze heeft Petri geadopteerd toen hij dertien was. Toen waren jij en ik al elf.'

Ze luisterden een poosje naar elkaars ademhaling. De blauwe streep bleef Hanna bezighouden. Misschien was die helemaal niet bewust gezet. Misschien was die daar per ongeluk terechtgekomen, omdat iemand met een pen in de hand de deur had opengedaan. Ze wilde het eigenlijk niet vragen, maar ze moest wel.

'En jouw moeder dan?'

'Ja, ze leeft nog en we hebben nu een goed contact. Ze is in Karlskrona, maar zodra ik haar belde, heeft ze een ticket geboekt. Ze komt vanavond.'

Voetstappen voor de deur die stopten.

'Zeg, ik moet ophangen,' zei Hanna. 'Maar ik beloof dat ik je elke dag zal bellen.'

'Ik wil maar één belofte van je.'

'Wat dan?'

'Dat je Joels moordenaar zult vinden.'

Hanna wist dat je dat soort beloften nooit moest doen, maar dit was Rebecka. Ze had geen keus.

'Ja,' zei ze. 'Dat beloof ik.'

DE LAATSTE DAG

Joel zit achterin, met zijn gezicht naar de voorruit. De bus nadert het hoogste punt van de Ölandbrug en hij houdt het bijna niet meer. Hij past niet meer in zijn eigen lichaam. En niet in de bus. Nergens in. Hij wil tegen de buschauffeur roepen dat hij moet stoppen om hem eruit te laten. Hij wil van de brug springen en overal een eind aan maken. Hij bonst met zijn hoofd tegen het glas.

De vrouw voor hem draait zich om en werpt hem een boze blik toe. Hij zou tegen haar moeten schreeuwen en zeggen dat ze zich met haar eigen zaken moet bemoeien, maar in plaats daarvan glimlacht hij verontschuldigend. Zoals altijd. Zijn moeder zal hem niet willen geloven als hij vertelt hoe zwart en lelijk hij vanbinnen is. Als hij vertelt wat hij van plan is en wat hij allemaal al heeft gedaan. Hij heeft er genoeg van om zich anders voor te doen. Om iemand te spelen die hij niet is.

Joel richt zijn blik weer naar buiten. Een paar seconden is het net alsof de bus tussen de lucht en de zee zweeft. Dan gaan ze weer omlaag en kan Joel weer makkelijker ademhalen.

Die pech had hij weer om uitgerekend Axel tegen het lijf te lopen. Een paar minuten eerder of later weg bij café Kullzénska en dat had niet hoeven gebeuren.

De duw tegen de radiator is niet de enige mishandeling die Joel zich herinnert. Maar wel de ergste. Al dat bloed. Hij was ervan overtuigd dat ze dood zou gaan. Volgens zijn moeder had Axel hem ook geslagen, maar daar weet hij niets meer van.

Toen Joel negen was, stemde hij ermee in een weekend bij Axel door te brengen. Omdat hij zo vreselijk naar een eigen vader verlangde. Een vader die niet alleen oog had voor Molly. En omdat hem een fiets was beloofd. Een mountainbike. Daarna had hij Axel meer dan een jaar niet gezien.

Joel weet niet meer hoe het begon, maar Axel zwaaide met zijn vuist naar hem en schreeuwde: 'Ondankbaar rotjoch.' Die keer sloeg Axel niet, maar toch had Joel daarna nooit meer bij hem gelogeerd. En die fiets had hij niet gekregen.

Sindsdien wil hij alleen maar uit zijn buurt blijven.

Joel pakt zijn telefoon en bladert door zijn feeds. Het vermindert zijn angst niet, maar het verdrijft de tijd. Een paar minuten kijkt hij naar een filmpje van een kat die zijn spiegelbeeld aanvalt. Pas als Nadine een snap stuurt, weet hij zich ervan los te maken. Het is een foto van de graffiti op haar schoolbank, en de tekst: School zuigt. Je mist niks.

Zuigen, dat wil de kliederaar doen bij Sigge, Nadines superknappe leraar handvaardigheid.

Je probeert me alleen op te vrolijken, antwoordt Joel.

Lukt dat?

Helemaal.

Joel sluit Snapchat en ziet dat hij een appje heeft gekregen. Hij klikt het tevoorschijn en staart naar de woorden. Bij het zien ervan opent de duisternis zich en slokt hem helemaal op.

Je gaat eraan vannacht. Jij of zij.

18

Door het trainen had Erik constant honger, dus hij ging een paar bananen halen. Vanochtend had hij weer tien kilometer hardgelopen, maar zijn tijd was slechter geweest dan gisteren.

Supriya had naar hem gekeken toen hij de veters van zijn hardloopschoenen vastmaakte. In ochtendjas nog, met een kop koffie in haar hand. 'Zou je het niet haast eens opgeven?' had ze plagerig gevraagd.

Met kerst had ze hem een inschrijving voor een ironman cadeau gedaan. Duidelijk als straf voor zijn negatieve uitlatingen over de sfeer die tijdens de wedstrijd in de stad hing. Hij had die met religieuze extase vergeleken. Hij had nog nooit een marathon gelopen, en dat hij dat nu moest doen na drie komma zesentachtig kilometer zwemmen en honderdtachtig kilometer fietsen was een tikkeltje beangstigend. Maar hij wilde zich niet laten kennen.

Komend weekend wilde Erik de fietspont naar Öland nemen en zijn training combineren met het zoeken naar de ideale plek voor een huisje. Hij zou Supriya nooit zover krijgen om daar permanent te gaan wonen, maar als hij het een 'zomerhuis' noemde, hoopte hij dat het wel lukte. Daarna zag hij het onrealistische in van het idee. Hij kon niet weg als zijn schoonouders op bezoek waren.

Gisteren was eindelijk het boek gekomen dat hij bij Amazon had besteld. *The Knowledge: How To Rebuild Our World After an Apocalypse.* Niet dat hij dacht dat de wereld ten onder zou gaan, in elk geval niet tijdens zijn leven en zelfs niet tijdens dat van Nila, maar er stond een heleboel informatie in over hoe je gewassen verbouwde, conserveerde, waterleidingen aanlegde, stroom opwekte enzovoort.

Erik ging terug naar zijn bureau en klikte het nieuwe mailtje aan. Daniel had een lijst doorgestuurd van de telefoongesprekken van Axel Sandsten. Terwijl Erik de eerste banaan naar binnen werkte, opende hij de lijst en zocht daarin het tijdstip op van hun bezoek aan Axels kantoor.

'Wat heb je gehoord?'

Erik draaide zich om en keek in Hanna's uitdrukkingsloze gezicht. Ze was echt moeilijk te peilen. Hij liet haar de lijst van telefoongesprekken zien.

'Dat Axel direct na ons bezoek Tatjana heeft gebeld,' zei hij, al had hij wel door dat ze dat niet bedoelde.

'Nee. Over mijn vader.'

'Een paar collega's praatten over hem in de kantine.'

'En wat zeiden ze?'

'Dat hij een dronkenlap was die inbrak bij een vrouw, haar mishandelde en daarna het huis in brand stak met haar erin.'

Hanna's gezicht werd iets zachter. Het was de juiste beslissing geweest om niet te liegen.

'Hé,' zei Erik. 'Het maakt mij niet uit wat je vader heeft gedaan.'

'Maar mij wel.'

Hanna draaide zich om en voordat hij nog iets kon zeggen, beende ze de kamer weer uit. Dat ging goed, dacht Erik en hij at de tweede banaan op. Hanna was degene die de vorige dag met Tatjana had gesproken, maar hij nam aan dat ze even tot rust moest komen.

'Ben je op kantoor?' was het eerste wat Erik vroeg nadat hij zich had voorgesteld als politieman.

'Ja,' zei Tatjana Edin.

'Ga dan even ergens heen waar niemand ons gesprek kan horen.'

Eigenlijk ging het hem er alleen om dat Axel Sandsten het niet zou horen, maar Erik wilde zijn naam niet noemen.

'Moment.'

Hakken op een parketvloer, gevolgd door een deur die dichtging.

'Gisteren zei je tegen mijn collega dat je dinsdag tot elf uur had gewerkt. Blijf je bij die verklaring?'

'Ja,' antwoordde Tatjana zacht.

'Axel heeft je gisteren om 14.02 uur gebeld. Wat wilde hij?'

'Dat weet ik niet meer.'

'Jawel, dat weet je best. Het was meteen nadat wij met hem hadden gesproken, dus ik ga ervan uit dat het telefoontje daarover ging.'

Tatjana zei niets. Erik verbeeldde zich dat hij haar hartslag door de telefoon heen kon horen.

'Je moet het eerlijk zeggen,' zei hij.

'Dan ontslaat Axel me...'

'Dit is een moordonderzoek. Ik denk wel dat je beseft dat je geen dingen voor ons verborgen mag houden.'

Tatjana maakte een geluid dat het midden hield tussen een zucht en een snik.

'Dinsdag is Axel in de stad gaan lunchen,' zei ze. 'En hij was zo van slag toen hij terugkwam dat ik hem vroeg wat er gebeurd was.'

'Wat zei hij toen?'

'Dat hij die idiote zoon van hem tegen het lijf was gelopen.'

'Wat was er dan gebeurd?'

'Dat zei hij niet.'

'Maar dat mocht je dus niet tegen ons zeggen?'

'Nee.'

Zodra Erik had opgehangen, klopte hij bij Ove aan. Hij deed de deur open zonder op een reactie te wachten. Zijn chef hing onderuitgezakt op zijn bureaustoel te snurken. Toen Erik hard op de deur bonsde, schrok Ove wakker en hij ging snel met zijn mouw langs zijn mond, ook al was daar geen kwijl te zien.

'Man, wat ben ik moe,' zei hij verontschuldigend. 'We hebben op Penny gepast en van slapen is vannacht niet veel terechtgekomen.'

Penny was Oves enige kleinkind. Als Erik Ove goed inschatte, had het kind mogen eten wat ze wilde en net zo lang mogen opblijven totdat ze op de bank in slaap was gevallen.

'Hoe oud is ze inmiddels?'

'Ze is in januari één geworden.'

Erik vertelde wat Tatjana over Axel Sandstens ontmoeting met zijn zoon had gezegd.

'Wat doen we?' vroeg hij.

'Daniel vragen of hij iets over Axel Sandsten heeft gevonden,' zei Ove.

'En daarna?'

'Hem voor verhoor naar het bureau laten komen.'

Erik liep al weg toen Ove hem achternariep: 'Neem Hanna mee.'

Erik wilde protesteren, maar dat kon hij niet doen zonder te verraden wat er zojuist tussen hem en Hanna was voorgevallen. Om haar meer tijd te geven ging hij eerst op zoek naar Daniel. Zoals gewoonlijk zat hij achter zijn bureau iets op het scherm te lezen. Rechercheren was zittend werk.

'Heb je iets over Axel Sandsten?' vroeg Erik.

Vanuit een ooghoek zag hij Hanna de kamer binnenstappen en naar haar bureau lopen.

'Tot nu toe heb ik alleen een heleboel lovende woorden en onderscheidingen gevonden,' zei Daniel. 'En ik gok dat jullie hem daarover niet hoeven te verhoren.'

'Liever niet.'

Erik liep door naar Hanna, die ineengedoken naar haar telefoon zat te staren, alsof ze daar net een uitbrander van had gekregen.

'Wat is er?' vroeg hij.

Boos keek ze naar hem op.

'Ik belde Tatjana net. Ik stond compleet voor joker toen ik hoorde dat jij dat al had gedaan.'

'Sorry,' zei hij. 'Dat had ik moeten zeggen.'

Hij had het inderdaad moeten zeggen, maar toch vond Erik dat ze overdreef. Het was een misverstand, het kon gebeuren, en hij betwijfelde of Tatjana het wel zo erg had gevonden.

'Wat wil je?' vroeg Hanna.

'We gaan Axel Sandsten ophalen voor verhoor.'

Hanna pakte haar zwarte bomberjack en stond op. Zowel het jack als haar spijkerbroek was waarschijnlijk op een herenafdeling gekocht. Haar lichaamstaal was nu anders. Ze leek wel erg veel zin te hebben in dit verhoor.

19

Zonder een woord te zeggen trok Hanna haar jack aan en liep naar de garage. Erik bleef achter haar lopen, deed er ongelooflijk lang over om zijn wapen te pakken, de auto van het slot te halen en achter het stuur te gaan zitten. Het leek wel of hij haar bewust op de kast probeerde te jagen.

'Wil je erover praten?' vroeg hij en hij zette de binnenspiegel goed.

Hanna schudde haar hoofd. Dit was niet het moment om te bakkeleien over een dubbel telefoontje naar Tatjana. Ze zouden Axel Sandsten ophalen voor verhoor en ze moest zich mentaal voorbereiden. Het was maar een minuut of zeven rijden naar de Larmgatan.

Erik leek de hint te hebben begrepen, maar de stilte duurde maar een minuut.

'Dat van je vader...'

'Nee.'

Haar vader was het laatste waarover ze het wilde hebben.

Hanna keek naar de gebouwen die voorbijgleden: de Jenny Nyström-school en de rechtbank. Eigenlijk zouden ze moeten bespreken hoe ze het verhoor zouden aanpakken, maar daar had ze geen energie voor – niet met Erik.

Ditmaal hield hij zijn mond totdat ze voor de speeltuin bij de watertoren hadden geparkeerd.

'Klaar?' vroeg hij.

Hanna knikte en stapte uit.

Achter de balie zat dezelfde receptioniste als de dag ervoor. De glimlach die ze tevoorschijn had getoverd toen de deur openging, verstrakte toen ze hen in het oog kreeg.

'Moment, dan ga ik hem halen,' zei ze en ze verdween.

Ditmaal kwam ze meteen terug met Axel Sandsten.

'Hebben jullie nieuws?' vroeg hij.

'Je moet met ons meekomen,' zei Erik.

'Kan het hier niet?'

'Helaas niet.'

Even dacht Hanna dat Axel zou weigeren, maar toen richtte hij zich tot de receptioniste: 'Zeg mijn afspraken tot drie uur maar af.'

De vrouw knikte snel en begon op het toetsenbord te tikken. Hanna was ervan overtuigd dat haar nervositeit door Axel werd veroorzaakt, en niet door hun aanwezigheid. Je kon van Ove zeggen wat je wilde, maar je kon het slechter treffen met je chef. Tatjana was nergens te bekennen.

'Als je er een advocaat bij wilt hebben, moet je die nu bellen,' zei Erik toen ze naar de uitgang liepen.

'Word ik verdacht?' vroeg Axel.

'Formeel is er nog geen verdenking. We willen gewoon informatie van je.'

'Op die slome duikelaar kan ik niet wachten,' zei Axel. 'Bovendien heb ik niets gedaan.'

Tijdens de rit naar het politiebureau was Axel met zijn telefoon bezig. Over haar schouder kijkend zag Hanna hem typen, maar ze zag niet wat. Hij keek op en glimlachte naar haar. Ze dwong zichzelf hem aan te blijven kijken.

Op weg door het politiebureau groette Axel af en toe iemand en toen ze de verhoorkamer binnenstapten, keek hij alsof hij voor een sollicitatiegesprek kwam. Waarbij het al vaststond dat hij zowel de baan als een flinke salarisverhoging zou krijgen. Hij liet zich wijdbeens op de stoel zakken.

Verhoren was iets wat Hanna graag deed. Ze werd daarbij gedreven door haar wil om te begrijpen. Maar bij Axel viel er niets te begrijpen. Toen ze bij elkaar op school zaten, had ze al door wat voor iemand hij was. Een narcist die alleen met zichzelf bezig was. Wat er ook over hem aan het licht kwam, hij zou van de prins geen kwaad weten.

'Dinsdag ben je Joel tegengekomen,' zei Erik. 'Je raakte erdoor van slag. Waarom was dat?'

'Wie zegt dat ik Joel ben tegengekomen?'

'Geef antwoord op de vraag.'

'Als Tatjana...'

'Er waren een heleboel mensen in de buurt,' viel Erik hem in de rede. 'Dacht je echt dat we er niet achter zouden komen?'

Dat was waar, maar Hanna betwijfelde of dat Tatjana zou redden. Zodra Axel haar onder druk zette, zou ze vermoedelijk precies vertellen wat ze tegen de politie had gezegd. Op korte termijn was het natuurlijk slecht voor haar om haar baan te verliezen, maar op de lange termijn had ze er waarschijnlijk voordeel van.

'Ik was niet erg van slag.'

'Oké,' zei Hanna. 'Maar wat stoorde je tijdens de ontmoeting met Joel?'

'Dat hij van plan was Gezondheid te kiezen als profiel. Wat een verspilling van talent.'

'Dus jij vond dat hij talent had?'

'Uiteraard. Hij was mijn zoon. Het hoefde alleen maar naar boven te worden gehaald.'

'En hoe wilde je dat doen? Met je vuisten?'

Hanna wist dat ze er te hard in ging, maar iets in de manier waarop hij naar haar keek, bracht haar steeds dichter bij de grens.

'Ik heb mijn zoon nog nooit geslagen,' zei hij.

'En Rebecka dan?'

'Rebecka heeft maar één talent, en dat is liegen.'

Hanna leunde achterover op haar stoel en glimlachte. Ze had een pauze nodig om weer enigszins tot zichzelf te komen.

'Wat?' zei Axel. 'Dat zou jij toch moeten weten.'

'En waarover zou ze tegen mij hebben gelogen?'

Ze had de vraag nog niet gesteld of ze wist het antwoord al. Rebecka was zwanger geweest en had niets gezegd. Maar iets niet kunnen zeggen was nog geen liegen. Axel keek haar doordringend aan en glimlachte spottend.

'Rebecka heeft je nooit gemogen,' zei hij. 'Waarom denk je dat ze zich in de examenperiode terugtrok? Ze had genoeg van alle drama.'

Het verdriet overspoelde Hanna en sloeg haar bijna knock-out. Ze wilde haar gedachten daar niet naartoe laten gaan, maar ze raasden al terug door de tijd. Rebecka was die laatste weken inderdaad anders geweest, dat was Hanna niet ontgaan. Ze had met Rebecka willen praten, maar het niet gekund. Haar vader dronk meer dan anders en Kristoffer was bijna nooit thuis. Ze waren een gezin geweest op weg naar de catastrofe en nadat die had plaatsgevonden, waren ze uit elkaar gerukt. Met een vader die opgepakt was voor moord en een comazuipende broer die op de spoedeisende hulp terecht was gekomen, was ze geen geschikte gesprekspartner geweest. In die tijd was er waarschijnlijk geen land met haar te bezeilen geweest. Bij haar draaide alles maar om één ding: wat zou er met haar vader gebeuren?

'Heb je last van je arm?' vroeg Axel.

'Wat bedoel je?'

'Je wrijft erover.'

Hanna liet haar linkerarm los alsof ze zich eraan had gebrand. Het was niet altijd een bewust besluit om steun te zoeken bij de tatoeage. Axel richtte zich tot Erik, vermoedelijk omdat hij dacht dat die het zou begrijpen.

'Rebecka was niet goed voor Joel. Ze...'

'Heb je hem later op de dag opnieuw ontmoet, na het werk?' vroeg Erik.

'Nee.'

'Toch heb je tegen je collega gezegd dat ze erover moest liegen.'

Hanna had gehoopt dat Erik Tatjana erbuiten zou laten, ook al maakte het feit dat Axel haar had laten liegen hem juist verdacht. Ze zat nog met haar gedachten bij de weken voor het eindexamen. Misschien had Rebecka zich teruggetrokken omdat ze had ontdekt dat ze zwanger was. Maar dat was vast niet het enige. Hanna's hand was weer op weg naar de nachtegaal, maar ze wist zichzelf tegen te houden. Door de pijn om alles wat ze had verloren, kon ze zich onmogelijk concentreren.

'Ik heb niet tegen Tatjana gezegd dat ze moest liegen, alleen dat ze het daar beter niet over kon hebben.'

'Waarom niet?'

'Omdat ik hier geen tijd voor heb. Ik zit midden in een stressvol project. Ik wist hoe jullie het zouden interpreteren.'

'Hoe laat ben je van kantoor weggegaan?' vroeg Hanna.

Het verdriet was eindelijk verder getrokken en had een enorme vermoeidheid achtergelaten. Dat ze zich zo liet beïnvloeden. Dat wat er gebeurd was nooit zou verdwijnen.

'Tegen tweeën.'

Dat tijdstip had Axel eerder ook genoemd. In een verhoor draaide het er vooral om tegenstrijdigheden en lacunes te vinden in wat er werd gezegd. Om zo bij de waarheid uit te komen. Na het verhoor wilde Hanna de FO vragen om in de buurt van Axels kantoor naar camera's te zoeken.

'Zeg, Schaduw,' zei hij. 'Wie denk je dat die bijnaam had bedacht?'

Het leek wel of hij voelde dat hij geen grip meer op haar had. Bedoelde hij dat het Rebecka geweest was? Maar Hanna was niet van plan het initiatief uit handen te geven door te reageren.

'Je was niet erg bedroefd toen we vertelden dat je zoon dood was,' zei Erik. 'Hoe komt dat?'

'Ik zag dat joch bijna nooit.'

Hanna observeerde Axel. Zelfs nu deed hij nog niet eens zijn best om bedroefd te kijken. Joel had niets voor hem betekend, maar kwam dat alleen doordat hij niet in staat was van iemand te houden, of bestond daar in zijn zieke brein een reden voor?

'Vind de leugen,' had een van de leraren aan de politieacademie gezegd tijdens een cursus verhoortechniek. Hij had natuurlijk gelijk, maar op zoek gaan naar wat er niet werd gezegd, was net zo belangrijk.

Wat verzweeg Axel Sandsten?

20

Door het zweet plakten haar kleren aan haar lichaam en Rebecka kreeg geen lucht. Ze gooide het donzen dekbed van zich af en ging zitten. Verder kwam ze niet in haar voornemen het bed te verlaten.

Na het gesprek met Hanna had ze niet geweten waar ze het moest zoeken. Ze was naar de slaapkamer gegaan, had de luxaflex dichtgetrokken en was onder het dekbed gaan liggen. Ze kon er niet bij dat Joel hasj zou hebben gebruikt. Hoe was het mogelijk dat ze niets had gemerkt? Het maakte haar ook bang. Bang voor wat er nog meer aan het licht zou komen.

Haar mobiele telefoon op het nachtkastje zoemde weer. Petri had een paar keer gebeld om te vragen hoe het met haar was. Natuurlijk was het mooi dat hij zich om haar bekommerde, maar het was net als met haar kleren, het jeukte en schuurde. Sonja had Molly vanochtend opgehaald en zou haar de rest van de dag verwennen. Alsof ijs een dode grote broer kon vervangen. Gisteren had Rebecka gewacht tot Petri thuis was, voordat ze het aan Molly vertelde. Ze hapte naar adem bij de herinnering aan hoe Molly zich stil en wanhopig huilend aan haar had vastgeklampt. Minutenlang hadden ze zo gezeten en Rebecka had niet geweten wat ze moest doen of zeggen. Een halfjaar geleden was Molly's hamster doodgegaan en toen hadden ze een prentenboek gelezen over kinderen die een uitvaartbedrijf voor dieren begonnen, maar Rebecka had niet over een onbenullige hamster willen praten, alsof je dat kon vergelijken. Ten slotte had Molly haar losgelaten en was ze Petri om de hals gevallen.

Haar moeder was 's avonds een paar uur bij hen geweest en vanmiddag kwam ze weer. Op dit moment kon Rebecka haar er ook niet bij hebben. Het leek wel of ze opeens haar oude moeder zag. Die vond dat Rebecka zich aanstelde, als ze alleen maar een beetje aandacht wilde. Haar moeder was eenentwintig geweest toen ze haar kreeg. Ze had haar studie economie in Skövde opgegeven en was weer naar huis gegaan. Ze was gaan werken om in haar eigen onderhoud en dat van het kind te voorzien. Haar ouders hadden haar niet willen helpen. Waar Rebecka nog het meest trots op was geweest nadat ze Joel had gekregen, was dat ze hem nooit het gevoel had gegeven dat hij een vergissing was. Dat dacht ze tenminste niet.

Ze knipte het lampje boven het bed aan en reikte naar haar telefoon. Het bericht was niet van Petri maar van Axel: Maak me niet zwart bij de politie.

Rebecka zakte weer achterover in het bed. Het enige wat de politie over Joels dood had verteld, was dat hij was mishandeld. Had Axel hem geslagen? Dat wilde ze niet. Vooral niet voor Joel. Dat dat het laatste was wat hij in zijn leven had gezien: de opgeheven vuist van zijn vader.

Ik maak je niet zwart, het is de waarheid, antwoordde Rebecka.

Ze wist waartoe Axel in staat was. Hij had haar gebroken ribben, een lichaam vol blauwe plekken – waarbij hij haar gezicht handig wist te ontwijken – en een gescheurde wenkbrauw bezorgd... Niet met zijn vuisten, maar door haar tegen een radiator te smijten. Joel had zo wanhopig gehuild toen hij haar zag dat het haar door merg en been was gegaan.

Maar moord? Nee, dat wilde Rebecka ook voor zichzelf niet geloven. Voor wat het over haar zei. Joel was nooit een vergissing geweest. Haar vergissing was dat ze de relatie met Axel goed had proberen te houden.

Haar mobiel zoemde. Een reactie van Axel: Ik wed dat je perverse vriendje het gedaan heeft. Misschien moet ik dat tegen de politie zeggen.

Pervers? Wat bedoelde hij? Maar Axel wilde alleen maar provoceren, ze moest zich niet op de kast laten jagen. Petri was de rustigste en zorgzaamste man die ze ooit had ontmoet. Misschien te rustig.

Ze hadden niet veel over zijn jeugd gesproken, maar ze wist dat hij het moeilijk had gehad. Petri's ouders kwamen uit Finland en ze woonden in Hässelby bij Stockholm. Toen hij negen was, waren allebei zijn ouders bij een auto-ongeluk om het leven gekomen. Een paar jaar lang was Petri van het ene adres naar het andere gegaan – het Fins was hij verleerd, maar daar was een heleboel nieuwe kennis voor in de plaats gekomen – totdat hij uiteindelijk bij Sonja terecht was gekomen. Zo ver mogelijk weg van de grote stad.

Rebecka kon zich een betere adoptiemoeder dan Sonja moeilijk voorstellen, en Petri was in veel opzichten op haar gaan lijken. Maar kon je echt onbeschadigd uit zo'n soort jeugd komen? Toen ze net waren begonnen met daten, had ze geweifeld; ze had de roddels over hem gehoord. Dat hij dronk en vocht. Maar ze had al snel door dat het niet klopte.

Er was geen excuus voor wat Rebecka Petri had aangedaan. De eerste keer dat zij en Gabriel met elkaar hadden geslapen, was afgelopen herfst geweest, tijdens het oogstfeest. Ze werd misselijk als ze eraan dacht hoe ze zich als pubers hadden gedragen en seks hadden gehad in zijn auto. Dát kon je misschien met dronkenschap verklaren, maar niet dat ze het een week later nog eens hadden overgedaan. Ze had tegen Petri gezegd dat ze had afgesproken met een vriendin die kunstenares was, maar in plaats daarvan was ze met Gabriel op stap geweest. Ze was ermee doorgegaan, maandenlang, en had bovendien de schuld buiten zichzelf willen leggen. Bij Petri, bij het feit dat zijn rust haar verveelde. Dat hij haar niet gaf wat Gabriel haar gaf. Het gevoel dat ze niet alleen gezien werd, maar op handen gedragen. Afgelopen weekend was het festival Öland Ontluikt gehouden en toen had hij haar een heleboel sms'jes gestuurd over hoe geweldig ze was.

Het was een schok geweest dat hij na het barbecueën een eind wilde maken aan hun relatie. Maar ze had niet zo wanhopig moeten worden.

Ze had blij moeten zijn. Als ze nu terugdacht aan haar reactie, was het stil vanbinnen. Joels dood had alles veranderd.

Uiteindelijk dreef haar schuldgevoel Rebecka uit bed. Ze ging naar beneden en zette in de keuken de waterkoker aan. Ze pakte een kopje en de pot oploskoffie.

Petri was te goed voor haar. Aardig. Stabiel. Hij wond zich niet onnodig op en hij meende wat hij zei. Net als Sonja. Bij haar was Molly beter af dan thuis of op school.

Begreep Molly wat er was gebeurd? Rebecka wist het niet zeker. Gisteren had Molly wanhopig gehuild omdat Joel nooit meer terug zou komen. Maar vanochtend had ze over zijn afwezigheid gepraat alsof die tijdelijk was.

De telefoon ging, Rebecka schrok ervan. Ze verwachtte niet dat Axel zou bellen, maar misschien was het Petri. Het was geen bekend nummer. Na enige aarzeling nam ze op.

'Dag, u spreekt met Veronika Krans van de *Expressen*. Ik vroeg me af of...'

Rebecka hing op voordat ze had gehoord wat Veronika zich afvroeg. Misschien hoe het was als je zoon vermoord werd. Of als je dacht dat zijn vader het had gedaan. Inmiddels wist het hele dorp wat er gebeurd was. Ook de mensen die de berg bloemen voor hun huis niet hadden gezien. De *Barometern* had vanochtend een artikel gepubliceerd. Het *Ölandsbladet* ook.

Rebecka liet zich op de vloer zakken; ze kon niet eens meer bij de keukenstoel komen. Ze had Axels woede zo vaak meegemaakt en meestal waren het onbenulligheden waar hij boos om was geworden: dat Axel haar met Kristoffer had horen praten. Dat het eten aangebrand was. Dat ze de verkeerde kleur lippenstift ophad. Eén keer had ze gedreigd hem te verlaten. Toen had hij haar tegen een radiator geduwd.

Hoe graag Rebecka ook wilde denken dat iemand anders het had gedaan, de vreselijke waarheid was dat er voor Axel geen grenzen bestonden.

21

Het laatste wat Hanna van Axel Sandsten zag voordat ze de verhoorkamer uit stapte, was zijn zelfverzekerde glimlach. De opluchting toen de deur achter haar dichtsloeg was fysiek.

'Hoe is het?' vroeg Erik.

'We moeten even snel met Ove overleggen,' zei ze.

Hanna wilde zich niet verontschuldigen voor het feit dat ze de controle bijna was kwijtgeraakt. Deze ontmoeting met Axel was onplezieriger geweest dan de vorige. Ze was niet in balans geweest toen ze aan het verhoor begonnen, en dat had hij uitgebuit. Ze begreep niet hoe hij met zijn gedrag weg kon komen. Dat niet meer mensen het zagen. Maar waarschijnlijk wist hij heel goed wanneer hij het masker kon laten vallen en wanneer niet. Hij was veel doortrapter dan zestien jaar geleden.

Er kwam een vermoeden bij haar op: misschien had Axel zich nu meer ingespannen dan toen ze bij hem op kantoor waren geweest, omdat hij hier meer druk voelde. Het leek wel of hij de aandacht van zichzelf naar haar had willen verplaatsen. Maar als hij schuldig was, zou hij niet ontkomen.

Ove was aan de telefoon, en de toon die hij gebruikte toen hij het gesprek beëindigde met 'ik hou van je' bracht Hanna tot de conclusie dat hij getrouwd was. Ze realiseerde zich dat ze niets wist van zijn persoonlijke omstandigheden.

'Nou?' zei hij.

Erik deed verslag van wat Axel Sandsten had gezegd.

'Dat is niet genoeg om hem aan te houden,' zei Ove. 'En dat weten jullie ook.'

'Moeten we het niet op zijn minst met de officier van justitie bespreken?' vroeg Hanna.

Ove schudde zijn hoofd.

'Wat doen we nu?' vroeg Erik.

Een 'pling' van de computer haalde Ove uit zijn concentratie. Hij klikte een berichtje aan, waar hij smakelijk om moest lachen.

'Sorry,' zei hij. 'Wat hebben jullie zelf voor ideeën?'

'We moeten een beter beeld zien te krijgen van wie Joel was,' zei Hanna. 'Ik vind dat we om te beginnen met zijn vriendin Nadine moeten praten. Rebecka dacht dat zij Joels enige echte vriendin was.'

'Doe dat,' zei Ove. 'Ik zeg tegen Axel Sandsten dat hij mag gaan.'

Hanna vroeg zich af wat Ove tegen hem wilde zeggen, maar ze was blij dat ze Axels zelfingenomen glimlach niet hoefde te zien. Ze belde Nadine en kreeg te horen dat ze thuis was gebleven van school en dat ze in de Klockhusgatan in Skälby woonde.

Op weg naar de auto zeiden ze niets. Deze keer vond Hanna de stilte ongemakkelijk. Ze had het gevoel dat ze die aan Erik had opgedrongen. Ze vroeg zich af of ze ooit een punt zouden bereiken waarop ze ontspannen met elkaar konden kletsen. In Stockholm had ze vaak samengewerkt met een man die altijd overal een mening over had. Wat zij dacht of vond interesseerde hem geen fluit. Nu zat iemand anders met hem opgescheept. Dat inzicht vervulde haar met een onverwachte weemoed. Nadat ze uit Stockholm was weggegaan, was alles daar gewoon doorgegaan. In zestien jaar had ze nauwelijks sporen achtergelaten. Een paar weken nadat Fabian haar had gedumpt, was hij al verdergegaan met zijn leven. Hij had een kleine blonde kleuterjuf gevonden, die waarschijnlijk wél bij hem in zijn rijtjeshuis wilde komen wonen. Hanna was hen een keer toevallig tegengekomen voor het politiebureau. De dag daarop was haar vader overleden en ze had meteen begrepen dat ze in haar eentje terug zou moeten gaan naar Gårdby om alle praktische zaken te regelen.

In Stockholm was ze nauwelijks met haar collega's omgegaan. Een enkele keer was ze meegegaan voor een biertje na het werk, maar altijd in een groep. En zo wilde ze het niet meer. Ze wilde banden smeden, maar kennelijk wist ze niet hoe dat moest.

'Hoe ziet het gezin van Ove eruit?' vroeg ze.

Eigenlijk had ze eerst de gespannen sfeer moeten verbeteren door sorry te zeggen voor haar reactie op het feit dat Erik Tatjana had gebeld en dat hij iets over haar vader had gehoord. En misschien voor haar gedrag tijdens het verhoor van Axel.

'Hij is getrouwd met Birgitte en woont in een villa in Lindsdal. Ze hebben drie dochters, van wie er één nog thuis woont. De oudste heeft een dochtertje van ruim een jaar. Nog iets wat je wilt weten?'

Erik wierp haar een geamuseerde blik toe. Ze begreep niet waarom.

'Nee, dank je, het is goed zo.'

Terwijl ze naar Skälby reden, vertelde Erik wat meer over de andere groepsleden. Amer had een vrouw en twee kleine kinderen. De jongste was nog maar een paar maanden oud. Amer had een keer in Park Hemina opgetreden, als het plaatselijke talent tijdens een cabaretavond. De directie was boos op hem geweest omdat hij wel erg veel grapjes over het politievak had gemaakt. Carina was twee keer getrouwd geweest en had geen kinderen. Ze kon uren over haar tuin praten. Daniel woonde alleen en leek niets anders te doen dan werken en sporten.

Dus Daniel was single? Hanna voelde de welbekende warmte op haar wangen.

'Ik denk dat Carina me niet mag,' zei ze snel.

'Wie zou jou nou niet mogen?' vroeg Erik.

Hanna vond het moeilijk om te bepalen of dat een grapje was. In haar onzekerheid kwam ze weer terug bij Ove, en ze flapte de eerste vraag er uit die bij haar opkwam.

'Waarom draagt Ove geen trouwring?'

'Ik denk niet dat daar een smeuïg verhaal achter zit,' zei Erik en hij lachte. 'Mijn gok is dat hij te dik is geworden.'

Erik parkeerde tussen de lage betonnen flats in de Klockhusgatan. Nadine deed open, gekleed in een joggingbroek en een kapot T-shirt. Haar onderarmen zaten vol met littekens in alle soorten en maten, sommige waren echt groot. De meeste waren wit, maar op sommige zat nog een korstje.

'Ja, ik vind het fijn om in mezelf te snijden en ik heb vergeefs geprobeerd om zelfmoord te plegen,' zei ze en ze keek hen uitdagend aan.

'Ik ook,' zei Hanna.

Nadine draaide zich om en liep het appartement in.

'Om met jullie te kunnen praten moet ik roken,' zei ze. Ze nam hen mee naar een balkon.

'Dat is voor de kat,' zei ze toen ze hen naar het net zag kijken. 'Zodat hij er niet afspringt. Volgens mij heeft hij ook zelfmoordneigingen,' voegde ze er met een glimlach aan toe.

Op het wankele metalen tafeltje stond een overvolle asbak. Nadine ging op de stoel zitten en stak een sigaret op. Ze hield het pakje naar hen omhoog.

'Iemand?'

Hanna schudde haar hoofd en zag vanuit haar ooghoek dat Erik hetzelfde deed. Vermoedelijk had hij nooit gerookt. Hanna was gestopt toen ze zich had aangemeld voor de politieacademie. Haar roken had zich beperkt tot sigaretten die ze op feestjes had gebietst. Ze had geen geld gehad om zelf sigaretten te kopen. Er stond nog een tweede stoel en daar ging Hanna op zitten.

'Sorry,' zei Nadine. 'We wonen hier maar met zijn tweeën. Mijn vader en ik. En de kat dan.'

Ze nam een diepe haal van de sigaret, wendde haar hoofd af en blies de rook uit. Erik leunde tegen het balkonhekje, en het kattennet boog een beetje door naar buiten.

'Wat kun je ons over Joel vertellen?' vroeg hij.

'Dat hij perfect was,' zei Nadine en ze kreeg tranen in haar ogen. 'Slim, grappig, lief. Niet zoals alle andere idioten in dit gat.'

‘Was je verliefd op hem?’ vroeg Hanna.

‘Een poosje. Maar dat ging over en hij is nooit verliefd geweest op mij.’

Hanna kreeg de indruk dat het nooit was overgegaan, maar er zijn zoveel dingen die wazig worden meteen nadat iemand is overleden.

‘Weten jullie wie het heeft gedaan?’ vroeg Nadine.

‘We kunnen niets over het onderzoek zeggen,’ zei Erik. ‘Helaas.’

‘Zijn vader is een eikel,’ zei Nadine.

‘Waarom zeg je dat?’

‘Hij sloeg Joels moeder. En hij is ontzettend glad en manipulatief.’

‘Heeft hij Joel iets aangedaan?’ vroeg Hanna.

‘Alleen dat hij een mini-Axel van hem wilde maken.’

‘Hoe ging het met Joel?’ vroeg Erik.

Nadine nam nog een trekje van haar sigaret en blies de rook langzaam uit. Ditmaal nam ze niet de moeite haar hoofd weg te draaien.

‘Matig,’ zei ze. ‘Ik kon hem niet aan zijn botte verstand brengen hoe goed hij was.’

‘Hoe kwam het dat hij zich niet goed voelde?’

‘Door van alles en nog wat,’ zei Nadine en ze keek Hanna recht in de ogen. ‘Weet jij altijd waarom het niet goed met je gaat?’

Hanna schudde haar hoofd. Ze kreeg de indruk dat Nadine veel meer wist van Joels wel en wee. Maar ze wist ook dat het even duurde voordat bepaalde dingen gezegd konden worden. Als Nadine op de verkeerde manier onder druk werd gezegd, zou ze vermoedelijk nooit iets zeggen. Hanna pakte haar telefoon en liet de foto zien van de blonde vrouw, die ze op de parkeerplaats bij het Möckelmossen had gemaakt.

‘Weet je wie dit is?’

Nadine keek lang naar de foto.

‘Sorry, ik heb geen idee.’

‘Had Joel ruzie met iemand, dat je weet?’ vroeg Erik.

‘Met zijn vader, verder weet ik het niet.’

Hanna knikte naar de sigaret. Nadine hield hem boven de asbak en tikte de kegel eraf.

'We praatten meestal over de toekomst,' zei ze. 'Wat we zouden doen als we hier eenmaal weg waren.'

'En wat zouden jullie dan doen?'

Hanna veranderde van houding op de ongemakkelijke kunststof stoel.

'Waar we maar zin in hadden,' zei Nadine. 'We zouden eindelijk vrij zijn. De mensen hier zijn allergisch voor alles wat anders is.'

'En wat was er anders aan Joel?'

Er glinsterde iets in Nadines blik. Ze nam een trekje van de sigaret voordat ze antwoordde.

'Dat hij meer wilde dan voetbal en floorball spelen, bier drinken en tractor rijden.'

'Had Joel nog andere vrienden?'

'Dat zou dan Linnea moeten zijn. Ze is iets jonger, maar ze wonen naast elkaar. Woonden...'

Nadine keek Hanna recht aan en het zwarte verdriet kwam als een muur van hete zomerlucht op haar af.

'Hoe kwam Joel aan zijn hasj?' vroeg Erik.

'Van een vroegere klasgenoot, geloof ik. Zo iemand die van bier, voetbal en tractoren houdt.'

DE LAATSTE DAG

In Färjestaden stapt Joel uit de bus en hij kijkt jaloers naar alle mensen die in verschillende richtingen verdwijnen. Die weten waar ze naartoe moeten. Voor de Zweedse les van vrijdag moet hij een gedicht uit zijn hoofd leren, en hij is bezig met het gedicht 'In beweging' van Karin Boye. Het gaat matig. Zijn realiteit staat zo ver af van die waar zij over raaskalt. Dat de weg erheen de moeite waard is. Dat de nieuwe dag gloort.

Misschien zou hij een nieuw gedicht moeten zoeken, maar dat vergt energie en die heeft hij niet.

Joel wil thuis op de bank gaan liggen netflixen. Boterhammen eten en O'boy-chocolademelk drinken. Hij is op de helft van een documentaire over de malloten die in alle ernst geloven dat de aarde plat is. De Flat Earth Society. Het is geweldig om hen te horen discussiëren en hen experimenten te zien uitvoeren. De uitkomsten weg te redeneren. Een deelnemer moest breken met zijn hele familie omdat er zoveel ruzie was.

Maar Joel durft nog niet naar huis. Dat is het nadeel van een moeder die thuis werkt. De schooldag is nog niet voorbij.

Ook al bezorgt zijn telefoon hem op dit moment ongemak, Joel haalt hem toch uit zijn zak. De batterij is niet voldoende opgeladen om te kunnen netflixen en hij is zijn oplader vergeten.

Er is geen nieuwe doodsbedreiging gekomen.

Joel loopt naar Ölands Köpstad. Een winkelcentrum van niks, maar daar kan hij wel een uur of wat zoekbrengen en daarna de bus naar huis pakken. Hij betwijfelt of zijn moeder zijn rooster kent. Als het moet, kan hij zeggen dat de laatste les was uitgevallen. Er is een klein risico dat hij Petri tegenkomt. Het timmerbedrijf zit vlak achter het winkelcentrum, maar hij denkt dat Petri vandaag naar een klus in Kastlösa is. Bovendien maakt hij zich daar niet zoveel zorgen over. Het is eerder gebeurd en toen heeft Petri niet gekletst.

Zijn hand gaat naar zijn zak. Je gaat eraan vannacht. Jij of zij.'

Zou hij moeten reageren? Nee. Die gek mag schrijven wat ze maar wil. Hij wacht hier al een week op.

Joel steekt het parkeerterrein schuin over, waar een paar mannen op weg naar hun auto praten over wat ze in het weekend gaan doen. Ze zijn zeker dertig en het is gewoon ziek dat ze niet verder zijn gekomen. Ze praten over bier en chicks en over hun middelbareschooltijd. Dat zal Joel zich niet laten gebeuren. Hij zal zorgen dat hij ergens komt. Het probleem is alleen dat hij niet weet waar. Na de middelbare school gaat hij in Stockholm wonen en een baan zoeken. Of misschien verder studeren. Maar hoe gemakkelijk is dat?

Als Joel het bord van ICA Kvantum ziet, knort zijn maag, maar hij wil zijn laatste geld niet aan eten verspillen. Er zijn nog maar een paar weken verstreken sinds hij zijn maandgeld heeft gekregen en hij heeft bijna alles al uitgegeven aan schetsboeken, houtskool en wiet.

Zijn gedachten gaan terug naar het berichtje. Is het stom van hem om het serieus te nemen? Maar hij zou het niet kunnen verdragen als haar iets overkwam. Hij moet met haar praten als hij thuiskomt.

22

'Lunch?' vroeg Erik toen ze weer op de Klockhusgatan stonden.

Hanna haalde haar schouders op. Ze hield haar ogen neergeslagen. Hij vroeg zich af of ze de waarheid had gesproken toen ze tegen Nadine zei dat zij ook een mislukte zelfmoordpoging had gedaan. Of dat het alleen een manier was geweest om contact te leggen.

'Vanwaar dit overweldigende enthousiasme?'

Zijn nieuwe collega antwoordde niet.

'Er is een restaurant om de hoek waar ze knoedels serveren,' ging hij verder.

Erik verging van de honger en als hij niet binnen een paar minuten eten kreeg, zou hij vermoedelijk instorten of wartaal gaan uitslaan. Zo uitgehongerd als hij was, dat kon niet gezond zijn. Misschien zou hij het bezoek van zijn schoonouders moeten gebruiken als excuus om dit weekend de training over te slaan. Nu pas keek Hanna hem aan.

'Sorry. Ik was in gedachten. Knoedels zijn prima.'

Erik wilde graag weten waar ze met haar gedachten was geweest, maar dat vroeg hij niet. Hij kon zich niet goed meer concentreren en ze zou toch geen antwoord hebben gegeven. Met trillende vingers klikte hij het slot van de auto open. Het leek dwaas om te rijden terwijl het maar een paar honderd meter lopen was, maar ze hadden de auto nodig als er iets gebeurde.

Hij sloeg de hoek om naar de Arvid Västgötes gata en parkeerde tegenover restaurant Kroppkakan. Erik was daar een keer met Nila geweest, om haar betere knoedels te laten proeven dan ze op school voorgezet kreeg, en ze had ze heerlijk gevonden. Ze had de gewone met spek gegeten en hij had hun vegetarische variant van tevoren besteld. Ze zouden hier met zijn schoonouders naartoe moeten gaan. Twee weken was lang om hen bezig te houden. Supriya zou vrij nemen, maar niet elke dag. Ze had lijstjes gemaakt van dingen die haar ouders konden doen op de dagen dat zij moest werken.

Hanna bestelde knoedels. Zelf nam hij aardappelpannenkoeken zonder spek.

'Ik ben vegetariër,' legde hij uit, ook al had ze daar niet naar gevraagd.

Op het kleine terras was één tafeltje vrij. De temperatuur was maar een graad of twaalf à dertien en het was bewolkt, dus dat was de rustigste plek. Verder zaten er alleen een vrouw en een jongen van een jaar of vijf buiten. Misschien was hij ziek en mocht hij niet naar de kleuterschool. Zijn ene neusgat zat vol met groengeel snot en hij leek het liefst met zijn hoofd op tafel te willen gaan liggen slapen. Eigenlijk had Erik graag meer kinderen willen hebben, maar Supriya was vier jaar ouder dan hij en ze hadden het wel geprobeerd, maar het was niet gebeurd. Toen ze in Zweden kwamen, hadden ze zich laten onderzoeken en ze hadden drie inseminaties gehad. Voor een ivf-behandeling was Supriya inmiddels te oud. Ze hadden toch al het gevoel dat het mooi was geweest met de behandelingen. Dat het niet de bedoeling was dat hun gezinnetje nog verder zou worden uitgebreid. Erik beschouwde zichzelf niet als religieus, maar geloofde toch dat er een onverklaarbare macht bestond die alles bestuurde.

'Laten we na de lunch met Linnea gaan praten,' zei Hanna.

'Doen we,' zei Erik. 'Goed idee.'

Tijdens de lunch zette hij het werk het liefst opzij. Zijn hersenen hadden een flinke pauze nodig om verder te kunnen. Maar het was plezierig om Hanna meer dan een paar woorden te horen zeggen. Hij schoof de aardappelpannenkoek naar binnen en luisterde naar haar verhaal over de blonde vrouw. Hoe ze zich op de parkeerplaats bij het Möckelmossen had gedragen. Dat ze zich afzijdig had gehouden van de rest en een bepaalde wanhoop had uitgestraald die met schuld te maken kon hebben. Hanna dacht dat de vrouw belangrijk was. Dat ze haar moesten identificeren.

Hanna's telefoon rinkelde. Haar aarzeling voordat ze opnam, was duidelijk. Nadat ze eerst 'hallo' en daarna 'bel me niet meer' had gezegd, hing ze op.

'Wat was dat?'

'Dat weet ik niet,' zei Hanna. 'Het is iemand die belt zonder iets te zeggen.'

'Op je werktelefoon?'

'Ja.'

'Heb je met Ove gepraat?'

'Dat ga ik doen als dit zo doorgaat. Dit was nog maar de derde keer.'

Hanna nam een hap van haar knoedel. Erik was ervan overtuigd dat ze niet van plan was met Ove te praten, ongeacht het aantal telefoontjes. Maar Ove moest het wel weten.

'Waarom ben je teruggekomen?' vroeg hij.

Die vraag had hij eerder gesteld en toen had hij geen antwoord gekregen, maar nu hij over haar vader had gehoord, was hij er nog nieuwsgieriger naar.

'Dat leek me een goed plan,' zei Hanna.

'Had je het niet naar je zin in Stockholm?'

'Jawel hoor.'

Erik glimlachte. Het was werkelijk niet makkelijk om persoonlijke informatie uit haar te krijgen.

'Waarom ben jíj hier komen wonen?' kwam ze met een wedervraag.

Duidelijk bedoeld om niet over zichzelf te hoeven praten.

'Omdat ik uit Malmö weg wilde,' zei hij. 'Er was daar te veel stress. Ik kon mijn vrouw overhalen om het in een kleinere plaats te proberen. Ze vindt het Zweedse platteland exotisch. Bovendien was het werk de enige reden dat we daar terechtkwamen na India, en het voelde niet goed om terug te zijn. Ik wil liever vooruit dan achteruit.'

Uit de concentratie waarmee Hanna naar haar glas water keek, maakte Erik op dat ze dat als kritiek had opgevat. Na een paar langzame slokken zette ze het glas weer neer.

'Waar wonen jullie?' vroeg ze.

'Op Varvsholmen.'

Hanna trok haar ene wenkbrauw een paar millimeter op.

'Dat kun je toch geen platteland noemen?'

'Jawel, vergeleken met Mumbai met zijn twaalf miljoen inwoners.'

Ze aten een paar minuten in stilte. Hanna schraapte haar bord schoon met haar vork en stopte die in haar mond.

'Dat was lekker,' zei ze toen ze zijn blik opmerkte.

'Had jij iemand die knoedels voor je kookte?'

'Mijn oma. En deze haalden het niet helemaal bij die van haar, maar wel bijna.'

'Leeft ze nog?'

'Ja, maar ze is dement en zit in een tehuis. Tijdens mijn laatste bezoek zag ze mijn schoen voor een kat aan.'

Haar gezicht stond ernstig toen ze dat zei en Erik wilde zowel lachen als zijn deelneming betuigen.

'Mijn opa had alzheimer,' zei hij. 'Op het eind had hij vaak het idee dat ik een inbreker was en dan probeerde hij me te slaan met zijn stok. Hij was ook politieman.'

Daar moest ze een beetje om glimlachen.

'Wat doet je vader?'

'Hij is met pensioen, maar hij was ook politieman. Mijn beroepskeuze is uit een gebrek aan fantasie voortgekomen. Een broer en een zus van me zitten ook bij de politie.'

'Hoeveel broers en zussen heb je?'

'Drie. Twee broers en een zus.'

'En jij bent de jongste, zeker?'

'Ja,' zei Erik.

Hij had eerder gehoord dat hij een typisch jongste kind was: een avonturier die het nu leuk wilde hebben, zorgeloos en gericht op relaties. Al verzette hij zich altijd tegen dat soort simplificaties en generalisaties.

Erik wist dat hij het niet zou moeten doen, maar hij kon het niet laten. Hij was te nieuwsgierig en voorzichtigheid was nooit iets voor hem geweest. Bovendien had hij het gevoel dat Hanna nu ontspannener was, ze waren al over het onderwerp 'gezin' begonnen.

'Het moet moeilijk zijn geweest met je vader,' zei hij.

Hanna keek hem aan en haar gezicht werd een glad masker. Op de een of andere manier moest hij daardoorheen zien te komen. Ze stond op.

'Ik ga koffie halen. Wil jij ook?'

Erik knikte en hij volgde haar met zijn blik terwijl ze het restaurant in liep. In zijn werk had hij veel familieleden van zowel slachtoffers als daders ontmoet. Ze hadden allemaal verdriet, maar de familie van de dader probeerde dat bijna altijd te verbergen. Dat snapte hij wel: hun boosheid was anders en ze schaamden zich. Maar hij dacht dat hij een betere politieman kon worden door er met Hanna over te praten. En hij dacht dat hij haar kon helpen. Maar misschien was hij alleen maar naïef. En een hork. Hoe zou hij zelf hebben gereageerd als een van zijn ouders een onvergeeflijke misdaad had begaan? Dat viel gewoon niet voor te stellen.

23

Hanna schonk koffie in twee beschadigde mokken en deed in een ervan een scheut melk. Ze duwde Eriks zelfingenomen glimlach weg. Ze hadden het gezellig gehad en opeens was hij over haar vader begonnen. Alweer. Het leek wel of ze zijn hobbyproject was geworden. De kapotte diender die gerepareerd moest worden. Het probleem was alleen dat ze niet kapot was. Tenminste niet op de manier die hem voor ogen leek te staan. Ze betwijfelde of ze er ook maar iets mee zou opschieten om haar privéleven te grabbel te gooien.

Langzaam liep ze met de mokken naar het tafeltje. Toen ze die met melk voor Erik neerzette, klotste de koffie over de rand. Ze liet hem een servet halen om het op te deppen. Terwijl de koffie afkoelde, belde ze Linnea's moeder, Ulrika. Erik had even kort met haar vader Gabriel gesproken, maar ze moesten het met beide ouders over het barbecueavondje hebben.

'Dinsdag kwam het gezin Forslund bij u barbecueën. Hoelang zijn ze gebleven?'

De tijdstippen die Ulrika gaf, kwamen overeen met de door Rebecka genoemde. Joel en Molly waren tegen negen uur naar huis gegaan en Rebecka en Petri een paar uur later.

'Is er die avond iets bijzonders gebeurd?'

'Nee. We hebben zitten eten en praten en...'

'En?'

'Niks. Het was gezellig, maar dat is nu een vreselijke gedachte gezien wat er met Joel is gebeurd.'

'Hoe was hij die avond?'

'Net als anders. Zodra dat mocht, gingen de kinderen van tafel. Hij en Linnea zaten in de keuken te tekenen.'

'We moeten ook met Linnea praten.'

'Natuurlijk, dat kan,' zei Ulrika, alsof Hanna om toestemming had gevraagd.

Maar Linnea was vijftien en bovendien niet verdacht, dus ze had alleen een telefoonnummer nodig. Toen ze dat had gekregen, hing ze op. Volgens Ulrika was haar dochter op school.

Hanna dronk een paar slokken koffie, waarna ze Linnea's nummer belde. Steeds met Eriks ogen op zich gericht, maar ze negeerde hem.

'Fijn dat je opneemt,' zei Hanna. Ze stelde zich voor en zei dat ze van de politie was. 'Ben je op school?'

'Ja, maar ik ga zo naar huis.'

'Als je even wacht, kun je met ons meerijden,' zei Hanna.

'Waarom?'

De vraag was niet meer dan een fluistering.

'We moeten met je praten over Joel.'

Linnea liet haar ongerustheid als een zucht naar buiten komen.

'Ik was zelf al van plan om te bellen,' zei ze.

'Waarom?'

'Kunnen we dat straks bespreken?'

Hanna had er alle begrip voor dat Linnea het niet aan de telefoon wilde bespreken. Over sommige zaken kon je makkelijker praten als je elkaar kon zien. Hanna was ook niet overdreven dol op de telefoon, maar in haar werk deed ze altijd wat nodig was.

'We moeten nu gaan,' zei ze tegen Erik.

'Ja, dat begreep ik al.'

Erik dronk zijn mok leeg terwijl hij opstond.

'Ik rijd,' zei Hanna.

Niet alleen omdat ze de weg beter kende op Öland, maar ook omdat Erik zich iets te goed aan de maximumsnelheid hield. Van wat ze tot nu toe had gezien, was dat het enige wat niet klopte met het feit dat hij de jongste was thuis. Dat was ze zelf ook, maar Kristoffer was altijd meer een leeftijdgenoot geweest dan een grote broer. Ze hadden meestal goed met elkaar kunnen opschieten, maar een tijdlang mocht ze niet binnen een straal van tien meter van hem komen als ze buiten waren; hij wilde ongestoord met zijn vrienden optrekken. Ze mocht niet eens dezelfde bus nemen. Na de dood van hun moeder was hij een waardeloze broer geweest.

De eerste tien minuten konden ze goed doorrijden, maar vlak voor de afrit van de brug stond een rode Fiat, die waarschijnlijk motorpech had. Er stond al een file en Hanna gebruikte het zwaailicht om erlangs te komen.

'Ja, wat?' zei ze. 'Linnea heeft iets te vertellen en als het haar te lang duurt, gaat ze misschien weg.'

'Ik zeg niks.'

Na de brug reed Hanna door naar Mörbylånga. Linnea was makkelijk te vinden; ze stond op de Ölandsgatan, recht tegenover de Skansenschool, precies op de plek die ze had genoemd. In een spijkerbroek en een paar maten te grote donkerblauwe capuchontrui. De stijl deed denken aan die van Joel. Ze droeg haar steile roodblonde haar in een staart.

Tijdens de rit naar Gårdby werd er niet veel gezegd. Hanna wilde de lichaamstaal kunnen lezen als ze iemand verhoorde en kennelijk gold voor Erik hetzelfde.

Hanna keek naar Rebecka's huis toen ze erlangs reden. De gordijnen waren dicht, maar er stond een auto op de oprit, die daar gisteren niet had gestaan. Misschien die van Petri, of van Rebecka's moeder.

Toen ze Linnea's oprit op reed, nam ze de bocht iets te krap en er schraapte een struik langs de zijkant van de auto. Erik verstijfde, maar zei niets. Waarschijnlijk omdat Linnea in de auto zat. Een paar weken nadat Hanna haar rijbewijs had gehaald, had ze Rebecka's brievenbus geramd. Het rijbewijs was een enorme vrijheid voor haar geweest, en nog steeds. Het was alsof alle remmingen wegvielen zodra ze achter het stuur zat. Oma had haar het rijbewijs voor haar achttiende verjaardag cadeau gedaan.

De voordeur ging open en Ulrika kwam naar buiten. Ze wachtte hen op en leek niet te weten wat ze met haar handen moest doen. Linnea ontweek haar poging tot een knuffel. Ook al wilden ze haar niet bij het gesprek met Linnea hebben, Hanna was blij dat ze thuis was. Naderhand kon steun nodig zijn. Vijftien was een kwetsbare leeftijd.

Ze gingen in de keuken zitten, omdat ze daarvan de deur dicht konden doen. Linnea schonk water in een glas en dronk het leeg, schonk nog een glas water in en kwam zitten.

'Vertel,' zei Hanna. 'Wat moeten we weten?'

'Vorige week is er iets gebeurd,' zei Linnea en ze hield het glas water stevig vast.

Ze wachtten op een vervolg, maar dat kwam niet.

'Wat dan?' vroeg Erik.

'Ik ging met Joel mee naar de Gårdbyschool om Molly op te halen. Zijn moeder kon niet weg van haar werk in het atelier. Dat gebeurt soms.'

'Wat gebeurde er bij die school?' vroeg Erik verder.

Het was duidelijk dat Linnea een zetje nodig had om het verhaal te vertellen.

'Fanny duwde Molly tegen een muur. Het zag er akelig uit. Ze had haar arm tegen Molly's hals. Molly's gezicht zag er raar uit. Alsof ze werd gewurgd.'

'Wie is Fanny?'

'Een meisje dat vroeger bij Joel in de klas zat. Haar groep hangt soms bij de Gårdbyschool rond. Ze doen het niet zo goed op school en ze voelen zich waarschijnlijk heel wat als ze de kleintjes bang maken.'

'Volwassen, hoor,' zei Erik en Linnea glimlachte naar hem.

Zoals het meeste in Hanna's leven had school een 'ervoor' en 'erna'. In de lagere klassen had ze het naar haar zin gehad. Maar later draaide het hele bestaan erom te verbergen dat Lars aan de drank was. Ze had kleren uit zijn kleerkast gepikt omdat ze uit haar eigen kleren gegroeid was. Ze had net gedaan alsof dat een bewuste keus was. Ze had goed opgelet tijdens de lessen en goede cijfers gehaald, opdat niemand vragen zou stellen over thuis. Kristoffer maakte er zo'n zootje van dat het genoeg was voor twee. Na de begrafenis van hun moeder had zij maar één doel gehad: de boel bij elkaar houden.

Zelfs tegen oma had ze gelogen, maar ze had wel af en toe een weekend bij haar gelogeerd als ze er even uit moest. Wat was het fijn geweest om na het wakker worden naar de keuken te sluipen en op de oude houten bank te gaan zitten. Om naar de radio te luisteren met oma en te wachten totdat het brood in de oven klaar was.

'Wat gebeurde er?' vroeg ze.

'Joel rende erheen en duwde Fanny weg. Ze werd helemaal gek. Ze sloeg naar hem en schreeuwde dat hij er spijt van zou krijgen.'

Linnea snikte.

'Ik snap niet hoe hij het durfde. Joel is nauwelijks langer dan ik en Fanny is veel groter. Maar er kwam een leraar tussenbeide.'

'Waarom deed Fanny zo tegen Molly?' vroeg Hanna.

'Dat soort dingen doet Fanny vaak. Molly huilde bijna de hele weg naar huis.'

'Liet de leraar iedereen weggaan?' vroeg Hanna. Ze kon haar verontwaardiging niet verbergen.

'Ja. Waarom niet? Er zei toch niemand iets tegen hem.'

Linnea keek haar hoofdschuddend aan. Hanna wist nog goed hoe het er vroeger op school soms aan toeging, het schelden en vechten, de leraren die het wel zagen maar er niets tegen deden. Maar ze had gedacht dat er sindsdien iets was verbeterd.

'Hoe heet die leraar?' vroeg ze.

'Isak Aulin. Maar hij is tof.'

Hanna was niet klaar met het onderwerp, maar Erik was sneller. 'Het is goed dat je dit vertelt.'

Linnea knikte, maar leek het moeilijk te vinden om zijn woorden te geloven.

'Daarna was Fanny vet kwaad op Joel,' zei ze. 'Ze vond vast dat hij haar image verpestte. Het leek wel of Fanny besloten had Joel kapot te maken. Ik weet dat ze Molly ook heeft bedreigd.'

'Had Joel het daar afgelopen dinsdag over?'

'Nee. Ik zag wel dat er iets was, maar hij ontweek me toen ik het vroeg. Ik had moeten...'

Hanna legde haar hand op die van Linnea, maar trok hem terug toen ze merkte dat Linnea dat niet prettig vond. Ze pakte haar telefoon en klikte de foto van de blonde vrouw tevoorschijn, maar Linnea zei dat ze haar niet herkende.

'Verkoopt Fanny hasj?' vroeg Erik.

'Dat geloof ik niet,' zei Linnea.

'Ken je iemand die dat wel doet?'

'Nee.'

Het glas trilde toen Linnea een slok water nam.

'Waar ben je bang voor?' vroeg Hanna.

Linnea keek naar de deur en het duurde even voordat ze antwoordde.

'Ik denk dat Fanny mij nu gaat pakken.'

'Waarom?'

Linnea nam nog een slok water.

'Omdat ik erbij was toen ze Joel bedreigde. Voor haar is dat reden genoeg.'

24

Toen Erik de keukendeur opendeed, stapte Linnea's moeder snel achteruit de hal in. Ze mompelde dat ze net wilde vragen hoe het ging. Het was duidelijk dat ze had staan luisteren, maar als ze iets had weten op te vangen, zou ze waarschijnlijk niet zijn blijven staan toen hij en Hanna de keuken uit kwamen. Ze lieten haar naar Linnea toe gaan.

'Laat me alsjeblieft met rust,' was het laatste wat Erik hoorde voordat ze naar buiten stapten.

'We moeten met Molly praten,' zei Hanna. 'Kun jij Ove bellen, dan vraag ik aan Rebecka waar ze is.'

'Goed,' zei Erik.

Een heg scheidde de twee percelen en Hanna liep naar de weg en verdween aan de andere kant. Erik verplaatste de auto naar Rebecka's oprit, aangezien hij het huis in het oog wilde houden. Hij wilde snel kunnen handelen als Hanna hulp nodig had. Maar achter de dichte luxaflex was niets te zien en Erik toetste Oves nummer in. Er kwam een oudere vrouw aangelopen met een roos in haar hand. Ze aarzelde toen ze hem zag, maar liep vervolgens door en legde de roos tussen de andere bloemen bij het poortje. Ove nam op en Erik bracht eerst verslag uit van wat Linnea had verteld en zei toen dat ze ook met Joels zusje wilden praten.

'Mooi,' zei Ove. 'Dat klinkt alsof er schot in de zaak zit.'

Erik humde bevestigend.

‘Ik zal een van de anderen vragen om naar die Fanny te kijken,’ ging Ove verder. ‘Wat is haar achternaam?’

‘Broberg.’

‘Ik heb aan deze kant helaas geen nieuws,’ zei Ove. ‘Maar als dat verandert, laat ik het weten.’

‘Dus nog steeds geen contact met de eigenaar van de auto op het parkeerterrein?’

‘Helaas niet. We hebben berichten achtergelaten op zijn voicemail, maar hij laat niets van zich horen. Volgens zijn werk is hij vrij en komt hij maandag terug.’

‘En de fietser die de Duitsers waren tegengekomen?’

‘Amer heeft hem nog niet weten te identificeren.’

Hanna kwam Rebecka’s huis uit en Erik beëindigde het gesprek terwijl zij het portier aan de bestuurderskant opende.

‘Het is beter dat ik rij, omdat ik de weg ken. Molly is bij haar oma Sonja en daar heb ik geen adres van. Ik weet alleen wie daar vroeger woonde.’

‘Wie dan?’

‘Een godsdienstleraar die dominee had moeten worden.’

Erik liep om de auto heen naar de passagierskant.

‘Die blonde vrouw kwam Rebecka ook niet bekend voor,’ zei Hanna toen ze ging zitten.

Een paar minuten later zette ze de auto voor een klein rood huis neer. Het had een bruine deur rechts van een groot raam met een groen kozijn. Een verward moment lang had Erik het idee dat hij hier eerder was geweest. Totdat hij zich realiseerde dat de herinnering uit een kinderboek kwam waaruit zijn moeder hem had voorgelezen totdat het uit elkaar viel. Dit huis leek sprekend op het huisje van de grootmoeder van Roodkapje.

Hanna stapte sneller uit dan hij. Een vrouw met grijs haar deed open. Erik vertelde waar ze voor kwamen, maar de vrouw hield haar blik op Hanna gevestigd.

'Ik ken jou,' zei ze.

'Ik heb bij Rebecka op school gezeten.'

'Ben jij de dochter van Lars Duncker? Ik hoorde dat ze terug was.'

Hanna knikte stijfjes, maar Sonja was al klaar met het onderwerp.

'Molly is binnen.'

Sonja liet hen de woonkamer binnengaan, die niets gemeen had met de spaarzame stijl van het sprookjesboek. Hier stonden ook eenvoudige houten meubels, maar ook een lichtgrijze bank vol met kleurige kussens. Molly zat op de vloer, omgeven door een kring van blaadjes. Het waren printjes met afbeeldingen die waarschijnlijk op internet waren gevonden. Verschillende soorten dieren, vooral vogels, die Molly driftig inkleurde met een viltstift. Ze had kleurige vlekken op haar vingers.

'U mag er wel bij blijven,' zei Erik tegen Sonja. Vervolgens zette hij zijn rechterwijsvinger tegen zijn lippen om aan te geven dat ze niets mocht zeggen.

Als ze met zo'n jong kind praatten, moest er een getuige bij zijn. Eigenlijk had dat een buitenstaander moeten zijn, en als je het heel nauw nam, moest de verhoorder gespecialiseerd zijn in kindgesprekken. Maar de situatie was altijd bepalend. Molly was een kind dat informatie kon hebben en die moesten ze zo snel mogelijk zien te krijgen. Hanna ging op haar knieën bij de zesjarige zitten.

'Hallo, ik ben Hanna.'

Molly keek even op en groette, maar ging toen weer door met kleuren. Ze maakte de vleugels van een papegaai paars.

'Ik ben een vriendin van je moeder, maar ik ben ook van de politie.'

Het kleuren hield op.

'Ga je diegene vinden die Joel kwaad heeft gedaan?'

'Ja, dat wil ik heel graag en daar heb ik jouw hulp bij nodig. Wat gebeurde er toen Joel en Linnea jou vorige week van school kwamen halen?'

Molly ging door met het paars kleuren van de vleugels.

'Je bedoelt met Fanny.'

'Ja,' zei Hanna. 'Wat deed ze?'

'Ze kneep mijn keel dicht.'

'Waarom deed ze dat?'

Molly verplaatste haar blik naar Sonja, die haar een bemoedigende glimlach toewierp. Erik hield zich op de achtergrond om het contact niet te verstoren dat Hanna met Molly had gekregen. Na een korte aarzeling ging ze verder.

'Fanny wilde geld hebben. Sommige kinderen pikken dat thuis en geven het aan haar. Dan slaat ze je niet.'

'Waarom deed jij dat niet?' vroeg Hanna.

'Mama zegt altijd dat we weinig geld hebben. Ik krijg elke week zakgeld, maar dat spaar ik.'

'Waar spaar je voor?' vroeg Hanna.

'Voor een konijn. Ik wil het liefst een paard, maar dat kan ik nooit bij elkaar sparen. Dat duurt jaren.'

'Heeft Fanny je daarna nog iets gedaan?'

Molly pakte een oranje stift en begon de borstveren van de papegaai te kleuren. Even dacht Erik dat ze geen antwoord zou geven.

'Ze zei wel gemene dingen, maar ze heeft mijn keel niet meer dichtgeknepen.'

'Wat zei ze dan?'

'Dat ze me doodslaat als ik klik. Of als Joel niet doet wat zij wil.'

'Wat moest Joel doen van haar?'

'Dat weet ik niet.'

Molly liet de stift los en keek Hanna aan. Erik begreep niet hoe ze zo rustig kon blijven. Hij kookte vanbinnen. Werken met kinderen zou hij nooit kunnen.

'Ik ben bang dat ze nu mijn keel gaat dichtknijpen omdat Joel weg is.'

'Ik ga met Fanny praten,' zei Hanna. 'En daarna zal ze jou niets meer durven doen. En de andere kinderen ook niet.'

Molly viel haar om de hals en gooide Hanna bijna om.

'Dank je wel,' zei ze. 'Je hebt heel goed geholpen. Is er nog iets wat je wilt vertellen?'

Molly schudde haar hoofd.

'Heb je nog vragen?' ging Hanna verder.

'Wil je kleuren?'

'Graag,' zei Hanna en ze pakte een vlinder die nog niet gekleurd was. Nadat ze het lijf blauw had gekleurd, gaf ze de tekening aan Molly. 'Misschien kun jij de vleugels doen, want ik moet weer aan het werk.'

Molly legde de papegaai opzij en koos een gele stift voor de vleugels van de vlinder. Sonja liet hen uit.

'Wat een monster is die Fanny,' mompelde ze.

'Ik weet het,' zei Hanna. 'Maar het is belangrijk dat u dit aan ons overlaat. En dat u met niemand behalve Molly's ouders praat over wat ze heeft gezegd.'

'Uiteraard,' zei Sonja. 'Ik ben niet zoals de andere kletstantes hier.'

Sonja hield Hanna's blik vast en Erik vermoedde dat ze niet alleen op het heden doelde. Er was vermoedelijk veel gekletst over Hanna en haar vader. Dat ze hier weer was komen wonen, had de tongen waarschijnlijk weer in beweging gebracht. Hij voelde een steek van schuldgevoel omdat hij haar onder druk had gezet.

Hanna knikte naar Sonja, die de deur achter hen dichtdeed.

'Wat denk je?' vroeg Erik.

'Dat Joel en Fanny niet alleen een conflict hadden omdat ze Molly's keel had dichtgeknepen. We moeten erachter zien te komen wat Fanny van Joel wilde.'

25

Rebecka nam het aanrecht voor de tweede keer af. Er zat een oranje vlek op die ze niet weg kreeg. Misschien van de tomatensaus die ze zondag had gemaakt. Ze ging steeds harder wrijven.

'Kun je alsjeblieft komen zitten?' zei haar moeder Annette.

Zuchtend wrong Rebecka het vaatdoekje uit en hing het over de kraan. Toen ze zag dat er een broodkruimel op zat, trok ze het met een ruk van de kraan, spoelde het nog eens uit en gooide het in de gootsteen.

'Nee, mam, dat kan ik niet.'

Nergens in huis vond ze rust. Joel was overal. De duizenden keren dat ze in de keuken hadden zitten eten. Dat ze de tafel had schoongeveegd. Alle doordeweekse avonden waarop ze had geprobeerd hem van de bank en naar bed te krijgen. Alle keren dat ze voor zijn deur had gestaan en dat hij daar ook echt was. In bed of achter de computer.

O, Joel, waarom ben je de deur uit geglipt?

Rebecka was ervan overtuigd dat hij zelf was weggegaan. Dat Joel in iets verwikkeld was geraakt waar hij zich verre van had moeten houden. Niemand had hem ongemerkt kunnen ontvoeren. Vooral omdat zij toen niet had geslapen.

De FO had naar de voordeur en de terrasdeur gekeken. Later had ze die zelf ook bekeken en geen tekenen van braak gezien. Aan de ramen zag je ook niets. En het was mei. Ze hadden nog geen ramen openstaan.

Joel moest de trap zijn afgeslopen en op weg zijn gegaan naar een afspraak. Maar met wie? Ze had geen idee. De plek waar Joel was gevonden bood haar geen aanknopingspunt. Zou ze Hanna bellen om te vragen wat zij te weten waren gekomen?

Hanna was hier net nog geweest. Kennelijk had Linnea iets gezegd waardoor de politie ook met Molly moest praten. Maar Molly was nog bij Sonja. Ze hadden gevraagd of Rebecka mee wilde, maar dat had ze afgeslagen. Ze had gezegd dat het goed genoeg was als Sonja daar was.

Ze was te laf geweest om te vragen waar het over ging.

Hanna was anders. Harder. En ze had beweerd dat Joel hasj gebruikte. Had Rebecka mee moeten gaan omwille van Molly? Maar ze duwde haar schuldgevoel weg. Als ze erbij was geweest, had Molly waarschijnlijk niets durven zeggen.

'Rebecka.'

De smekende stem was als nagels over een schoolbord. Haar moeder wilde over Joel praten. Over alle mooie dingen die ze samen hadden meegemaakt. Maar Rebecka wilde niet over hem praten alsof hij weg was. Ze wilde hem terug hebben. Waarom had Hanna de foto van die blonde vrouw laten zien? Dat had ze ook niet gevraagd.

'De politie heeft hasj gevonden op Joels kamer,' zei ze.

'O.'

'Is dat alles wat je daarop te zeggen hebt?!'

'Nee, maar... Jij spookte ook van alles uit op die leeftijd.'

'Ik gebruikte echt geen drugs.'

'Dat doet de jeugd van tegenwoordig vaker. Ik heb gelezen...'

'Ik moet een luchtje scheppen,' zei Rebecka.

Ze liep snel naar de achterdeur, die ze pas bij de tweede poging openkreeg, stapte de veranda op en zoog haar longen vol. Ze bleef dicht bij de muur staan, zodat de buren haar niet konden zien. Ze wilde met niemand praten, vooral niet met Ulrika of Gabriel. Maar hier was Joel ook. Hoeveel avonden hadden ze niet op de grenen stoelen gezeten die ze gratis op internet had gevonden? Ze hadden gebarbecued en waren daarna blijven zitten. Ze hadden kubb gespeeld in de tuin. Joel had het zwembadje vol laten lopen en Molly in het water laten spetteren. En later, toen ze had leren rennen, een waterballongevecht met haar gevoerd, waarbij hij zelf misgooide en haar liet raken.

Hoe zou Molly het zonder haar grote broer kunnen stellen?

Rebecka keek spiedend het bos in. De nieuwe huizen aan de andere kant ervan stonden te ver weg om het goed te kunnen zien, maar ze meende tussen de bomen door een zwart silhouet te zien bewegen. Misschien was er iemand in de tuin aan het werk. Ze keek om zich heen naar hun eigen verwilderde perceel. Het enige wat ze deden, was af en toe het gras maaien. Of nee, dat deden zij niet, dat deed Joel, en bijna alleen als hij om geld verlegen zat.

Haar blik gleed naar links, naar het huis van Ulrika en Gabriel. Twee dagen geleden hadden ze vinkenlappen gegrild op het bakbeest dat Ulrika had gekocht en daarna in de garage had verstopt. Twee dagen geleden, maar het was een ander leven. Rebecka had onder de tafel haar been tegen dat van Gabriel geduwd en hij had zijn been ingetrokken. Op dat moment had ze gedacht dat hij haar onvoorzichtig vond, maar waarschijnlijk had hij zijn besluit toen al genomen. Een paar uur later had ze in het atelier op de grond gelegen en zich aan dat been vastgeklampt, geprobeerd hem fysiek bij zich te houden. Hij had gezegd dat ze niet zo kinderachtig moest doen en ze was de wc in gekropen en had overgegeven.

Toen ze na verloop van tijd weer tevoorschijn kwam, was hij weg.

Stel je voor dat Axel toch de dader was. Haar gedachten hipten rond als vogels die om zaadjes vochten. Ze had niets meer van Axel gehoord. Het was niet te begrijpen dat ze voor iemand als hij had kunnen vallen. *Geld maakt niet gelukkig, maar het helpt wel.* Dat zei haar moeder altijd als ze op vrijdag plechtig haar loten openkraste. Maar ze won nooit iets.

Rebecka ging weer naar binnen.

'Het spijt me,' zei ze tegen haar moeder, die nog aan de keukentafel zat.

'Je hoeft je nergens voor te verontschuldigen.'

Rebecka opende de deur van de koelkast, ze had niets meer gegeten sinds het ontbijt, maar ze deed hem snel weer dicht. Ze kreeg toch geen hap door haar keel.

'Zal ik iets voor je klaarmaken?' vroeg haar moeder.

'Nee, dat hoeft niet.'

'Ik kan een omelet bakken.'

'Dat hoeft niet, zei ik.'

Haar moeder slaakte een hartgrondige zucht. Rebecka wist dat ze hier beter mee moest omgaan, maar dat was onmogelijk.

'Het was leuk om Hanna weer te zien,' zei haar moeder.

'Ja.'

Haar moeder had Hanna altijd aardig gevonden. Zij was altijd alles geweest wat Rebecka niet was: rustig en oppassend, goed op school. Sterk. Rebecka besloot het vaatdoekje van de bacteriën in de gootsteen te redden en keek daarbij uit het zijraam. Ze zag Gabriel, die op de oprit naar hun huis stond te kijken. Met een verdrietig gezicht. Dat gaf haar enige voldoening, als ze dacht aan hoe hij haar had vernederd. Hij was met een fles naar het atelier gekomen en hij had haar handen niet weggeduwd toen ze hem had gestreeld. Pas nadat ze de fles hadden leeggedronken, had hij haar durven vertellen dat hij niet met haar verder wilde. Niet op die manier.

Ze deed snel een stap opzij, zodat ze uit het zicht was. Rebecka had alleen de gordijnen aan de voorkant dichtgetrokken, omdat de inkijk daar het grootst was. Ulrika en Gabriel hadden geen van beiden iets van zich laten horen en dat stoorde haar een beetje. Van Gabriel kon ze dat op zich nog begrijpen. Wat had ze in die man gezien? Hij had een heleboel dingen gezegd die hij niet meende om te krijgen wat hij wilde: seks. Hij had haar doen geloven dat ze mooi en grappig was, haar behoefte om gezien te worden tijdelijk vervuld. Maar dat was niet het hele verhaal. Hij had haar aan het lachen gemaakt. Hij had met haar gepraat alsof ze meer was dan een huisvrouw.

Maar in vergelijking met Joel was hij niets, en Rebecka was van plan

Gabriel uit haar hoofd te zetten, te doen alsof ze nooit iets met elkaar hadden gehad. Maar Ulrika? Rebecka wilde contact met haar en toch ook niet.

Rebecka voelde dat ze de plek moest zien waar Joel was gevonden. Misschien zou ze nooit weten wat er was gebeurd. Misschien zou ze nooit méér te weten komen dan dat hij op dat parkeerterrein was gevonden. De politie kon niet eens zeggen of hij daar was overleden.

Het zou het makkelijkst zijn om haar moeder te vragen daar met haar naartoe te rijden, maar dat kon ze niet. Ze wilde haar verwijten en onrust niet naast zich hebben.

'Sorry,' zei ze. 'Maar ik moet even alleen zijn.'

'Zeg toch niet steeds sorry,' zei haar moeder en ze stond op.

Rebecka liet zich door haar moeder omhelzen. Het werd een lange knuffel.

'Je weet me te vinden,' zei ze en ze verdween door de voordeur.

Petri was met de Volvo naar zijn werk gegaan, maar ze hadden ook nog een oude roestige Saab. Die gebruikte Rebecka de enkele keer dat ze een auto nodig had als hij niet thuis was. Maar ze begreep dat het geen goed idee was om zelf te rijden, dan zou ze vermoedelijk in de sloot terechtkomen. Natuurlijk kon ze wachten totdat Petri thuiskwam, maar daar had ze de rust niet voor.

Misschien kon ze Hanna sms'en en vragen of ze meeging, maar ze wist niet zeker of ze haar wél kon verdragen. Bovendien wilde ze haar niet storen, ze wilde het onderzoek niet belemmeren.

Dat ze de plaats wist, zou nooit genoeg zijn. Rebecka moest weten wat er met Joel was gebeurd.

DE LAATSTE DAG

Als laatste van iedereen stapt Joel in bus 102 naar Gårdby en hij loopt als gewoonlijk naar de achterste zitplaats. Hij wil overzicht, hij vindt het niet prettig om mensen achter zich te hebben.

Er zitten maar een man of tien in de bus en hij ontwijkt hun blik. De meesten zijn toch met hun eigen dingen bezig. Tilde uit de klas van Linnea zit naast een meisje dat hij niet kent. Ze zitten met hun hoofden dicht bij elkaar en schateren om iets op Tildes telefoon. Een paar weken geleden was ze met Linnea en Joel meegegaan naar de bioscoop in Kalmar, omdat ze niemand anders had om mee op te trekken. Tilde kijkt hem met een schuldbewust gezicht aan. Waarom in godsnaam? Het is toch alleen maar tof voor haar dat ze een vriendin heeft gevonden. Ze groet niet en kijkt weer op haar mobiel.

Joel komt bij de stoel zonder dat hij met iemand heeft hoeven praten. Als hij zich neer laat ploffen, heeft hij het gevoel dat hij nooit meer overeind zal komen, maar een tel later heeft de verscheurende angst hem te pakken. Een vol halfuur zit hij opgesloten met zijn malende gedachten.

De bus vertrekt. Hij haalt zijn telefoon tevoorschijn en kijkt op het scherm. De batterij is gedaald naar acht procent.

Nadine heeft hem geappt: Wat doe je?

Het is zo fijn om iemand te hebben die echt met hem meeleeft. Dat doet zijn moeder natuurlijk ook, maar vaak lijkt het alsof ze een glazen muur om zich heen heeft. Zelf is hij ook een beetje zo.

Zit in de bus naar Gårdby, typt hij. Batterij bijna leeg.

Hij voegt een paar huilende emoji's toe en Nadine antwoordt op dezelfde manier.

Joel kijkt naar de bomen die voorbijvliegen. De zonnestralen vallen er in een duistere dans tussendoor. De bus rijdt omhoog naar Algutsrum, om vervolgens naar Gårdby af te dalen. Met een auto gaat de reis twee keer zo snel. Nog maar tweeënhalf jaar, dan is hij achttien. Dan wil hij meteen zijn rijbewijs halen. En het liefst ook een auto kopen. Maar om dat te kunnen betalen moet hij gaan werken. Joel twijfelt eraan of zijn moeder wil meebetalen. Ze was schoorvoetend akkoord gegaan toen hij zijn rijlesaanvraag opstuurde, samen met een aanvraag voor haar en Petri om begeleider te worden.

Hoe moet hij aan geld komen?

Hij heeft zoveel andere dingen aan zijn hoofd gehad dat hij geen vakantiebaantje geregeld heeft. Over een jaar kan hij via de gemeente een betaalde snuffelstage krijgen. Nadine gaat een paar weken ijs verkopen bij een café. Natuurlijk kan hij weer aardbeien gaan plukken, dat levert altijd iets op, maar het is de vraag of dat de moeite loont.

Een brommer is natuurlijk goedkoper, maar hij heeft nooit iets met brommers gehad. Misschien omdat Fanny al sinds haar twaalfde op zo'n ding rijdt.

Zijn telefoon zoemt en Joel kijkt op het scherm.

Kom om middernacht naar het bos.

Joel wil antwoorden dat Fanny kan oprotten. Hij heeft het helemaal gehad met haar. Waarom gebruikt ze haar spieren en hersenen niet voor iets nuttigers dan om mensen dwars te zitten?

Fanny lijkt wel wat op Axel. Ze denken dat ze alles maar kunnen pakken zonder ooit iets terug te hoeven geven. Dat de wereld van hen is.

Maar als Joel iets schrijft wat Fanny niet zint, wordt Molly daar de dupe van. Hij heeft geen keus, hij moet erheen. Hij weet dat het geen zin heeft om te vragen wat daar gaat gebeuren.

Waarschijnlijk wil ze hem in elkaar slaan.

Ik kom, typt hij.

26

Hanna draaide zich om naar het rode huis. Achter het raam ving ze een glimp op van Sonja, die een keukenkastje opendeed en er een blik uit haalde. Vanbinnen had het er anders uitgezien dan de enige eerdere keer dat ze daar was geweest. Licht, met moderne meubels. Die eerdere keer stonden er logge houten meubels en het stonk. Hun leraar, Jakob, had de hele klas op de koffie uitgenodigd en verteld dat God vergevingsgezind was, maar dat je om vergeving te krijgen je zonden moest belijden.

Sommige kinderen waren geschrokken van wat Jakob zei, of liever gezegd: van de manier waarop. De ouders waren in rep en roer geweest en daarna had Jakob geen klas meer thuis uitgenodigd. Maar ze hadden hem geen godsdienstles moeten laten geven. Voor hem bestond alleen het christelijke geloof.

'Rij jij?' vroeg Hanna.

Erik knikte en pakte de sleutel aan. Op dat moment ging zijn telefoon. Hanna begreep meteen dat het Ove was. Ze overwoog de sleutel terug te pakken, zodat ze weg konden, maar op dit moment had ze geen energie om te rijden. Bovendien had Ove misschien nieuwe informatie die hun prioriteiten veranderde.

Hanna ging op de passagiersstoel zitten en keek nog eens naar het huis. Ze vroeg zich af hoe het met Jakob was afgelopen. Later pas had ze begrepen dat hij een psychische aandoening had. In het dorp werd zoiets gedoogd, als het binnen de perken bleef.

Kinderen bang maken was niet oké.

En moorden ook niet.

Het was vooral het geroddel dat Hanna van Öland had verdreven. Dat iedereen zich opeens vrij voelde om te praten over datgene wat zij in een donker gat wilde wegstoppen: dat haar vader iemand had vermoord. Misschien had Kristoffer gelijk dat het egoïstisch van haar was om hier weer te komen wonen. De telefoontjes die ze kreeg, wezen erop dat ze iemand daarmee op de ziel had getrapt. Dat ze die op haar werkmobiel kreeg, daaraan hechtte ze weinig belang. Dat nummer was makkelijker te achterhalen dan haar privénummer.

Haar mobiel zoemde en Hanna klikte een sms'je van Rebecka tevoorschijn: Kun je meegaan naar het Möckelmossen?

Hanna staarde naar de vraag waarop ze heel graag 'ja' wilde antwoorden, maar de auto waarin ze zat, was van de politie van Kalmar. Natuurlijk kon ze Erik vragen om haar af te zetten als ze klaar waren, maar hoe kwam ze dan vanavond thuis en morgen op haar werk? Daar moest ze iets op verzinnen. Haar eigen auto stond voor het politiebureau geparkeerd. Na het werk zou ze er geen energie meer voor hebben. Bovendien dacht ze niet dat Rebecka zo lang geduld zou hebben.

'Ove zei dat het de forensische IT'ers gelukt is de appjes op Joels telefoon weer boven water te halen.'

Erik keek haar aan alsof hij tromgeroffel verwachtte, terwijl hij de auto startte en wegreed.

'En...'

'Fanny heeft Joel dinsdag twee berichtjes gestuurd. Het eerste om 14.05 uur: Je gaat eraan vannacht. Jij of zij. En het tweede om 15.12 uur: Kom om middernacht naar het bos.'

'Dan moeten we maar even met het monster gaan praten,' zei Hanna.

Het scheen Erik niet op te vallen dat ze Sonja's omschrijving had gebruikt.

'Ove heeft zojuist informatie over Fanny doorgestuurd,' zei hij. 'Ze is zowel bekend bij ons als bij de sociale dienst.'

Hanna stuurde snel een berichtje aan Rebecka dat ze mee kon naar het Möckelmossen en straks nog zou bellen. Op de een of andere manier moest ze het oplossen, nu Rebecka daadwerkelijk om hulp had gevraagd. Daarna opende ze het bestand dat Ove had gestuurd.

'Hierin,' zei ze, naar de Snegatan wijzend.

Fanny woonde even buiten Gårdby, in Övre Ålebäck. De telefoon rinkelde. Hanna dacht dat het Rebecka was en nam op zonder naar het nummer te kijken. Toen er niets werd gezegd, zag Hanna haar vergissing in. De stilte werd bijna meteen verbroken door een geknetter dat snel luider werd. Er brandde iets. Ze wilde de telefoon van haar oor rukken, maar kon haar hand niet bewegen. Ze voelde dat Erik van opzij naar haar keek. Ze zou net moeten doen alsof ze met iemand praatte, zodat hij niet doorhad wat voor telefoontje dit was, maar dat lukte haar ook niet. Er klonk een schreeuw en toen kon Hanna de telefoon van haar oor halen en ophangen.

Erik reed het erf op, waar Fanny in een kapotte spijkerbroek en een zwart T-shirt op haar knieën aan haar brommer zat te sleutelen. Haar korte haar was zwart, maar bij de wortels zag je dat het geverfd was.

Was de brand een opname geweest? Misschien iets uit een film of zo. De pijn in de schreeuw klonk zo echt.

Erik parkeerde naast Fanny, die opkeek, maar doorging met schroeven. Volgens de informatie van Ove was ze in januari zestien geworden. Ze was eerder in aanraking geweest met de politie voor onder meer diefstal, dronkenschap en vandalisme. En een mishandeling. En internetfraude. Op Blocket.se had ze mensen geld afhandig gemaakt. Zowel de politie als de school had een melding gemaakt bij de sociale dienst, omdat ze zich zorgen maakten.

Ze stelden zich voor en lieten hun legitimatie zien. Fanny stond op, stak een hand vol olievlekken uit en grijnsde toen ze die niet wilden schudden. Ze was nog maar zestien, en toch bijna één meter tachtig lang.

Dit had ik kunnen zijn, dacht Hanna. Als ik net zo op mama's dood had gereageerd als Kristoffer.

In tegenstelling tot hoe Hanna op die leeftijd met haar lengte was omgegaan, dook Fanny niet in elkaar. In Stockholm had Hanna een jaar lang hulp gehad van een personal trainer om haar rug en schouders te versterken. Om te leren niet in elkaar te kruipen. Ze stond nu meestal rechtop, maar soms vergat ze het en verviel ze weer in haar oude gewoonte.

'Ben je alleen thuis?' vroeg Erik.

'Maakt niet uit,' zei Fanny. 'Ik kan wel met jullie praten zonder dat mijn moeder erbij is.'

'Knap van je,' zei Hanna.

De brand en de schreeuw ebden nog na, maar ze moest het telefoontje van zich afzetten. Ze moest aan het werk. Ze keek naar Fanny's handen. Er waren geen wonden te zien, maar misschien zaten die onder de olie en de viezigheid verstopt.

'Ja hè?' Fanny maakte een buiging voor haar. 'Lady Brienne of Tarth.'

'Waar heb je het over?'

Erik schoot in de lach. '*Game of Thrones.*'

Hanna rolde met haar ogen. Ze had geen enkele aflevering van die serie gezien en was het ook niet van plan.

'We willen met je praten over Joel Forslund,' zei Erik.

'Ik wou dat ik kon zeggen dat het erg is dat hij dood is,' zei Fanny. 'Maar het verbaast me niet.'

'Waarom niet?'

'Omdat hij zich overal tegenaan bemoeide.'

'Zoals met jouw neveninkomsten, bedoel je?' vroeg Hanna.

'Welke neveninkomsten?'

'Kleine kinderen bestelen.'

Fanny lachte, totdat ze de uitdrukking op hun gezicht zag.

'Het was maar een geintje,' verdedigde ze zich. 'Ik had dat geld echt niet nodig.'

De brommer was een rode Honda, maar dat zei Hanna niets. Hij was duidelijk goed onderhouden en waarschijnlijk opgevoerd. Hanna keek om zich heen naar de vervallen boerderij. Een hoofdgebouw en twee bijgebouwen. Voor het ene lag een stapel afval, onder meer een kapot ledikant en een paar stoelen. Voor het andere stond een tractor van het model dat gangbaar was geweest toen zij hier nog woonde.

'Waarom je het doet, maakt me niet uit,' zei Hanna. 'Je stopt ermee.'

Fanny haalde haar schouders op.

'Dat is niet genoeg. Als je er niet mee stopt, zal ik je laten opsluiten.'

'Ja hoor. Rustig maar, smeris.'

Fanny salueerde. Hanna wilde de boodschap er nog wat dieper in hameren, maar daar kreeg ze de kans niet voor.

'Je hebt Joel dinsdag een bericht gestuurd,' zei Erik.

'Ja.'

'Weet je nog wat je hebt geschreven?'

'Zo ongeveer. Maar ik denk dat jullie het precies weten.'

Erik las het berichtje voor aan Fanny, die zuchtte.

'Dat was alleen om hem bang te maken.'

'Heb je Joel in het bos ontmoet?'

'Ja,' gaf Fanny zonder omhaal toe.

'Waar ligt...'

'Achter de Gårdbyschool,' onderbrak Hanna hem.

'Brienne is goed op de hoogte,' zei Fanny en ze maakte weer een buiging.

Hanna had veel zin om haar een klap te geven.

'Wat deden jij en Joel in het bos?' vroeg Erik.

'Gewoon praten,' zei Fanny. 'Wij overtuigden Joel ervan dat hij zich met zijn eigen zaken moest bemoeien.'

Fanny legde de nadruk op 'wij', zodat ze zouden begrijpen dat ze niet alleen was geweest.

'Wie had je bij je?'

'Lukas en Tilde.'

Toen Hanna het vroeg, kreeg ze hun achternamen ook en die schreef ze op.

'Gebruikten jullie je vuisten toen jullie met Joel praatten?' vroeg Erik.

'Nee, alleen onze mond.'

Fanny lachte om haar eigen grapje en dat bracht Hanna tot het inzicht dat ze zich vermoedelijk in het tweede stadium van een hasjroes bevond, waarin een giechelige spraakzaamheid overgaat in een zelfverzekerde kalmte. Dat verklaarde waarom ze totaal niet zenuwachtig was geweest toen ze hier vragen kwamen stellen over Joel. Hanna keek naar haar pupillen, maar Fanny's ogen waren zo donker dat ze de grootte ervan moeilijk vast kon stellen. Wel was haar oogwit bloeddoorlopen.

'Kocht Joel hasj van jou?' vroeg Hanna.

Het antwoord liet een tel te lang op zich wachten en in die tel zag Hanna uiteindelijk toch de nervositeit.

'Nee, hij kocht geen hasj van mij.'

27

Toen ze Fanny verlieten, deed Erik dat met enige tegenzin. Hij was ervan overtuigd dat ze loog over de hasj, en dat ze Joel wel degelijk hadden geslagen. Ze hadden haar in elk geval een drugstest moeten afnemen. Met het resultaat hadden ze haar aan het praten kunnen krijgen. Maar Hanna leek haast te hebben om weg te komen. Ze had haar visitekaartje naar Fanny uitgestoken, die het niet had willen aanpakken. Vervolgens had ze het op de grond gelegd en was ze teruggelopen naar de auto. Erik moest wel met haar meelopen.

Het telefoontje dat ze op weg hierheen had gekregen, zat haar duidelijk dwars.

Of misschien had die haast daar niets mee te maken. Ze wisten nu dat Joel drie personen had ontmoet in het bos, en misschien vond Hanna dat ze beter met die andere twee konden praten. Erik sloot het portier om dat met haar te bespreken, maar ze zat iets te typen op haar mobiel. Met een laatste blik op Fanny startte hij de auto en reed weg. Ze keek hun kant niet eens op.

'Kun je me bij Rebecka Forslund afzetten?' vroeg Hanna.

Wilde ze echt bij de moeder van het slachtoffer op bezoek gaan? Nu? Ze moesten verder met wat Fanny had verteld. Maar misschien was dat telefoontje daarnet van Rebecka geweest en had zij die hysterische gil geslaakt. Erik dacht tenminste dat hij iemand had horen gillen. Maar in dat geval had Hanna toch iets terug moeten zeggen?

'Waarom?'

'Ze wil naar de plek gaan waar Joel is gevonden en ik denk dat het goed is om daar vandaag nog eens foto's te nemen. Bovendien heeft ze misschien meer te vertellen over hem.'

Geen woord over hun relatie. Of over het telefoontje van daarnet.

'Ja, dat kan. Ik zal Lukas en Tilde bellen om te horen of ze iets anders zeggen dan Fanny over wat er in het bos is gebeurd. En ik praat met Amer over de hasj, dan kan hij het coördineren met de jeugdagenten en horen wat zij van Fanny Broberg weten.'

Erik overwoog om Hanna de auto aan te bieden, maar hij zag het niet zitten om met de bus te gaan. Vooral niet nu ze hem met een heleboel werk had opgescheept. Jammer voor haar. Het was vandaag zijn beurt om Nila te halen, wat het nog belangrijker maakte dat hij snel bij het politiebureau kwam.

'En die leraar, Isak Aulin, die moet je ook bellen.'

Erik knikte. Hanna deed koeler tegen hem sinds hij naar haar vader had gevraagd, maar daar kon hij wel tegen. Wat hij niet kon hebben, was dat ze niet eerlijk was. Dat ze ook uit vriendschap naar Rebecka toe ging, en dat ze opnieuw was bedreigd.

'Nog iets?'

Hanna schudde haar hoofd en stapte uit. Erik reed terug naar het bureau. Hij zat hier meer in de auto dan vroeger in Malmö. Het gebied was groter en minder dichtbevolkt. Het was gezelliger als er iemand naast je zat met wie je kon praten. Nu gebruikte hij de tijd om na te denken over wat hij zou koken. Het makkelijkste was om Nila mee te nemen naar de supermarkt en haar te laten kiezen. Pasta of pizza of iets anders wat een hele poos niet op tafel zou komen als zijn schoonmoeder eenmaal bezit had genomen van de keuken.

Toen Erik op het bureau kwam, ging hij naar de kantine om een appel te halen. Van al het nadenken over eten had hij trek gekregen. Nadat hij de appel in een paar happen had opgegeten, ging hij naar zijn kantoor. Amer had het zit-stabureau tegenover hem.

'Is er iets gebeurd?' vroeg zijn collega.

'Wat bedoel je?'

'Je kijkt zo somber.'

'Ik ben gewoon moe,' zei Erik.

Hij wilde niet zeggen dat hij zich ergerde aan Hanna, dat hij vond dat ze vreemde beslissingen nam. Amer keek hem aan en het was duidelijk dat hij er niet in trapte.

'Heb je namen van dealers gekregen?' vroeg Erik.

'Een stuk of tien. Hoezo?'

'Is Fanny Broberg daar een van?'

'Nee.'

'Kun je aan de jeugdagenten vragen of ze iets over haar hebben?'

'Ja hoor.'

Erik checkte zijn mail en pakte toen de telefoon. Eerst Lukas en daarna Tilde. Het was moeilijk om die twee iets te laten zeggen. De telefoon had zijn beperkingen. Maar uiteindelijk bevestigden ze Fanny's versie van wat er in het bos was gebeurd. Ze hadden daar om middernacht met Joel afgesproken, ze hadden alleen gepraat en hem niet afgeranseld. Na ongeveer een kwartier was Joel weggegaan. Ze beweerden dat ze niets wisten van het conflict tussen Joel en Fanny, ze waren meegegaan omdat zij dat had gevraagd. Erik stak zijn verhaaltje af over hoe erg het was om tegen de politie te liegen, vooral bij een moordonderzoek. Hij merkte dat Tilde er zenuwachtig van werd, maar ze veranderde haar versie niet.

Erik had op ten minste een kleine opening gehoopt, van waaruit hij de verklaringen verder open had kunnen breken. Tegelijkertijd had hij het gevoel dat ze een grote stap hadden gezet in het onderzoek. Joel had het huis vrijwillig verlaten voor een afspraak met Fanny rond middernacht. Een paar uur later was hij dood geweest. Waren Fanny en haar hulpjes de laatsten die hem levend hadden gezien? Afhankelijk van de ontwikkelingen in het onderzoek konden ze hen morgen verder onder druk zetten.

Ove stapte de kamer binnen.

'Loop je even mee?'

Erik logde uit en slenterde achter Ove aan.

'Eerst wil ik even zeggen dat op beveiligingsbeelden te zien is dat Axel Sandsten in de nacht van dinsdag op woensdag om kwart over twee zijn kantoor verlaat.'

Ove was duidelijk opgelucht dat Axel Joel niet kon hebben vermoord. Erik ook. Hij vond het vreselijk, ouders die hun kinderen iets aandeden. Het ergste onderzoek waaraan hij ooit had meegewerkt, was dat waarbij een kind van twee door zijn vader was doodgeslagen. Het overlijden van het kind was natuurlijk het ergste, maar ook hoe de vader erover had gepraat – dat dat kleine kind zo lastig was geweest dat hij zich niet had kunnen bedwingen. Alsof het kind het er zelf naar had gemaakt. Axel scheen iemand te zijn die zijn vuisten gebruikte als hij de controle verloor. Maar dat hij iemand ingehuurd zou hebben om Joel te vermoorden leek op dit moment niet erg waarschijnlijk.

'Hoe heeft Hanna Duncker het vandaag gedaan?' vroeg Ove.

Dus het ging om Hanna. Erik had geen idee wat hij moest antwoorden, aangezien hij niet goed wist hoe hij erover dacht. Zijn eerdere frustratie was verdwenen. Maar misschien moest hij nu vertellen dat iemand haar telefonisch lastigviel.

'Goed,' zei hij ten slotte.

'We kennen elkaar van vroeger,' ging Ove verder. 'En ik vind het belangrijk dat ze in de groep wordt opgenomen.'

'Ze is goed in haar werk,' zei Erik. 'Misschien niet de meest spraakzame. Maar dat hoeft ook niet.'

Daar lachte Ove om. Als Erik eerlijk moest zijn, was ze vooral tegenover hem terughoudend. Met iedereen die ze vandaag hadden ontmoet had ze makkelijk kunnen praten. In een paar gevallen was het een persoonlijk gesprek geworden. Tot op zekere hoogte was het zijn eigen schuld. Erik wist dat hij soms te veel wilde. Natuurlijk kon je je werk doen zonder vrienden te zijn met je collega's, maar dat vond hij niet leuk.

'Nee, natuurlijk niet,' zei Ove. 'Haar vader…'

'Het doet er toch niet toe wat haar vader gedaan heeft?' viel Erik hem in de rede.

'Dus dat weet je?'

'Ja.'

Erik keek Ove aan. Hij probeerde te begrijpen waar hij naartoe wilde.

'Er zijn grote wonden geslagen toen dat gebeurde,' zei Ove. 'En heel veel mensen weten het nog.'

Erik zei niets.

'Het was makkelijker geweest als ze een andere achternaam had aangenomen,' ging Ove verder.

'Misschien.'

'Met haar broer hadden we ook het nodige te stellen. Maar hij lijkt zijn leven op orde te hebben gekregen.'

Ove zweeg. Misschien realiseerde hij zich dat hij te ver was gegaan.

'Verder nog iets?' vroeg Erik.

'Let een beetje op Hanna,' zei Ove. 'Kijk of het goed met haar gaat. En als er iets is, kom dan naar mij toe.'

Erik knikte en liep weg. Hij was verbijsterd over Oves verzoek. Kwam dat alleen uit bezorgdheid voort? Hij stuurde Hanna een appje met wat er over Axel aan het licht was gekomen. Daarna stuurde hij ook een appje aan Supriya.

Ik hou van je.

Meteen kreeg hij een aapje als antwoord. Waarschijnlijk omdat ze dat schattig vond.

Het bezoek van zijn schoonouders maakte hem ook gestrest. Hij vond het niet fijn hoe Supriya werd als zij er waren.

Hij keek op de klok. Uiterlijk over een halfuur moest hij bij de opvang zijn om Nila op te halen, dus hij ging terug naar zijn bureau en belde Isak Aulin, de leraar die een einde had gemaakt aan de ruzie tussen Fanny en Joel. Terwijl hij de telefoon hoorde overgaan, klikte hij het recherchelogboek open.

Het resultaat van het uitpeilen van Joels telefoon was zojuist binnengekomen. Volgens de telefoon was Joel Gårdby niet uit geweest. Wat betekende dat? Dat hij in Gårdby was overleden?

DE LAATSTE DAG

Door het raam van het atelier ziet Joel zijn moeder achter de draaischijf zitten. Het is een fluitje van een cent om er ongezien langs te glippen. Meestal is ze in haar eigen wereld als ze iets maakt en valt er niet tot haar door te dringen, zelfs niet als hij dat wil.

Dat vindt Joel zo fijn aan tekenen. Hoe alles om hem heen steeds waziger wordt, totdat alleen hij en het papier nog over zijn.

Misschien moet hij nu gaan tekenen? Maar nee, daar is hij absoluut niet voor in de stemming; dat zou niet werken.

Het eerste wat Joel doet als hij binnenkomt, is snel naar zijn kamer gaan en zijn mobiel opladen. Het tweede is een joint rollen. Hij rookt zelden thuis, vooral niet als zijn moeder in het atelier is, maar hij moest zijn onrust dempen.

Joel zet het raam open, dat uitzicht biedt op het huis van Linnea. Voordat hij de joint aansteekt, controleert hij of niemand het ziet. Nadat hij de helft heeft opgerookt, maakt hij hem uit en sluit hij het raam. Hij wil niet zo high worden dat zijn moeder het merkt.

Zijn ongerustheid is vervaagd tot een knagende pijn op de achtergrond.

Joel heeft een kleine boeddha met wierook op de vensterbank staan die hij een paar minuten laat branden. Hij loopt ermee door de kamer om de geur te verspreiden. Dan gaat hij naar de keuken, maakt een glas O'boy-chocolademelk klaar en belegt een paar boterhammen met een dikke laag smeerkaas. Hij gaat op de bank zitten en zet Netflix aan.

Joel kijkt de documentaire over de platte aarde af en is halverwege een volgende, over de maanlanding die zogenaamd door de Amerikanen in scène is gezet. Zodra de voordeur opengaat, zet hij de tv uit.

'O, je bent thuis,' zegt zijn moeder. 'Ik ga gauw Molly halen, dan kun jij intussen de bewijzen wegwerken.'

Even denkt Joel dat ze de joint bedoelt, maar ze knikt naar zijn lege chocolademelkglas. Eerst heeft Joel het gevoel dat hij zou moeten aanbieden om Molly te halen, maar beseft dan dat het goed is als zijn moeder naar de school gaat en Fanny op heterdaad betrapt. Hij heeft Molly moeten beloven dat hij niets zal zeggen. Elke dag als Molly thuiskomt uit school, bekijkt hij haar goed. Hij heeft een paar keer gevraagd of Fanny weer vervelend is geweest. Ze zegt altijd nee, maar Joel weet bijna zeker dat dat niet klopt.

'We gaan vanavond trouwens barbecueën bij de buren.'

Ze bedoelt bij Linnea en haar ouders. Ze eten vaak bij elkaar. De buren aan de andere kant zijn in de zeventig. Molly en hij laten soms hun golden retriever uit en krijgen dan wat drinken en een koekje als dank, maar verder gaan ze niet met hen om.

'Waarom?'

'Gabriel wordt vandaag veertig en Ulrika wil een surpriseparty organiseren.'

'Had je dat niet wat eerder kunnen zeggen?'

Onder normale omstandigheden zou Joel dolblij zijn met een kans om bij Linnea te zijn, maar hij denkt dat hij vanavond zelfs haar gezelschap niet aankan.

'Ik hoorde het een paar uur geleden pas. Kom op. Het wordt best gezellig.'

Joel mompelt iets en zijn moeder slaat de voordeur dicht en verdwijnt.

Hij twijfelt en huivert. Misschien moet hij vanavond helemaal niet naar het bos gaan. Fanny is zeker weten niets goeds van plan. Maar als Joel niet gaat, verandert er nooit iets. De afgelopen week is verschrikkelijk geweest, en aan dit gelazer met Fanny kan hij tenminste iets doen.

Hij brengt zijn bord en glas naar de keuken en zet ze in de vaatwasser. Dan keert hij terug naar de bank, maar de televisie laat hij uit. Hij sluit zijn ogen en probeert helemaal nergens aan te denken. Dat lukt maar half. Hoe kan Fanny zo zelfverzekerd zijn? Zelf weet hij niet wie hij is of hoe hij zich moet gedragen in deze kromme wereld. Misschien vindt hij die documentaires daarom zo fascinerend. Door die mensen die niet met feiten kunnen omgaan. Ze wringen zich in bochten om het overduidelijke te ontkennen. Dat de aarde rond is en dat de Amerikanen op de maan zijn geland, daaraan twijfelt Joel geen moment.

De voordeur vliegt open.

'Joel!' roept Molly en ze komt naar binnen rennen.

Aan haar stem is te horen dat Fanny haar vandaag met rust heeft gelaten. Haar waarschuwen kan tot morgen wachten. En misschien lost hij vannacht alles op met Fanny.

'Schoenen uit,' roept mama achter haar.

Molly trekt haar schoenen uit en gooit ze de hal in.

'Molly,' protesteert mama.

Maar daar laat ze het bij. Zij heeft waarschijnlijk ook een goede dag gehad. Molly springt naast hem op de bank.

'We gaan vanavond barbecueën! En taart eten, want Gabriel is jarig.'

'Leuk,' zegt Joel.

Molly schudt haar hoofd over zijn gebrek aan enthousiasme.

'Zullen we Ga vissen spelen?' vraagt hij.

Molly knikt en gaat het kaartspel halen. Dat met de wilde dieren. Mama steekt haar hoofd om de hoek en mimet 'bedankt' naar hem, maar hij doet het niet voor haar. Hij moet zichzelf bezighouden en dat is gemakkelijker met Molly. In haar ogen is hij geen freak.

Als ze een paar potjes hebben gespeeld, gaan ze over op Carcassonne. Het spel was zijn kerstcadeautje voor Molly, maar hij had 'Voor het hele gezin' op het etiket geschreven om niets voor Petri te hoeven bedenken. Van Petri had hij een spijkerbroek gekregen, maar die had zijn moeder uitgezocht.

Molly laat wegen, kloosters en weiden links liggen en wil alleen maar steden bouwen. Dat die groot en mooi worden is belangrijker dan winnen. Ze vertelt verhalen over de mensen die er wonen. Ditmaal is het een tovenaar die Ruben heet.

'Nee, trouwens. Het is een tovenares die Lisa heet.'

Petri komt thuis, hij begroet Molly met een knuffel en Joel met een knikje. Hij kijkt in Joels ogen. Petri weet vast dat hij rookt. Joel perst er een glimlach uit en Petri verdwijnt naar de keuken, waar mama is. Aan haar gegiechel te horen grijpt hij haar bij haar billen. Petri heeft vast ook een goede dag gehad.

Petri is aardiger dan Axel ooit geweest is, maar soms krijgt Joel het gevoel dat zijn moeder genoegen neemt met tweede keus. Dat ze iemand zou kunnen krijgen die nog beter voor haar is. Petri doet bijna niets in huis. Joel heeft haar eens gevraagd waarom ze hem niet meer laat doen. 'Hij doet een heleboel dingen die jij niet ziet,' had ze geantwoord. En dat ze goed kan nadenken als ze met huishoudelijke klusjes bezig is.

Joel begrijpt wel waar het werkelijk om gaat. Dat Petri voor hun inkomen zorgt.

'Jij bent.'

Molly geeft hem een duw. Maar hij kan geen nieuw blokje meer pakken, omdat zijn moeder al uit de keuken komt.

'We moeten over een kwartier weg, dus knap je een beetje op.'

'Ik vind het zo goed,' zegt Joel.

'Ik trek mijn poezenjurk aan,' zegt Molly en ze gaat snel naar haar kamer.

Alles wordt een tintje donkerder als ze weg is. Joel ruimt het spel op en krijgt hartkloppingen als hij bedenkt dat hij een hele avond lang gezellig zal moeten doen. En dat hij niet weet wat Fanny's plannen zijn voor vannacht. Het is een aanlokkelijk idee om naar zijn kamer te gaan en een paar trekjes te nemen, maar dat durft hij niet. Linnea zou het absoluut merken, en ze heeft hem al aan zijn hoofd gezeurd dat ze meer wil hebben. Hij heeft er spijt van dat hij haar heeft laten blowen, want het beviel hem niet hoe ze toen werd. Boos, leekt het wel. Zelf wordt hij er alleen maar rustig van.

Joel realiseert zich dat er een ander risico is dat hij niet mag lopen. Met lege handen bij Fanny aankomen. Hij moet iets hebben om zich mee te verdedigen.

28

Haar hand bleef hangen bij de bel. Twee dagen geleden nog maar had Hanna hier voor de deur gestaan en toen deed hij het niet. Ze ervoer het verstrijken van de tijd als een plotseling verdriet. Alle jaren dat zij en Rebecka vriendinnen waren geweest. Van hun kindertijd, waarin ze speelafspraakjes maakten, tot aan hun tienerjaren, toen ze bijna dagelijks bij elkaar over de vloer kwamen. Toen hadden ze nooit aangebeld. Ze hadden gewoon de deur opengedaan en waren naar binnen gestapt. Ze waren beiden bijna altijd alleen thuis. Lars en Kristoffer waren weg om te zuipen en om God weet wat te doen. Rebecka had geen broers of zussen en haar moeder werkte vaak 's avonds. Soms volgde ze een cursus om een baan te kunnen krijgen die haar beter beviel. De lijst van beroepen die ze had geprobeerd, was lang: schoonmaakster, winkelbediende, verkoper, persoonlijk assistent... Ze had in de chocoladefabriek gewerkt totdat die in 1998 haar deuren sloot.

Hanna klopte op de deur, hard, een zinloos protest tegen hoe het allemaal was geworden. Na een paar tellen opende ze de deur, die niet op slot was. Rebecka kwam er net aan.

'Hoe is het?'

Het antwoord was een wanhopig snikken en Hanna sloeg haar armen om haar heen.

'We gaan zitten.'

Hanna bracht Rebecka naar de bank in de woonkamer. Misschien was het een overbodige vraag geweest als ze keek naar hoe haar vriendin eruitzag, maar ze had hem gesteld om een opening te maken. Ze wilde dat Rebecka iets zou uiten van alles wat haar pijn deed.

'Is er iets wat je kunt zeggen?' vroeg Rebecka smekend toen ze zich weer voldoende had herpakt.

'Over het onderzoek, bedoel je?' vroeg Hanna.

Rebecka knikte. Hanna wist dat ze het niet zou moeten doen, maar ze wilde haar niet nog eens teleurstellen.

'Axel was niet op Öland toen de moord werd gepleegd.'

'Dus hij heeft het niet gedaan?'

'Nee.'

Natuurlijk had Axel geld genoeg om iemand te betalen voor een moord, maar Hanna dacht niet dat hij dat had gedaan. Er was geen motief voor. Het plannen van de dood van je kind was iets heel anders dan dat je het doodsloeg omdat je om de een of andere zieke reden boos was geworden en je niet had kunnen beheersen.

Dat nieuws maakte Rebecka weer aan het huilen, maar dit was een ander soort huilbui. Stiller. Ze vroeg niet door en daar was Hanna blij om. Waarschijnlijk zou Sonja vertellen wat Fanny Molly had aangedaan, maar Sonja wist niets van het contact dat Fanny en Joel hadden gehad. Van het dreig-sms'je en van de afspraak in het bos.

'Waarom?' snikte Rebecka. 'Ik begrijp niet waarom iemand dit uitgerekend Joel heeft aangedaan.'

'Ik ook niet.'

Hanna aaide over haar rug. Ze voelde de jaren die waren voorbijgegaan, de vormen die zachter waren geworden. Als tiener was Rebecka veel te dun geweest. Een sterk heimwee stak de kop op. Naar wat zij en Rebecka hadden gehad. Maar ook naar wat Fabian voor haar was geweest. Iemand om aan te raken. Om door aangeraakt te worden. Waarom had ze hem niet toegelaten? Als ze wilde dat het leven hier anders werd, moest ze iets durven. Zich niet laten kisten. Fabian was niets te weten gekomen over haar vader. Het vriendje vóór hem had ze het wel verteld en die had er niet mee kunnen omgaan. Alles wat ze zei en deed, had hij daarna in een ander licht gezien.

'Weet jij wie Brienne of Tarth is?' vroeg Hanna.

'Ja. Waarom wil je dat in vredesnaam weten?'

'Vandaag beweerde iemand dat ik op haar lijk.'

Rebecka proestte, het was iets tussen lachen en huilen in.

'Daar zit iets in,' zei ze. 'Wacht, ik zal het je laten zien.'

Rebecka vond een foto op internet en ja, er waren overeenkomsten. De lengte, de haarkleur en het kapsel. Maar Hanna was minder breed en ze had een langer gezicht. Wel hadden ze allebei een rimpel tussen de ogen, die daar schijnbaar een vaste plek had gevonden. Rebecka legde haar telefoon weg en keek Hanna aan, die schrok van wat ze in haar ogen zag.

'Krijg je hulp?' vroeg ze.

Rebecka verstrakte meteen.

'Wat bedoel je?'

'Praat je met iemand?'

'Zoals wie?'

'Petri? Je moeder? Een psycholoog? Een yogaleraar?'

Rebecka haalde haar neus op om Hanna's onhandige poging een grapje te maken.

'Petri gaat me uit de weg. Mama wil graag praten, maar dat kan ik echt niet hebben. Het lijkt wel alsof alles wat ze de afgelopen jaren voor me heeft gedaan, is weggevallen. Ik kan haar er niet bij gebruiken.'

Hanna wilde een opmerking maken waar Rebecka iets aan had, maar die was er niet. Tenminste niet dat zij kon bedenken.

'Zullen we gaan?' vroeg ze.

Rebecka ging naar boven om zich te verkleden en haar gezicht te wassen. Hanna's werktelefoon rinkelde en Hanna las het bericht van Ove in de groepsapp. Ze moest het twee keer lezen voordat het tot haar doordrong: een paar honderd meter van de parkeerplaats bij het Möckelmossen was in een sloot een bloederig mes gevonden. Een passerende hardloper die het had zien glinsteren, had de tegenwoordigheid van geest gehad om meteen de politie te bellen en het niet aan te raken. Hanna sloot haar ogen. Dit was echt goed nieuws, en dat had ze op dit moment nodig. Rebecka kwam de trap af en Hanna borg snel haar telefoon weg.

'Wat is er?' vroeg Rebecka.

'Niks.'

'Ga weg. Ik zie toch dat er iets is.'

Hanna zei niets, maar joeg haar vriendin naar de keuken, waar ze haar een banaan liet eten. Ze betwijfelde of Rebecka vandaag wel iets had gegeten.

'Ik ben niet met de auto,' zei Hanna. 'Dus ik hoop dat er niets aan de jouwe mankeert.'

Een van de weinige voordelen van een drankzuchtige vader was dat ze beslag had kunnen leggen op de auto. Als Kristoffer haar tenminste niet voor was. De geplette brievenbus was niet het enige incident. Een paar maanden nadat Hanna haar rijbewijs had gehaald, was ze in een met sneeuw bedekte greppel gereden. In de winter, als de sneeuwschuivers het niet bij konden houden, zag je soms niet waar de grenzen liepen. Ze kreeg hulp van een buurman met een tractor, die de auto eruit trok, omdat ze geen geld had voor een sleepdienst. Bovendien was ze bang dat ze haar rijbewijs kwijt zou raken als het ongeval werd gerapporteerd. Als dank had ze haar buurman een van haar vaders flessen wodka gegeven.

Ze reden naar de parkeerplaats bij het Möckelmossen. Er waren vandaag weer mensen naartoe gekomen. Het parkeerterrein was niet langer afgezet en parkeren was geen probleem. Hanna zette de auto er net buiten. Eerder hadden mensen hier bloemen en kaarsen achtergelaten, maar die waren verplaatst.

Rebecka pakte haar bij de arm. Zo hard dat Hanna wel een grimas moest trekken.

'Ik weet niet of ik dit wel aankan.'

'Je hoeft niks,' zei Hanna. 'Maar ik denk dat het goed voor je zou zijn. We blijven hier staan, dan kijk je hoe het gaat.'

Ze zwegen een paar minuten. Axels woorden kwamen bij haar op. *Dat zou jij toch moeten weten.* De insinuatie dat Rebecka tegen haar had gelogen.

'Heb je met Axel over mij gepraat?' vroeg Hanna.

'Wat bedoel je?'

Hanna aarzelde. Ze wilde niet herhalen wat Axel had gezegd.

'Kom op,' zei Rebecka.

'Axel zei dat je me niet mocht.'

Rebecka keek haar met een mengeling van ontzetting en boosheid aan, opende toen het portier en stapte uit. Hanna liep snel om de auto heen, achter haar aan het parkeerterrein op. Ze wilde sorry zeggen, maar kreeg het woord niet over haar lippen.

Waarom had ze hier naar Axel gevraagd? Tegenover Rebecka had ze er altijd te snel dingen uitgeflapt.

Gisteren waren er een heleboel bloemen en kaarsen bij gekomen. Ze stonden aan de voorkant van de muur waar Joel tegenaan had gezeten, en Hanna vroeg zich af hoe ze achter de precieze plek waren gekomen. De kleine menigte bleef op eerbiedige afstand van de stenen.

Hadden ze dit ook voor Ester gedaan? De vrouw die door haar vader was vermoord? Hij had beweerd dat ze was gevallen en haar hoofd had gestoten. Dat ze daardoor was overleden. Maar dat klopte niet met het letsel.

De kaarsen flakkerden in de wind. De muur gaf enige beschutting, maar niet genoeg. Er waren al een paar uitgegaan en de overgebleven kaarsen konden de grijze middag niet verlichten. De gezichten om hen heen waren vol met schaduwen. Boven het Alvaret hing een dichte nevel. Het maakte nu geen levende indruk meer op haar, het leek dood – en dat was zo mogelijk nog bedreigender.

'Ik had iets mee moeten nemen,' zei Rebecka.

'Laat die gedachte meteen weer los.'

'Maar...'

'Nee.'

Rebecka beet op haar onderlip en slaagde erin haar tranen te bedwingen. Een paar mensen keken hun kant op, maar draaiden hun hoofd snel weer terug toen ze zagen wie er was gekomen.

Hanna keek spiedend rond naar de blonde vrouw, maar zag haar niet. Zo discreet mogelijk pakte ze haar mobiel en maakte weer foto's van de groep. Toen ze een foto nam van de bloemen en de kaarsen ontdekte ze de bloedooievaarsbekjes. Niet in een boeket dat was neergelegd, maar in de spleet tussen de grond en de muur waar ze groeiden. Rebecka merkte dat ze foto's nam, maar gaf geen commentaar. Zonder iets te zeggen stopte Hanna haar telefoon weer weg.

Er kwam een oudere vrouw naar hen toe.

'Het is vreselijk,' zei ze. 'Mijn innige medeleven.'

Pas toen Hanna de stem hoorde, herkende ze haar. Hun tekenlerares in de bovenbouw. Een van de leuke leraren, maar Hanna kon niet op haar naam komen. Ze omhelsde Rebecka.

'Fijn om te zien dat je weer terug bent,' zei ze tegen Hanna en ze pakte Hanna's elleboog even vast.

Het klonk alsof ze het meende.

De tekenlerares liep naar haar auto en Hanna draaide zich om naar Rebecka om te kijken of ze er genoeg van had. Een paar meter verderop stond een vrouw Hanna aan te staren. De blik was zo hatelijk dat ze onwillekeurig terugdeinsde.

Het was Maria.

De dochter van Ester.

VRIJDAG
17 MEI

29

Hanna stapte als laatste de vergaderkamer binnen voor het ochtendoverleg. Laat komen begon een gewoonte te worden, maar ditmaal was het niet de bedoeling geweest en ze schaamde zich. Bovendien droeg ze dezelfde kleren als gisteren, met veel meer kreukels, en vermoedelijk zag je aan haar dat ze nauwelijks had geslapen.

Daniel lachte naar haar. Hanna was niet blij met wat die glimlach bij haar opriep, dus ze beperkte zich tot een knikje.

Fabian had naar haar gelachen toen ze in de garage onder bureau Kungsholmen in Stockholm op de lift stond te wachten. Dat soort aandacht kreeg ze niet vaak en ze had teruggelachen. Zo was het begonnen.

'Fijn dat je ook kon komen,' zei Ove.

Even had ze het gevoel dat ze weer op school zat, maar daar was dit soort commentaar altijd aan anderen gericht geweest. Ze liet zich op haar stoel zakken en hoopte dat haar wangen niet al te rood waren geworden. Carina glimlachte nu ook, en die glimlach straalde puur leedvermaak uit.

Hanna was niet voorbereid geweest op de schok die de ontmoeting met Esters dochter teweeg had gebracht. De verdenking die bij haar was opgekomen: was Maria soms de anonieme beller? Hanna had niet op haar af durven stappen om het te vragen. Ze had geen scène willen riskeren. Ze was daar voor Rebecka.

Naderhand was Hanna met Rebecka mee naar huis gegaan en ze was zo lang gebleven dat ze uiteindelijk ook wel moest blijven slapen. Petri had opgelucht geleken dat zij daar was, hij wist duidelijk niet hoe hij met Rebecka's verdriet moest omgaan. Rebecka's moeder had gebeld, maar was op verzoek van haar dochter weggebleven. Sonja was even langs geweest met Molly, maar had haar daarna weer meegenomen. Ze hadden een hut gebouwd en daar zou Molly in mogen slapen. Petri had bezorgd gevraagd of die hut buiten stond, maar Sonja had hem verzekerd dat dat niet het geval was.

Op Öland was de angst ontstaan dat de dader opnieuw zou toeslaan. In dit soort situaties reageerden mensen eerder emotioneel dan rationeel en de media hadden er een mysterieus verhaal van gemaakt. De mishandelde jongen die bij het Alvaret was gevonden. Het kwaad dat in het donker loerde, klaar om opnieuw toe te slaan. Hanna was ervan overtuigd dat ze het mis hadden, en dat er een verband bestond tussen het slachtoffer en de dader. Maar zij had natuurlijk ook meer informatie. De media wisten nog niets van het mes, al was dat een kwestie van tijd. En hoe zeker ze zich ook voelde, ze kon natuurlijk niet garanderen dat er geen verdere slachtoffers zouden vallen.

'Heeft Rebecka je gisteren nog iets verteld?' fluisterde Erik.

Hanna schudde haar hoofd. Waar zag hij haar voor aan? Dat ze het bezoek aan de parkeerplaats bij het Möckelmossen zou gebruiken om haar vriendin onder druk te zetten? Toen schoot haar te binnen dat ze hem dat op de mouw had gespeld en ze bloosde.

Ze hadden herinneringen opgehaald. Gemeenschappelijke herinneringen, en Rebecka's herinneringen aan Joel. Hanna had het gevoel dat ze een duidelijker beeld van hem had gekregen. Maar geen dingen die ze verder moest onderzoeken. Ze maakte zich nu minder zorgen om haar vriendin. Rebecka had meer mensen om zich heen dan ze zelf ooit had gehad. Ze hadden geen woord over Maria gezegd. Waarschijnlijk had Rebecka haar niet herkend.

Maria had een aantal interviews gegeven over de moord op haar moeder. Na een van haar bezoeken aan Lars in de gevangenis had Hanna ze gelezen. Een fijn bezoek, waarbij ze over hun vistocht naar Grankullavik hadden gepraat. En over Pippi Langkous, die Hanna als kind geweldig had gevonden. Toen ze thuiskwam, was het net alsof ze zichzelf moest herinneren aan wat hij had gedaan. Dat hij niet te vertrouwen was.

En daar was de gedachte weer: was Maria degene die haar had gebeld? Hanna had vanochtend weer een telefoontje gehad. Precies hetzelfde als gisteren. Een brand die om zich heen greep, gevolgd door een schreeuw. Het had haar gesterkt in de overtuiging dat het een opname was. Maar waarvan?

Ove keek haar aan met een duidelijke rimpel tussen zijn wenkbrauwen. Met een zo zelfverzekerd mogelijke blik keek ze terug. Een paar tellen later wendde hij zijn ogen af en keek de kamer rond.

'We wachten nog op de uitslagen van het Forensisch Centrum,' zei Ove. 'Ik heb erachteraan gebeld, maar het is nog niet klaar, ook al krijgen we voorrang. Ze hebben wel beloofd dat ze in de loop van vandaag naar het mes zullen kijken.'

Het zou Hanna hebben verbaasd als er al resultaten binnengekomen waren. Dit was nog maar dag drie van het onderzoek.

Ove liet een foto van het mes zien, en zei dat iemand de herkomst ervan zou moeten nagaan. Het was een Mora-mes, dat voor alle mogelijke doeleinden gebruikt kon worden: bij het kamperen, tijdens de jacht, voor houtsnijwerk...'

'Bij de patholoog had ik meer geluk,' vervolgde Ove. 'Joel is inderdaad aan een messteek overleden, het mes heeft zijn milt geraakt en hij is doodgebloed. Daarnaast had hij een gebroken rib en blauwe plekken op een groot deel van zijn lichaam. Het bloedonderzoek heeft hasj aangetoond en bovendien had hij vreemd DNA op zijn gezicht. Van speeksel.'

Dit was goed nieuws. Je mocht aannemen dat het DNA op zijn gezicht afkomstig was van de dader. Nu ze zowel het mes als DNA hadden, wilde Hanna geloven dat deze dader hun niet zou ontglippen.

'Zullen we DNA afnemen bij Fanny Broberg?' vroeg Erik.

'Nog niet,' zei Ove. 'Eerst moeten we kijken of het DNA in onze bestanden voorkomt. Maar gezien het dreigement is zij ons voornaamste spoor. En dan heb ik het nog niet eens over het feit dat zij en de anderen die nacht met Joel hadden afgesproken.'

'En Axel Sandsten dan?' vroeg Carina.

'Je moet het logboek lezen en de updates bijhouden.'

Carina's gezicht betrok bij die terechtwijzing.

'Hij is afgeschreven,' verklaarde Amer. 'Hij heeft zijn kantoor pas om kwart over twee 's nachts verlaten. Precies zoals hij had gezegd.'

'Fanny's verhaal over de ontmoeting met Joel wordt bevestigd door de andere twee,' zei Erik. 'Maar ik zal zoeken naar iets wat het tegenspreekt.'

'Ik vind dat jullie ze alle drie nog eens moeten verhoren,' zei Ove. 'En dan de duimschroeven wat steviger aandraaien.'

Erik en Hanna knikten. Ze voelde zich schuldig omdat ze hem gisteren in de steek had gelaten, maar ze betwijfelde of dat het onderzoek had beïnvloed.

'Zijn er daarnaast nog andere sporen?' vroeg Daniel.

'Ik zou naar de bloedooievaarsbek kijken,' zei Carina. 'Op zich staat dat bloempje nergens symbool voor, maar als je naar het aantal en de kleur kijkt, is de boodschap "Jij bent mijn alles" en "Ik ben verliefd op jou en beloof je trouw".'

'Ik denk niet dat het een betekenis heeft,' zei Hanna. 'Ik heb gisteren foto's gemaakt bij de parkeerplaats bij het Möckelmossen en de bloedooievaarsbek groeit daar in het wild.'

'Maar zou het er niet op kunnen wijzen dat het om een liefdesdrama gaat?' hield Carina vol.

Liefde was vaak een motief, vooral als ze niet werd beantwoord. Maar Hanna zag in Nadine geen dader. En vooral niet het soort dader dat zich met bloemensymboliek bezighield. Dat wilde ze net zeggen, maar Ove was haar voor.

'Oké, ga daar maar mee verder,' zei hij. 'Hoe gaat het met de fietser, Amer?'

'Die heb ik helaas nog niet weten te vinden.'

'Verdubbel je inspanning,' zei Ove. 'Gezien de plaats waar het mes is gevonden, kan hij dat daar hebben neergegooid.'

'Is het niet vreemd dat die automobilist, Samuel Herngren, door de aardbodem verzwolgen lijkt te zijn?' vroeg Hanna.

Bijna had ze 'door de mist' gezegd. Dat gevoel had ze gehad toen ze gisteren bij het Möckelmossen was, dat je in de mist kon verdwijnen.

'Misschien is hem iets overkomen,' vulde Erik aan.

'Of hij is de dader,' zei Daniel. 'En nu blijft hij weg. Hij wordt per slot van rekening al van een andere mishandeling verdacht.'

'We moeten hem hoe dan ook vinden,' zei Ove. 'Ik zal zijn mobiel laten traceren. Kun jij in die mishandeling duiken?'

Daniel knikte.

Na de bespreking liep Hanna naar de kantine om koffie te halen. Daar had ze eerder geen tijd voor gehad. Ze hoorde snelle voetstappen achter zich en keek om. Ze was ervan overtuigd dat het Erik was, en was verbaasd toen ze Carina op zich af zag komen.

Hanna bleef staan. Ze dacht dat Carina iets met haar wilde bespreken. Maar haar collega liep langs haar heen, draaide zich om en keek haar met dezelfde uitdrukking aan als Maria de dag ervoor.

In een parallel universum was Hanna achter haar aan gelopen en had om uitleg gevraagd. Maar nu keek ze naar de vloer. Ontwijkend en laf. Precies zoals ze dat bij Maria had gedaan.

Hanna had altijd moeite gehad met mensen die haar niet mochten. Vooral als haar vader de reden was. Ze besloot in elk geval de lucht te klaren met Erik.

30

Toen de bespreking afgelopen was, liep Erik snel terug naar zijn bureau. Supriya zou haar ouders vanmiddag van het vliegveld halen en ze was zenuwachtig omdat er slecht weer voorspeld werd. Misschien kwam er onweer. Hij had beloofd dat hij een paar extra dekbedden zou kopen, maar wist niet waar hij de tijd vandaan moest halen. Erik googelde en stelde vast dat Ikea de dichtstbijzijnde mogelijkheid was.

Hanna kwam naar zijn bureau met een kop koffie.

'Ik kan het onderzoek aan. Ondanks de achtergrond die Rebecka en ik hebben.'

'Mooi,' zei hij. 'Maar ik had ook niet anders verwacht.'

Eerst begreep Erik haar opmerking niet, maar toen drong het tot hem door dat ze zijn vraag van daarnet waarschijnlijk verkeerd had opgevat. Hij had alleen willen weten of Rebecka iets had gezegd. Of misschien ging het over gisteren, dat ze ertussenuit was geknepen en naar haar vriendin was gegaan. Hij wilde achter Hanna aan lopen, die op weg was naar haar eigen bureau, maar de receptie belde. Tilde, iemand uit de groep van Fanny, was daar met haar moeder en wilde met hem praten.

'Ik kom eraan,' zei Erik en hij smeet de hoorn erop.

Erik liep snel naar Hanna toe en vertelde wat er aan de hand was. Nu moest ze toch snappen dat hij haar een goede rechercheur vond, aangezien hij haar erbij wilde hebben.

'Ik regel een verhoorkamer,' zei ze.

Erik opende de deur naar de receptie. Tilde stond voor het raam naar het parkeerterrein te kijken. Ze droeg een strakke witte spijkerbroek en een blauw shirt. Haar moeder zat op de bank achter de kleurige plastic beesten die zo groot waren dat kinderen erop konden rijden. Erik wist vrij zeker dat hij haar in het kantoor van de Nordea-bank in de Norra Långgatan had gezien en ze was gekleed alsof ze daarnaar onderweg was. Ze draaiden zich allebei naar hem om. Tilde keek bang en dat stemde Erik hoopvol. Misschien had ze iets belangrijks te vertellen.

'U mag hier wachten,' zei hij tegen Tildes moeder.

'Ja, ik weet al wat ze gaat zeggen.'

'Loop maar met me mee,' zei hij tegen Tilde.

Na een snelle blik op haar moeder deed ze dat.

Hanna startte de opname en somde op wie er aanwezig waren en waarom. Daarna richtte ze zich tot Tilde.

'Wat wil je vertellen?'

'Ik heb gisteren gelogen,' zei ze. 'Toen ik met jou praatte.'

Voor de opname voegde Erik eraan toe dat Tilde naar hem had geknikt.

'Wat gebeurde er toen Joel naar het bos kwam?' vroeg hij.

De zenuwen werden Tilde te veel. Ze trok aan de kapotte manchet van haar shirt en haar blik ging onrustig door de kamer. Het zweet stond op haar voorhoofd, dat bobbelig was van de jeugdpuistjes, die ze met make-up had gecamoufleerd.

'We hebben hem geslagen,' fluisterde ze.

Haar lichaam zakte in elkaar in een soort verwarde mengeling van opluchting en vrees voor de reactie die zou komen.

'Hoezo geslagen?' vroeg Erik vriendelijk. 'Kun je dat verduidelijken?'

'Fanny gaf hem een paar stompen.'

'Waar?'

'Op zijn hoofd en in zijn buik.'

'En verder?' vroeg Hanna.

'Hij viel op de grond en toen hebben we hem ook geschopt.'

'Deed iedereen dat?' vroeg Erik.

'Ja,' zei Tilde. 'Maar vooral Fanny.'

Tilde was veel kleiner dan Fanny en daarom geloofde Erik wel dat Fanny de aanstichter was geweest. Een mes kwam in Tildes relaas niet voor, maar daar wilde hij pas naar vragen nadat ze het hele verhaal had verteld.

'Ga door,' zei Erik. 'Wat gebeurde er toen?'

'Joel stond op en liep weg.'

'Lieg je nu weer?' vroeg Hanna.

Voor het eerst keek Tilde hen aan.

'Nee, echt, we hebben hem niet vermoord. Hij stond op en liep weg. Jullie moeten me geloven. Hij had flink op z'n donder gehad, maar hij kon lopen.'

'Heeft iemand van jullie een mes gebruikt?' vroeg Erik.

Tilde snikte.

'Je moet precies vertellen wat er is gebeurd,' zei Hanna. 'Dit is een moordonderzoek.'

'Joel was helemaal gek nadat hij was opgestaan,' zei Tilde. 'Hij haalde een mes tevoorschijn en zwaaide ermee. Hij schreeuwde dat hij ons ging steken. Maar hij liep weg, echt waar.'

Erik haalde een foto van het gevonden mes tevoorschijn en liet die aan Tilde zien.

'Was het dit mes?'

'Het was erg donker, maar ik geloof het wel.'

'Waar ging het conflict over?' vroeg Erik.

'Over geld.'

'Geld waarvoor?'

'Dat weet ik niet.'

'Hasj?'

'Geen idee.'

Erik vroeg haar de mishandeling nog eens te beschrijven en daarbij vielen hem of Hanna geen dingen op die niet klopten. Haar handen lagen op haar schoot en hij vroeg of ze die kon laten zien. Er zaten geen wondjes op.

'Wie heeft Joel bespuugd?' vroeg Hanna.

Tilde schrok, alsof een klodder spuug erger was dan een vuistslag.

'Dat heb ik niemand zien doen.'

'Wat deden jullie nadat Joel het bos had verlaten?'

'We bleven daar.'

'Allemaal?'

'Nee. Fanny ging zo'n tien minuten later weg, maar Lukas en ik praatten nog even met elkaar. Over Fanny en hoe ze tekeergaat.'

'Waarom zei je eerder dat jullie Joel niet hadden mishandeld?' vroeg Erik.

'Vanwege Fanny. Ze zou me vermoorden als...'

'Zag je welke kant Joel op liep toen hij bij jullie wegging?' vroeg Hanna.

'Nee, het was donker en we zaten achter de school.'

Opeens begreep Erik waar Tilde precies bang voor was.

'Denk je dat Fanny Joel heeft vermoord?'

Haar ogen schreeuwden dat ze nee wilde zeggen, maar dat deed ze niet.

'Ja, wie moet het anders gedaan hebben?'

Erik stopte de opname en bracht Tilde naar haar moeder. Ze liet zich omhelzen en duwde haar gezicht tegen de grijze jas.

'Hoe gaat dit nu verder?' vroeg de moeder.

'Dat kunnen we nu nog niet zeggen, maar het is goed dat ze haar verhaal heeft verteld.'

Erik ging terug naar Hanna.

'Wat denk jij?' vroeg hij.

'Het was toch meteen al duidelijk dat ze hem een pak slaag hadden gegeven?'

'Misschien, maar had hij niet achter de school moeten liggen als zij hem hadden gedood?'

'Mee eens,' zei Hanna. 'Het is waarschijnlijker dat Fanny Joel is gevolgd en hem in haar eentje heeft neergestoken. Wat zei die leraar, Isak Aulin?'

'Ik heb vanmorgen een verslag toegevoegd.'

'Dat heb ik nog niet kunnen lezen,' zei Hanna en het leek wel of ze glimlachte.

'Hij bevestigde dat Fanny een lastpak is en dat ze op school problemen met haar hebben, maar ik denk niet dat hij begreep hoe groot het probleem is. Hij had niets meegekregen van de situatie waarbij Molly's keel werd dichtgeknepen.'

'Wat ik dan nog steeds niet snap,' zei Hanna, 'is hoe Joel helemaal bij het Möckelmossen terecht is gekomen.'

'Misschien heeft Fanny hem daar gedumpt om verwarring te zaaien,' zei Erik. 'Ik kan op dit moment geen ander scenario verzinnen. Maar dan is het de vraag hoe ze hem daar heeft gekregen, ze heeft alleen een brommer.'

'Ze kan een auto hebben opgehaald,' zei Hanna. 'Ik reed ook op die leeftijd. Zullen we met Lukas gaan praten?'

Erik vond niet dat ze daar tijd voor hadden.

'Nee, ik bel hem wel.'

Toen Lukas hoorde dat Tilde bij hen was geweest, gaf ook hij de mishandeling toe. Hij zei ook dat Joel een mes tevoorschijn had gehaald, en dat hij zelf weggelopen was. En dat Fanny hen kort daarna had verlaten. Lukas wist evenmin meer over het conflict te vertellen dan dat het om geld ging, en hij bleef erbij dat hij daar alleen was geweest omdat Fanny hem dat had gevraagd. Maar op één punt verschilde zijn versie van die van Tilde: Lukas had gezien dat Fanny Joel in het gezicht spuugde.

'Dit moet Ove weten,' zei Erik tegen Hanna toen hij het gesprek had beëindigd. 'Daarna moeten we Fanny vinden en haar met de uitspraken van Tilde en Lukas confronteren.'

DE LAATSTE DAG

'Laten we zingen voor Gabriel,' zegt Ulrika.

Er spat rode wijn uit haar glas als ze opstaat. Joel zoekt Linnea's blik. Ze hebben er grapjes over gemaakt, hoe stom iedereen wordt van alcohol. Dat je beter kunt blowen. Maar dat was voordat ze ervan geflipt was.

'Nee, doe maar niet.'

Gabriel schudt zijn hoofd.

'Jawel,' haakt zijn moeder aan.

Terwijl ze het vreselijk vindt als er voor haar gezongen wordt. Petri begint, hij is de enige van de volwassenen die kan zingen. Zijn zangstem is donkerder dan zijn spreekstem, prettiger om naar te luisteren. Hij heeft een poosje in een koor gezongen, maar daar was hij mee gestopt omdat hij vond dat hij er geen tijd voor had. Bovendien heeft hij nauwelijks gedronken. Joel kan zich niet herinneren dat hij hem ooit dronken heeft gezien.

'Gefeliciteerd, liefste,' zegt Ulrika en ze zoent Gabriel op de mond.

Elias maakt braakgeluiden en Molly giechelt beschaamd. Joel snijdt een stuk van de kikkererwtenburger, drenkt het in de bearnaisesaus en stopt het in zijn mond. Terwijl hij kauwt, werpt hij een verlangende blik op de vinkenlap, maar Linnea is vegetariër en het voelt niet goed om naast haar bloederige biefstuk te gaan zitten eten.

'Ik wil een mop vertellen,' zegt Molly.

'Is het nog niet mooi genoeg geweest?' zegt mama, terwijl Petri haar bemoedigend toelacht.

Molly kiest voor de glimlach en vertelt weer dezelfde onbegrijpelijke mop over een Duitser, een Deen en een Zweed genaamd Bellman, die ze al twee keer eerder heeft verteld. Iets over een kurk die helemaal in China terechtkomt. Joel kan meestal de moeite wel opbrengen om te luisteren, maar nu is dat volslagen onmogelijk.

'Mogen we van tafel?' vraagt Elias als Molly klaar is.

'Ja hoor,' zegt Ulrika. 'Ik roep jullie wel als we taart gaan eten.'

De volwassenen praten over alles wat mooi is aan de barbecue, en de druk op zijn borst neemt toe. Zo'n toekomst wil Joel niet. Praten over spullen alsof die echt van belang zijn. Hoewel het nog erger is als ze over politiek beginnen. Eén keer werd Ulrika zo boos op Petri dat ze hem eruit gooide. Linnea maakt een hoofdbeweging naar het huis en Joel knikt. Ze verontschuldigen zich en gaan naar binnen. Elias en Molly zitten in de woonkamer tv te kijken. Het zijn horrorverhalen voor kinderen, met een joch met een wit masker op, dat rondsluipt en fluit. Thuis was Molly een keer zo bang geworden van een aflevering dat ze de tv had uitgezet.

'Kun je mij leren portrettekenen?' vraagt Linnea.

'Ik kan het proberen,' zegt Joel. 'Als jij papier en potloden haalt.'

'Sst,' sist Elias zonder zijn blik van de tv af te wenden.

'Yes, baby boss.'

Elias steekt zijn tong uit naar zijn grote zus.

Ze gaan in de keuken zitten. Vooral omdat het daar rustig is. Eerst tekent Joel Linnea, waarbij hij stap voor stap beschrijft wat hij doet. Daarna tekent zij hem. Het wordt beter dan hij had verwacht. Je ziet bijna dat hij het is. Maar de ogen kloppen niet, die zijn te blij.

'Is er iets gebeurd?' vraagt Linnea. 'Je lijkt verdrietig.'

'Nee,' zegt Joel.

Hij kan niet over Fanny praten, niet met haar. Misschien moet hij Nadine bellen.

Ulrika en zijn moeder komen ieder met een stapel borden de keuken in. Linnea laat haar tekening zien, maar alleen Rebecka kijkt. Ze put zich uit in superlatieven, zodat Joel zich voor haar schaamt. Waarom overdrijft ze altijd zo?

'Tijd voor taart,' zegt Ulrika. 'Help maar even mee.'

Linnea staat meteen op, maar Joel is langzamer. Waarom kunnen Gabriel en Petri niet helpen? Gabriel doet in elk geval regelmatig iets in huis. Als Joel bij hen blijft eten, kookt Gabriel vaak. Hij kan een heerlijke Aziatische maaltijd op tafel zetten. Ulrika haalt een prinsessentaart van de supermarkt uit de koelkast en zijn moeder pakt schoteltjes uit de kast.

'Die niet,' zegt Ulrika. 'We nemen de mooie bordjes.'

Zijn moeder is duidelijk geïrriteerd, maar zet zonder iets te zeggen de schoteltjes terug. Linnea loopt naar de vitrinekast om de mooie bordjes te pakken. Elias en Molly applaudisseren als de taart naar buiten wordt gebracht. Petri's ogen glimmen en zijn wangen zijn rood. Heeft hij gedronken of ruziegemaakt, of allebei?

Als de taart op is, vraagt zijn moeder hem of hij zijn zusje naar huis en naar bed wil brengen.

'Maar het is nog niet donker,' protesteert Molly.

'Het is bijna negen uur,' zegt Petri. 'Gisteren om deze tijd sliep je al.'

'Niet meer lezen,' zegt mama. 'Meteen gaan slapen.'

'Ah, toe nou,' smeekt Molly.

'Nee.'

Mama kijkt hem aan als ze dat zegt en hij knikt.

'Natuurlijk gaan we lezen,' zegt Joel zodra ze buiten gehoorsafstand zijn.

De hemel is glinsterend rood door de ondergaande zon.

'Het lijkt wel of hij in brand staat,' zegt Molly.

'Ja hè?'

Joel laat Molly het tandenpoetsen overslaan en gaat op zijn zij naast haar in bed liggen. Molly heeft een meegroeibed, dat onlangs tot de volle lengte is uitgetrokken. Niet dat Molly die ruimte nodig heeft, maar ze wil zich groot voelen. Jammer genoeg kun je het niet breder maken. Hij leest het eerste hoofdstuk van *Tams zware beproeving* voor.

'Nog een hoofdstuk. Alsjeblieft,' zegt Molly, ook al kan ze haar ogen nauwelijks openhouden.

Ze hebben de serie over de bedeljongen Tam al helemaal gelezen en weten dat hij na verloop van tijd drakenridder wordt.

'Oké,' zegt Joel.

'Nog één,' mompelt Molly als hij dat ook heeft uitgelezen, maar dan heeft ze haar ogen al dicht.

'Nee, zo is het genoeg,' zegt hij en hij staat op.

Hij trekt het dekbed met de eenhoorns op tot aan haar kin, drukt een zoen op haar voorhoofd en loopt de kamer uit.

Joel gaat languit op zijn bed liggen. Voor alle zekerheid schakelt hij de wekkerfunctie van zijn telefoon in, ook al weet hij dat hij niet in slaap zal vallen. Hij staart naar het snoer van de lamp dat los aan het plafond hangt. Petri heeft gezegd dat hij het achter een strip zal wegwerken, maar dat blijft er steeds bij. Hij heeft al van zoveel dingen in huis beloofd dat hij ze in orde zal maken. Waarschijnlijk wil hij in zijn vrije tijd geen dingen doen die hij op zijn werk ook doet.

In de bouw werken is wel het laatste wat Joel wil. Hij begrijpt best dat het in de zorg ook hard werken is, maar daar heeft hij direct contact met mensen, die hij helpt.

Hij wordt er zenuwachtig van dat zijn moeder en Petri nog niet thuis zijn. Stel je voor dat ze tot na middernacht wegblijven.

Het duurt meer dan een uur voordat de voordeur opengaat. Joel doet snel het licht uit en kruipt onder het dekbed. Zijn moeder en Petri stampen de trap op, ze doen geen poging om stil te zijn. Zoals hij al had verwacht, doet ze de deur van zijn kamer op een kiertje open en hij doet zijn best om langzaam te ademen. Een kwartier nadat de geluiden in het huis zijn verstomd, staat Joel op. Hij gaat achter de computer zitten om de resterende tijd te verdrijven.

Om tien voor twaalf trekt hij een hoody aan, omdat hij niet tussen de jassen wil rommelen. Hij opent het onderste laatje van zijn bureau en haalt het mes tevoorschijn dat hij onder een ongebruikt schrijfblok heeft verstopt. Hij haalt het uit de schede en voelt voorzichtig aan het scherpe lemmet. Het is van glimmend staal en het heft is van een soort zwart rubber. Hij stopt het mes weer in de schede en stopt het in de kangoeroezak van zijn hoody.

Joel sluipt zachtjes de trap af en ontwijkt alle krakende plekken. Voor de voordeur blijft hij staan. Hij kan zich nog bedenken. In de keuken een glas melk drinken. Teruggaan naar bed en de rest van de nacht slapen. Hopen dat het toch goed komt voor hem en Molly. Dat Fanny het niet echt meent met haar dreigementen.

Maar Joel is ervan overtuigd dat ze het wel meent en hij moet haar op de een of andere manier laten stoppen. Hij opent de deur en stapt naar buiten.

Hij kijkt naar zijn fiets, maar besluit die te laten staan en te gaan lopen.

Joel wil niet te vroeg komen. Hij wil daar niet als een zenuwachtig kind staan wachten.

Bijna alle lichten in Gårdby zijn gedoofd. De zon is al lang onder en er hangt een wolk voor de maan. Shit, hij haat duisternis. Hij slaapt nog steeds met een nachtlampje aan. En, sukkel die hij is, hij heeft geen zaklamp bij zich. Hij moet het doen met de lamp van zijn telefoon. Het geluid van de wrattenbijters vult de lucht. Het zijn geen krekels, zoals sommigen denken. Het is nog koud ook. Veel kouder dan toen hij met Molly naar huis liep, en het waait harder.

Een vogel begint met hoge, snelle klanken te kwetteren. Eerst is Joel verbaasd, maar dan beseft hij dat het een nachtzanger moet zijn. Een nachtegaal misschien. Of een bosrietzanger. Het lijkt wel of die tegen hem zingt dat hij om moet keren. En daar is de gedachte weer. Dat het nog niet te laat is. Dat hij terug kan gaan naar huis en, als er nog iemand op is, kan doen alsof hij een avondwandeling heeft gemaakt. Maar die gedachte is slechts een echo van wat hij bij de voordeur had overwogen en hij loopt door.

Hij heeft geen keus.

31

’Het is natuurlijk mogelijk dat ze liegen,’ zei Ove en hij wierp zo’n verlangende blik op de la van zijn bureau dat Hanna die bijna voor hem wilde opentrekken. ‘Tilde en Lukas kunnen met elkaar hebben afgesproken om Fanny de schuld te geven.’

‘Ja, met z’n drieën zouden ze het lichaam ongetwijfeld makkelijker hebben kunnen verplaatsen,’ zei Erik.

Draaikont, dacht Hanna. Het lag meer voor de hand dat Joel was weggegaan, zoals Tilde en Lukas hadden beweerd, en dat Fanny hem was gevolgd. Daar was Erik het een paar minuten geleden nog mee eens geweest. Fanny was eerder gewelddadig geweest en tijdens het verhoor had Hanna het gevoel gekregen dat Tilde niet eens in staat was op die manier te liegen. Tegelijkertijd moesten ze een open blik houden.

‘Ik stuur een paar FO’ers naar het bos achter de Gårdbyschool,’ zei Ove. ‘Dat kan de plek zijn waar Joel is gedood. Zoek Fanny op en zet haar flink onder druk.’

Ove praatte ongewoon snel. Vermoedelijk omdat hij niet kon wachten tot ze weg waren.

‘Kunnen we DNA afnemen bij haar?’ vroeg Hanna.

‘Zeker, en neem ook vingerafdrukken af.’

Ze waren zijn kamer nog niet uit, of Ove trok de la van zijn bureau open. Ze hoorden het geritsel van een pakje sigaretten.

'Ik denk dat we naar Fanny toe moeten gaan,' zei Hanna. 'Ze zal waarschijnlijk niet vrijwillig naar het bureau komen.'

'Mee eens,' zei Erik. 'Maar ik doe toch een poging haar te bellen, dan kun jij kijken of je haar moeder te pakken kunt krijgen.'

Ze gingen allebei een kant op, Hanna naar haar bureau. Ze hadden geen van beiden nog met Fanny's moeder gesproken, maar ook ditmaal kwam ze niet verder dan de voicemail. De vader, Hans Broberg, stond op hetzelfde adres ingeschreven. Hij was een jaar geleden uit de gevangenis gekomen nadat hij een straf van twee jaar had uitgezeten voor drugssmokkel. Er waren geen gegevens over werk of waar hij zich op dit moment bevond. De mobiele telefoon die op zijn naam geregistreerd stond, was uitgeschakeld.

Erik kwam naar haar toe met een FO'er op sleeptouw.

'Fanny neemt niet op en volgens de school is ze daar de hele week nog niet geweest, dus we nemen de gok en rijden naar haar huis. Je hebt haar moeder zeker ook niet kunnen bereiken?'

Hanna schudde haar hoofd en stond op. In de auto zei Erik dat Ove wilde dat ze eerst met de FO naar de Gårdbyschool gingen om daar als contactpersonen op te treden. Ze reden in optocht over de brug: een patrouillewagen, het busje van de FO en hun burgerwagen.

Toen ze bij de school hadden geparkeerd, zei Hanna tegen de anderen dat ze buiten moesten wachten. Het schoolplein was op dat moment leeg en zodra ze haar hand op de witte trapleuning legde, ging er een scheut van weemoed door haar heen. Het leven was goed geweest hier. Pas in de zesde was alles anders geworden. In latere jaren was ze soms teruggekeerd naar de Gårdbyschool om zich vast te klampen aan wat goed was geweest. Misschien voelde Fanny diezelfde drang, maar uitte die zich bij haar anders. Hanna had Rebecka meegesleept naar vlooienmarkten en toneeluitvoeringen.

Ze duwde de groene deur open. Het was bijna twintig jaar geleden dat ze hier binnen was geweest, maar het rook nog hetzelfde. Het kantoortje was leeg, dus Hanna klopte op de deur van een lokaal en vroeg of de leraar even naar buiten wilde komen.

De leraar kon hier in Hanna's tijd nog niet hebben gewerkt. Daar was hij veel te jong voor. Ze waren waarschijnlijk van dezelfde leeftijd. Hij droeg een spijkerbroek en een gebreide trui en had een sikje. En hij was langer dan zij. Hij stelde zich voor als Isak.

'Aulin?' vroeg ze.

'Ja, ik heb gisteren met je collega's gesproken. Waar gaat het deze keer over?'

'We moeten een technisch onderzoek uitvoeren achter de school.'

'Mag ik vragen waarom?'

'Dat kan ik helaas niet zeggen.'

'Hebben jullie met de rector gesproken?'

'Nee.'

'Dan wil ik haar bellen om haar op de hoogte te stellen.'

'Dat mag.'

'Kun jij intussen een oogje op de kinderen houden?'

Isak lachte toen hij haar gezicht zag.

'Ik bedoel niet dat je naar binnen moet gaan. Je kunt gewoon hier blijven staan.'

Hanna knikte en de gehate roodheid verspreidde zich over haar wangen. Er zat een raam in de deur en ze ging zo staan dat ze naar binnen kon kijken. Er zaten een stuk of twintig kinderen in het lokaal, zo te zien was het een van de laagste klassen. Van de eerste schooljaren wist ze weinig meer, alleen dat ze zich veilig had gevoeld in de klas. Maar het bos kon ze zich wel herinneren, dat Rebecka en zij hadden gespeeld dat ze ruimtevaarders waren die landden op onbekende planeten.

Er dook een kind op voor het raam, dat rare gezichten trok. Hanna stak haar tong naar haar uit. Ze kreeg spijt toen Isak de hoek om kwam, maar hij glimlachte alleen en gebaarde naar het meisje dat ze weer moest gaan zitten.

'Hoelang kun je wachten?' vroeg hij.

'Hoezo?'

'De rector vindt dat de kinderen daar niet bij moeten zijn. Ze krijgen de rest van de dag vrij, maar het duurt even voordat ze gehaald worden.'

'Ik denk niet dat we kunnen wachten,' zei Hanna, 'maar ik zal met de technici praten. De plek die zij moeten bekijken, ligt een stukje het bos in.'

Isak bedankte haar en verdween het lokaal in. Een paar seconden later brak binnen gejuich uit.

Een herinnering overrompelde haar. Ze had in net zo'n lokaal gezeten toen hun leraar zei dat er die dag verder geen school was, omdat de stroom was uitgevallen en dat niet verholpen kon worden. Een andere keer was de school dichtgegaan omdat het heel hard had gesneeuwd en niemand daar kon komen.

Hanna werd gebeld door een onbekend nummer en ze wilde liever niet opnemen, maar ze moest wel. Het kon over het onderzoek gaan. Het vuur begon nog maar net te branden toen ze de verbinding verbrak. Wat was de volgende stap? Echt iets in brand steken?

Na een snelle blik op het klaslokaal liep Hanna naar buiten om de FO'ers op de hoogte te stellen. Ze leken niet heel blij dat er straks een heleboel kinderen naar buiten zouden komen rennen. Maar het onderzoek zou vermoedelijk de nodige tijd kosten en ze konden de kinderen niet binnen opgesloten houden. Ze hadden van tevoren niet kunnen vertellen wat er zou gebeuren. Ze wilden niemand de kans geven om op te ruimen of bewijsmateriaal te planten. Ze vroeg niet of ze konden wachten, dat had ze alleen maar gezegd tegen Isak, omdat dat makkelijker was dan nee zeggen.

Hanna liep met de FO'ers mee om de school heen en wees het bos aan, dat niet veel vierkante meters besloeg. Ze wees waar de plek die Tilde en Lukas hadden beschreven ongeveer moest zijn. Intussen begonnen de geüniformeerde agenten de boel af te zetten. Het was de enige manier om nieuwsgierigen op afstand te houden.

Hanna en Erik gingen door naar Fanny's huis. Ditmaal was het erf leeg. Misschien omdat het een paar graden kouder was dan laatst. Er hingen grijze wolken aan de hemel.

'Kom binnen!' brulde Fanny toen ze op de deur van het woonhuis klopten.

Erik opende de deur en ze stapten over een berg schoenen heen. Ze vonden Fanny op de bank voor de tv.

'Waarom neem je de telefoon niet op?' vroeg Hanna.

De rommel in de woonkamer deed haar denken aan de tweede helft van haar jeugd. De helft waar ze nooit naar terugverlangde. Lege flessen, overvolle asbakken, bergen kleren op de grond. Ze had vaak geprobeerd het netjes te houden, maar daar niet altijd energie voor gehad. Maatschappelijk werk was een paar keer op bezoek geweest omdat ze zich zorgen maakten om Kristoffer en dan ruimde ze altijd wel op. Ze had tegen Lars gezegd dat hij niet mocht drinken. Hetzelfde als oma kwam. Maar oma had het wel door en ze had Hanna gevraagd of ze niet liever bij haar wilde wonen. Ze had gezegd dat Hanna geen verantwoordelijkheid voor die twee hoefde te nemen.

Hanna herhaalde haar vraag: 'Waarom neem je niet op?'

'Omdat ik daar geen zin in heb.'

Dat had vast stoer moeten klinken, maar zo klonk het niet. Fanny had haar armen om haar opgetrokken benen geslagen. Ze droeg hetzelfde zwarte T-shirt als laatst, maar haar spijkerbroek was vervangen door een grijze joggingbroek. Van haar zelfverzekerde houding was niets meer over. Misschien omdat het gemakkelijker voor haar was geweest om hen buiten bij de brommer te spreken dan in huis, maar dat was vast niet het hele verhaal. Haar handen waren nu schoner en op een aantal knokkels had ze wondjes.

'Tilde en Lukas hebben allebei een andere versie gegeven van wat er in het bos is gebeurd.'

'Wat ze ook beweren, ze overdrijven,' zei Fanny. 'Dat doen ze altijd.'

Ze wendde haar blik niet af van de tv. Een paar jongeren stonden voor een gigantisch raam naar een planeet diep onder hen te kijken. Misschien had zij er ook van gedroomd om ruimtevaarder te worden. Erik liep naar het toestel en schakelde het uit.

'Verdomme, man,' zei Fanny.

De stem klopte niet met de woorden. Ze klonk meer bang dan boos.

'Ze zeggen allebei dat jij hem hebt geslagen,' zei Erik. 'Dat jullie hem alle drie hebben geschopt nadat hij was gevallen.'

'We hebben hem alleen een paar klappen gegeven. Het stelde echt niet veel voor.'

'Waarom heb je daar dan over gelogen?'

Hanna pakte een schoenendoos van een fauteuil en ging zitten. Erik bleef staan.

'Ik ben niet dom. Ik wist wat jullie zouden denken.'

'Heb je Joel bespuugd?'

'Wie zegt dat?'

Toen Fanny zag dat ze niet van plan waren te antwoorden, ging ze verder: 'Misschien spetterde het een beetje toen ik met hem praatte.'

Hanna leunde naar voren in de fauteuil.

'Wat gebeurde er nadat Joel het mes tevoorschijn had gehaald?' vroeg ze.

'Hij stond ermee te zwaaien en te schreeuwen. Volkomen psycho, dus we lieten hem gaan.'

Erik liet haar ook de foto van het mes zien.

'Was het dit mes?'

'Geen idee.'

'Waar ben je daarna naartoe gegaan?' vroeg Hanna.

'Naar huis.'

'Kan iemand dat bevestigen?'

'Mijn moeder in elk geval niet. Ze slikt pillen om in slaap te komen.'

Hanna nam aan dat Fanny haar beide ouders gebruikte om aan drugs te komen die ze kon verkopen.

'Waar is je vader?' vroeg ze.

'Dat weet ik toch niet, mens. Ik heb hem al een paar maanden niet meer gezien.'

'Is het zijn hasj die je verkoopt?'

Fanny keek haar aan. Hanna kreeg een knoop in haar maag van de smekende blik.

‘Ik verkoop geen hasj,’ zei Fanny. ‘Wie dat beweert, liegt.’

‘Heb je Joel nog gezien op weg naar huis?’

‘Nee.’

‘Weet je dat zeker?’

‘Ja.’

Fanny richtte zich tot Erik. ‘Is ze altijd zo traag van begrip?’

Erik reageerde niet, maar haalde de DNA-testkit tevoorschijn. Fanny had haar angst niet meer in bedwang.

‘Jullie gaan echt geen stokjes in mijn mond stoppen!’ riep ze.

‘Je hebt geen keus,’ zei Hanna. ‘Als je het hier niet wilt doen, moet je met ons mee naar het bureau.’

Met tegenzin liet Fanny zich testen, maar toen Erik de kit wegborg en de spullen voor het afnemen van vingerafdrukken tevoorschijn haalde, sloeg de angst om in paniek.

‘Nee!’ brulde Fanny. ‘Rotzakken. Jullie willen me erin luizen.’

32

De homp klei leek op een dikke man die niet kon dansen. Toch draaide hij rond op de schijf alsof de wereld van hem was.

Rebecka haalde haar voet van het pedaal, en de schijf met de homp kwam tot stilstand.

De vrouw uit Norra Möckleby die een fruitschaal had besteld, had haar gebeld om te zeggen dat ze hem niet hoefde. Ze had met geen woord over Joel gerept, maar Rebecka wist dat dat erachter zat.

Dat ze ervan uitgingen dat ze niet kon werken omdat haar zoon was overleden. En dat was ook zo. Alles wat ze nu maakte, was troep. Scheve rotzooi. Na het telefoontje had ze de schaal, waar ze al aan was begonnen, tegen de muur gesmeten. De vrouw was zo vrolijk geweest toen ze hem bestelde. Haar kleinkind zou hem als huwelijkscadeau hebben gekregen.

Toen ze hem afbestelde, had ze alleen maar nerveus geklonken.

Rebecka friemelde aan een van de rollen van de kleiklomp. Het had een theekopje moeten worden. Ze had besloten haar voorraad daarvan uit te breiden. Aan de weg stond een bord dat ze keramiek te koop had en zowel eilandbewoners als toeristen kochten weleens wat. De bekers liepen het hardst, op de voet gevolgd door kommetjes en kannetjes. De schalen deden het ook goed.

Je zou een goede website moeten hebben, mam.

Dat had Joel een paar weken geleden nog gezegd, hij had zelfs aangeboden er een voor haar te bouwen. Hij had beweerd dat dat niet zo moeilijk was met een sjabloon. Template was het woord dat hij had gebruikt, en toen ze dat niet begreep, had hij het uitgelegd.

Die lieve, geweldige Joel. Rebecka pakte de homp klei vast en smeet hem weg. Hij kwam met een natte plof tegen de muur en viel daarna op de grond, een paar decimeter van de kapotte fruitschaal.

Molly was vandaag weer bij Sonja, die haar thuishield van school. Het was fijn om te weten dat Molly de kletspraat over Joel daar niet hoefde te horen, maar ze kon niet eeuwig thuisblijven. Sonja had verteld wat Fanny Molly had aangedaan en Rebecka had veel zin om naar haar toe te gaan en haar een pak slaag te geven. Haar te dwingen antwoord te geven. Had Fanny Joel ook iets aangedaan? Hem zelfs vermoord? Sonja had gezegd dat er geen reden was om dat te denken, en dat ze de politie haar werk moesten laten doen.

Eigenlijk had Rebecka Molly bij zich moeten hebben. Het was zo zwak dat ze niet voor haar kon zorgen. Maar op dit moment herinnerde Molly haar te veel aan wat er ontbrak. Bovendien zag Rebecka hoe Petri naar hun dochter keek. Hij was zo dankbaar dat zij nog leefde. Dat was Rebecka natuurlijk ook, maar ze wilde allebei haar kinderen hebben.

Joel en Petri hadden goed met elkaar kunnen opschieten, maar Petri was nooit een vader voor hem geweest. Dat begreep ze pas toen Molly was geboren. Toen zag ze dat Petri Joel met een soort stijve welwillendheid behandelde en Molly met zachte warmte. Ze had het er met hem over gehad. Hij was het niet met haar eens geweest, maar had wel geprobeerd minder verschil tussen hen te maken.

'Maar ik ben zijn vader natuurlijk niet,' had hij gezegd.

En Sonja is je echte moeder niet. Dat had ze alleen gedacht en niet durven uitspreken, want ze was bang om in de steek te worden gelaten. Natuurlijk begreep ze wel dat die angst niet rationeel was, maar toch hield die haar gevangen. Vergeleken met Axel was Petri een enorme vooruitgang.

Rebecka reikte naar haar mobiele telefoon. Dwangmatig keek ze er nu op. Ze scande de berichten die ze had gekregen en las op Flashback en op verschillende krantensites.

Ze wilde weten wat er met Joel was gebeurd en de politie leek niet op te schieten. Hanna leek niet op te schieten. En ze vertelden haar niets.

Axel staarde haar aan vanaf de website van de *Expressen*. Hij zat op een zwarte leren bank, vermoedelijk in zijn kantoor, want op de achtergrond waren ingelijste oorkondes te zien. In zijn blonde kapsel zat geen haar verkeerd en zijn lichtblauwe ogen keken recht in de camera. Haar hand trilde zo hevig dat Rebecka de link nauwelijks kon aanklikken. De foto kwam weer op haar af, evenals een vergroot citaat: *Het gemis is vreselijk.* Twee zinnen, meer kon ze niet van het interview lezen, toen sloot ze het af.

De woede dreef haar van haar stoel. Ze zou de hele kast met kopjes omver willen trekken, maar ze wist zich te bedwingen. Daar had ze alleen zichzelf mee, hem niet.

Waar haalde hij het gore lef vandaan?

Ze wilde dat Axel zou lijden. Dat hij Joel zou missen. Maar ze betwijfelde of er wel één woord van het interview waar was.

Er werd op het raam getikt. Rebecka schrok, maar ontspande zich toen ze zag dat het Ulrika was, die naar haar zwaaide. Dus nu durfde ze eindelijk te komen. Gabriel was gisteren op de parkeerplaats bij het Möckelmossen geweest, en hij leek meer last te hebben van haar aanwezigheid dan zij van de zijne. Hij had haar niet aangekeken. Een stumper was hij, en onoprecht. Hij had er niets van gemeend, van alle dingen die hij tegen haar had gezegd. Op dit moment zag ze alleen het zwarte in hem. Rebecka waste de klei van haar handen en stapte naar buiten.

'Ik vind het zo verschrikkelijk voor je,' zei Ulrika en Rebecka zag dat ze op het punt stond in huilen uit te barsten.

Maar Rebecka zag ook opluchting bij haar, omdat haar kinderen niet dood waren.

'Ik had meteen moeten komen toen ik het hoorde, maar ik... Ik wilde niet storen.'

Rebecka knikte, maar deed geen stap naar voren om Ulrika een knuffel te geven. Ze kon haar lafheid niet door de vingers zien. Ze had iets van zich moeten laten horen. Haar vriendin bleef besluiteloos staan. Ze keek naar haar huis.

'Elias is al naar binnen gegaan en ik ben bang dat...'

'Is Elias nu al thuis?'

'Ja, ze belden van school om te vragen of we de kinderen op kwamen halen. De politie is daar en ze zijn iets aan het onderzoeken in het bos.'

Ulrika's mond bewoog nog steeds, maar na het woord 'onderzoeken' was Rebecka gestopt met luisteren. Dacht de politie dat Joel bij de school was vermoord?

Ulrika legde een hand op haar arm en zocht haar blik.

'Ik vond dat je dat moest weten.'

'Dank je wel.'

Rebecka wilde tegen haar schreeuwen dat ze weg moest gaan, maar Ulrika ging maar door over hoe erg het haar speet dat ze niet eerder was gekomen. Dat het zo vreselijk was wat er gebeurd was. Dat ze het maar moest zeggen als ze haar ergens mee kon helpen.

Ik ben met je man naar bed geweest.

Even dacht Rebecka dat ze het hardop had gezegd, want Ulrika staarde haar aan. Maar het was gewoon weer een gedachte die ze niet had durven uitspreken. Nee, ze wilde het niet zeggen. Ulrika was meestal aardig en wat Gabriel en zij haar hadden aangedaan, had ze niet verdiend. Hoe had ze zo stom en egoïstisch kunnen zijn? Het flitste door haar heen dat Joels dood een straf was, maar die gedachte zette ze snel van zich af.

'Het grijpt Linnea heel erg aan,' zei Ulrika. 'Ze slaapt en eet niet meer.'

Rebecka wilde schreeuwen: denk je dat mij dat iets kan schelen? In plaats daarvan dwong ze zichzelf te knikken.

'Gabriel ook,' vervolgde Ulrika.

Haar ogen priemden, het leek wel of ze wilde dat Rebecka iets over Gabriel zei. Wat vermoedde ze?

'Hij heeft…'

Toen het geluid van een buitendeur klonk, zweeg Ulrika eindelijk. Elias stond op de veranda en riep naar zijn moeder dat hij een koekje wilde pakken.

'Ik moet gaan,' zei Ulrika.

'Doe dat,' zei Rebecka.

Zodra Ulrika in haar huis was verdwenen, haastte Rebecka zich naar de school.

33

’Wat een ellende,’ zei Erik.

Hij klikte zijn gordel vast en startte de auto. De stank van het gebouw zat nog in zijn neusgaten. Oud zweet, sigarettenrook en een zweem van iets nog ergers: braaksel en urine. Het was duidelijk dat het niet goed ging met Fanny. Uiteindelijk was het toch gelukt haar vingerafdrukken af te nemen.

‘Dat je verslaafde ouders hebt, is geen excuus,’ zei Hanna. ‘Of afwezige ouders.’

‘Natuurlijk niet. Maar het kan wel iets verklaren.’

Dronkenlap. Zo hadden de collega’s in de kantine Hanna’s vader genoemd. Uit nieuwsgierigheid had Erik de moord gegoogeld. Het onderzoeksrapport zelf kon hij niet openen zonder sporen achter te laten. Hij wist dat Lars Duncker tien jaar had gezeten, dat hij daarna was teruggekeerd naar Öland en vier jaar later was overleden. Waarschijnlijk was dat de tijd die het hem had gekost om zich dood te drinken. In een nieuwsartikel van kort na de rechtszaak werden de twee kinderen van Lars Duncker genoemd, maar geen echtgenote.

‘Moeten we geen melding maken bij maatschappelijk werk?’ vroeg Erik.

‘Dat heeft tot nu toe niets uitgehaald. Ik heb ze niet geteld, maar er zijn meer dan twintig meldingen geweest.’

Hij wilde haar vragen wat volgens haar dan wel zou helpen, maar ze zaten midden in een onderzoek. Eerst moesten ze uitzoeken welke rol Fanny bij Joels dood had gespeeld. Dat het nu slecht met haar ging, had misschien meer met schuld dan met haar thuissituatie te maken.

'Hadden we haar mee moeten nemen?'

'Nog niet,' zei Hanna. 'Eerst moeten we meer bewijs hebben.'

Ze ademde in alsof ze verder wilde praten, maar er kwam niets meer.

'Ik stop bij de school, dan kunnen we kijken hoe het met de FO'ers gaat,' zei hij.

'Oké.'

De school was praktisch leeg toen ze daar aankwamen. Op het plein aan de voorkant was niemand, maar binnen drukte een meisje haar neus tegen een raam, totdat er een leraar kwam die haar wegtrok. Naast het schoolgebouw stond een politieagent de boel in de gaten te houden. Iemand wiens naam Erik voor de verandering niet wist. Hanna en hij groetten hem en liepen naar de achterkant.

Klas was de FO'er die het dichtstbij stond en toen hij hen zag, kwam hij naar de afzetting toe. Hij was ook op de parkeerplaats bij het Möckelmossen geweest.

'Hoe gaat het?' vroeg Erik.

'We hebben de plek gevonden waar Joel Forslund is mishandeld,' zei Klas. 'Kom, ik zal het jullie aanwijzen.'

Ze volgden de aangewezen weg en stopten op een paar meter afstand van een hut die eruitzag als een tipi. Eriks dochter Nila zou het fijn hebben gevonden om hier te zijn in de pauze. Ze had zijn belangstelling voor de natuur geërfd. Tussen de bomen door vingen ze een glimp op van een maïsveld. Er zat maar een meter of twintig tussen het veld en het schoolgebouw, het enige gebouw dat je van hieruit kon zien.

'Nog een paar meter verder,' zei Klas, wijzend naar een kleine open plek. 'Daar.'

'Kun je conclusies trekken over de toedracht?' vroeg Erik.

'Het is duidelijk dat het slachtoffer op de grond heeft gelegen.'

'Denken jullie dat hij daar is vermoord?' vroeg Hanna.

'Waarschijnlijk niet. Er zijn een heleboel bloedspatten, maar op het parkeerterrein was meer bloed. Dus ik zou zeggen dat hij daar is overleden, of ergens onderweg.'

Een dode bloedt niet. Op dat feit baseerde de forensisch onderzoeker zijn conclusie, maar dat zei hij er niet bij. Met zijn verwondingen had Joel lang gebloed, en het bloed op het parkeerterrein kon van zijn shirt zijn gekomen. Behalve de messteek had Joel blauwe plekken gehad, een gebroken rib en een gesprongen wenkbrauw. Erik vermoedde dat de bloedspetters hier van de wenkbrauw afkomstig waren.

'Nog iets anders?'

'We nemen een heleboel zooi mee, zoals snoeppapiertjes en een peuk, maar het is de vraag of dat iets oplevert. Er hebben hier veel kinderen gespeeld na de mishandeling. We hebben ook afgietsels gemaakt van schoenafdrukken, maar niet van afdrukken die ons te klein leken. We zijn hier bijna klaar, dan ruimen we op.'

Aan de zijkant van het gebouw klonken opgewonden stemmen. De stem van een vrouw kwam erbovenuit.

'Ik moet erheen. Hij was mijn zoon.'

'Shit, dat is Rebecka,' zei Hanna en ze liep snel weg.

Toen Erik er aankwam, was Hanna met haar vriendin bij de afzetting weggelopen. Erik vertelde de agent bij het blauw-witte lint dat de FO'ers bijna klaar waren.

Hij keek om zich heen. Het had er alle schijn van dat Fanny de waarheid had verteld toen ze zei dat Joel na de mishandeling was opgestaan en weggelopen, maar waarnaartoe? Over de geasfalteerde weg die langs de school liep, kon je maar twee kanten op. Zijn huis lag noordelijker, maar daar was Joel nooit aangekomen. In plaats daarvan was hij een paar kilometer verder naar het zuidwesten dood aangetroffen.

Had Fanny hem nog eens te pakken genomen?

Erik keek naar Rebecka Forslund. Ze was nog steeds overstuur, maar Hanna leek de situatie onder controle te hebben. Ze stond voor haar, met haar uitgestoken handen om Rebecka's bovenarmen. Ze praatte zo zacht dat Erik het niet kon verstaan, ook al stonden ze maar een meter of tien van hem af.

Zijn telefoon ging.

'We hebben de bevestiging dat het mes het moordwapen is, aangezien het bloed erop van Joel was,' zei Ove. 'Daarnaast zijn er vingerafdrukken geïdentificeerd. Ze zijn afkomstig van twee mensen. Van Joel zelf en van Axel Sandsten.'

DE LAATSTE DAG

Voor de Gårdbyschool staan twee brommers. Joel vraagt zich af wie Fanny deze keer heeft meegenomen. Vermoedelijk Lukas, de tweede brommer lijkt wel die van hem.

Joel stopt zijn telefoon weg en tast zich een weg naar de achterkant. Tussen de schaarse, zwarte bomen ziet hij echter niet twee lichtkegels, maar drie. Als Fanny hem hoort aankomen, schijnt ze met de zaklamp op haar gezicht. Als hij de koude haat in haar ogen ziet, is dat voor Joel bijna genoeg om zich om te draaien en weg te rennen.

Hij begrijp niet hoe hij het heeft kunnen bedenken. Dat dit iets zou oplossen.

Maar het is te laat, hij kan niet meer terug. Lukas staat achter Fanny te grijnzen en naast hem staat Tilde. Dat steekt Joel. Wat doet zij hier? Hij is aardig voor haar geweest. Linnea vertelde dat ze Tilde tijdens de gymles hadden opgesloten in de toestellenruimte en dat ze zelden iemand heeft om mee op te trekken. Daarom stelde hij voor om haar mee te vragen naar de bioscoop.

Al verklaart het haar gedrag in de bus wel.

Joel gaat tegenover Fanny staan. Zij is degene die hij moet overtuigen. De anderen zijn maar ruis.

'Ik wil mijn geld,' zegt Fanny.

'Nee.'

'Wat nee?'

'Ik heb al betaald.'

'Niet voor alle zakjes.'

'Ik heb er één gekregen.'

'Nee, jij hebt er één gekregen en Linnea twee.'

'Je liegt en ook al...'

Fanny geeft hem een vuistslag recht op zijn slaap. Zijn hoofd vliegt naar opzij. Een tak schramt hem bij zijn oog. De andere vuist raakt hem in zijn maag. Joel klapt voorover en hapt naar adem. Fanny duwt hem omver. Voor de anderen is dit het startsein. Ze schoppen hem alle drie. Maar alleen Fanny's trappen doen pijn. Een van hen heeft zijn zaklamp op de grond laten vallen en die schijnt recht in zijn ogen.

Zal hij zijn mes tevoorschijn halen? Maar als hij dat doet, wordt Fanny nog bozer. En ze is een stuk sterker. Joel kruipt in elkaar met zijn armen over zijn hoofd. Als hij zijn hoofd beschermt, redt hij het misschien.

De ene trap na de andere raakt zijn armen.

'Je moet betalen,' sist Fanny. 'En je moet je nergens meer mee bemoeien.'

De boosheid die in Joel oplaait, wist al het andere uit.

'Stomme idioot,' brult hij. Hij krabbelt overeind en gaat op zijn knieën zitten. 'Gedrochtelijk stuk inteelt.'

Fanny is zo geschokt dat ze een stap terug doet. Joel tast naar het mes, maar krijgt het niet te pakken. Fanny haalt uit en trapt tegen zijn borst. Joel valt achterover en er kraakt iets. Hij wil het uitschreeuwen van de pijn, maar kan alleen maar hijgen. Van zijn woede is weinig meer over.

Joel duikt weer in elkaar en bedekt zijn hoofd met zijn armen.

'Nu is het genoeg,' zegt Tilde en daar is Lukas het mee eens.

Joel haat hen bijna nog meer, die laffe meelopers. Misschien omdat ze net zo zijn als hij. Ze doen mee, maar hebben geen idee wat ze zelf willen.

Fanny buigt zich over hem heen.

'Je kunt wel boos worden, sukkel, maar daar schiet je niks mee op. Je moet betalen en je moet je nergens meer mee bemoeien.'

Joel zoekt naar zijn woede, maar vindt alleen angst. Hij duwt zijn armen steviger tegen zijn hoofd. Nu moet hij stil blijven liggen en het allemaal over zich heen laten komen. Een klein deel van hem vindt dat hij dit verdient. Hij verbeeldt zich dat hij zich daarna beter zal voelen, dat hij zichzelf minder zal haten.

Fanny's volgende trap raakt een van zijn handen. Die wordt weggeslagen en Joel is niet snel genoeg. Fanny schopt tegen zijn wenkbrauw. Er loopt bloed in zijn oog en hij ziet zijn moeder tegenover hem staan. Haar gezicht zit onder het bloed, net als zijn trui en zijn handen.

De schrik komt onmiddellijk. *Ga ik nu dood?*

Fanny geeft hem nog een trap.

'Je bent nog steeds dezelfde waardeloze sul,' sist ze. 'Het enige gedrocht hier ben jij. Joel de homo.'

Dan spuugt ze op hem en Tilde pakt Fanny's arm vast.

'Godsamme...'

Joel weet niet of Tilde dat zegt of Fanny. Misschien is er iets ontwricht in zijn oren, want de geluiden zijn vervormd. Het suist en piept.

Ze lopen een paar passen bij hem vandaan. Joel kan hen niet zien, want het licht van de zaklamp verblindt hem. Met pijn en moeite gaat hij op handen en voeten zitten. Hij slingert heen en weer van duizeligheid. De pijn in zijn borst is het ergst. Hij heeft vast een rib gebroken.

Joel wil hier zo snel mogelijk weg, maar hij dwingt zichzelf om te wachten totdat de wereld is gestopt met draaien. Dan staat hij langzaam op.

'Wie heeft gezegd dat jij mag opstaan?' vraagt Fanny.

Joel haalt het mes uit de schede.

'Blijf uit de buurt,' brult hij. 'Of ik steek jullie.'

Ze staren hem aan. Hij komt boven de lichtkegel van de zaklamp uit en wordt niet meer verblind. De maan glijdt achter de wolk vandaan en hun gezichten lijken merkwaardig vergroot. Zelfs Fanny kijkt bang, maar straks ontploft ze van woede en daar wil hij niet bij zijn. Joel loopt langzaam achteruit. Als hij tegen een boom botst, draait hij zich om.

34

De woorden leken tussen hen in te zweven. Hanna praatte, maar wat ze zei, kwam niet aan. Ze wilde dat Rebecka haar aankeek, maar kreeg dat niet voor elkaar. Ze kneep harder in Rebecka's armen, herhaalde wat ze al had gezegd: 'Het spijt me, maar ik mag je niet vertellen wat we hier doen.'

Rebecka rukte zich los uit haar greep, haar blik even hardnekkig op het schoolgebouw gevestigd als eerst.

'Is hij daar...'

'Nee, dat denken we niet meer.'

Nu pas keek Rebecka haar aan.

Hanna slaakte een innerlijke zucht. Misschien had ze meer gezegd dan verantwoord was, maar ze wilde Rebecka's pijn zo graag verzachten. De pijn waar haar bovenlip nu van trilde. Bovendien was ze niet gek. Waarom zouden ze anders het bos achter de school hebben doorzocht?

'Maar wat denken jullie dan? Heeft Fanny...'

'Het spijt me,' zei Hanna alleen.

Rebecka richtte haar blik weer op het schoolgebouw, alsof dat toch een soort antwoord in zich droeg. Hanna zou niet moeten praten over wat ze wel of niet dachten. Niet voordat ze wisten wat er was gebeurd. Beweringen waren zo vluchtig. Wat uitlekte, kon het onderzoek beïnvloeden. En dat niet alleen. Mensen konden er nadeel van ondervinden. Kinderen. Als de verdenking jegens Fanny verspreid werd en die niet bleek te kloppen, kwam ze daar misschien nooit overheen. Daarom wilde Hanna haar pas oppakken als ze meer zekerheid hadden.

Erik kwam aangelopen en Hanna zag aan zijn gezicht dat er iets was. Rebecka ook.

'Wat is er?' vroeg ze.

'Hanna en ik moeten terug naar Kalmar.'

'Waarom?'

'Dat kan ik niet zeggen.'

Rebecka keek haar smekend aan, maar Hanna schudde haar hoofd. Rebecka sloot haar ogen en toen ze ze weer opende, was haar blik veranderd. Die was net zo zwart als toen ze discotheek Sandra in Kalmar niet in mocht, omdat ze niet oud genoeg was. Hanna was in maart geboren en Rebecka in november.

'Dit kunnen jullie niet maken,' schreeuwde ze.

Hanna zou Erik het liefst zien weggaan. Met hem erbij vond ze het lastiger om met Rebecka om te gaan. Ze wilde niet dat hij kritisch naar haar keek. Maar dat kon ze moeilijk zeggen, dus ze deed haar best om hem buiten te sluiten.

'Hoe ben je hier gekomen?' vroeg ze aan Rebecka.

'Dit kunnen jullie niet maken,' schreeuwde ze weer. 'Ik trek dit verdomme niet.'

'Ben je komen lopen?'

In haar puberteit had Rebecka vaak woede-uitbarstingen gehad, maar die duurden nooit lang. De beste manier om haar boosheid te laten verdwijnen was die te negeren. Dat werkte nu minder goed, haar boosheid was vermengd met zoveel andere dingen.

'Ja, ik ben komen lopen,' snauwde ze.

'Dan brengen we je thuis,' zei Hanna.

Met tegenzin liet Rebecka zich naar de auto leiden. Voordat ze instapte, wierp ze nog een laatste blik op de school. Hanna ging achterin naast haar zitten.

'Moet ik iemand bellen?' vroeg ze.

‘Zoals wie?’

‘Petri of je moeder?’

Rebecka reageerde niet en wendde zich van haar af. De hand die Hanna op haar arm legde, schudde ze af.

Ze reden de paar honderd meter in een stilte die zich steeds verder uitbreidde. Die zich opende naar een andere stilte. Nadat Hanna nee had gezegd tegen een weekje last minute naar Griekenland, omdat ze haar vader en Kristoffer niet alleen wilde laten, had Rebecka drie dagen lang niet met haar gepraat – om daarna weer gewoon tegen haar te doen. Ze was niet alleen gegaan of met iemand anders.

Haar vader en Kristoffer waren niet de hele reden geweest. Hanna had genoeg gespaard om een reis naar Griekenland te kunnen betalen, maar ze wilde het geld bewaren totdat ze het echt nodig had. Ze had het gebruikt voor een buskaartje naar Stockholm en voor een paar weken onderdak in een jeugdherbergslaapzaal. Ze was zonder duidelijk plan naar Stockholm gegaan, en na die eerste weken had ze het bijltje er bijna bij neergegooid. Toen had oma haar geld gegeven, en een paar dagen later had Hanna een baantje in een restaurant gevonden en een flatje in onderhuur. Een jaar later was ze toegelaten tot de politieacademie.

Erik stopte voor Rebecka’s huis. Ze stapte snel uit, zonder iets te zeggen, en smeet het portier dicht. Eigenlijk wilde Hanna achter haar aan lopen. Ze had het gevoel dat er iets kapot was gegaan tussen hen en dat wilde ze repareren. Maar dat kon niet. Ze moest de moord onderzoeken, dat was haar werk. Bovendien twijfelde ze er sterk aan of Rebecka haar gezelschap nu wel aankon. Ze verhuisde van de achterbank naar de bijrijdersstoel.

‘Vertel,’ zei Hanna, zodra Rebecka de voordeur achter zich had gesloten.

‘Het bloed op het lemmet was van Joel. Er zaten van slechts twee personen vingerafdrukken op het heft. Van Joel en van Axel Sandsten.’

‘En de beveiligingsbeelden?’

‘De opname kwam van Securitas. Op Oves kamer zit een technicus die ernaar kijkt.’

‘Waarom op Oves kamer?’

‘Vanwege de afzondering. Ove denkt dat de opname gemanipuleerd kan zijn. Hij wil een buurtonderzoek starten en de FO op pad sturen om de bermen vanaf de school tot aan Joels huis te doorzoeken. We moeten weten waar Joel naartoe is gegaan nadat hij bij de Gårdbyschool was weggegaan.’

Hanna was zo geschokt dat ze niet wist wat ze moest zeggen. Ze keek naar Rebecka’s huis. Hoe zou ze dat recht in haar gezicht kunnen zeggen? Dat haar bewering dat Axel niet op Öland was toen Joel vermoord werd misschien niet klopte.

35

De hemel boven de zeeëngte was donkergrijs en leek naar beneden te komen. Boven het vasteland zag hij grote zwarte stukken in het grijs. Erik hoopte dat de ontlading zou komen voordat zijn schoonouders landden.

Hij wierp een steelse blik op Hanna. Ze had geen woord gezegd sinds ze Rebecka's huis hadden verlaten en hij wilde haar zwijgen wel respecteren, maar dat kon niet. Ze moesten de nieuwe situatie in het onderzoek bespreken voordat ze bij het politiebureau waren.

'Wat denk jij van die vingerafdrukken?' vroeg hij.

'Daar ga ik niks van denken voordat de beveiligingsbeelden zijn gecheckt. Maar ik zit te piekeren over Axel Sandsten en Fanny. Zouden die iets met elkaar te maken kunnen hebben?'

'Hoe dan, denk je?'

'Dat Axel Fanny misschien van hasj voorziet.'

'Meen je dat echt?'

Hij liet zich een lach ontglippen. Dat Hanna daar niet gepikeerd op reageerde, verbaasde hem, gezien het feit dat ze eerder snel op haar teentjes getrapt was.

'Ja. Axel was met drugs bezig toen we op de middelbare school zaten.'

Zijn telefoon ging en op het scherm lichtte Supriya's naam op.

'Sorry, ik moet even opnemen,' zei Erik. 'Kun jij het gesprek op de luidspreker zetten?'

Supriya zat in de stress vanwege het bezoek van haar ouders en als Erik niet opnam, werd dat nog erger. Na enige aarzeling deed Hanna wat hij haar had gevraagd.

'Ik ben al op weg naar het vliegveld,' zei Supriya.

'Nu al?'

'Ja, binnen een uur landt het vliegtuig en ik kan het risico niet lopen dat ik daar dan niet ben.'

'Papa,' riep Nila vanaf de achterbank.

Hun telefoon stond kennelijk ook op de luidspreker. Hij was papa en Supriya was *aai*. Nila sprak ongehinderd drie talen door elkaar. Behalve Marathi kende Supriya ook Hindi, net als de meeste hoogopgeleide Indiërs, maar ze waren het erover eens geworden dat dat voor Nila een taal te veel zou zijn.

'Hoi, schat. Wat spannend allemaal, hè?'

'Ja! *Aji* neemt een nieuwe jurk voor me mee. Een roze.'

'Aji' was oma. En Nila had het roze prinsessenstadium nog niet achter zich gelaten.

'Is het gelukt met de dekbedden?' onderbrak Supriya hen.

Erik bedacht dat hij moest zeggen dat de speaker aanstond en dat zijn collega naast hem zat, maar dat deed hij niet. Hanna verroerde zich niet en hij raadde dat ze niet gehoord wilde worden. Koortsachtig zocht hij in zijn geheugen naar wat hij Supriya over Hanna had verteld. Maar de kans dat Supriya over haar zou beginnen was klein. Waarom zou ze?

'Nog niet, helaas,' zei hij. 'Maar ik ben ermee bezig.'

Erik was weer op het Engels overgegaan. Dat deed hij meestal. Engels als hij met Supriya praatte en Zweeds met Nila. Supriya bromde misnoegd. Hij meende getik te horen op de achtergrond. Vermoedelijk regende het bij haar.

'Het komt in orde.'

Supriya mopperde op een oude man in het verkeer en Erik maakte van de gelegenheid gebruik om het gesprek te beëindigen. In haar wereld waren oude mannen de bron van de meeste problemen.

'Waarom moet je nu dekbedden kopen?' vroeg Hanna. 'Het is al mei.'

'Mijn schoonouders komen twee weken bij ons logeren en mijn vrouw is bang dat ze het koud zullen krijgen.'

Daar moest ze warempel even om glimlachen.

Die glimlach zou een opening kunnen zijn. Ook al had Erik een stap terug gedaan, hij wilde nog steeds over haar vader praten, laten zien dat het hem niet op de manier bezighield die zij leek te denken. Dat zijn nieuwsgierigheid geen kwaadwillendheid was. Maar hij wist vrij zeker dat een rechtstreekse vraag niet op prijs zou worden gesteld. Misschien kon hij er via een omweg komen.

'Ove heeft me gevraagd een beetje op je te letten.'

Even maakte Hanna haar blik los van de voorruit en richtte die op hem.

'O.'

'Ja, maar ik zei dat het al duidelijk was dat je een scherpe rechercheur bent. Want dat vind ik. Als je dat nog niet doorhad.'

'Dank je. Denk ik.'

Meer had ze er kennelijk niet op te zeggen. Hij had verwacht dat ze boos zou worden. Het moest vreselijk zijn als iedereen zo kritisch naar je keek vanwege je vader. Al had Ove gezegd dat hij alleen maar wilde weten of het goed ging met Hanna. Erik voelde zich een beetje schuldig dat hij het anders had voorgesteld om haar uit de tent te lokken.

'Maar eerlijk gezegd geloof ik dat het uit bezorgdheid was.'

Stop met praten.

Hij zag het in haar blik en hoorde het in zijn hoofd. Toch kon hij het niet.

'Ken je Ove nog van vroeger? Die indruk kreeg ik.'

Hanna keek weer naar buiten, naar het water. Zo lang dat Erik dacht dat ze geen antwoord meer zou geven. Toen de auto de brug verliet, vielen de eerste regendruppels op de voorruit.

'Ove heeft het onderzoek naar mijn vader geleid.'

'O, shit.'

Erik zocht in zijn geheugen, maar hij wist zeker dat hij geen verklaring van Ove had gelezen, alleen van een persvoorlichter. Als hij Oves naam had gezien, had hij dat nog geweten. Met het onderzoek waren ze snel klaar, daar hadden de media minder aandacht voor gehad dan voor het misdrijf op zich. Wat dat voor het dorpje op Öland had betekend en hoe het de herinnering aan eerdere branden had gewekt.

Ze waren bijna bij het bureau toen de sluizen opengingen en de regen met bakken uit de lucht kwam. Een bliksemschicht doorsneed het grijs. Erik parkeerde in de garage onder het politiebureau en ze klommen snel de trap op naar Oves kantoor. De deur was dicht, maar Erik opende hem zonder kloppen en deed hem achter hen weer dicht. Ove stond met zijn armen over elkaar voor het raam en had duidelijk moeite om rustig te blijven.

'Dit is Melina. Ze is bezig met de beveiligingsbeelden,' zei Ove.

'Hallo,' zei Melina, die een snelle blik op hen wierp en doorging met typen.

'Hallo,' zei Hanna en ze stelde zich met haar voornaam voor.

Melina was nog net geen dertig, kwam uit de stad en was de technicus met wie Erik het best kon opschieten. Vooral omdat ze graag nieuwe dingen uitprobeerde. Een paar weken geleden had ze hem meegesleept naar een proefles taekwondo, maar dat was eens en nooit meer. Geschopt worden was niet zijn idee van sporten.

'Nou?' vroeg Ove.

'Rustig maar, ik ben bijna klaar,' zei Melina. 'Zo.'

Ze drukte op play en Erik deed een stap naar voren om op het scherm te kunnen kijken. Het waren dezelfde beveiligingsbeelden als eerder. Axel Sandsten liep over de Larmgatan voor zijn kantoor, maar de tijdsaanduiding was anders. Hij had het kantoor vlak na Tatjana verlaten.

'Shit,' mompelde Ove. 'Is dat manipuleren bij ons gedaan of niet?'

'Wacht, dan bel ik mijn contact bij Securitas,' zei Melina.

Een paar minuten later had ze het antwoord.

'Dit waren de beelden die zij ons hebben gestuurd.'

Ze knikte naar het scherm, waarop Axel Sandsten en het tijdstip 23.14 uur in een bevroren moment te zien waren.

'Ik wil Axel Sandsten in een verhoorkamer,' zei Ove. 'En de technicus die de beveiligingsopname heeft aangenomen in een tweede.'

'Wie was dat?' vroeg Erik.

'Benjamin Karlstedt,' zei Melina grimmig.

Erik wist wie Benjamin was, een kleine dertiger met donker haar, zwijgzaam en efficiënt. Zijn vader was ook politieman. Waarom had hij hiermee zijn baan op het spel gezet? Erik begreep het niet.

36

Beneden ging de voordeur open en Molly riep haar. Rebecka was zo moe geweest toen ze thuiskwamen van school dat ze rechtstreeks naar bed was gegaan en het dekbed over haar hoofd had getrokken. Ze had geprobeerd het allemaal van zich af te zetten: de politie op het schoolplein en Hanna die niet wilde zeggen waar het voor was. Even later was ze ingedommeld, en nu was ze nog vermoeider dan eerst. Ze wilde opstaan en naar beneden gaan, maar ze kwam niet van haar plaats. De voetstappen op de trap waren niet die van Molly, maar die van Petri.

Hij kwam op de rand van het bed zitten en knipte het leeslampje aan. Rebecka wendde zich af van het licht.

'Hoe gaat het met je, schat?'

Ze wilde bijna tegen hem schreeuwen: wat denk je, verdomme? Petri zag het aan haar gezicht, want hij verstrakte en deinsde geschrokken terug. Een en al besluiteloosheid. Verlangend keek hij naar de deur en Rebecka wilde weer tegen hem schreeuwen. Ditmaal dat hij weg moest gaan. Maar hij vermande zich en aaide over haar wang.

'Sorry. Natuurlijk snap ik dat het niet goed met je gaat.'

Op dat moment haatte ze hem. Zijn onhandigheid. Maar ook die van haarzelf. Petri keek weer naar de deur en Rebecka dacht echt dat hij zou opstaan en weglopen. In plaats daarvan keek hij haar aan. Zijn ogen stonden dicht opeen en zijn neus was te groot voor zijn gezicht. Nee, hij was niet zo mooi als Gabriel. Ze baalde van zichzelf dat ze zo oppervlakkig was geweest.

'Maar kun je er niet over praten? Hoe het met je gaat, dus.'

'Waarom?'

'Omdat ik denk dat dat goed voor je is.'

Sonja zou wel iets hebben gezegd toen Petri Molly kwam halen. Dat ze zich zorgen maakte om Rebecka, dat hij haar meer moest steunen. En Petri deed altijd wat Sonja zei. Wat was hij ook zonder haar? Niets. Soms had ze het gevoel dat ze met Sonja getrouwd was.

'Het doet zoveel pijn dat ik wel zou willen verdwijnen. Wil je dat horen? Hè? Denk je dat ik me nu ook maar een heel klein beetje beter voel?'

'Alsjeblieft, niet zo hard.'

Pas toen Petri dat zei, besefte Rebecka dat ze had geschreeuwd. En toen kwamen de tranen. Omdat Joel weg was. Omdat ze niet wist waar ze het moest zoeken. Omdat ze zo oneerlijk was tegen Petri. Hij deed nu tenminste zijn best. Het was niet zijn schuld dat hun relatie zo was. Dat ze bijna nooit een echt gesprek met elkaar hadden. Dat ze samenleefden om zichzelf wijs te maken dat ze niet eenzaam waren. Dat ze maandenlang een affaire had gehad met de buurman.

Petri legde voorzichtig een hand op haar arm. Rebecka trok hem in en legde haar hand op haar hart. Ze zag dat het hem pijn deed, maar hij wachtte rustig totdat ze weer kalm genoeg was om te praten.

'De politie was in het bos achter de school. Ze zochten iets, maar Hanna zei dat het niet de plek is waar Joel is overleden.'

'Ja, dat heb ik gehoord,' zei Petri.

Rebecka hoorde de aarzeling in zijn stem en ze kwam half overeind.

'Wat heb je nog meer gehoord?'

'De politie is bij een heleboel mensen langs geweest om te vragen of ze afgelopen dinsdag rond middernacht iets hebben gezien of gehoord.'

'Wat denken ze dan dat er gebeurd is?'

'Ik heb geen idee.'

Er klonk nog steeds een aarzeling in zijn stem.

'En verder?' drong ze aan.

'Er lopen politiemensen langs de weg.'

Beneden ging de bel. Petri stond op en liep snel de trap af. Vermoedelijk om ervoor te zorgen dat Molly niet opendeed. Rebecka liep achter hem aan. Het zou een journalist kunnen zijn die er genoeg van had dat zijn telefoontjes werden genegeerd – die ook een paar woorden van de rouwende moeder wilde horen en niet alleen van de wanhopige vader. Maar als het de politie was, wilde ze met hen praten. Maar het was de politie niet, het waren Molly's vriendin Vera en haar moeder.

'Het spijt me van je broer,' zei Vera en ze gaf Molly een plastic bakje. 'Mama en ik hebben chocoladeballetjes gemaakt.'

Vera's moeder keek haar aan.

'We vinden het allemaal zo erg wat er is gebeurd. Vera vroeg wat ze kon doen en dit was het enige wat ik kon bedenken.'

'Dank je wel,' zei Molly. 'Ik ben dol op chocoladeballetjes.'

'Dat weet ik,' zei Vera. 'Ik ook.'

'Wil je...' begon Molly, maar ze werd in de rede gevallen door Vera's moeder.

'We gaan weer,' zei ze. 'We moeten naar huis om eten te koken.'

Rebecka had nog steeds geen woord gezegd, maar ze knikte op een manier waar hopelijk waardering uit sprak. Waarschijnlijk zag ze er vreselijk uit. Molly gaf haar vriendin een knuffel en toen de deur dicht was gegaan, vroeg ze meteen of ze een chocoladeballetje mocht proeven.

'Na het eten,' zei Petri.

'Hoe laat gaan we dan eten?'

'Straks, maar het koken gaat sneller als jij helpt.'

Op dit moment leek Molly vrolijk. Sonja had in de loop van de dag foto's van haar gestuurd. Alleen maar blije foto's, maar ze had geschreven dat Molly's humeur meer wisselde dan anders. Dat ze het ene moment lachte en het volgende huilde. Had ze begrepen dat Joel nooit meer terug zou komen? Rebecka was er nog steeds niet zeker van.

'Nooit' was te groot voor Molly.

Molly en Petri gingen naar de keuken en Rebecka draaide zich om naar de trap. Het duister in de slaapkamer leek haar iets toe te fluisteren, haar te lokken met zijn valse belofte van vergetelheid. Rebecka dwong zichzelf om het resterende deel van haar gezin te volgen. Ze ging op een keukenstoel zitten. Petri was al begonnen met het eten. De ingrediënten op het aanrecht verraadden dat hij mangokip wilde maken. Petri sneed de kipfilets doormidden, terwijl Molly prei sneed. Iets te snel, maar Rebecka voelde zich niet in staat daar iets van te zeggen.

Petri keek haar aan en zijn mondhoek ging even omhoog. Vermoedelijk begreep hij wat ze had gedacht. Dat Molly niet voorzichtig genoeg was met het mes.

Ze glimlachte naar hem, mimede een verontschuldiging en hij knikte.

Woorden waren niet alles in een gemeenschap. Petri en zij woonden al meer dan tien jaar samen. Ze hadden zoveel gedeelde herinneringen.

'Heb je trek, mama?' vroeg Molly.

'Ja,' zei Rebecka en ze geloofde daadwerkelijk dat ze iets zou kunnen eten.

37

Vanaf het moment dat Hanna had gehoord dat er vingerafdrukken van Axel Sandsten op het mes stonden, leek het wel of ze zich op een helling bevond. Tijdens de rit naar het bureau en Melina's werk met de beveiligingsbeelden was ze steeds verder naar beneden gegleden.

De rest van de recherchegroep was naar Oves kamer gekomen voor een snel overleg, terwijl Axel Sandsten en Benjamin Karlstedt werden opgehaald voor verhoor. De technicus was tweeëndertig en werkte al bijna drie jaar bij de politie van Kalmar. Volgens Ove was hij nog bijna geen dag ziek geweest. Hij had zijn werk altijd zonder klagen gedaan en zijn superieuren hadden evenmin iets te klagen gehad.

'Erik en Hanna gaan Axel Sandsten verhoren,' zei Ove.

'Nee.'

'Waarom niet?'

Hanna wist niet wat ze moest antwoorden. Er waren zoveel dingen die het verhoren van Axel Sandsten lastig maakten. Dat ze Rebecka had verteld dat Axel niet op Öland was toen Joel overleed. Dat ze een hekel aan hem had. Intussen zat ze er ook nog mee dat iemand haar hier duidelijk niet wilde hebben, en ze kon geen goed antwoord vinden.

'Doe jij het maar,' zei Ove tegen Amer. 'Dan kunnen Hanna en Daniel Benjamin verhoren.'

'Kan ik dat niet beter doen?'

Carina keek naar Hanna terwijl ze dat zei, leek haar te willen uitdagen met haar blik.

'Nee,' zei Ove. 'Hanna heeft Benjamin nooit ontmoet. Hoeveel contact heb jij met hem, Daniel?'

'Bijna niks,' antwoordde hij.

Carina wilde protesteren, maar Ove kreeg het bericht door dat Benjamin in verhoorkamer 3 zat. Tijdens de korte wandeling erheen speelde er nog iets door Hanna's hoofd waar ze moeite mee had. Ze benijdde Erik om zijn gezin. Hij had een partner, een kind en schoonouders die bij hem op bezoek kwamen, kennelijk zonder dat hij daar bezwaar tegen had. Zij had alleen haar oma en haar broer, en zelfs dat maar nauwelijks. Haar oma was zo dement dat ze niet meer wist wie Hanna was en ze had haar nog maar één keer bezocht sinds ze naar Öland was verhuisd. Ze zou gauw weer eens bij haar langs moeten gaan, maar het deed zoveel pijn om te zien hoe weinig er van haar was overgebleven. Zoals bijna altijd als Hanna aan haar oma dacht, gleed haar hand naar haar tatoeage.

Ze had geprobeerd de band met haar broer aan te halen. Daarvoor was ze naar Londen gegaan toen Ella een jaar was, maar het leek wel of Kristoffer het niet wilde.

Alsof hij in haar alleen hun vader zag.

Nou goed, ze had ook nog grootouders aan vaderskant, maar die had ze al zo'n vijftien jaar niet meer gezien. Ze waren ook niet naar de begrafenis gekomen. Zo gingen ze aan die kant van de familie met problemen om: ze zwegen ze dood. En als ze zo groot werden dat je ze niet meer kon negeren, sloeg je op de vlucht. Haar grootouders van vaderskant woonden nu in Noorwegen.

Zo was oma helemaal niet. Door haar verhalen had ze de herinnering aan Hanna's moeder levend gehouden en ze had Hanna over haar vader laten praten. Bij Kristoffer had ze dat ook geprobeerd, maar tot hem had ze niet door weten te dringen.

Hanna kon Axel niet verhoren, want hoe vervelend ze het ook vond, hij stond in verband met Kristoffer. Met alles wat er gebeurd was.

'Hoe is het?' vroeg Daniel.

Ze voelde zijn aanwezigheid als een warmte naast zich. Een bron om energie uit te putten, als ze zich daarvoor openstelde. Maar ze dacht niet dat ze dat ooit zou durven.

'Ik ben gewoon moe,' zei ze.

'Echt?'

Hanna knikte. Ze vroeg zich af hoeveel Daniel wist van haar vader. Ze ging ervan uit dat Carina hem had verteld van wie zij er een was. Maar bij Daniel voelde ze alleen bezorgdheid, niet de opdringerige nieuwsgierigheid die Erik had. Bezorgdheid en ogen die haar weer bij Fabian brachten.

Daniel opende de deur van de verhoorkamer en Benjamin Karlstedt keek op.

'Waarom willen jullie met me praten?' vroeg hij.

Zijn grijze overhemd was donker onder de oksels.

Hanna gleed nog iets verder omlaag op de helling. Ze maakte zich zorgen over wat dit voor Rebecka zou betekenen. Voor haarzelf. Ze gingen zitten en nadat Daniel de band had gestart en het vertrouwde riedeltje had afgedraaid, kwam hij ter zake: 'Jij hebt de beveiligingscamera op straat voor het kantoor van Axel Sandsten gevonden en jij hebt de opname van Securitas in ontvangst genomen.'

'Ja.'

Benjamin haalde zijn hand door zijn donkere haar. Alsof hij zichzelf op iets onbehoorlijks had betrapt, legde hij snel zijn handen voor zich op tafel en keek ernaar.

'Hoe laat verliet Axel Sandsten zijn kantoor?'

'Dat weet ik niet meer precies.'

'Ongeveer?'

'Rond twee uur.'

Zodra Benjamin dat zei, wist Hanna dat hij met de beelden had geknoeid.

'Nee, dat klopt niet,' zei Daniel. 'Hij verliet het kantoor rond kwart over elf. Waarom heb je de tijd veranderd?'

'Dat heb ik niet gedaan,' zei Benjamin.

Hij staarde verwijtend naar zijn handen, alsof die buiten hem om hadden gehandeld.

'Je heb ons een verkeerde tijd gegeven,' zei Hanna rustig. 'Op de beelden die jij van Securitas hebt gekregen, stond de juiste tijd. Meer bewijs dat jij de beelden hebt gemanipuleerd, hebben we nog niet, maar dat is een kwestie van tijd. Dat weet jij ook. Help ons nu, door niet meer tijd te verspillen in dit moordonderzoek.'

Benjamin verplaatste zijn blik naar de deur achter hen. Hanna besloot het anders aan te pakken.

'Hoe ken je Axel Sandsten?' vroeg ze.

'Door mijn vrouw.'

'Hoe heet ze?'

Hanna werd bang dat het iemand uit haar verleden zou zijn. Maar Benjamin was nog maar tweeëndertig en zijn vrouw vermoedelijk nog jonger.

'Ylva. Ylva Karlstedt.'

Hanna had nooit iets met een Ylva te maken gehad.

'Een tijdje geleden heeft Ylva's firma die van Axel ingeschakeld en dat liep nogal in de papieren. Ze heeft de schuld nog niet afgelost.'

Benjamins ogen gingen heen en weer van de een naar de ander. Hij stond duidelijk in tweestrijd. Hij wilde het vertellen en toch ook niet.

'Wie kwam op het idee dat jij de onderzoeken in de gaten zou houden waarin Axel Sandsten opdook?'

'Nou, zo was het niet,' zei Benjamin.

'Hoe was het dan?' vroeg Hanna.

'We hebben het er nooit over gehad. Maar toen ik Axel op die beelden zag, bedacht ik dat ik daar gebruik van kon maken om Ylva's schuld af te betalen.'

'Hoeveel was ze hem schuldig?' vroeg Daniel.

'Zeventigduizend kronen,' zei Benjamin met een zucht. 'We zitten krap bij kas. We willen graag een kind en de behandeling is duur.'

Misschien kwam hij met die kinderwens op de proppen om sympathie op te wekken, maar voor Hanna veranderde het niets. Al had ze medelijden met zijn vrouw, die hier ook de dupe van zou worden.

'Je dacht er niet bij na dat je misschien een moordenaar hielp?' vroeg Daniel verder.

'Nee. Mensen zoals Axel komen altijd overal mee weg, dus ik had het idee dat het niet uitmaakte.'

'Je bent politieman.'

'Ja, maar... Ik denk echt niet dat hij het gedaan heeft.'

Benjamin probeerde zijn eigen straatje schoon te vegen, maar uit zijn gepijnigde blik bleek dat hij daar zelf niet in geloofde.

'Hebben jullie over Joel gepraat?' vroeg Hanna.

'Nee,' zei Benjamin. 'Dat wilde ik eerlijk gezegd niet.'

'Hoe heb je de tijd op de beelden veranderd?' vroeg Daniel.

Benjamin legde het uit en daarna beëindigde Daniel het verhoor.

'Wat gebeurt er nu?' vroeg Benjamin.

'Dat weet ik niet,' zei Hanna. 'Dat moeten Ove en de officier van justitie maar bepalen.'

'Mag ik mijn vrouw bellen?'

'Nog niet.'

Hanna en Daniel lieten Benjamin in de verhoorkamer achter, maar zeiden tegen een collega buiten dat die hem in de gaten moest houden. Ze namen geen risico met mensen die zichzelf of anderen misschien iets wilden aandoen.

'De fietser over wie het Duitse echtpaar het had, was in de dertig en blond,' zei Daniel. 'Zou het Axel Sandsten geweest kunnen zijn?'

'Misschien,' zei Hanna.

Ze betwijfelde het. Joel was al een paar uur dood toen hij werd gevonden en ze zag Axel niet zo snel fietsen. Maar misschien had hij een reden gehad om zonder auto terug te komen.

'Ik ga het checken bij de Duitsers,' zei Daniel.

Hanna knikte en liep naar de meeluisterkamer. Het verhoor van Axel Sandsten was nog bezig en ze moest hem zien, ze moest de man zien die waarschijnlijk zijn eigen zoon had doodgestoken.

DE LAATSTE DAG

Joel let aldoor op of hij iets achter zich hoort. Meer slaag overleeft hij niet. Het klinkt niet alsof Fanny achter hem aan komt. Ze is de enige van hen voor wie hij bang is. Nu begrijpt hij pas hoe gevaarlijk ze is.

Als Joel bij de weg komt, slaat hij af naar het noorden. Langzaam loopt hij naar huis toe. Waarom is hij niet op de fiets gegaan? Al weet hij niet zeker of hij in deze toestand wel had kunnen fietsen. Hij heeft geen energie om zich met zijn mobiel bij te lichten. Het gaat zo langzaam dat hij de weg toch wel ziet. De maan is nog steeds zichtbaar en bij sommige huizen brandt nachtverlichting, maar de duisternis is zo dicht dat er eigenlijk niets tegen te beginnen valt. Verdomme, wat haat hij de duisternis. Toen hij klein was, was hij ervan overtuigd dat er monsters woonden in de pikdonkere kier tussen zijn bed en de muur.

Monsters bestaan niet, troostte zijn moeder – maar ze bestaan natuurlijk wel.

Joel de homo.

Fanny en de tamelijk grote groep meelopers noemden hem zijn hele basisschooltijd zo. Maar de haat in haar stem was sterker toen ze het daarnet zei. Misschien ging haar boosheid daarom, meer dan om geld en het feit dat hij haar bij Molly had weggeduwd. Gelukkig was de naam niet meegegaan naar de hogere klassen. Sommige kinderen zaten eerder ook al bij hem in de klas, maar er zijn ook veel nieuwe bij gekomen.

Ja, hij vindt jongens leuk, ook al is hij nog niet verder gekomen dan zoenen. Er gaat een siddering door zijn hart als Joel denkt aan Sebbes warme lippen en zijn voorzichtige glimlach in Nadines keuken. Ze had Sebbe uitgenodigd op haar verjaardagsfeest, omdat ze dacht dat Joel hem aardig zou vinden.

Dat was ook zo, maar het is nooit meer geworden dan de zoen van die avond en een keer koffiedrinken bij Fiesta. Misschien voelde Sebbe Joels onzekerheid. Er zijn zoveel dingen die hij niet begrijpt. Hoe kun je van iemand houden als je niet weet wie je zelf bent?

De pijn vertroebelt zijn gedachten. Zijn zij is het ergst. Joel weet zeker dat er iets gebroken is. En die andere soort pijn: wat heeft Linnea gedaan? Hij denkt niet dat Fanny over de zakjes liegt. Ze weet niet dat Linnea wat van hem heeft gekregen. Maar waarom had Linnea hem niet laten weten hoe wanhopig ze verlangde naar meer? Waarom was ze rechtstreeks naar Fanny gegaan?

Die vrolijke, grappige Linnea.

Dat van dat geld moet gelogen zijn. Linnea kán niet hebben gezegd dat hij het zou betalen.

In gedachten beleeft Joel het allemaal nog eens. De klappen. De trappen. Hoe hij als een bang kind in elkaar was gekropen. Een uitbarsting kreeg alsof hij in de peuterpuberteit zat. Alles wat hij niet had gezegd. Dat ze een sukkel is die kleine kinderen te grazen neemt. Dat Joel het nooit zal opgeven.

Voorzichtig brengt hij zijn vingers naar zijn wenkbrauw. Die is plakkerig, maar bloedt niet meer.

Hoe moet hij dit aan zijn moeder uitleggen? Dat hij in zijn slaap de deur uit is gegaan en op de oprit is gestruikeld? Toen hij klein was, slaapwandelde hij, maar de laatste keer was vijf jaar geleden. Toen dacht hij dat hij op de wc zat en plaste op een fauteuil.

Joel komt bij de Gårdbykerk en gaat in het bushokje zitten. Hij moet even uitrusten. En hij wil kijken hoe erg het is. Nu pas ziet hij dat zijn spijkerbroek onder de modder zit en dat er een gat op de knie zit. Het is de spijkerbroek die Petri hem met kerst heeft gegeven.

Denk je dat het geld ons op de rug groeit?

Hij kan de teleurstelling in de stem van zijn moeder horen. Petri zal er waarschijnlijk niets van zeggen.

Joel haalt zijn telefoon tevoorschijn en ontdekt dat het scherm gebarsten is. Verdorie, ook dat nog. Zijn moeder zal geen nieuwe telefoon willen betalen. Uiteindelijk weet hij hem aan de praat te krijgen en hij richt de camera op zijn gezicht, maar het licht is te slecht. Hij maakt een foto met flitser en inspecteert die. Zijn gezicht ziet er vreselijk uit. Als hij thuis is, zal hij zich wassen. En morgen moet hij make-up van zijn moeder stelen om het ergste te camoufleren.

Het bloed en het vuil kan hij afwassen, maar hij krijgt gegarandeerd een blauw oog. Zijn lip is twee keer zo dik geworden, er is geen make-up die dat kan verbloemen. Misschien helpt koelen met ijs.

Joel stopt zijn telefoon in zijn zak en snijdt zich bijna aan het mes. Dat zou hij in de schede moeten stoppen, maar daar heeft hij geen puf voor. Hij leunt met zijn hoofd achterover tegen het bushokje en doet zijn ogen dicht.

De lucht om hem heen lijkt ineens vol met geluid. Toen zijn moeder hem er uiteindelijk van wist te overtuigen dat er geen monsters onder zijn bed zaten, was hij in plaats daarvan bang geworden voor spoken. Er staan maar een paar huizen tussen hem en het kerkhof. De kerk staat er al meer dan duizend jaar. Hoeveel mensen zijn daar intussen begraven?

De kou op zijn huid komt van hun fluisteringen.

Joel wil opstaan, weg van de doden. Maar hij hoort het brommen van een motor en het lijkt hem veiliger om hier te blijven voor het geval het Fanny is. Hij zit stil en ademt zo zacht als hij kan. Het motorlawaai neemt toe, waarom is het zo hard?

38

In de meeluisterkamer stond Ove voor het scherm, terwijl Carina op een van de blauwe banken lag. Hanna vertelde dat de technicus had toegegeven dat hij de tijd op de beveiligingsbeelden had gewijzigd, terwijl ze intussen een berichtje aan Erik stuurde. Op het scherm zag ze dat hij zijn telefoon pakte, het bericht las en het vervolgens aan Amer liet zien.

'Wat heeft Axel Sandsten tot nu toe gezegd?' vroeg Hanna.

'Dat hij Joel het mes cadeau heeft gedaan voor zijn vijftiende verjaardag. Dat zijn vingerafdrukken er daarom op zitten.'

Ove zette zijn bril af en poetste de glazen met zijn overhemd.

'Hoe verklaart hij de veranderde beveiligingsbeelden?'

'Zover zijn ze nog niet. Erik heeft hem alleen nog maar gevraagd hoe laat hij zijn kantoor had verlaten en Axel Sandsten blijft erbij dat het kwart over twee 's nachts was.'

Ove zette zijn bril weer op. Hanna keek naar Axel op het scherm. Comfortabel achterovergeleund in de fauteuil. Zijn advocaat zat op een stoel naast hem. Ze droegen beiden een pak, dat van Axel was iets lichter.

Ik zou mijn zoon nooit vermoorden, zei hij.

Mijn cliënt heeft een zeer geloofwaardige verklaring gegeven voor de aanwezigheid van zijn vingerafdrukken op het mes, kwam de advocaat ertussendoor. *Een verklaring die bovendien gestaafd kan worden met een kassabon.*

Een kassabon die bewijst dat uw cliënt het moordwapen heeft gekocht, zei Amer.

Zijn gezicht was kalm, maar in zijn stem was de glimlach te horen.

Ja, zei de advocaat. *Een week voor de verjaardag van zijn zoon. Het was een cadeau.*

Het gaat niet alleen om het mes, zei Erik tegen de advocaat. *Er is geknoeid met de beveiligingsbeelden waarop te zien is hoe laat uw cliënt zijn kantoor verlaat.*

Heel even was de advocaat van zijn stuk gebracht. In de verhoorkamers van Stockholm had Hanna veel strafpleiters gezien zoals deze. Met een gepolijste buitenkant waar veel te weinig onder zat. Maar nee, ze moest eerlijk zijn, er waren ook andere advocaten. Die was ze ook tegengekomen. Maar van de raadsman van haar vader had ze niets moeten hebben. Ze had hem één keer gesproken en het was duidelijk dat hij in de schuld van haar vader geloofde. Was dat omdat haar vader de moord tegenover hem had bekend?

Erik richtte zich weer tot Axel.

Kun je uitleggen hoe het komt dat er met de beelden geknoeid is?

Voor het eerst sinds Hanna de meeluisterkamer was binnengekomen, keek Axel geërgerd. Was het de stress die zich zo bij hem uitte?

De technicus nam contact op met me, zei hij. *Hij bood aan het te regelen.*

Waarom ging je daarop in?

Omdat ik geen tijd heb om verwikkeld te raken in een moordonderzoek.

Axel gluurde naar de advocaat, maar die was duidelijk niet van plan hem te hulp te schieten.

Wat deed je nadat je het kantoor had verlaten? vroeg Erik. *Rond elven.*

Dat kan ik niet vertellen, zei Axel.

Waarom niet?

Dat heb ik beloofd.

Daar kan ik geen genoegen mee nemen, ging Erik verder. *Snap je niet wat voor indruk dit maakt?*

Ik heb hier geen tijd voor, zei Axel Sandsten en hij maakte aanstalten om op te staan, maar zowel de advocaat als Amer zei dat hij moest blijven zitten. In plaats daarvan verlieten hij en Erik de kamer.

'Kom,' zei Ove en hij liep snel naar de deur.

'Wat doen we?' vroeg Erik toen ze elkaar buiten in de gang tegenkwamen.

'Ik ga de officier van justitie bellen,' zei Ove. 'Ik doe het niet graag, maar ik heb geen andere keus dan hem aan te houden. Zeg maar tegen Daniel dat we straks gaan afstemmen in jullie kamer.'

Daniel zat iets te typen op zijn computer, misschien het verslag van het verhoor van Benjamin Karlstedt. Carina ging meteen aan de ovale tafel zitten en pakte haar telefoon. Op dit moment had Hanna geen energie voor een poging door haar pantser van afkeuring heen te dringen, dus ze koos de plaats met de grootste afstand: haar computer. Het duurde meer dan een kwartier voordat Ove binnenkwam, waarna iedereen snel aan tafel ging zitten.

'Sorry dat het even duurde,' zei hij. Hij liet zich op een stoel ploffen en klapte de laptop open die hij bij zich had. 'Er zijn een paar nieuwe dingen opgedoken.'

'Axel?' vroeg Erik.

'Die is aangehouden en mag de nacht in de cel doorbrengen. Verhoor hem morgen nog maar eens en kijk of hij dan klaar is om te praten.'

Daniel vertelde dat het echtpaar Buchner terug was gegaan naar Duitsland. Hij had hun een foto van Axel Sandsten geappt, maar ze hadden niet kunnen zeggen of hij de fietser was of niet.

Ove veegde zijn brillenglazen nog eens schoon, ook al hadden die zo gauw niet vies kunnen worden.

'Ik heb bericht gekregen van de IT,' zei hij. 'Daarom duurde het even. Joel wiste zijn zoekgeschiedenis altijd, maar die hebben zij hersteld. Die gaf gedeeltelijk hetzelfde beeld als zijn schetsboeken. Dat het niet goed met hem ging. Hij had onder andere op zelfmoordgedachten en -methodes gezocht. Bovendien was hij waarschijnlijk onzeker over zijn seksuele geaardheid.'

'Was hij homo?' vroeg Daniel. 'In het schetsboek stond niets wat daarop wees.'

Op de middelbare school was Axels homofobie duidelijk geweest. Op een van alle feesten in het huis van zijn ouders waar Hanna was geweest, had hij een jongen geslagen, omdat die aan zijn billen had gezeten. Hanna geloofde het geen moment. Geen enkele jongen zou zo stom zijn om aan Axel te zitten. Dit was het eerste wat in de buurt kwam van een motief. Dat hij geen homoseksuele zoon wilde hebben.

'Dat is dus nog onduidelijk. De IT gaat ermee verder. Ze beloofden dat ze morgen meer hebben. Bovendien hebben ze een aantal foto's van de kapotte telefoon gered. Dit is de laatste.'

Ove klikte een foto tevoorschijn op de laptop en draaide hem naar hen toe.

Joels mishandelde gezicht staarde hen aan vanaf het scherm. Het zag eruit als een selfie en Joel was duidelijk nog in leven.

'Deze is om 00.34 uur genomen,' zei Ove.

'Waar is hij?' vroeg Hanna.

'De foto is naar het lab gestuurd,' zei Ove.

'Geef mij die laptop eens.'

Ove schoof de laptop door naar Hanna, die de afbeelding vergrootte en verplaatste. Het gezicht nam bijna het hele beeld in beslag, maar aan één kant zat glas. Of plastic. En het oppervlak achter hem was groen.

'Ik denk dat het een bushokje is,' zei ze.

'Rijden er bussen om die tijd?' vroeg Erik.

'Dat denk ik niet,' zei Hanna. 'Door de week in elk geval niet.'

'Weet jij waar dit is?'

'Volgens mij is er maar één bushokje in Gårdby. Bij de kerk.'

'Oké, ik zeg het tegen de FO'ers,' zei Ove. Hij tilde zijn bril op en wreef over zijn neus.

'Wat betreft die fietser, daar heb ik een nieuwe kandidaat voor,' zei Amer. 'Een tweeënveertigjarige vogelaar uit Stenåsa. Ik heb op zijn voicemail ingesproken dat hij moet bellen.'

'En de automobilist?' vroeg Daniel.

'Geen nieuws, helaas. De telefoon van Samuel Herngren staat al sinds dinsdag uit.'

'Is dat niet gek?' vroeg Hanna. 'Wat was het voor mishandeling waarvan hij werd verdacht?'

'Hij heeft iemand met een fles op het hoofd geslagen, maar hij heeft een tegenaangifte gedaan waarin hij beweert dat die andere man was begonnen.'

'Ik vind dat we meer moeten doen om hem te lokaliseren,' zei Hanna.

'Zoals wat?' vroeg Ove.

'Met zijn gezin praten.'

'Best,' zei Ove. 'Maar Axel Sandsten heeft nu prioriteit. De FO'ers moesten helaas stoppen vanwege het slechte weer, en eventuele sporen langs de weg zijn natuurlijk weggespoeld. Het buurtonderzoek heeft tot nu toe niets opgeleverd, maar dat gaat morgen verder. Hopelijk hebben we dan ook de uitslag van de DNA-test. Wie kunnen er morgen komen?'

Daniel was de eerste die 'ik' zei. Hanna was iets minder snel, maar dat kwam doordat ze ervan uitging dat iedereen zich zou melden.

'Sorry, morgen kan ik niet,' zei Amer. 'Mijn zoontje wordt vier. Maar ik kan zondag wel komen als het moet.'

'Mij lukt het ook niet,' zei Carina. 'Ik heb met mijn nicht afgesproken.'

'Ik kan wel,' zei Erik na een korte aarzeling, die waarschijnlijk met zijn schoonouders te maken had.

Eigenlijk was Hanna te bang voor het antwoord om de vraag te stellen, maar ze deed het toch.

'Mag ik het tegen Rebecka zeggen?'

'Nee,' zei Ove. 'Vanavond nog niet. Na het verhoor van morgen kijken we verder.'

39

Het was even na zessen op vrijdagavond toen Erik eindelijk door de voordeur naar binnen stapte. Nila kwam aangerend in haar nieuwe jurk. Die was roze met glitters en alles wat ze mooi vond. Vermoedelijk moeilijk te wassen, maar daar hoefden zijn schoonouders zich niet druk om te maken.

'Moet je kijken hoe mooi. Die trek ik aan op Sally's feest.'

Sally werd dit weekend zeven en ze hield haar verjaardagspartijtje in Leo's speelland. Misschien was de roze jurk niet het meest praktische kledingstuk voor zo'n locatie, maar Erik hoopte dat ze dat zelf zou inzien. Ze mocht haar kleren altijd zelf kiezen, zolang ze maar enigszins geschikt waren voor het weer. Ze was een paar keer in pyjama naar de kleuterschool geweest. Toen ze er in badpak naartoe wilde, had Supriya haar ook een broek laten aantrekken. Sinds afgelopen herfst zat ze in de kleuterklas van de Lindöschool en droeg ze meestal een legging en een shirt.

Op dit moment was Sally Nila's beste vriendin, maar een paar weken geleden was Nila nog huilend thuisgekomen, omdat Sally had gezegd dat haar armen bruin waren. 'Dat zijn ze toch ook?' had Erik geantwoord en hij had nog eens herhaald wat hij in dergelijke situaties altijd zei, dat alle mensen er anders uitzien en dat het een niet mooier of lelijker is dan het ander. Wie dat beweerde, had het mis.

'Heeft Sally nog meer gezegd?' had hij daarna gevraagd, maar Nila had haar hoofd geschud.

Maar het huilen wees erop dat ze het bruine als iets slechts had opgevat.

Supriya kwam de hal in met haar ouders en ze knikte tevreden toen ze de buit zag die hij had meegesleept: twee donzen dekbedden. Er zaten fijne regendruppeltjes op het plastic. Het had de afgelopen uren aanhoudend geregend. Zijn lichaam deed pijn alsof hij echt op jacht was geweest. Hij had de dekbedden bijna willen laten zitten, maar hij kon de reactie van Supriya niet aan als dingen niet gingen zoals zij had gedacht.

Dat was het enige wat niet helemaal in balans was in hun relatie. Ze vroeg meer van hem dan hij van haar.

Ik ben gewoon moe, dacht hij.

Aavika en Yadu begroetten hem met een knuffel en een zoen op de wang. Ze hadden hem altijd al graag gemogen. Kinderen die in het Westen leefden, waren in hun ogen geslaagd, had Supriya uitgelegd. Het verschil tussen de opgeleide mensen in de stad en de onopgeleide op het platteland had hij zelf gezien. Toch kon hij moeilijk geloven dat ze blij waren dat hun dochter zo ver weg woonde. Supriya's beide jongere broers woonden nog in India.

Er kwamen sterke geuren uit de keuken van de maaltijd die bereid werd, en Aavika verontschuldigde zich en zei dat ze verder moest met het eten.

Erik hing zijn natte jas op en bracht de dekbedden naar hun slaapkamer. Daar zouden zijn schoonouders slapen, terwijl zij met z'n drieën op Nila's kamer zouden slapen. Erik en Supriya maakten samen de bedden op.

In de woonkamer zaten Nila en haar opa te schaken. Erik had geen taal nodig om te begrijpen wat er gebeurde. Yadu probeerde haar de officiële regels te leren, terwijl Nila haar eigen regels verzon. Nadat Supriya een halfslachtige poging had gedaan om in de keuken te helpen, gingen ze samen met een glas chardonnay op het balkon zitten.

Het balkon was Eriks favoriete plek. Het uitzicht over de Kalmarsund. Je kon er de golven en de meeuwen horen. De lucht was opgeklaard en het onweer dreef weg. De zeespiegel werd alleen verstoord door de regen en een lichte bries. Hij was tot dit compromis bereid geweest omdat het dicht bij zee was. Maar hij kon de droom van een huis op het platteland, waar hij groenten kon verbouwen, niet loslaten. Een volkstuintje vond hij niet goed genoeg. Hij wilde niet alleen tuinieren, maar ook ideeën uitproberen uit het boek dat hij las. Als hij een eenvoudig boerderijtje vond, konden ze dat misschien betalen zonder dat ze verhuisden.

'Je zou toch denken dat ze moe zou moeten zijn na de vlucht,' zei Supriya in het Zweeds.

'Wees er maar blij mee,' zei Erik.

Normaal gesproken bestelden ze op vrijdag pizza, omdat ze dan geen van beiden meer zin hadden om te koken. Als zijn ouders op bezoek waren, besteedden ze al hun tijd aan Nila. Ze kwamen alleen in de keuken om te eten. Hij vond het weleens jammer dat zijn ouders niet dichterbij woonden, maar ze hadden geen plannen om Malmö te verlaten.

'Ik moet helaas morgen werken,' zei hij.

'Ik dacht al zoiets. Maar we redden ons wel,' zei Supriya. 'Nila wil haar opa en oma het kasteel laten zien. Bovendien maak je meer indruk op mijn ouders als je je afbeult op het werk dan wanneer je met ons op pad bent.'

Ze leunde naar voren en gaf hem een zoen.

'Dat komt zondag wel,' zei ze en ze ging weer over op het Engels. 'Want dan hoef je toch niet te werken?'

De scherpte in haar stem was anders. Een heel weekend met haar ouders was te veel voor Supriya. Haar moeder was net als zij, ze gaf ook graag tips over hoe dingen gedaan dienden te worden.

'Nee,' zei Erik en hij hoopte dat het waar was.

'Hoe gaat het dan?'

'De goede kant op.'

Supriya lachte, maar hoe graag hij ook wilde, hij mocht niet over het onderzoek praten. Haar lach was het eerste wat Erik aan haar was opgevallen. Ze had gelachen om de blik op zijn gezicht toen hij zich door de menigte op een literatuurfestival in Jaipur heen probeerde te worstelen. Zij en haar vriendin hadden besloten hem te helpen.

'En met je nieuwe collega?'

'Goed.'

'Maar...'

'Ze is een beetje moeilijk.'

'In welk opzicht?'

'Ze zegt niet zoveel.'

Supriya lachte weer.

'Sinds wanneer heb jij daar problemen mee?'

Toen kwam het hele verhaal over Hanna's vader eruit. Dat hij in de gevangenis had gezeten voor een brute moord, waarover veel was geschreven, en dat hij zich vervolgens had doodgedronken. Dat Ove de leiding over het onderzoek had gehad.

'Dapper van haar om terug te komen,' zei Supriya.

'Of stom.'

'Sommige mensen hebben de plaats waar ze zijn opgegroeid nodig. Jij niet. En ik ook niet. Maar zij misschien wel.'

Supriya nam nog een slok wijn.

'Doe er iets aan,' zei ze. 'Zoals ik van je gewend ben.'

'Hoe dan?'

'Vraag of ze morgen hier komt. En probeer de uitnodiging een beetje discreet in te kleden.'

Nu schoot Erik in de lach.

'Je wilt gewoon een buffer tegen je ouders.'

'Misschien. Is dat erg?'

40

Op weg naar huis vanaf het bureau maakte Hanna een omweg langs het parkeerterrein bij het Möckelmossen. Voor de muur waar Joel tegenaan had gezeten lagen nog steeds bloemen en er stonden lichtjes, maar er was geen mens. Misschien omdat het vrijdag was en ze andere bezigheden hadden. Taco's of pizza eten met het gezin, op de bank voor de tv zitten met chips en kaasknabbels. Het was kwart voor zeven en de zon zakte achter de horizon, maar het zou nog meer dan twee uur duren voor hij weg was.

De zomer was altijd al Hanna's favoriete jaargetijde geweest, meer vanwege het licht dan vanwege de warmte. Om van de warmte te kunnen genieten moest je vaak de luwte opzoeken. Het platte eiland had weinig natuurlijke beschutting tegen de wind. Rond half juni was het zestien uur per dag licht.

De auto van Samuel Herngren stond nog op het parkeerterrein. Op het adres in Färjestaden stond hij alleen ingeschreven, maar Hanna had zijn moeder gesproken, die in Rälla woonde. Zij had gezegd dat Samuel soms wegging en zijn mobiel uitschakelde, dat dat niets was om je zorgen over te maken.

Maar nu had Hanna haar ongerust gemaakt, terwijl ze nog niet eens had verteld dat zijn auto geparkeerd stond op het terrein waar de dode jongen was gevonden. Dat de politie haar zoon wilde spreken, was genoeg. De moeder had niet geweten dat hij verdacht werd van een mishandeling. Volgens haar was hij nooit gewelddadig.

Hanna keek naar het weinige dat van de bloedvlek over was. Het leven ging door, maar dat idee kreeg je hier niet. Joel was nu een van de doden. Hanna was in gedachten vaak bij de hare: haar ouders. Ester. En oma. Hanna beschouwde haar ook als dood. In feite was ze er niet meer, Hanna had de laatste vijf jaar geen zinnig gesprek meer met haar kunnen voeren. Maar de waarheid was dat oma in de overgangsfase was blijven steken. In het schemeruur, waar ze zo graag over had verteld.

Oma zat altijd vol met verhalen, zoals die over de nachtzanger die het kwaad wegzong. Hanna had het gegoogeld, maar zonder resultaat. Misschien had oma het verzonnen, als tegenwicht tegen alle duistere dingen die ze vertelde.

Hanna huiverde. Ze wilde hier niet meer zijn als het schemeruur intrad. Daar hielp geen nachtzanger tegen. Ze ging op haar knieën zitten en hield haar hand tegen de vochtige stenen. Het regende niet meer, maar dat was vermoedelijk maar tijdelijk.

Wat is er met je gebeurd, Joel?

Ze wisten nu dat hij was mishandeld in het stukje bos achter de Gårdbyschool. Dat hij was opgestaan, met een mes had gezwaaid en was weggelopen. Vermoedelijk naar huis, aangezien het bushokje bij de Gårdbykerk die kant op was. Dat Fanny haar brommer had gepakt en misschien achter hem aan was gereden. Dat Joel na 00.34 uur met een mes was neergestoken en dat daar vingerafdrukken van Axel Sandsten op zaten.

Hanna wilde niets liever dan met Rebecka praten, maar dat kon niet. Niet nu ze het aan Ove had gevraagd en hij nee had gezegd.

Waarom had ze het ook gevraagd?

Een paar minuten later liep Hanna terug naar haar auto en reed naar huis. Toen ze langs het huis van de buren kwam, zaten ze allemaal in de keuken. Ze zag hen maar een paar seconden, maar ze kreeg de indruk dat ze praatten en lachten. Ze overwoog of ze door zou rijden naar Ingrid, maar zette de auto voor haar eigen huis neer.

Hanna plofte op de bank neer met haar telefoon en zocht Rebecka's nummer op. Ze wilde het gevoel verdrijven dat was blijven hangen sinds ze eerder die dag afscheid hadden genomen. Het gevoel dat er iets kapot was gegaan tussen hen. Maar ze kon niets zeggen wat daar verbetering in zou brengen. Ten slotte stuurde ze een appje.

Ter info: we werken dit weekend door om het op te lossen.

Een paar tellen later kwam het antwoord: Dank je. Het spijt me van mijn gedrag eerder.

Dat geeft niet, antwoordde Hanna. Ik heb wel erger meegemaakt.

Van mij?

Dat ook.

Drie puntjes gaven aan dat Rebecka aan het typen was, maar de seconden verstreken zonder dat er een bericht kwam. Was ze boos?

Toen Hanna opstond om naar de keuken te lopen, zoemde haar telefoon.

Ik haat Axel. Hij heeft zitten huilen in de *Expressen* over zijn verdriet. Joel betekende niets voor hem. Hij wil alleen sympathie.

Hanna wilde bellen, maar dat kon ze niet doen zonder te vertellen wat ze wist.

Wat een eikel, schreef ze alleen.

Ze wachtte een paar minuten op een reactie. Toen die niet kwam, typte ze dat ze ging koken en dat ze morgen weer iets zou laten horen.

Alle kliekjes waren op, dus Hanna kookte pasta en warmde een pot kant-en-klare saus op en strooide er Parmezaanse kaas over. Ze zocht naar zwarte olijven, maar vond ze niet. Ze at de pasta terwijl ze een aflevering van *Outlander* keek, een serie over een Britse vrouw die in 1945 op huwelijksreis was in Schotland en een rots aanraakte toen ze door de opening tussen twee helften ervan wilde kijken, waarna ze werd teruggeworpen naar 1743. Naar een liefde die groter was dan alles wat ze ooit had ervaren. Hanna zoog die liefde op, alsof die ook haar kon redden. Het golvende groene Schotland gaf haar rust.

Ze liep met het vieze bord naar de gootsteen. Ze had geen vaatwasser en geen plannen om er een aan te schaffen. Ze overwoog nog eens om bij Ingrid aan te kloppen, maar besloot dat ze daar vanavond geen puf voor had. Nee, geen zin. Ze bleef lekker thuis. Van eenzaamheid had ze geen last, ook al was ze alleen. Ze moest hier nog de nodige tegenstand overwinnen, maar ze voelde dat ze er goed aan had gedaan om terug te komen. Ze schonk een glas rode wijn in en probeerde een boek te lezen, maar daar had ze na een paar bladzijden genoeg van. Ze reikte naar de afstandsbediening, maar toen ging haar telefoon. Het was Kristoffers nummer, en ze slikte even voordat ze opnam.

'Hoi,' zei hij.

Aan dat ene woordje hoorde ze al dat hij dronken was en ze zei niets. Ze wachtte totdat hij verder zou gaan.

'Na je telefoontje heb ik veel over Axel nagedacht.'

Kristoffer dronk een slok van iets.

'Hij was echt een klootzak. Harteloos. Ik heb hem een keer een jongen zien slaan, die het zicht aan één oog verloor. Waar jullie Axel ook van verdenken, hij heeft het waarschijnlijk gedaan.'

Het laatste woord kwam eruit als een zucht.

'Was die jongen homo?'

'Dat geloof ik niet. Hoezo?'

'Dat kan ik niet zeggen in verband met het onderzoek.'

De stilte die volgde was vol van Kristoffers verlangen om op te hangen en door te gaan met drinken, maar ze wilde hem niet loslaten. Nog niet.

'Hoe gaat het met je gezin?'

'Goed. Ze zijn dit weekend in Colchester, op bezoek bij Bethany's ouders.'

'Waarom ben je niet meegegaan?'

'Ik moet werken.'

De toon deed Hanna vermoeden dat er meer achter zat. Of het kwam gewoon doordat hij dronken was.

'Een hotel, je kent dat,' ging hij verder.

'Zeg,' zei ze, want als ze a zei moest ze ook b zeggen.

'Wat is er?'

'Dat met papa… Twijfel je er ooit aan of het wel zo is gegaan als de politie beweerde?'

'Waarom vraag je dat? Is er iets gebeurd?'

Zijn stem was kil en klonk bijna nuchter.

'Nee, alleen...'

Het brute, daar wilde ze het over hebben. Alle verwondingen die Ester Jensen had gehad.

'Weet je,' zei Kristoffer, 'het interesseert me niet. Veel succes met je oude koeien.'

'Ik...'

Maar Kristoffer had al opgehangen. Hanna drukte haar telefoon tegen haar borst. Een paar minuten bleef ze zo zitten en ze voelde het nieuwe bericht als een trilling. Ze was ervan overtuigd dat het Kristoffer was die sorry zei, maar het was een onbekend nummer. Ze klikte het bericht aan.

Je had weg moeten blijven.

ZATERDAG
18 MEI

41

Pas in de kleine uurtjes dommelde Hanna in, maar haar slaap werd verscheurd door dromen over haar vader. Eerst wilde ze in die dromen blijven. Ze wilde naar de zeeforel kijken die haar vader boven had gehaald, die spartelend en happend naar lucht op de rots lag. Ze wilde de zoute, regenzware windvlagen op haar wangen en in haar neus voelen. Toen ze twaalf was, had haar vader haar en Kristoffer meegenomen naar Grankullavik op de noordelijke punt van Öland om te vissen. Later die avond vertelde hij dat hun moeder ziek was.

Een geluid rukte haar weg van het strand, waar ze net haar lijn wilde uitwerpen. Verward keek ze om zich heen in het matte ochtendlicht. Een nauwelijks wakkere gedachte dat er iemand in huis was. Maar Hanna wilde verder vissen. Toen ze terug probeerde te keren naar de rotsen, belandde ze in een huis dat ze niet herkende. Het was zo donker. Iemand deed kastjes en laatjes open. Trok aan spullen. Er viel een glas op de grond. Het geluid van voeten kwam steeds dichterbij en ze durfde nauwelijks adem te halen. Ten slotte waren ze er. Grijpende en duwende armen. De man, want ook al was het gezicht slechts een zwarte schaduw, ze wist zeker dat het een man was, schopte en sloeg totdat ze het gevoel had dat alle botten in haar lichaam gebroken waren. Ze werd met iets overgoten. Het prikte op haar huid en in haar longen. Benzine. De lucifer die langs het strijkvlak werd gehaald, klonk als het rommelen van de donder.

Hijgend schoot Hanna overeind. Ze sloeg met haar handen overal op haar lichaam, ervan overtuigd dat ze in brand stond. Dat de man naast haar stond toe te kijken. Langzaam kon ze steeds meer van de kamer zien. Het grijze licht dat op het schuine, wit geverniste houten dak viel. Het kastje dat, afgezien van het bed, het enige meubelstuk in de kamer was. De kleerkast stond in het andere kleine kamertje. Ze was alleen, maar het gevoel was er nog, en daar moest ze van huilen. Het was niet de schrik dat ze zo dicht bij de dood was geweest, maar een vibrerend verdriet.

Het had onmogelijk moeten zijn om van haar vader te houden. Waarom kon ze het niet laten? Waarom kon ze niet doen als Kristoffer, vergeten en verdergaan?

Je had weg moeten blijven.

Ja, dat was zo.

Het was nog maar vijf uur, maar Hanna stond op en liep naar het raam. Ze trok de luxaflex omhoog die een miskoop was geweest, want hij ging niet goed dicht. Ze herinnerde zich de slaapdronken gedachte bij het wakker worden, dat iemand haar wakker had gemaakt. Dat ze niet alleen was geweest. Ze tuurde naar buiten, terwijl ze met haar vingertoppen over oma's houten nachtegaal streek. De velden strekten zich uit zover ze kon kijken. Aan de horizon waren vaag boomtoppen te zien.

Nee, het moest dat sms'je zijn geweest dat door haar hoofd spookte. En de telefoontjes.

Hanna besloot een langere ochtendwandeling te maken dan anders. Buiten zijn en bewegen, dat was het enige waar ze echt kalm van werd. In Stockholm had ze dicht bij het Nackareservaat gewoond en daar had ze vaak gewandeld. Nu volgde ze het wandelpad langs de zee in zuidelijke richting. De lucht was vol met dikke, grijze wolken en de wind trok aan haar. Het was slecht weer geweest in Grankullavik, maar dat had niet uitgemaakt.

Ik zou een hengel moeten kopen, bedacht ze. Alsof die laatste gelukkige dag teruggehaald kon worden. Als Kristoffers dochter Ella ooit op bezoek kwam, zou ze dat doen.

Toen ze halverwege de haven van Mörbylånga was, begon het te regenen en keerde ze om. De bomen gaven enige beschutting, maar Hanna was al snel doorweekt. De laatste rest van de droom loste op in de nattigheid.

Toen ze nog maar een paar honderd meter van huis was, werd het droog. Ingrid zag haar door het raam en kwam snel naar buiten.

'Maar mens, het mag dan geweldig zijn dat het regent, maar wat doe je buiten in dit weer?'

Ingrid had naar de regen uitgekeken. De laatste zomers waren droog geweest en het waren zware jaren geweest voor haar zoon, die de boerderij had overgenomen.

'Het was droog toen ik van huis ging,' verdedigde Hanna zich.

Ze trok aan haar natte spijkerbroek. Hij kwam met een plop los van haar bovenbenen, maar werd snel teruggezogen.

'Wat vreselijk, die jongen uit Gårdby die vermoord is,' zei Ingrid. 'Werk jij aan die zaak?'

Hanna knikte en richtte haar blik op haar huis.

'Ja, ik ben niet zo dom dat ik de hint niet begrijp,' zei Ingrid. 'Maar ik wil je iets vertellen. Over de vader van die jongen.'

'O,' zei Hanna en de paniek hamerde in haar borst.

Was het nieuws van Axels aanhouding al bekend?

'Hij heeft louche plannen in Grönhögen.'

'Louche plannen?'

'Dat zei mijn zoon. Zijn vrouw werkt bij de gemeente.'

'Weet je meer?'

'Nee, maar ik kan het aan mijn zoon vragen.'

'Doe dat maar niet.'

Hanna rilde.

'Gauw de warmte in,' zei Ingrid.

'Dat zal ik doen, maar...' Hanna keek weer naar haar eigen huis. Misschien was het niet het juiste moment om het te vragen, maar als ze daarop wachtte, kwam het waarschijnlijk nooit. 'Wordt er veel over mij gekletst?'

'In verband met je vader, bedoel je?'

Hanna knikte.

'De dames van mijn naaiclubje kletsen veel, maar die hebben niets beters te doen.'

'Naaiclubje?'

'Of naaikransje. Maar dat vind ik zo'n naar woord.'

'Maar verder niemand, dat je hebt gehoord?'

'Nee. Het is natuurlijk best lang geleden. En ze snappen heus wel dat jij je vader niet bent.'

'Dank je,' zei Hanna.

'Waarvoor?'

'Ik voel me nu iets beter.'

Hoewel ze drijfnat was, gaf Ingrid haar een knuffel.

'Ik zag dat er brand was geweest in Gårdby,' zei Hanna. 'Weet jij daar iets van?'

'Die garage, bedoel je?'

'Ja.'

'Het gerucht gaat dat die brand was aangestoken, maar ik zet mijn geld op de bliksem.'

'Heb je nog gewonnen met de paardenraces afgelopen woensdag?'

'Vierenvijftig kronen,' zei Ingrid met een glimlach.

Ze draaide zich om en liep terug naar haar huis.

'De volgende keer moet je binnenblijven,' riep ze over haar schouder.

Hanna knikte weer. Toen ze thuis was, pelde ze haar kleren af en nam een warme, lange douche in het hokje op de benedenverdieping. Als ze de muren beneden doorbrak, zou iets van de ruimte naar een grotere badkamer kunnen gaan, met een badkuip. Vervolgens kleedde ze zich aan, at een stevig ontbijt en reed naar het politiebureau.

Zou ze het sms'je laten zien dat ze had gekregen?

Om de een of andere reden vond ze dit erger dan de eerdere telefoontjes. Bovendien konden ze het misschien traceren, in tegenstelling tot de telefoontjes van het verborgen nummer. Googelen had niets opgeleverd en meer kon ze in haar eentje niet doen. Ze moest hier een eind aan maken, voordat het escaleerde tot iets nog ergers. Hanna klopte bij Ove aan. Aangezien ze ervan overtuigd was dat het sms'je iets met haar vader te maken had, wilde ze niet dat de anderen in haar groep het zouden zien.

'Je had weg moeten blijven.'

Ove las de woorden hardop en het leek wel of hij die daarna door zijn mond liet rollen, alsof hij een goede wijn aan het proeven was.

'Het kan met het onderzoek te maken hebben,' zei hij. 'Een van de mensen met wie je contact hebt gehad.'

'Ik heb vooral met vijftien- en zestienjarigen gesproken. Ik denk niet dat die zich zo uitdrukken.'

'Misschien niet. Maar je kunt het niet uitsluiten.'

'Dus wat doen we?'

'Ik geef het nummer door aan een technicus, die ermee aan de slag gaat.'

Ove pakte een zak van bakkerij Danska Wienerbageriet op van zijn bureau en wapperde ermee.

'Tijdens het overleg nemen we koffie met iets lekkers. Het is per slot van rekening zaterdag.'

Behalve Ove en zij waren alleen Daniel en Erik er, dus ze hielden de bespreking aan de ovale tafel in hun kamer. Daniel was nonchalanter gekleed dan eerder die week, in een spijkerbroek en een T-shirt, en zo vond ze hem leuker. Het maakte hem zachter en het verschil met Fabian werd groter. Ditmaal beantwoordde ze Daniels glimlach. Ze kon niet afstandelijk tegen hem doen alleen omdat hij uiterlijk op Fabian leek. Ove nam een grote hap van zijn vanillebroodje.

'De fietser die door de Duitsers is gezien, was niet Axel Sandsten,' zei hij. 'Gisteren heeft Amer contact weten te krijgen met de vogelaar. Die had niets gezien toen hij langs het parkeerterrein fietste. De reden dat hij zo'n haast had, was dat er een steltloper gesignaleerd was.'

'Waarom ging hij niet met de auto?' vroeg Erik.

'Die was bij de garage voor een beurt.'

Ove nam een grote hap van zijn broodje, waarna hij verderging: 'Bovendien heb ik de bevestiging gekregen dat het Fanny Brobergs DNA was op Joels gezicht,' zei hij.

'Niet zo verwonderlijk gezien het feit dat ze min of meer heeft toegegeven dat ze hem heeft bespuugd,' zei Hanna. 'Maar de foto die Joel van zichzelf heeft gemaakt, bewijst dat hij de mishandeling had overleefd. En nu hebben we de vingerafdrukken van Axel Sandsten op het mes.'

'Hoewel we Fanny misschien ook moeten ophalen,' zei Daniel. 'Als het waar is wat Axel zegt, dat het mes een cadeau was. Fanny mishandelde Joel. Ligt het niet meer voor de hand dat zij hem gevolgd is?'

Ove stopte het laatste stuk van het vanillebroodje in zijn mond en kauwde zich naar een besluit.

'We wachten met Fanny. Haar vingerafdrukken staan niet op het mes.'

Erik knikte.

'Ik denk dat we naar een koppeling tussen Fanny en Axel Sandsten moeten zoeken,' zei Hanna.

'Waarom?' vroeg Ove.

'Vanwege de hasj. Op de middelbare school blowde Axel Sandsten veel en volgens mij dealde hij ook.'

'Oké, vraag Fanny daar ook maar naar.'

'Wanneer gaan we Axel nog eens verhoren?' vroeg Erik.

'Over een paar uur. De hele forensische afdeling is bezig uit te zoeken wat hij afgelopen dinsdag na het verlaten van zijn kantoor heeft gedaan.'

'Ik wil het aan Rebecka vertellen,' zei Hanna.

'Wacht tot nadat hij verhoord is,' zei Ove.

'Maar het lekt uit. Als het niet al uitgelekt is.'

'Nee,' zei Ove.

'Wat kan ik doen?' vroeg Daniel.

Het was duidelijk dat hij de stijgende spanning wilde verminderen. Hij gedroeg zich als een middelste kind en Hanna vroeg zich af of hij veel broers en zussen had. Als zij en Kristoffer nog een broertje of zusje hadden gehad, was de situtatie tussen hen mischien anders geweest. Ach nee, dat broertje of zusje was alleen een extra iemand geweest om voor te zorgen na de dood van haar moeder.

'Kijk naar haatmisdrijven in het zuiden van Öland,' zei Ove. 'Gericht tegen homoseksuelen.'

'Weten we zeker dat hij homo was?'

'Ik heb gisteren met de IT gesproken en ze hebben een forum voor lhbti'ers gevonden dat Joel vaak bezocht. Ze hebben contact opgenomen en om inloggegevens gevraagd. Dus daar kunnen we nog wel wat verder komen. Bovendien is dit ook iets waar Erik en Hanna met vrienden en familie over kunnen praten.'

Hanna wilde protesteren. Dat leek haar niet het soort misdrijf dat midden in de nacht op het Alvaret plaatsvond. Het leek haar waarschijnlijker dat de dader Joel kende. Hoewel, het een sloot het ander niet uit, als Axel was wie ze dacht dat hij was. Meer dan eens had ze hem horen zeggen dat homo's pedofielen waren.

Tot slot noemde Ove het sms'je dat Hanna had gekregen. Ze keek de anderen niet aan, ze wilde niet weten wat zij ervan vonden. 'Kwam het sms'je van hetzelfde nummer als de telefoontjes?' vroeg Erik.

Ove draaide zich zo heftig naar haar om dat hij zijn koffiekopje bijna omstootte.

'Welke telefoontjes?' wilde hij weten.

Erik probeerde niet eens bedroefd te kijken omdat hij dat had verraden. Had hij niet gewoon zijn kop kunnen houden? Hanna klemde haar kaken op elkaar om haar woede niet te uiten.

42

Rebecka werd wakker en was een paar tellen gelukkig, totdat de werkelijkheid haar inhaalde.

Joel was er niet meer.

Ze wilde het uitschreeuwen en moest haar knokkels in haar mond duwen om het niet te doen. Ze wilde Petri niet nog meer reden tot bezorgdheid geven. Miste híj Joel wel? Het leek er niet op.

Rebecka pakte de telefoon van haar nachtkastje. Kwart over negen. Dan had ze tenminste een paar uur slaap gehad. Ze had een aantal nieuwe berichtjes van mensen uit het dorp en van oude vrienden en familieleden die lieten weten dat ze aan haar dachten. Het was eigenaardig, wie iets van zich lieten horen en wie niet. Journalisten deden nog steeds hun best om met haar in contact te komen, maar niet meer zo erg. Misschien hadden ze begrepen dat ze niet wilde praten. Ze herinnerde zich Axels interview. Ze hadden hun rouwende vader al.

Nog steeds geen woord van Gabriel.

Het enige berichtje waar ze op wilde reageren, was dat van Hanna van een paar minuten geleden: Bel me.

Rebecka wilde net op het hoorntje drukken om te bellen toen de deur openging en Molly naar binnen kwam sluipen in haar eenhoornpak. Het gezicht van haar dochter klaarde op toen ze zag dat haar moeder wakker was.

'Sta je nu op?'

'Bijna.'

'Papa is pannenkoeken aan het bakken.'

Waarschijnlijk had Petri haar gestuurd. Hij wist dat de kans dat ze beneden zou komen eten op deze manier groter was. Zo had zij het bij Joel ook gedaan. Ze voelde een steek in haar hart.

'Ik kom zo,' zei ze. 'Ik moet nog even iemand bellen.'

'Ik wacht hier.'

'Nee, schat, dat kan niet. Ik moet alleen zijn.'

Molly keek hevig teleurgesteld en Rebecka zei snel dat ze eerst een knuffeltje wilde. Molly rende naar haar toe en Rebecka stopte haar neus in de stukgewassen stof en ademde de geur in.

'Laat me nu maar weer los,' giechelde Molly.

Rebecka wachtte totdat ze de voetstappen de trap af hoorde gaan en belde toen Hanna op.

'Is er nieuws?' vroeg ze. 'Weten jullie wie Joel heeft gedood?'

'Helaas nog niet,' zei Hanna. 'Maar ik moet je iets vragen.'

Hanna zweeg en dat maakte haar bang. Had de politie iets illegaals gevonden in Joels computer, iets van de vorige eigenaar, of had hij echt iets ergs gedaan? Iets wat veel erger was dan blowen? Ze had het gevoel dat ze aan het begin stond van iets waarvan ze het einde niet wilde zien.

'Was Joel homo?'

Rebecka had een paar tellen nodig om de angstscenario's weg te puffen die ze voor zich had gezien.

'Waarom vraag je dat?'

'Het spijt me,' zei Hanna, 'maar dat kan ik niet vertellen.'

Rebecka zocht naar een goed antwoord, maar dat had ze niet.

'Ik weet het niet,' zei ze en ze barstte in huilen uit.

Hanna verstond maar een deel van wat ze zei.

'Maar je vermoedde het?'

'Ja, ik dacht dat het zo zou kunnen zijn.'

'Maar je hebt het er nooit met hem over gehad?'

'Nee, ik dacht dat hij dat wel zou doen als hij eraan toe was.'

Hanna zei niets en dat vatte Rebecka op als een verwijt.

'Ik weet dat ik dat wel had moeten...'

'Nee,' viel Hanna haar in de rede. 'Zo moet je niet denken. Het is niet waar dat jij zus of zo had moeten doen en dat dan alles anders was geweest. Tot nu toe hebben we geen idee van het motief. Misschien is dat er niet eens. Maar we moeten de onderste steen bovenhalen.'

De vastbeslotenheid in Hanna's stem troostte haar enigszins.

'Als er iets is wat ik je mag vertellen over de voortgang, zal ik dat doen.'

'Dank je.'

Rebecka moest even tot zichzelf komen voordat ze naar Petri, Molly en de wachtende pannenkoeken ging. Ze had wel gehoord dat andere kinderen haar zoon 'homo' noemden, maar dat deden ze al voordat Joel dat soort gevoelens, van welke aard dan ook, redelijkerwijs kon hebben. En ze herinnerde zich de bijnamen uit haar eigen schooltijd. Zo gemeen, en zo los van de werkelijkheid. Joel was altijd klein van stuk geweest. En mooi. Zo ontzettend mooi...

Rebecka klapte met haar handpalmen tegen haar wangen. Ze mocht niet meer huilen. Dan zou ze haar bed niet meer uit komen.

Molly straalde toen ze beneden kwam.

'Ik dacht dat je weer in slaap was gevallen, maar van papa mocht ik niet meer naar boven!'

Rebecka gaf een zoen op haar slaap en ging naast haar zitten. Petri zag dat er iets was, maar ze schudde haar hoofd. Nog niet.

Ik wed dat je perverse vriendje het gedaan heeft. Het sms'je van Axel speelde door haar hoofd, maar ze duwde het weg. Het was belachelijk dat hij haar nog steeds uit haar evenwicht kon brengen. Waarom schreef hij 'vriendje' terwijl hij wist dat ze getrouwd waren?

Petri was meer voor haar dan Axel ooit was geweest.

Rebecka stopte een stuk pannenkoek in haar mond.

'Je bent de jam vergeten,' zei Molly.

'O jee. Misschien kun jij me helpen?'

Rebecka glimlachte naar haar dochter, die een plakkerige klodder jam uit de knijpflacon liet vallen.

'Het is een konijn,' zei Molly vrolijk.

De telefoon ging en zonder erbij na te denken nam Rebecka op.

'Dag, met Veronika Krans van de *Expressen*. Axel Sandsten is aangehouden voor de moord op zijn zoon Joel. Wat kunt u daarover zeggen?'

43

Na het gesprek met Rebecka pakte Hanna een van de overgebleven vanillebroodjes en liep ermee naar het keukentje. Het slaaptekort werd voelbaar en ze moest energie opdoen. Zowel door het eten van een koffiebroodje als door even rustig te zitten.

Vijf minuten, langer werd de pauze niet.

Erik kwam de trap op met koffie uit de kantine. Hanna kreeg het idee dat hij naar beneden was gegaan om de schijn te vermijden dat hij achter haar aan liep. Met haar alleen wilde zijn. Misschien wilde hij zijn verontschuldigingen aanbieden. Op dit moment had ze niet genoeg energie om haar boosheid in leven te houden.

Erik ging op de stoel naast haar zitten en nam een slok koffie.

'Je ziet er moe uit,' zei hij.

'Jij ook.'

'Ja, het is laat geworden gisteren. Mijn schoonouders zijn er immers. En ik ben vanochtend vroeg opgestaan om te gaan hardlopen.'

Hanna keek hem van opzij aan. Als dit een verontschuldiging was, dan was het niet zo'n beste. Maar misschien zou zij iets beter haar best moeten doen. Meer zeggen, gewoon gezellig doen en een beetje aardig zijn. Maar wat moest ze zeggen? Vragen stellen over zijn schoonouders zou alleen maar raar zijn. En zijn hardlopen interesseerde haar eerlijk gezegd niet. In Stockholm was dat nog iets geweest waarin ze van de anderen verschilde. Na het jaar met de personal trainer was ze naar de sportschool blijven gaan om in vorm te blijven voor het werk, fysiek en mentaal, en ze vond het prettig. De lichamelijke inspanning kalmeerde de stroom in haar hoofd. Maar ze vond het niet leuk om over gewichten en oefeningen te praten.

Uiteindelijk koos Hanna de gemakkelijke weg, ze stond op en liep weg. Ze overtuigde zichzelf ervan dat ze dat deed omdat ze de rest van de telefoontjes moest afhandelen.

Zit er niet mee, dacht ze geërgerd toen ze weer achter haar bureau zat. In Stockholm had ze het anders aangepakt en dat was makkelijker geweest. Maar die persoon wilde ze niet meer zijn. Afgeschermd en als het ware uitgeschakeld.

Als eerste belde Hanna Linnea, die vertelde dat Joel op de Gårdbyschool 'Joel de homo' was genoemd. Of hij dat was of niet, daar had ze geen idee van. Ze had het nooit belangrijk gevonden, aangezien ze hem nooit als iets anders dan een vriend had gezien. Linnea's stem klonk dof.

'Is er iets gebeurd?' vroeg Hanna.

'Mijn vriend is dood.'

'Ja, maar verder?'

'Ach, mijn ouders maken ruzie.'

'Waarover?'

'Over stomme dingen.'

'Dus het gaat niet over Joel?'

'Waarom zou het over Joel gaan?'

'Dat weet ik niet.'

'Nee,' zei Linnea. 'Ze schreeuwen tegen elkaar over lakens die roze zijn geworden.'

In de stilte die volgde luisterde Hanna of ze ruziënde stemmen hoorde, maar dat was niet het geval.

'Is er meer wat ik over Joel zou moeten weten?' vroeg ze.

'Nee.'

Hanna bedankte en hing op. Ze sloot haar ogen en haalde een paar keer diep adem voordat ze Nadine belde.

Nadine nam op en blies lucht uit. Dat deed Hanna vermoeden dat ze op het balkon zat te roken.

'Ik kom meteen ter zake,' zei Hanna. 'Was Joel homo?'

'Hoezo?'

Er rammelde iets en Nadine vloekte.

'Ik heb mijn kopje omgegooid,' snauwde ze. 'Ik heb loeihete thee over me heen gekregen. Het maakt toch niet uit of Joel homo was?'

'Vermoedelijk niet, maar we moeten alles over hem weten om de zaak op te lossen.'

Er klonk gerinkel toen Nadine de scherven porselein opraapte. Hanna wilde bijna zeggen dat ze voorzichtig moest zijn, maar slikte die vermaning in. Iemand die haar bemoederde, was waarschijnlijk het laatste waar Nadine op zat te wachten.

'Sorry,' verzuchtte Nadine. 'Ik ben af en toe zo'n bitch. Wat mis ik die gast.'

'Je bent nog steeds verliefd op hem, of niet?'

'Ja, maar dat had ik weggestopt, zodat we met elkaar konden blijven omgaan.'

'Was hij homo?'

'Als je bedoelt of hij van jongens hield, dan is het antwoord ja. Maar het was wel wat ingewikkelder.'

'In welke zin?'

Nu was duidelijk te horen dat Nadine een trekje nam van haar sigaret.

'Ach, vergeet het. Ik lul maar wat.'

Hanna krabbelde een vraagteken op het schrijfblok dat ze altijd naast zich had liggen als ze zat te bellen. Hier zat meer achter, dat wist ze zeker. Ze dacht even aan de bloedooievaarsbek en Carina's theorie dat de moord een liefdesdrama was. Misschien had ze die iets te rap van de hand gewezen.

'Wat weet je van Joels relaties?' vroeg ze.

'Heel weinig. We konden daar moeilijk over praten. Vanwege mijn... nou ja, mijn gevoelens.'

Hanna wilde zich door Nadines korte antwoorden heen wrikken.

‘Wat was het weinige dat je wist?’

‘Ik heb een keer geprobeerd hem aan een jongen te koppelen, Sebbe, maar dat werkte niet.’

‘Wat is zijn echte naam?’

‘Sebastian Bianchi.’

Nadine nam nog een trekje van haar sigaret. Hanna vroeg zich af hoeveel ze er per dag rookte. Ze was nog maar zestien.

‘Hoe gaat het met je?’ vroeg Hanna.

Oves woorden, maar in tegenstelling tot Hanna antwoordde Nadine niet dat het goed met haar ging.

‘Verrot slecht. Maar ik beloof dat ik niet van het balkon zal springen.’

‘Gelukkig,’ zei Hanna en ze beëindigde het gesprek.

Ze was ervan overtuigd dat Nadine iets verzweeg, maar ze voelde dat ze nu niet verder zou komen. Misschien was de dader heel iemand anders dan ze tot nu toe hadden aangenomen en moest ze dieper graven in Joels relaties. Maar dat de bloedooievaarsbek gekozen was om zijn symbolische waarde, dat betwijfelde ze nog steeds. Ze vond er geen update van Carina over in het recherchelogboek. Dat kwam dan maandag wel, ze had absoluut geen zin om Carina op zaterdag te storen.

Hanna belde Fanny om naar haar relatie met Axel te vragen en toen ze geen gehoor kreeg, probeerde ze het nummer van Fanny’s moeder.

‘Ja,’ zei een slaperige stem.

Hanna wierp een blik op de klok. Het was net tien uur geweest.

‘Dag, u spreekt met Hanna Duncker van de politie van Kalmar. Fijn dat u opneemt.’

Ze gebruikte haar opgewekte stem, aangezien die constructiever was dan de vermanende. Haar achternaam riep geen reactie op. Ze noemde hem altijd met enige aarzeling, maar ze vond het onprofessioneel om zich met alleen haar voornaam voor te stellen. Bovendien wilde ze zich niet schamen.

‘Wat heeft die rotmeid nou weer uitgespookt?’

‘Pardon?’

'Je belt toch over Fanny?'

'Is ze thuis?'

'Fanny!' brulde de moeder.

Het klonk alsof ze door het huis liep.

'Nee, haar bed is leeg,' zei ze.

'Waar was u in de nacht van dinsdag op woensdag?' vroeg Hanna.

'Hoezo?'

'Beantwoord de vraag alstublieft.'

Het vrolijke was wat onecht geworden, maar in dit geval maakte dat waarschijnlijk niet uit. Ze betwijfelde of Fanny's moeder ontvankelijk was voor dat soort nuances.

'Ik was thuis, ik sliep. Maar wacht even… Jullie denken toch niet dat ik die jongen heb omgebracht? Ik weet dat jullie overal zijn wezen vragen.'

'Was u alleen?'

'Fanny was hier ook.'

'Hebt u haar gezien?'

'Ik sliep, zei ik toch. Ben je achterlijk of zo?'

'U bent niet wakker geworden?'

'Nee, wat dan, denken jullie dat Fanny het heeft gedaan? Dat zij…'

'Op dit moment denken we helemaal niets. We vragen alleen wat iedereen die bepaalde nacht heeft gedaan.'

Fanny's moeder mompelde iets over inefficiënte politie en gooide de hoorn erop. Het zou geen zin hebben gehad om deze vrouw te vertellen dat haar dochter Joel had mishandeld in de nacht dat hij stierf. Dat was een van de weinige dingen die ze zeker wisten. Maar hij was daar weggelopen, en om 00.34 uur had hij in het bushokje bij de Gårdbykerk gezeten en een selfie gemaakt. Hanna had zichzelf gezien in Fanny, degene die ze had kunnen worden als ze haar oma niet had gehad, en misschien wilde ze haar daarom beschermen. Verdacht worden van een moord was iets waar je moeilijk overheen kwam. Moeilijker dan wanneer een familielid van je verdacht werd van moord.

Hanna belde opnieuw, maar ditmaal nam Fanny's moeder niet op.

44

Rebecka stopte het laatste stukje pannenkoek in haar mond, vermaalde het tussen haar kiezen en slikte het door. Ze moest zich groot houden omwille van Molly. Maar de woorden van de journaliste schoten als gekooide ratten door haar hoofd. Ze knaagden steeds paniekeriger om eruit te komen. Petri stond bij het aanrecht de vaatwasser in te laden, maar hij wierp voortdurend blikken in haar richting. Net als Molly, die allang klaar was met eten, maar nog op de stoel naast haar zat. Haar lippen bewogen.

'Dat verstond ik niet, schat. Wat zei je?' vroeg Rebecka.

'Wil je er nog een?'

Toen Rebecka nee zei, rende Molly naar de tv. Petri liet het plakkerige jambord los en ging op Molly's plaats zitten.

'Vertel,' zei hij. 'Wat was dat voor telefoontje?'

Zijn stem klonk smekend en zijn ogen vroegen haar om hem alsjeblieft niet buiten te sluiten. Ze voelde zich er ongemakkelijk bij, die verantwoordelijkheid wilde ze niet. Ze had genoeg aan zichzelf. En ze begreep het niet. Waarom wilde hij nu opeens praten?

'Dat was een journaliste,' zei ze. 'Axel is aangehouden voor de moord op Joel en ze vroeg wat ik daarop te zeggen had.'

Petri legde een hand op haar schouderblad en ze moest zich inspannen om hem niet af te schudden.

'Je moet Hanna bellen,' zei hij.

'Maar die heb ik net nog gesproken, voordat ik naar beneden kwam, en toen heeft ze hier niks over gezegd.'

Petri verplaatste zijn hand naar haar nek en streek met zijn vingers langs haar haargrens. Normaal gesproken vond Rebecka dat prettig.

'Misschien waagde die journaliste gewoon een gokje. Om te kijken wat je wist.'

Haar boosheid en haar angst moesten ergens heen, en ze richtte ze op Petri.

'Waarom zou ze dat in godsnaam doen?'

Petri besloot er niet op in te gaan.

'Wat zei Hanna toen je met haar praatte?'

'Ze vroeg of Joel homo was.'

'En wat heb je gezegd?'

'Dat het zou kunnen, maar dat we het er nooit over hebben gehad.'

Petri keek uit het raam. Zijn blik was zo geconcentreerd dat ze zich afvroeg waar hij naar keek. Rebecka keek ook, maar tot haar verbazing was er niets te zien.

'Wat is er?' vroeg ze.

Geïrriteerder dan ze van plan was geweest, maar het was zo duidelijk dat Petri ergens mee worstelde. Misschien met Joels geaardheid. Misschien had hij daarom nooit van Joel kunnen houden.

'Wat is er nou?' drong ze aan.

'Ik moet iets vertellen,' zei Petri en de greep om haar nek werd steviger.

Hij had net zo goed een emmer ijs over haar heen kunnen gooien. De kou verlamde haar en nu was zij degene die hem wilde smeken: *Niet doen. Ik kan niks meer hebben.* Waarom had ze hem gepusht? Ze wilde hier niet zijn. Ze wilde onder haar dekbed liggen.

'Ik heb Joel met een man in Färjestaden gezien. Ik kende die man niet en hij was veel ouder dan Joel. Ze leken boos te zijn op elkaar. Of eigenlijk was vooral Joel boos.'

'Waarom heb je niets gezegd?'

'Ik heb er met Joel over gesproken en hij vroeg me om niets tegen jou te zeggen.'

'Waarom niet?'

Petri schudde verlegen zijn hoofd. Rebecka wilde hem slaan, ze wilde roepen dat hij niet naar Joel had moeten luisteren. Dan had ze het misschien allemaal kunnen voorkomen. Dat gevoel raakte ze met geen mogelijkheid kwijt. Dat er een keten van gebeurtenissen was die tot Joels dood had geleid en dat ze die keten ergens had kunnen verbreken.

Dat het zo niet had hoeven gaan.

Nu was alles kapot. Ze stond met een heleboel scherven en wist niet wat ze ermee aan moest. Haar boosheid rukte zich los.

'Je had iets moeten zeggen,' schreeuwde ze en ze sloeg de hand weg die nog steeds in haar nek lag.

'Ik probeerde een vader te zijn voor Joel, precies wat jij wilde.'

Petri wierp een bezorgde blik op de woonkamer, maar zelfs de gedachte aan Molly legde het af tegen de chaos in haar hoofd.

'Maar hij is overleden. Snap je niet dat daarmee alles veranderde?'

'Jawel, maar het voelde niet goed dat ik het niet meteen had verteld. En ik vond het moeilijk...'

'Voelde niet goed,' bauwde Rebecka hem na.

'Hou op,' snauwde Petri. 'Ik heb geprobeerd met je te praten, maar dat was echt niet makkelijk.'

'Verdomme, zeg. Je kunt mij er de schuld niet van geven dat jij dit niet eerder hebt gezegd.'

'Jij had ook iets kunnen zeggen.'

'Wat bedoel je daar in godsnaam mee?'

'Denk je dat ik mijn ogen in mijn zak heb?'

Zijn stem was niet meer dan een fluistering, maar de woede die vanuit zijn vernauwde pupillen op haar afkwam, maakte haar bang. Zo had ze Petri nog nooit gezien.

'Ik wist dat je een ander had,' zei hij. 'Snap je hoe het voelde om daar te zitten afgelopen dinsdag en te beseffen dat het Gabriel was?'

45

Aangezien Sebastian Bianchi een nieuwe naam was in het onderzoek, trok Hanna hem snel na. Hij stond in geen enkel register, maar hij was ijverig op sociale media. Daar leek hij een extraverte jongen te zijn die hield van feesten en film. Ze vroeg zich af hoe goed dat beeld met de werkelijkheid overeenkwam.

Hanna had geen Facebook- of Instagramaccount op haar eigen naam. Wat had ze daar moeten laten zien wat geen leugen was? Bovendien kon ze niemand verzinnen die haar zou willen volgen. Op Kristoffer na, misschien. Hij postte soms foto's op Facebook. Om te zien hoe Ella groeide, had Hanna een account met een verzonnen naam genomen. Op de laatste foto zat Ella in een fauteuil in het hotel waar Kristoffer werkte en deed haar vader na. Ze had een brochure op schoot en deed net of ze daarin schreef. De concentratie op het ronde snoetje was fantastisch. Hanna raakte er niet op uitgekeken. Ella leek op hoe zij zelf als kind was geweest.

Hanna had van Nadine het mobiele nummer van Sebastian gekregen en dat belde ze nu. De telefoon ging een paar keer over, waarna iemand met schorre stem opnam. Het was zaterdag en hij was een tiener. Natuurlijk had hij nog liggen slapen.

'We hebben maar één keer gezoend,' antwoordde Sebastian op Hanna's vraag of ze een relatie hadden gehad.

'Hoe was hij?' vroeg ze.

Ze baalde van zichzelf dat ze zo'n onduidelijke vraag had gesteld. Natuurlijk had ze niet bedoeld hoe het was om Joel te zoenen. Sebastian lachte, maar voordat ze het kon uitleggen, antwoordde hij op de eigenlijke vraag.

'Hij was knap. Slim. Behulpzaam. Dat lijken holle woorden, maar dat zijn het niet. De meeste mensen zijn lelijk, stom en egoïstisch.'

Hanna bedacht dat dat een nogal treurige samenvatting van de mensheid was, maar er zat wel wat in.

'Maar het is niets geworden. Wilde hij het niet?' vroeg ze.

'Ik weet het eerlijk gezegd niet. Hij was over een boel dingen onzeker.'

Hanna had Joel graag willen ontmoeten. Het gevoel overrompelde haar, sterker dan eerst. Niet zozeer omdat hij de zoon van Rebecka was, maar omdat ze die onzekerheid uit hem wilde schudden. Omdat ze tegen hem wilde zeggen dat hij zich niet langer druk moest maken om wat anderen vonden en dachten. Dat hij gewoon moest zijn wie hij was. De dingen waar ze zelf vaak mee worstelde.

Sebastian geeuwde.

'Hoe laat is het eigenlijk?'

'Bijna halfelf.'

'Het is zo ontzettend triest, wat Joel is overkomen. En ik moet weer gaan slapen.'

Hanna kon geen vragen meer bedenken, dus liet ze Sebastian terugkeren naar de slaap. Ze had nog ruim een halfuur voordat het verhoor van Axel begon en ze liep naar Daniel toe om Joels schetsboeken te halen. Die zouden pas weer teruggegeven worden aan de familie als vaststond dat ze niet relevant waren voor het onderzoek.

Bij de korte scheidingswand bleef ze staan. Vanuit deze hoek had hij Fabian kunnen zijn. Ze had haar valse Facebookaccount niet alleen gebruikt om naar foto's van Ella te kijken, maar ook om te kijken hoe het verderging met Fabian en zijn kleuterjuf. Daniel keek op en de illusie verdween.

'Is er iets?' vroeg hij.

‘Joels schetsboeken,’ was alles wat ze kon uitbrengen.

Daniel gaf ze aan haar en ze liep snel terug naar haar bureau. Allemaal zwarte tekeningen. De meeste waren gemaakt met houtskool, dacht ze. En ze waren echt donker, ook van inhoud. Eén ervan stelde een hoofd voor waarvan de achterkant openging. Er kwam een hand uit. Het was knap gedaan, maar met de emotie die de afbeelding opriep, was ze niet blij. Alsof er onder het gepolijste uiterlijk iets zat wat zich een weg naar buiten vocht.

Hanna vond een schetsboek dat halfvol was, en ze bedacht dat dit Joels laatste was geweest. Het bevatte cartoontekeningen van personages die Joel Mr. Man en Miss She noemde. Ze dreven de spot met mannelijk en vrouwelijk. De telefoon ging en Hanna nam met tegenzin op. Ze kwam net ergens, had ze het idee.

‘Hallo, met Petri Forslund… De man van Rebecka,’ voegde hij eraan toe toen ze niet meteen reageerde. Maar het kwam door angst dat ze had geaarzeld.

‘Is er iets gebeurd?’ vroeg ze.

‘Ja, dat kun je wel zeggen. Rebecka is gebeld door een journaliste, die haar vroeg om commentaar op de aanhouding van Axel Sandsten.’

De vloeken schoten door Hanna’s hoofd. Dit had ze zien aankomen. Waarom had ze niets gezegd?

‘Kan ik haar spreken?’

‘Nee,’ zei Petri. ‘Ze was zo van streek dat ik haar iets kalmerends heb gegeven. Maar het klopt dus?’

‘Ja,’ zei Hanna na een korte weifeling.

Eigenlijk wilde ze uitleggen dat een aanhouding niet betekende dat iemand schuldig was, maar dan zou ze terechtkomen bij het hoe en waarom, en daar mocht ze het niet over hebben.

‘Zeg maar tegen Rebecka dat ze me kan bellen,’ zei ze. ‘Wanneer ze maar wil.’

‘Dat zal ik doen, ook al denk ik niet dat ze met jou wil praten.’

Die woorden waren een klap in haar gezicht. Petri zuchtte en Hanna verwachtte een verwijt over hoe ze haar werk deed.

'Ik heb iets gezien wat ik meteen had moeten vertellen.'

'Wat voor iets?'

'Toen ik vorige week donderdag op weg was naar huis vanaf het kantoor in Färjestaden, rond halfvijf, zag ik Joel daar.'

Petri zuchtte nog eens.

'Ga door.'

'Ik ging naar winkelcentrum Ölands Köpstad om boodschappen te doen. Joel was daar met een man. Ze leken woorden te hebben. Joel was boos en de man probeerde hem te kalmeren. Hij pakte zijn arm vast.'

'Hoorde je wat ze zeiden?'

'Nee, ik stond er te ver vanaf.'

'Waar was het precies?'

'Ze stonden voor een schoenenwinkel, SkoDej.'

'Kun je de man beschrijven?'

'Hij was een jaar of veertig en had kort, lichtbruin haar.'

'Viel je verder nog iets op?'

'Hoe bedoel je?'

Petri's stem werd iets luider, alsof hij haar vraag als een verwijt had opgevat.

'Je zei dat Joel boos was. Was er nog een andere emotie?'

Petri zweeg en Hanna drong niet aan.

'Rebecka zei dat jullie denken dat Joel homo was.'

'Ja.'

'Ik weet niet waarom ik dit niet aan Rebecka heb verteld,' zei Petri ten slotte. 'Misschien omdat hij zo oud was. Maar naderhand heb ik Joel gevraagd of hij een relatie had met die man.'

'Wat zei Joel toen?'

'Hij ontkende het, maar hoe ze tegen elkaar deden, dat had iets heel intiems.'

46

Wat zouden ze nu thuis aan het doen zijn? Erik nam een slok van de koffie en bedacht dat Aavika misschien in de keuken stond om het middageten klaar te maken. Dat Nila en Yadu in de woonkamer voor de tv zaten. Zijn schoonouders waren al op toen hij vanochtend naar zijn werk ging. Mumbai liep vierenhalf uur voor, maar Supriya en Nila hadden nog geslapen. Nila werd nooit later dan negen uur wakker, bij Supriya kon dat op zaterdag veel later worden.

Zijn maag begon te knorren bij het idee dat Aavika *dosa*, Zuid-Indiase rijstpannenkoekjes, bakte en een kokosnootchutney maakte. Hij legde hem met nog een slok koffie het zwijgen op.

Erik keek naar het scherm van de telefoon voor hem. Toen hij vanochtend wakker werd, had hij Supriya een zoen op haar wang gegeven en nog eens toen hij van zijn hardlooprondje terugkwam. De eerste keer had ze zich überhaupt niet bewogen en de tweede keer had ze iets onhoorbaars gemompeld en zich daarna omgedraaid.

De computer stond op stand-by en toen Erik hem aanklikte, zag hij dat hij nog vierentwintig minuten had voordat het verhoor van Axel Sandsten begon. Met snelle bewegingen logde hij uit en raapte zijn spullen bij elkaar. Voordat hij Axel uit de cel ging halen, moest hij nog afstemmen met de FO.

Toen Erik Hanna's kant op keek, legde ze net haar telefoon neer. Ze had een eigenaardige uitdrukking op haar gezicht.

'Wat is er?' vroeg hij.

Ze keek hem aan en haar gezicht werd neutraal. Hij kreeg het idee dat hij een glimp had opgevangen van iets wat hij niet had mogen zien.

'Ik had net Petri, Rebecka's man, aan de lijn,' zei ze. 'Rebecka is gebeld door een journaliste die naar Axel vroeg. Zijn aanhouding is uitgelekt.'

'Verdorie.'

'Ja. En nu wil ze niet met me praten. Bovendien heeft Petri Joel voor de SkoDej in Ölands Köpstad ruzie zien maken met een man.'

'Wanneer?'

'Vorige week donderdag, rond halfvijf. Petri beschreef hem als een veertiger met kort, lichtbruin haar. Hij dacht dat ze misschien een relatie hadden, maar dat had Joel ontkend toen hij ernaar vroeg.'

'Een veertiger?'

'Ik weet het.'

'Voordat ik Axel Sandsten ga verhoren, ga ik langs Melina om te vragen wat ze te weten zijn gekomen,' zei Erik. 'Ik kan hun vragen of ze naar beveiligingsbeelden van het winkelcentrum kunnen zoeken.'

Hanna knikte en keek naar haar toetsenbord.

Erik wilde nog iets zeggen. Supriya zou teleurgesteld zijn als hij haar vanavond niet meenam. Maar als bleek dat hij het niet eens had gevraagd, zou ze boos worden. Het probleem was dat ze ook tegen hem had gezegd dat hij discreet moest zijn, en dit leek hem niet het juiste moment.

Hij liep door naar Melina. Ze zat voorovergebogen over haar bureau naar het computerscherm te kijken, terwijl ze luisterde naar iets waarbij ze haar hoofd heen en weer bewoog. Zodra ze merkte dat hij er was, trok ze de oordopjes uit haar oren. De muziek die eruit kwam, klonk als een kind van twee dat met een synthesizer speelde.

'Dat is Derrick May,' zei ze. 'Een klassiek technomusicus.'

Melina was een leeftijdgenoot van Daniel, maar in tegenstelling tot Daniel gaf zij hem wel het gevoel dat hij oud was. Hij gaf geen commentaar op de muziek, maar legde uit welke beveiligingsbeelden ze zochten. Wanneer, waar en wie erop moesten staan.

'Oké,' zei Melina. 'Ik zal er iemand op zetten. Zelf moet ik verder met Axel Sandsten.'

'Heb je al iets?'

'Helaas niet.'

Haar blik verliet het scherm geen moment. Het toonde een weg, verlicht door straatlantaarns. Eromheen was enkel duisternis. Af en toe reed er een auto langs.

'Weet je trouwens hoe het zit met dat dreig-sms'je dat Hanna Duncker heeft gekregen?' vroeg hij. 'Werk jij daaraan?'

'Ja, maar ik heb het niet kunnen traceren. Het is verzonden met een prepaidtelefoon.'

Erik wilde Hanna hiermee helpen, omdat hij zijn mond voorbij had gepraat tegen Ove over de anonieme telefoontjes. Maar dat was niet de enige reden. Hij had zelf ook weleens bedreigingen gekregen, maar die waren gericht tegen hem als politieman. Dit leek persoonlijker. Hij wist zeker dat het om haar vader ging.

'Heb je geprobeerd te bellen?' vroeg hij.

Melina glimlachte fijntjes.

'Natuurlijk.'

Erik vroeg toch om het nummer en probeerde het zelf. Toen er niet werd opgenomen, sms'te hij: Ik begrijp dat je pijn hebt en wil graag met je praten.

Hij wilde weglopen toen een uitroep van Melina hem tegenhield. Ze wees naar de auto op het scherm.

'Dit is de auto van Axel Sandsten, die op dinsdag 14 mei om 23.30 uur over de Ölandbrug rijdt.'

47

Met het verslag van het telefoontje van Petri Forslund was ze in een kwartiertje klaar. Hanna staarde naar de laatste woorden, de beschrijving van de man met wie Petri Joel had gezien. Rebecka had haar niet gebeld, en Hanna wilde niets liever dan dat het verhoor van Axel Sandsten voorbij zou zijn. Daarna zou ze Rebecka misschien durven bellen, vooral als Axel bekende. Ze hoopte het ondanks alles, ook al wist ze eigenlijk wel dat hij nooit zou bekennen, hoe schuldig hij ook was.

Erik kwam op een holletje de kamer in en legde twee printjes voor haar neer. De bovenste was een zwart-witfoto van een auto.

'Ben je niet bij het verhoor?' vroeg ze.

'Zo meteen.' Hij knikte naar de auto. 'Dit is Axel Sandsten, die op dinsdag 14 mei over de Ölandbrug rijdt. Nadat hij 's avonds zijn kantoor heeft verlaten.'

Hanna pakte de foto op en bekeek hem goed. Een afnemende schaal van donker en licht. Het kenteken van de auto was duidelijk te zien. Ze keek naar de tweede foto. Dat was een vergroting, met de voorruit in focus. Achter het glas was het gezicht van Axel Sandsten te zien. Er was geen twijfel over mogelijk dat hij het was en ze popelde van verlangen om Rebecka te bellen en te vertellen dat ze wist hoe Joel was overleden.

'Ik wil jou graag bij het verhoor hebben,' zei Erik.

'Maar...'

'Jawel,' viel hij haar in de rede. 'Ik heb het al met Daniel besproken en

Ove vindt het goed. Ik denk dat er een kans bestaat dat Axel met jou praat.'

Daar was Hanna bepaald niet van overtuigd, maar ze zei niets. Ze wilde bij het verhoor zijn. Dan zou de tijd sneller gaan dan wanneer ze hier zat te wachten, en ze wilde Axels gezicht zien als hij met de foto's werd geconfronteerd.

'Ik ga hem zo halen, dat kan ik beter alleen doen. Ik heb de video-opnamekamer gereserveerd.'

Hanna knikte en stond op. Het raam stond open en de windvlaag die naar binnen kwam, bracht de geur van benzine mee. Hanna werd teruggeworpen in de droom van die nacht, maar nu stond ze buiten de gebeurtenissen. De man was geen donkere schaduw meer, maar haar vader. Ze zag hem naar het bebloede en kapotgeslagen lichaam kijken dat roerloos op de grond lag. Vervolgens liep hij naar buiten, goot benzine op het huis en stak het in brand.

Hanna moest steun zoeken bij het bureau om niet te vallen.

'Wat is er?' vroeg Erik.

'Gewoon een beetje duizelig,' zei ze. 'Te snel opgestaan.'

Erik haalde diep adem en Hanna dacht dat hij zou willen weten wat er in haar omging.

'Heb je plannen voor vanavond?'

Hij glimlachte naar haar.

'Hoezo?'

Hanna liet het bureau langzaam los. Wilde hij nu echt een praatje maken over haar vrije tijd? Ze moesten een verhoor afnemen.

'Mijn vrouw vraagt of je vanavond wilt komen eten.'

In paniek zocht Hanna naar een excuus.

'Ik natuurlijk ook,' ging hij verder. 'Supriya's moeder maakt zoveel eten klaar dat we het niet op krijgen. En ik dacht, na deze dag... Ach, laat ook maar. Wat zeg je ervan?'

Ze wist precies wat hij dacht, en het ging niet om eten, het ging erom dat ze elkaar leerden kennen. Zij en Erik hadden de afgelopen dagen veel samengewerkt en dat zouden ze vermoedelijk blijven doen. Ze had zelf al bedacht dat ze zich meer moest inspannen, maar ze had zoveel aan haar hoofd. En ze vond hem nog steeds een idioot, omdat hij aan Ove had verraden dat ze dreigtelefoontjes had gekregen.

'Vanavond kan ik helaas niet,' zei ze. 'Ik ga bij mijn buurvrouw eten.'

Een leugen. Ze had helemaal geen plannen voor vanavond, maar ze durfde niet toe te geven dat ze er geen energie voor had.

'Jammer,' zei Erik. 'Een andere keer.'

'Doen we.'

Op weg naar de gang zwegen ze. Een afstand van een paar meter.

'Wat is dat voor buurvrouw?'

Wilde hij haar leugen doorprikken? Hanna wuifde dat vermoeden weg.

'Ingrid heet ze.'

'Wat doet ze?'

'Ze is met pensioen. Daarvoor was ze boerin.'

Erik keek haar aan. Misschien dacht hij dat ze een grapje maakte. Maar waarover?

'Daar moet ik een volgende keer meer over horen,' zei hij en hij verdween naar het cellencomplex.

Hanna bereidde de verhoorkamer voor en nam daarna plaats in een van de fauteuils. Een paar minuten later kwam Erik binnen met Axel Sandsten en diens advocaat. Axels rechterarm schokte, alsof hij haar een hand wilde geven, maar in plaats daarvan nam hij in de andere fauteuil plaats.

'Leuk je weer te zien,' zei hij.

Hanna keek hem aan.

'Ik zou willen dat ik hetzelfde kon zeggen.'

Daar lachte hij om. De advocaat, die op een harde houten stoel naast zijn cliënt zat, keek minder geamuseerd.

'Ik hoop dat jullie hebben ingezien dat dit geen stand houdt,' zei hij.

Hanna negeerde hem en bleef Axel aankijken.

'Goed geslapen?' vroeg ze.

Hij droeg andere kleren dan gisteren, waarschijnlijk had zijn advocaat die voor hem meegenomen. Axels gezicht vertoonde geen sporen van slaapgebrek, maar hij leek de vraag op prijs te stellen.

'Ik heb betere nachten gehad,' zei hij.

'Heb je liggen piekeren?'

'Nogal,' zei Axel. 'Maar niet vanwege schuld, als je dat soms dacht. Ik heb Joel niet vermoord. Hij was mijn zoon.'

'Wat heb je gedaan nadat je afgelopen dinsdag je kantoor had verlaten?' vroeg Erik.

'Daar kan ik helaas geen antwoord op geven.'

'Dat kunnen we niet accepteren,' zei Erik. 'En dat zou je moeten begrijpen.'

'Nee, júllie begrijpen het niet.'

'Datgene waar je niet over wilt praten,' zei Hanna. 'Heeft dat misschien op Öland plaatsgevonden?'

Axels ogen werden smal, maar voordat hij iets kon zeggen hield ze beide foto's voor hem omhoog. Een seconde. Precies de tijd die de advocaat nodig had voor een verzoek om overleg met zijn cliënt. Hanna en Erik verlieten de verhoorkamer.

'Dit had Daniel ook kunnen doen,' zei Hanna. 'Of jij.'

'Ja,' zei Erik. 'Maar je vond het toch leuk?'

Hanna knikte. Bewijzen waren het enige wat misschien werkte bij Axel Sandsten. Een paar minuten later stak de advocaat zijn hoofd om de hoek om te zeggen dat ze weer binnen mochten komen.

'Poging twee,' zei Erik. 'Wat heb je gedaan nadat je je kantoor had verlaten?'

'Ik ben naar Mörbylånga gereden,' zei Axel Sandsten.

'Wat deed je daar?'

'Ik heb met de voorzitter van de commissie voor Bouw- en Woningtoezicht gesproken.'

Hanna had het gevoel dat er iets tussen haar vingers door glipte. Misschien de vaste overtuiging van Axels schuld, die ze daarnet nog had toen ze op de gang stonden te wachten. Over iets wat zo gemakkelijk weerlegd kon worden zou Axel toch niet liegen? Maar ze probeerde de hoop niet te laten varen en klampte zich eraan vast. Misschien had de voorzitter een reden om hem een vals alibi te geven. Een technicus had immers uit eigen beweging beveiligingsbeelden gemanipuleerd.

'Midden in de nacht?' vroeg ze.

'Ja, er was een crisis ontstaan. Ik heb grond gekocht op het zuidelijke deel van Öland, waar ik een bungalowpark wil aanleggen.'

'En waarom kon je dat niet vertellen?'

'Dat had het hele project in gevaar gebracht.'

Hanna huiverde van frustratie over hoe Axel in elkaar zat.

'Je zoon is dood,' zei ze. 'Dan is het toch veel belangrijker om ons bij het onderzoek te helpen?'

'Ja, hij is dood en daar is niets meer aan te doen. Het project moet worden gered.'

'Ligt die grond in Grönhögen?'

Axel keek haar met samengeperste lippen aan.

'Hoe weet je dat?' vroeg hij ten slotte.

'Ik heb mijn contacten.'

Hanna glimlachte toen ze aan Ingrid dacht, en dat prikkelde Axel.

'Het mag niet bekend worden,' zei hij en hij boog zich naar voren. 'Nog niet. Dat kan nog steeds alles verpesten.'

De advocaat legde een hand op zijn arm en Axel leunde weer achterover.

'Hoe heet de voorzitter van Bouw- en Woningtoezicht?' vroeg Erik.

'Göran Olander.'

'Blijf rustig zitten, terwijl wij met hem gaan praten.'

'Graag,' zei Axel, die helemaal niet blij klonk.

Terwijl Erik belde, leunde Hanna buiten de verhoorkamer tegen de muur. Ze las het antwoord al op zijn gezicht voordat ze het hoorde: 'Göran Olander bevestigt de afspraak met Axel Sandsten rond middernacht in Mörbylånga. Hun bespreking duurde meer dan twee uur.'

Hanna zocht naar een sprankje hoop. Misschien loog Olander. Maar ze kon het niet vinden en liep naar de wc om even alleen te zijn.

48

Rebecka zou het liefst naar haar slaapkamer gaan, het dekbed over zich heen trekken en de wereld met al haar eisen buitensluiten. Van de pil die Petri haar had gegeven was ze slaperig geworden, maar de onrust was er grotendeels nog. Ze dwong zichzelf om op de bank te blijven zitten, voor Molly.

Ze kon haar niet alleen laten. Niet na wat ze haar had laten doormaken. Molly was de keuken in gekomen op het moment waarop Petri haar had toegebeten dat ze een egoïstische trut was. Te geschrokken om iets te zeggen was Molly in de deuropening blijven staan en had hen aangestaard. Rebecka had haar ontdekt en was naar haar toe gehold. Hun ruzie was opeens afgelopen, of misschien uitgesteld.

Rebecka was niet boos meer, alleen moe.

Ze keek van opzij naar haar dochter, die ineengedoken zat met haar knuffelkonijn. Haar gezicht was stil van concentratie terwijl ze Hicke, Astrid en de andere drakenridders volgde. Opeens giechelde ze en ze draaide zich naar haar om.

'Zag je dat, mama?!'

Rebecka glimlachte en knikte, maar had geen idee waar het over ging. Nee, dat ze niet naar haar kamer vluchtte, was niet alleen voor Molly. Het deed haar goed om hier te zitten. Molly was dol op alles wat met draken te maken had. Joel las haar altijd voor over Tam, de drakenridder. Gisteravond had Molly haar gevraagd of ze verder wilde lezen, maar dat had ze niet gekund. Petri had voorgelezen.

De telefoon ging, maar het was Hanna's nummer en Rebecka wilde niet opnemen. Ze dacht niet dat ze ooit nog met Hanna zou willen praten. Een paar minuten later kwam er met een zoemend geluid een berichtje binnen. Eerst wilde Rebecka dat ook negeren, maar ze moest het weten.

Axel is vrijgelaten. Zo gaat dat vaker. Een aanhouding betekent niet dat iemand schuldig is. Daarom heb ik niets gezegd. Maar we zijn ervan overtuigd dat hij het niet heeft gedaan.

Rebecka typte een antwoord: Net zo overtuigd als de vorige keer?

Ze staarde een hele poos naar haar antwoord, wiste het zonder dat ze het verstuurd had en legde haar telefoon weg. Molly keek haar weer aan.

'Ben je verdrietig, mama?'

'Ja, wel een beetje. Jij?'

Rebecka droogde de tranen die over haar wangen stroomden. Ze had er geen controle meer over.

'Jawel, maar nu even niet.'

Rebecka slaagde erin een paar minuten naar de serie te kijken zonder aan Joel of Hanna te denken. Maar de scènes sloten niet op elkaar aan. Hicke en Astrid vlogen rond en zochten iets. Opeens waren ze in een grot.

Op zaterdag deed Rebecka altijd iets leuks met Molly. Vorige week waren ze naar het Avonturenbad in Kalmar geweest. Ze had Joel gevraagd of hij mee wilde gaan, maar hij had gezegd dat hij hoofdpijn had. Nu hadden zij en Petri geen van beiden puf om zich met Molly bezig te houden. Dit had hem meer energie gekost dan ze door had gehad. De tranen begonnen weer te stromen toen ze bedacht dat hij van haar ontrouw had geweten en niets had gezegd. Het was haar afgelopen dinsdag wel opgevallen dat hij meer dronk dan anders, maar ze had geen moment gedacht dat dat iets met haar te maken had. Met wat ze had gedaan. Ze had het te druk gehad met Gabriel, die ze naar zich toe wilde lokken, zonder door te hebben dat hij op weg was bij haar vandaan.

Petri kwam de keuken uit en vroeg of ze iets wilde hebben. Zijn gezicht liet niet zien wat er in hem omging.

'Thee zou wel lekker zijn,' zei ze.

Vooral omdat ze hem op dit moment niets kon weigeren. Hij kwam terug met thee voor haar en voor Molly. Ook al bestond Molly's thee voor twee derde uit melk en zaten er waarschijnlijk een paar scheppen suiker in. Hij had ook een paar ballerinakoekjes op het dienblad gelegd. Molly snaaide er meteen een. Alsof ze dacht dat ze zouden verdwijnen als ze er niet op tijd bij was.

Rebecka nam een slok thee en zette haar kopje neer.

Er werd aangeklopt en Petri ging opendoen. Ulrika's stem kwam boven het geluid van de tv uit. Er werden nog steeds bloemen bij hun poortje gelegd, maar bijna niemand durfde aan te bellen. Ulrika kwam de woonkamer in.

'Ga je even mee naar buiten?' vroeg ze.

Even had Rebecka het vermoeden dat Petri Ulrika had gebeld en over haar en Gabriel had verteld. Maar dat klopte niet met de stille ongerustheid in Ulrika's stem. Als Petri contact met haar had opgenomen, was dat waarschijnlijk vanuit een verkeerd idee van bezorgdheid. Misschien had hij Ulrika gevraagd te komen, omdat hij dacht dat een beetje beweging Rebecka goed zou doen. Slaap, eet en beweeg, en alles komt goed. Maar Rebecka zag zichzelf nog niet door het dorp paraderen.

Vooral niet met Ulrika.

'We kunnen even de tuin in gaan.'

Rebecka knikte en stond op. Misschien had Ulrika iets gehoord.

'Dan moet jij naar de draken kijken met me,' zei Molly tegen Petri en hij nam Rebecka's plaats over.

Ze gingen op de veranda achter het huis zitten. Het hout van de tuinmeubels was hard en koud, maar Rebecka ging geen kussens halen. Ulrika keek haar aan en nu pas viel het Rebecka op dat ze wallen onder haar ogen had.

'Hoe gaat het eigenlijk met je?' vroeg Rebecka.

'Dat moet *ík* vragen. Daar kwam ik voor.'

'Misschien. Maar ik weet eigenlijk niet hoe ik me voel.'

Ulrika keek naar het stukje bos en zuchtte.

'Het gaat niet helemaal lekker met ons,' zei ze.

'Met jou en Gabriel?'

Ulrika knikte. Rebecka vroeg niet verder, omdat ze bang was dat het antwoord met overspel te maken zou hebben. Dat Ulrika het dinsdag ook had begrepen. Maar zou ze hier dan zijn? Vermoedelijk wist ze alleen dát en niet met wie. Misschien had ze daarom de barbecue juist georganiseerd. Om Gabriel terug te winnen. Dat was dan gelukt. Hij had met haar gebroken. Wat was er daarna misgegaan?

Ze kreeg een nieuw vermoeden. Misschien was het Petri's bedoeling dat ze aan Ulrika zou opbiechten dat ze met haar man naar bed was geweest. Ze kreeg hoofdpijn. De pogingen om het gedrag van anderen te analyseren waren dodelijk vermoeiend.

'Gabriel... hij... '

Ulrika keek haar niet aan en Rebecka voelde dat ze haar moest tegenhouden.

'Weet je, hier kan ik...'

Het stoorde haar dat Ulrika kennelijk naar haar toe was gekomen om over haar overspelige echtgenoot te praten. Van de vraag hoe het met Rebecka ging, was ze wel heel gemakkelijk afgestapt.

'Nee, je hebt gelijk,' zei Ulrika. 'We gaan het niet over mij hebben. Word je door de politie op de hoogte gehouden?'

'Mondjesmaat.'

'Ik hoorde dat Axel...'

'Hij is vrijgelaten.'

'Waarom?'

'Hanna schermt de hele tijd met het feit dat ze geen details over het onderzoek mogen prijsgeven.'

'Hanna?'

'Ja, Hanna Duncker. Ze komt hiervandaan. We hebben bij elkaar op school gezeten. Wist je dat niet?'

Ulrika schudde haar hoofd. Zij kwam uit Borgholm en had op andere scholen gezeten. Je kon op haar gezicht precies zien wanneer het kwartje viel.

'Duncker… Die mishandelde vrouw en dat huis dat in brand was gestoken, was dat haar vader?'

'Ja,' antwoordde Rebecka geïrriteerd, maar ze bedwong de impuls om Hanna in bescherming te nemen.

'Sorry,' zei Ulrika. 'Ik wist niet dat jullie vriendinnen waren.'

'Dat waren we. Sinds haar vertrek heb ik nauwelijks meer contact met haar gehad.'

'Waarom is ze teruggekomen?'

'Ik heb geen idee.'

Ze zwegen een poosje. Rebecka had er niet aan gedacht een jas mee te nemen, dus ze had het een beetje koud. Ze wierp een steelse blik op de verandadeur.

'Het moet verschrikkelijk zijn om een vader te hebben die…'

'Ja,' kapte Rebecka haar af.

Ze kon Ulrika er nu niet bij hebben. Kon ze de hint niet gewoon snappen en weggaan?

'Wat denkt de politie dat er gebeurd is? Weet jij dat?' vroeg Ulrika.

'Niet echt,' zei Rebecka. 'Laatst vroegen ze of Joel homo was.'

Ulrika keek onthutst.

'Was hij dat?'

'Dat weet ik niet,' zei Rebecka en daarna begon ze hard te huilen.

Ulrika sloeg haar armen om haar heen.

'Waarom heeft hij niets gezegd?' snikte Rebecka. 'Dacht hij dat ik het niet zou accepteren?'

49

Erik keek naar buiten en zag dat het motregende. Hij vroeg zich weer af wat ze thuis deden. Het was bijna halftwaalf, dus waarschijnlijk waren ze zojuist bij het kasteel aangekomen. Misschien waren ze net uit de auto gestapt en renden ze over de valbrug naar de beschermende muren. Hij werd overvallen door een sterk verlangen om nog eens een moesson in India mee te maken. Het uitgedroogde grijs dat opeens explodeerde in kleuren, kinderen die in de waterplassen speelden, alle lachende mensen.

'Waarom lach je?' vroeg Hanna.

Erik dacht niet dat hij het zou kunnen uitleggen.

'Mijn familie maakt vandaag een uitstapje naar het kasteel van Kalmar,' zei hij. 'En Supriya zit in de zenuwen over het weer. Ze is bang dat haar ouders het koud zullen krijgen.'

Hanna stond op en sloot het raam. Ze zaten aan de ovale tafel in hun kantoor te wachten op Ove en Daniel. Ze deden meestal alleen de ochtendbriefing in een gereserveerde vergaderkamer. Nadat Erik met Göran Olander had gepraat, had hij Ove gebeld, die had gezegd dat ze even moesten afstemmen met z'n allen. Kennelijk was het de forensische IT'ers gelukt meer uit Joels laptop en telefoon te halen.

Supriya wilde dat ze volgend jaar met z'n drieën naar Mumbai en misschien naar Jaipur zouden gaan, zodat Nila India niet zou vergeten. Dat vond Erik ook belangrijk, hij wilde dat Nila de kans kreeg nieuwe ervaringen op te doen, maar hij ervoer een conflict dat hij moeilijk onder woorden kon brengen. Hij vond niet dat ze moesten vliegen.

Hanna was in haar norse zwijgzaamheid vervallen en Erik begreep niet waarom. Misschien had ze het opdringerig van hem gevonden om haar uit te nodigen. Dit was nog maar de vierde dag dat ze samenwerkten, maar hij had weleens mensen na minder tijd uitgenodigd. Vorig jaar had hij een paar verdwaalde Indiase toeristen getroffen voor de domkerk en toen hij hoorde dat ze Marathi spraken, had hij hen aangesproken. Hij was al snel door zijn Marathische zinnen heen geweest en was op het Engels overgestapt. Ze waren met hem meegegaan naar huis en het was een heel gezellige avond geworden.

'En wij zijn weer terug bij af,' zei Hanna.

'Nee, nu ben je onnodig pessimistisch. Ditmaal weten we dat hij het niet heeft gedaan.'

'Weten we dat?'

'Ja,' zei Erik. 'Waarom zou iemand als Göran Olander liegen voor Axel Sandsten?'

'Nu ben jij onnodig naïef.'

Hanna keek snel weg. Het leek wel of ze zich voor haar woorden schaamde, maar ze had wel een punt. Hun werk bestond voor een groot deel in het blootleggen van leugens, maar niets wees erop dat Olander loog.

'We moeten nog eens met Fanny praten,' zei Hanna.

'Ja, we moeten na de bespreking maar even naar Öland.'

Daniel kwam de kamer binnen met een laptop in zijn armen en Ove in zijn kielzog.

'Fijn dat jullie hier zijn,' zei Ove. 'Is een van jullie de naam Markus Johansson tegengekomen?'

'Nee,' zei Erik. 'Hoezo?'

'Daar chatte Joel mee op het lhbti-forum. Die chat op zich is niet bijzonder. Joel is onzeker over zijn geaardheid en over wie hij is, en Markus steunt hem. Maar er is een opvallend leeftijdsverschil. Markus zegt dat hij een zoon van Joels leeftijd heeft, dus hij moet minstens twee keer zo oud zijn. Bovendien maken ze een afspraak.'

'Weten we wie hij is?' vroeg Erik.

'Daar ben ik mee bezig,' zei Daniel. 'Er zijn een stuk of tien mannen in de omgeving die Markus Johansson heten.'

'Is een van hen rond de veertig?' vroeg Hanna.

Daniel typte iets op zijn laptop.

'Er is er een van drieënveertig, die in Oxhagen woont. Hij is getrouwd, woont alleen, en heeft een zoon die op de Katrinelundschool in Göteborg zit.'

'Heb je een foto?'

'Wacht even.'

Een paar minuten later had Daniel een foto gevonden. De man die hij hun liet zien, had lichtbruin haar. Het zou de man kunnen zijn die Petri had beschreven.

'Hij werkt als filiaalchef bij Teknikmagasinet in winkelcentrum Giraffen.'

Het winkelcentrum zat aan de overkant van de straat.

Erik belde het nummer van Teknikmagasinet en hoorde van de vrouw die opnam dat Markus Johansson vandaag vrij was.

'Ik vind dat we met hem moeten praten,' zei Hanna.

'Zie eerst dat je Fanny Broberg te pakken krijgt,' zei Ove. 'Toen ik de officier van justitie belde over Axel Sandsten, kreeg ik te horen dat we bij haar huiszoeking mogen doen.'

Hanna was duidelijk niet blij met dat besluit. Ove zag het ook.

'Ze heeft Joel die nacht mishandeld,' zei hij. 'Ze moest dezelfde kant op naar huis als Joel en waarschijnlijk is ze hem onderweg tegengekomen.'

'Ik bedoel niet dat we niet met haar moeten praten,' zei Hanna, 'maar is een huiszoeking niet wat overdreven? Gezien de plek waar Joel is gevonden, lijkt het me waarschijnlijker dat hij door iemand anders is opgepikt.'

‘Op weg naar Öland kunnen we langs Markus Johansson gaan,’ zei Erik. ‘Dat kost maar een kwartiertje.’

Ove keek Daniel aan alsof hij steun zocht, maar die kreeg hij niet.

‘Oké,’ zei hij. ‘Gaan jullie maar bij Markus Johansson langs, maar Daniel gaat met de patrouillewagen rechtstreeks naar het huis van Fanny Broberg. Als Fanny thuis is, moeten ze zorgen dat ze daar blijft totdat jullie komen.’

DE LAATSTE DAG

Het bushokje trilt van het geloei van de motor. Joel houdt zijn adem in en sluit zijn ogen. Niet dat hij denkt dat hij zich op die manier kan verstoppen, maar hij wil het niet zien. Hij concentreert zich op het harde, koude bankje onder hem. Dat is beter dan de duisternis achter hem. Het kerkhof met al zijn doden.

Opeens verstomt het gebrom. Joel doet zijn ogen open en kijkt recht in de koplamp van de brommer. Hij wendt zijn blik niet af. Achter het licht ziet hij vaag Fanny's gezicht. Zijn hart bonst zo hard dat hij er misselijk van wordt en hij doet zijn best om dat niet te laten merken.

Hij wil haar niet tot meer slaag aanmoedigen.

Ten slotte gaat het niet meer. Hij moet iets doen om niet te gaan janken.

Langzaam staat hij op. Er gaat een scheut van pijn door zijn lichaam en hij hapt naar adem. Fanny haalt spottend haar neus op. Joel draait zijn gezicht weg van het licht en begint te lopen.

Fanny rijdt in een slakkengang achter hem aan over de weg en Joel is blij dat het geluid van de brommer zijn op hol geslagen hart overstemt.

Waarom zegt Fanny niets? Waarom doet ze niets?

Waarschijnlijk omdat ze doorheeft hoe bang hij hiervan wordt.

Joel wil bijna vragen naar Linnea, alleen om een eind te maken aan Fanny's zwijgen. Wat Linnea heeft gedaan is nog steeds moeilijk te bevatten.

Hij heeft een tijdlang gevoelens voor haar gehad. Ze heeft iets lichts en ongecompliceerds wat hem aantrekt. Waarschijnlijk omdat hij het zelf niet heeft. Hij probeerde het een keer aan Nadine uit te leggen, maar dat was niet gelukt. Dat ze te duister zijn voor elkaar. Dat ze daarom dat soort relatie niet kunnen hebben.

Misschien zou hij Nadine een kans moeten geven. Linnea is anders dan hij dacht, maar op dit moment is hij helemaal klaar met relaties. Met niet weten wie hij is.

Tina.

Even duikt ze op in zijn gedachten, maar daar wil Joel haar niet hebben. Het doet te veel pijn.

De brommer slipt in het grind. Joel wil gillen, maar weet zich in te houden. Hij heeft spijt dat hij Nadine niet heeft verteld van Fanny, maar hij was bang dat zij dan iets stoms zou doen. Alsof dat erger had kunnen zijn dan dit.

Hij wil niet dood.

Joel is halverwege de weg naar huis. Hij denkt na over wat hij zal doen als hij er is, om zichzelf ervan te overtuigen dat het zal lukken om thuis te komen. Hij zal een paar pijnstillers nemen. Ondanks de pijn twijfelt hij er niet aan dat hij in slaap zal kunnen komen. Hij is bekaf. Zo moe is hij nog nooit geweest.

Nog maar tien meter naar de Snegatan, waar Fanny af moet slaan. De brommer verlicht de weg voor Joel. Hij staart naar de dansende mugjes in de lichtstraal. Hij herhaalt de gedachte als een mantra, dat ze moet afslaan.

Nog vijf meter, nog vier, nog drie... De motor van de brommer brult als een roofdier in de sprong.

50

Met een gevoel van mislukking nam Hanna plaats achter het stuur. Ze had zich feller tegen de huiszoeking bij Fanny moeten verzetten. Het was er te vroeg voor, gezien de consequenties die een huiszoeking voor Fanny konden hebben. Vooral nu het onderzoek een nieuwe wending had genomen. Het idee dat er een verband bestond tussen Fanny en Axel Sandsten liet Hanna niet los, maar op dit moment was Markus Johansson het spoor dat zij prioriteit wilde geven.

'Idioten,' mompelde Hanna toen ze de krantenkop voor een tabakszaak zag: AXEL SANDSTEN AANGEHOUDEN.

Ze vond het verschrikkelijk als een verdachte aan de schandpaal werd genageld. Vooral als hij alweer was vrijgelaten. De media liepen continu een stap achter. Gistermiddag, toen de kranten het over Axels verdriet hadden, zat hij in de cel. Ze vroeg zich af wat de kop van morgen zou worden. Ze wist zeker dat Axel dit in zijn voordeel zou ombuigen. Dat hij een reden had gehad om hun niet meteen zijn alibi te geven.

Erik zat naast haar te bellen. Eerst met Supriya en daarna met een huismeester.

'Er is geen code,' zei hij. 'We kunnen zo naar binnen.'

Hanna parkeerde in de Drottning Kristinas väg. De flats hadden rode balkons met glas ervoor. Ze sloegen de hoek om en gingen bij de eerste portiek naar binnen. Het onderste deel van de muur was oudroze van kleur, net als twee vogels op het witte bovendeel.

Het gebouw had geen lift, dus ze namen de trap naar de derde verdieping en belden aan. Markus Johansson deed open, gekleed in een pantalon en een wit T-shirt. Op blote voeten. Ondanks zijn lengte van niet meer dan één meter zeventig zag hij er slungelig uit. Hij kwam haar vaag bekend voor, maar ze kon hem niet plaatsen. Nadat ze zich hadden voorgesteld en hun legitimatie hadden laten zien, mochten ze binnenkomen. Markus bracht hen naar de keuken.

'Kennen wij elkaar?' vroeg Hanna.

Markus keek haar een hele poos aan en schudde toen zijn hoofd.

'We willen het over Joel Forslund hebben,' zei Erik.

'Ja, dat dacht ik al.'

Ze hadden de juiste Markus gevonden, maar Hanna voelde geen opluchting. Ze bleef haar geheugen doorzoeken naar waar ze hem eerder had gezien. Voordat ze van Öland was weggegaan? Maar hij was acht jaar ouder dan zij, dus dat zou het niet zijn.

'Hadden jullie een relatie?'

Die vraag was te snel en te direct naar Hanna's smaak. Ze had liever met een open vraag willen beginnen. Ze had Markus willen horen praten over wie Joel was. Met haar blik probeerde ze Erik tot kalmte te manen, maar hij keek haar niet aan. Misschien vond hij dat ze daar geen tijd voor hadden. De vraag leek voor Markus niet als een verrassing te komen.

'Nee, absoluut niet. Het ging niet zo goed met Joel en ik wilde hem helpen.'

'Waar hebben jullie elkaar ontmoet?'

'Op een internetforum.'

'Een lhbti-forum, toch?'

'Ja.'

Hanna had geen keus, ze moest Erik zijn gang laten gaan. Ze keek om zich heen in de keuken. Op het aanrecht stonden alleen een fruitschaal en een pot met keukengereedschap. Er hingen geen gordijnen voor het raam en op de vensterbank stond een eenzame groene plant. De tafel waaraan ze zaten was wit gelakt, net als de stoelen. Ze kreeg geen hoogte van de inrichting of van Markus. Als oudere mannen op een internetforum contact opnamen met jonge jongens, was dat zelden alleen om te helpen.

'Hoe zou je jouw seksuele geaardheid definiëren?'

Markus zuchtte, misschien vanwege Eriks omslachtige formulering.

'Ik ben getrouwd met een vrouw,' zei hij. 'Dus wat denk je zelf?'

'Waar is je vrouw?'

'We hebben besloten om apart te wonen. Ze heeft een eigen appartement in de buurt.'

'Waarom?'

'Toen we samenwoonden, werkten we elkaar te veel op de zenuwen. We hebben allebei een grote behoefte aan alleen zijn.'

Hanna had nog nooit met iemand samengewoond met wie ze een relatie had. Het zat haar dwars dat ze niet bij Fabian had durven intrekken, dat ze te laf was geweest om het te proberen. Misschien kreeg ze nooit meer een kans om te ervaren hoe het was om niet alleen te zijn. Maar ergens wist ze dat het op den duur niet goed was gegaan, wat ze ook voor hem voelde. Hij had te veel gewild, het moest allemaal meteen. Ze waren nog maar drie maanden samen toen hij met zijn voorstel kwam. Erik draaide zich naar haar om, hij vond haar zwijgen zeker storend. Ze sloot hem buiten en concentreerde zich op Markus.

'Had Joel gevoelens voor jou?' vroeg ze.

'Nee,' zei Markus. 'Dat zou ik hebben gemerkt.'

Hanna vond dat hij te stellig klonk en te snel antwoord gaf. Alsof hij zo snel mogelijk van hen af wilde zijn. Ze zocht naar een andere ingang.

'Waarom ging het niet goed met Joel?'

'Het is lastig om tiener te zijn.'

'Zeker, maar bij hem zat er meer achter, of niet?'

Markus haalde met een berustend gebaar zijn schouders op.

'Wat Joel is overkomen, is verschrikkelijk, maar we kenden elkaar nog maar een paar maanden. Ik kan jullie verder niet helpen.'

‘Waar hadden jullie het over?’ vroeg Hanna.

‘Over boeken, tv-series en documentaires. Maar vooral over hoe moeilijk het is om je plek te vinden. Dat het niet uit zou moeten maken van wie je houdt en waarmee je je identificeert.’

De antwoorden waren nog steeds irritant vaag en ze probeerde het nog eens op een andere manier.

‘Hoe is de band met je zoon?’

‘Wat heeft dat hiermee te maken?’

‘Geef gewoon antwoord,’ zei Erik.

‘Die is nogal moeizaam geweest,’ zei Markus. ‘Maar het wordt langzaamaan beter.’

‘Waarom gaat hij in Göteborg naar school?’

‘Dat is een ijshockeyschool.’

Markus veranderde toen hij het over zijn zoon had. Zijn gezicht zei iets anders dan zijn woorden, namelijk dat het helemaal niet beter werd. Hanna kreeg een vermoeden.

‘Is je zoon de reden dat je op dat forum zit?’ vroeg ze.

‘In zekere zin.’

‘Leg uit.’

‘Ik heb altijd moeilijk met hem kunnen praten, maar met anderen is het makkelijker. Daar heb ik het gevoel dat ik kan helpen.’

‘Is je zoon homo?’ ging ze verder.

‘Nee. Of niet dat ik weet in elk geval.’

‘Maar waarom uitgerekend een lhbti-forum?’

‘Ik heb ook bij een zelfmoordhulplijn gewerkt.’

‘Waar was je in de nacht van dinsdag op woensdag?’ vroeg Erik, die genoeg leek te hebben van Markus’ ontwijkende antwoorden.

‘Thuis. Ik lag al om tien uur in bed.’

‘Kan iemand dat bevestigen?’

‘Nee. Ik heb met mijn vrouw gebeld, maar dat was kort na negen uur.’

‘Wanneer ben je voor het laatst op Öland geweest?’

‘Een paar weken geleden. Op bezoek bij een vriend in Färjestaden.’

Ze verlieten Markus Johansson met de vermaning dat hij contact moest opnemen als hem iets te binnen schoot wat ze over Joel zouden moeten weten.

'Heb je het kenteken van Markus Johansson?' vroeg Hanna.

Toen Erik zijn hoofd schudde, belde ze om het op te vragen. Ze liepen naar de parkeerplaats en vonden al snel de zwarte Audi met het juiste kenteken. Ze had hetzelfde bij de auto als bij hem: het idee dat ze die eerder had gezien. De linkerbuitenspiegel was kapot en over de zijkant liep een lange kras. Ze keek door de voorruit. De auto was veel netter dan die van haarzelf. Er lag niks, nog geen papiertje. Ze verbeeldde zich dat ze de geur van schoonmaakmiddel kon ruiken.

'Wat denk je?' vroeg Hanna.

'Zo te zien is er iemand boos op hem.'

51

Terwijl Hanna naar Öland reed, belde Erik Ove om hem te informeren en af te stemmen. Hij kreeg geen gehoor, dus hij stuurde een berichtje dat hij gebeld wilde worden. Hij zat met de telefoon in zijn hand te wachten toen er een foto van Supriya binnenkwam. Daarop waren Nila en Yadu te zien achter tralies. Ze stonden ertegenaan gedrukt alsof ze eruit probeerden te komen.

'Zo was hij bij mij nooit,' had Supriya een keer gezegd naar aanleiding van het feit dat Yadu met Nila speelde. In haar jeugd moest ze doen wat haar gezegd werd en zich koest houden. Ze had haar moeder geholpen met de dingen die hun huishoudster niet deed, terwijl haar broers dat niet hoefden. Maar haar ouders hadden haar wel laten studeren. Ze waren bang geweest dat ze niet zou trouwen en hadden Erik met open armen ontvangen. Voordat ze met pensioen gingen, had Yadu een eigen drankonderneming gehad en Aavika had als kok gewerkt. Erik stuurde net een smiley naar Supriya toen Ove belde.

'Hoe gaat het?' vroeg hij.

'De verdenking is sterker geworden,' zei Erik. 'Het is waarschijnlijk goed om Markus Johansson goed door te lichten. Heeft hij contact gehad met meer jongens van Joels leeftijd op dat forum? Of op andere forums? Hij zei dat hij bij een zelfmoordlijn had gewerkt.'

'Is al gebeurd. Waar zijn jullie nu?'

'We rijden de brug op,' zei Erik. 'Was Fanny thuis?'

'Helaas niet, maar de doorzoeking zal nog wel even duren, gezien de toestand waarin het huis verkeert. Misschien duikt ze nog op.'

Erik dacht niet dat Fanny zich zou laten zien zolang de politie daar bezig was de boel overhoop te halen, maar dat zei hij niet. Opeens moest hij lachen. Het leek wel of Hanna's pessimisme hem had aangestoken. Ze leek ongewoon humeurig vandaag.

'Jij en Hanna moeten maar wat rondrijden door de omgeving om haar te zoeken,' ging Ove verder.

Toen ze hadden opgehangen, vertelde Erik aan Hanna wat er van hen gevraagd werd.

'Oké,' zei ze. 'Als de kids nog dezelfde hangplekken hebben als in mijn jeugd, weet ik waar we moeten kijken. We beginnen met de school.'

Het verkeer over de Ölandbrug was in het weekend drukker dan door de week, maar nog lang niet zo erg als in de zomer.

'Het lijkt wel of er iets met Joel was wat niemand wil vertellen,' zei Hanna.

'Ja, maar wat?'

'Dat weet ik niet.'

Hanna nam de afrit naar weg 136 iets te snel, en Erik pakte de kruk van het portier vast om rechtop te blijven zitten. Ze wierp hem een geïrriteerde blik toe, maar hij negeerde haar en keek door de voorruit. Naar de gele en groene velden en de schaarse bomen waarmee ze werden omzoomd. Het was hier zo verlaten. Maar meteen daarna kwamen ze langs een kleine verzameling huizen en een windmolen. Ze sloegen af naar Gårdby en de weg werd smaller.

'Hoe was jij toen je op school zat?' vroeg hij.

'Hoezo is dat relevant?' vroeg Hanna.

'Was jij net als Fanny?'

'Nee,' zei Hanna. 'Dan leek ik nog meer op Joel.'

Bedoelde ze dat ze lesbisch was? Maar dat kon hij natuurlijk niet vragen, dus Erik hield zijn mond. Hoewel, waarom eigenlijk niet? Daar moest je net zo makkelijk naar kunnen vragen als naar iemands schoenmaat.

‘Ben je lesbisch?’

‘Nee, ben jij homo?’

‘Ik heb een vrouw.’

Hanna haalde haar neus op.

‘Ik weet het,’ zei Erik. ‘Dat zegt niets.’

Ze naderden Gårdby en hij begon iets actiever uit te kijken naar Fanny, maar hij zag niemand die op haar leek. Alleen mensen die op hun vrije zaterdag in de tuin bezig waren en twee vrouwen die met een kinderwagen op pad waren.

Hanna parkeerde naast de school. Eén rondje om de school was genoeg om te constateren dat er geen tieners waren. Een paar kinderen van een jaar of tien klommen op het grote klimrek op het schoolplein.

‘Zijn jullie polities?’ schreeuwden ze.

Een week geleden zouden ze dat waarschijnlijk niet meteen hebben geraden. Erik stak zijn hand op in een bevestigende groet.

‘Waar gaan we nu heen?’ vroeg hij.

‘De haven.’

Het was verder rijden naar de haven dan hij had gedacht. Om daar te komen reden ze door een ander, kleiner dorp en langs een rij huizen. En langs de alomtegenwoordige velden.

Op het havenplein stapte Erik uit en de Oostzee breidde zich voor hem uit. Hij kreeg weer hetzelfde gevoel als eerder, maar dan veel sterker. Hoe verlaten het hier was.

Zonder iets te zeggen ging Hanna met haar rug naar hem toe bij het water staan. Erik maakte een rondje door de haven. Een paar schuurtjes waren de enige bebouwing, en hoewel hij niet dacht dat Fanny zich daar verstopte, voelde hij aan deuren en keek hij door ramen. Op een van de steigers stond een man van zijn eigen leeftijd te vissen met een werphengel.

‘Bijten ze een beetje?’

‘Nee,’ zei de man. ‘Het water wordt al te warm.’

Erik wist niets van vissen, maar knikte alsof hij er wel verstand van had.

‘Hoelang sta je hier al?’ vroeg hij.

'Een paar uur.'

'Heb je in die tijd iemand gezien?'

'Alleen Henrik, die met zijn boot bezig was.'

Erik knikte alsof hij ook wist wie Henrik was. Hij keek naar de weinige boten die hier aangemeerd lagen. Vooral eenvoudige motorboten, maar ook een paar roeiboten.

'Geen jeugd?'

'Nee.'

Erik bedankte hem en liep terug naar Hanna. Het had de man kennelijk niet uitgemaakt wie Erik was, ook al had hij in alle schuurtjes gekeken. In Malmö zou hij dit soort vragen niet hebben kunnen stellen zonder een heleboel wedervragen te krijgen. Maar waarschijnlijk had de man wel door dat hij van de politie was.

Zijn telefoon ging. Vanaf dat nummer was ook het dreig-sms'je aan Hanna verstuurd. Hij liet haar de telefoon zien en vertelde van het bericht dat hij had gestuurd.

'Wil jij hem nemen?' vroeg hij.

'Nee, echt niet,' zei ze.

Ze keek alsof ze de telefoon uit zijn hand wilde rukken en hem in zee wilde gooien. Haar woede verbaasde hem, maar hij had er geen tijd voor. Hij moest opnemen voordat de verbinding werd verbroken.

'Hoe kun je beweren dat je het begrijpt?' vroeg een boze vrouwenstem.

'Ik...'

Maar de vrouw was niet van plan hem aan het woord te laten.

'Je hebt geen idee hoe het was om haar weer te zien. Haar vader heeft mijn moeder vermoord. Hij...'

Nadat ze een paar seconden naar lucht had gehapt, verbrak de vrouw abrupt de verbinding. Erik keek Hanna aan. Waarschijnlijk wilde ze niet de telefoon in het water gooien, maar hem.

'Had Ester een dochter?' vroeg hij.

'Ja. Maria.'

'Dan is zij degene die jou heeft bedreigd.'

52

Esters dochter Maria had haar bedreigd. Hanna had al zo'n vaag vermoeden gehad dat zij het was, maar vage vermoedens kun je negeren. Nu ze het zeker wist, reageerde ze op een manier die ze niet had voorzien. Alles stond op losse schroeven en haar boosheid om het sms'je dat Erik zonder overleg met haar had verstuurd verdween.

Erik pakte haar bij de arm, leidde haar naar de auto en duwde haar op de bijrijdersstoel. Ze wilde tegen hem zeggen dat ze geen hulp nodig had, vooral niet van hem, maar ze kreeg geen woord over haar lippen. Het portier klapte dicht, hij liep om de auto heen en kwam naast haar zitten.

'Het is niet oké dat ze zich zo gedraagt tegen jou,' zei hij.

Hanna draaide zich om naar de Oostzee. Hier kwam ze vroeger altijd als ze het thuis niet meer uithield.

'Misschien niet. Maar weet je wat hij...'

'Ja,' zei Erik. 'Je hoeft het niet te vertellen.'

Hanna wendde haar ogen niet af van de zee. Natuurlijk had hij uitgezocht wat er gebeurd was, zodra hij had begrepen dat haar vader een moordenaar was. Dat deed iedereen. Het was net zoiets als langzamer gaan rijden en gluren als je langs een auto-ongeluk reed.

Sommige politiemensen in Stockholm hadden haar naam herkend. Maar buiten het korps maar heel weinig. Drie keer had ze het zelf verteld, maar dat kon niemand aan. Iedereen die het te weten kwam, verdween. Ze konden haar niet los zien van haar vader. Tot nu toe hadden ze alleen afstand willen scheppen tot haar, maar nu was er een grens gepasseerd. Maria wilde haar kwaad doen.

Hanna had aan een paar zaken gewerkt waarin de haat zich op de familie gericht had. Bij de echtgenote van iemand die een jonge vrouw had verkracht en vermoord, waren stenen door de ruit gegooid en ze was door glassplinters gewond geraakt. De pesterijen waren doorgegaan en uiteindelijk had ze moeten verhuizen.

'Wat is Maria's achternaam?' vroeg Erik.

'Jensen.'

Erik toetste de naam in op zijn telefoon.

Een kievit landde een paar meter van de auto. Hij had een glinsterende groene rug, vermoedelijk was het een mannetje. De kievit keek haar met een verwijtende blik aan. *Wat doe jij hier? Je had in Stockholm moeten blijven.*

In Stockholm had Hanna de kans gehad om iemand anders te worden. Maar haar leven daar was half geweest, als het dat al was. Ze had een baan gehad en meer eigenlijk niet. Af en toe een relatie of een vriendschap. Ze had niets vast weten te houden. Dat lag niet aan de stad, maar aan haar. Haar halfslachtige poging was tot mislukken gedoemd geweest. Want ze was niet zoals Kristoffer, die het verleden achter zich kon laten. Zij moest begrijpen wat er gebeurd was om verder te kunnen gaan. Het echt verwerken. Het had alleen de nodige tijd gekost om dat in te zien.

'Maria Jensen woont in Norra Sandby,' zei Erik. 'We moeten er maar even heen.'

Hanna wist al waar ze woonde. Dat had ze opgezocht nadat ze Maria op de parkeerplaats bij het Möckelmossen had gezien.

'We hebben werk te doen,' zei ze.

'Heb je meer ideeën over waar Fanny zou kunnen zijn?'

'Misschien bij Tilde of Lukas.'

'Denk je dat echt?'

'Nee.'

Afgaand op hoe Tilde en Lukas over Fanny hadden gesproken, zouden ze haar waarschijnlijk niet hebben binnengelaten als ze bij hen op de stoep stond. Maar misschien had ze andere vrienden. Het probleem was dat ze niemand hadden aan wie ze dat konden vragen. Haar moeder zou het vast niet weten.

'Laten we dan maar naar Maria gaan,' zei Erik. 'Dan kunnen we daarna nog eens door Gårdby rijden. Ove lijkt misschien soms wat traag, maar dat is hij niet, en in wezen is hij best geschikt. Ik stuur hem een sms'je om het uit te leggen.'

Zonder op haar reactie te wachten stuurde hij een sms'je en zonder op Oves antwoord te wachten startte hij de auto en reed weg.

Een paar keer voelde Hanna de impuls om hem te vragen om te keren, maar dat deed ze telkens niet. Koortsachtig spiedde ze door de voorruit. Ze wilde Fanny in het oog krijgen, dan hoefde ze niet naar Maria.

Hoe dichter ze bij Norra Sandby kwamen, hoe moeilijker het werd om adem te halen. Misschien hoorde Erik dat, want hij wierp een bezorgde blik in haar richting. Hoewel, als hij bezorgd was, zou hij dit niet moeten doen. Ze liet haar linkeronderarm los. Ze had zo hard in de tatoeage geknepen dat het pijn deed.

Erik parkeerde voor Maria's kleine stenen huisje, en op de een of andere manier wist Hanna hem ervan te overtuigen dat hij in de auto moest blijven zitten. De tuin was tot in de puntjes verzorgd, en ze wilde hier blijven. Mei was altijd al haar favoriete maand geweest. Hanna wist redelijk veel van planten en dieren. Toen haar moeder nog leefde, had haar vader haar en Kristoffer gedrild. Maar hier stond veel wat ze niet kende. Haar vader had altijd de voorkeur gegeven aan het wilde boven het gekweekte. Hanna liet haar vingertoppen langs de seringenstruik gaan, die op het punt stond te gaan bloeien. Een wesp steeg op en vloog zoemend weg.

Ze liep naar de deur en nadat ze de nachtegaal nog een keer had aangeraakt, bracht ze haar vinger naar de bel. Het doffe signaal weergalmde door het huis. Er brandde licht achter de ramen, maar ze hoopte toch dat Maria niet thuis was.

De deur gleed open en toen Maria haar zag, verstrakte elke spier in haar gezicht.

'Doe de deur niet dicht, alsjeblieft,' vroeg Hanna.

Maria's hatelijke blik gleed langs haar lichaam. Trok eraan en kneep erin. Uiteindelijk draaide ze zich om en liep weg, maar ze liet de deur openstaan. Onzeker liep Hanna achter haar aan naar binnen, en zonder naar Erik te kijken deed ze de deur achter zich dicht.

'Waarom ben je teruggekomen?' vroeg Maria.

Ze stond op het voddenkleed in de woonkeuken en kruiste haar armen voor haar borst. Er was een lang antwoord op die vraag. Dat Hanna nooit lekker in haar vel had gezeten in Stockholm, dat het haar niet was gelukt ook maar één betekenisvolle relatie op te bouwen, dat ze aldoor het gevoel had gehad dat er iets ontbrak, dat het helemaal fout was dat ze had moeten verhuizen. Dat ze een band met Öland voelde die verder ging dan de familie. Maar ze had geen idee hoe ze dat allemaal moest uitleggen.

'Ik had het niet naar mijn zin in Stockholm.'

'Niet naar je zin?'

De woorden werden uitgespuugd.

'Wat mijn vader heeft gedaan is onvergeeflijk. Dat weet ik. Maar ik ben mijn vader niet.'

'Hoe denk je nu over hem?'

Het zou slim zijn om te liegen en te zeggen dat ze hem haatte. Maar dat kon Hanna niet. Lars was een geweldige vader geweest toen ze klein was. Hij had haar voorgelezen, met haar gespeeld, haar alles over de wereld geleerd. Hij had haar en Kristoffer meegenomen op avontuur. Wandelen, kamperen, vissen. Dat was allemaal gestopt toen haar moeder overleed. Ze kreeg tranen in haar ogen.

'Ik vind dat je weg moet gaan.'

Zowel Maria's woorden als haar lichaamstaal waren nog even hard. Hanna begreep niet wat ze hier deed. Ze had zich niet door Erik voor het blok moeten laten zetten. Maar ze kon niet weggaan. Nog niet.

'Heb je ook gebeld?'

Maria keek haar alleen aan.

'Dat je niks zei en een opname liet horen…'

'Nee.'

Toen Hanna zich omdraaide om weg te lopen, ontdekte ze de foto op het kastje. Een foto van Maria en Carina, die naast elkaar voor een bloeiende rozenstruik stonden, met allebei dezelfde zonnehoed op. De foto kon niet meer dan een jaar of vijf oud zijn, en Carina had een uitdrukking op haar gezicht die Hanna op het politiebureau nooit had gezien. Ze was ontspannen en vrolijk.

Hanna liep snel naar buiten.

'Hoe is het gegaan?' vroeg Erik toen ze was ingestapt.

'Beroerd. Rij nu maar.'

Erik startte de auto en reed weg, maar hij had niet het verstand om zijn mond te houden.

'Je moet…'

'Ik moet niks, verdomme,' snauwde Hanna.

Erik schrok en keek haar verbaasd aan.

'Wat is er eigenlijk gebeurd daar binnen?' vroeg hij.

Niet: wat bezielt je? Dat hij zo rustig en begripvol was, deed de boosheid opvlammen die al de hele dag had liggen smeulen.

'Wat is jouw probleem, verdomme?' riep ze.

'Mijn probleem?'

'Ja. Je verpest het de hele tijd voor me. Eerst klets je tegen Ove. Dan stuur je Maria een sms'je zonder eerst met mij te overleggen. Wat een klerestreek. En dan denk je dat het een goed idee is om bij haar langs te gaan.'

Erik zette de auto aan de kant. Zijn handen op het stuur trilden. Ze waren bijna weer in Gårdby.

'Het spijt me,' zei hij verbeten. 'Maar jij bent ook niet erg makkelijk geweest.'

'Ik ben mijn vader niet.'

'Dat heb ik toch ook nooit gezegd? Alles wat ik zeg of doe, leg je verkeerd uit.'

Hanna staarde Erik aan. Hij was boos en gekwetst en ze wendde zich af. Ze bedwong de impuls om uit te stappen. Ze wilde hier niet zijn. Ze was niet zozeer boos op hem als wel op haar eigen kutleven. Ze was in gedachten terug bij Maria. Maria kende Carina, en vermoedelijk was het waar wat ze zei, dat zij niet had gebeld. Die telefoontjes kwamen van iemand anders, maar van wie dan?

Ze stonden een paar minuten aan de kant van de weg. Uiteindelijk verbrak Hanna de stilte.

'Sorry,' zei ze.

Erik keek haar aan, hij leek zijn woorden te wegen.

'Ik moet sorry zeggen,' zei hij.

Hanna fixeerde haar blik op de vergrendelingsknop aan de binnenkant van het portier. Ze knipperde haar tranen weg. Ze zou een poging moeten doen het uit te leggen, maar hoe?

'Ik weet dat ik niet altijd nadenk voordat ik iets zeg,' zei Erik. 'Maar ik bedoel het echt niet verkeerd.'

'Oké,' zei Hanna. 'Ik...'

Maar meer kwam er niet. Een paar minuten later startte Erik de auto.

'Rij naar het zuiden,' zei Hanna.

'Waarom?'

'Misschien is Fanny bij het Möckelmossen.'

53

Er stond een klein groepje mensen voor de berg bloemen. Veel van de boeketten waren verwelkt, maar er kwamen telkens nieuwe bij. Fanny was hier niet en de blonde vrouw die Hanna de eerste avond had gezien ook niet. Maar ze pakte haar telefoon en maakte foto's.

Erik knikte. Goedkeurend, dacht ze, maar dat wist ze niet zeker. Ze hadden geen woord tegen elkaar gezegd sinds het haar niet was gelukt om uitleg te geven. Toen Hanna klaar was met foto's maken, keerde ze terug naar de auto. Er was geen reden om hier te blijven. De foto van Maria en Carina kwam aldoor bij haar boven. Ze wist niet wat ze ermee aan moest. Of met het feit dat er iemand anders dan Maria achter de telefoontjes zat. Of dat ze zichzelf niet in de hand had weten te houden en tegen Erik had geschreeuwd.

'Ik verga van de honger,' zei hij en hij reed het parkeerterrein af. 'We moeten even iets eten.'

Hanna keek hem aan.

'Wat?' zei hij. 'Van ruziemaken krijg je honger. Bovendien is het al twee uur geweest.'

Hanna slikte de tranen weg die weer tevoorschijn wilden komen.

'Ik bel Daniel even,' zei ze. 'Om te horen hoe het met de huiszoeking gaat. Misschien hebben ze ons daar nodig.'

Daniel nam niet op en daarna belde Hanna Ove, die vertelde dat ze nog steeds bezig waren met de huiszoeking en dat Fanny zich niet had laten zien op de boerderij. Fanny's moeder was er wel, maar die zei dat haar dochter naar de Maldiven was vertrokken. Toen Hanna meldde dat zij Fanny ook niet hadden gevonden, kregen ze de opdracht terug te rijden naar Kalmar.

Ze hing op en vroeg zich af of ze iets had moeten zeggen over wat er bij Maria was gebeurd. Dat de telefoontjes van iemand anders waren geweest. Of over de foto. Maar dat had ze niet gekund. Ze moest eerst weten wat Maria en Carina voor relatie hadden, voordat ze Ove ernaar vroeg. En aan de bedreigingen konden ze geen van allen iets doen zolang ze anoniem waren.

'We moeten naar het bureau,' zei ze tegen Erik. 'Ik heb geen eten bij me, dus misschien kun je ergens stoppen.'

Ze deed haar best om haar toon vriendelijk te houden.

'Waar heb je trek in?' vroeg hij.

'Dat maakt niet uit. Kies jij maar.'

Toen ze op het vasteland waren gekomen en de E22 verlieten, sloeg Erik rechts af naar het Scandic-hotel. Meteen na de afrit parkeerde hij voor een grillrestaurant dat Dilan heette.

'Meenemen of hier opeten?'

'Liever meenemen,' zei Hanna.

Op dit moment wist ze niet wat ze aan hem had, en ze werd zenuwachtig van het idee dat ze gedurende de hele lunch tegenover hem zou moeten zitten. Op het bureau zat er misschien nog iemand in de kantine met wie Erik kon praten. Maar dat bleek niet zo te zijn. Toen zij niets zei, vertelde hij over het boek dat hij las over de apocalyps. Volgens dat boek woonde zij gunstiger dan hij. Als een groot deel van de mensheid werd weggevaagd, zouden de steden algauw onbewoonbaar worden. Ze waren niet gebouwd om zonder de moderne infrastructuur te functioneren. En ze zouden algauw vol zijn met doden.

'Ik dacht dat je een optimist was,' zei Hanna.

'Dat ben ik ook,' zei Erik. 'Ik vind het gewoon interessant om te lezen.'

Toen de lamsspies op was, liep Hanna snel naar haar bureau. Ze trok

Maria na, maar vond niets wat haar vriendschap met Carina verklaarde. Op Carina's naam durfde ze niet te zoeken.

Ze kon zich moeilijk concentreren. Ze moest telkens weer aan haar ontmoeting met Maria denken. Misschien zou Maria haar met rust laten nu ze tegen haar had kunnen zeggen hoe ze erover dacht. Maar dat betwijfelde Hanna. Dat soort haat ging niet over. Maar die telefoontjes? Daarbij ging het waarschijnlijk niet om verdriet en boosheid over wat haar vader had gedaan, maar om haar. Iemand voelde zich bedreigd door haar terugkeer.

Hanna deed nog een poging om haar gedachten weer bij het onderzoek te bepalen. Wie wist dat Joel juist die nacht door Gårdby liep? Behalve Fanny, Tilde en Lukas? Alles wees erop dat Fanny toch de dader was, maar dat wilde ze niet. Ze gaf de voorkeur aan een drieënveertigjarige dader boven een meisje van zestien.

Hanna opende het logboek en begon te lezen over alle verhoorverslagen, lijsten van telefoongesprekken en de weinige verslagen van de FO, die waren binnengekomen. Maar ze vond geen nieuwe invalshoeken. Iemand anders hield zich met Markus Johansson bezig en daar was nog geen verslag van. Dat kwam misschien maandag pas. Voor alle zekerheid stuurde ze een vraag aan Ove: Nog nieuws over Markus Johansson?

Het antwoord kwam meteen: Nope. Je hoort het zodra daar verandering in komt.

'Ben je van gedachten veranderd?' vroeg Erik.

Verbaasd keek Hanna op van haar telefoon. Had hij gezien wat Ove had geschreven?

'Waarover?'

'Of je met me meegaat. Ik ga nu weg.'

Maakte hij een grapje? Hanna zocht naar tekenen daarvan op zijn gezicht, maar vond er geen.

'Wil je me echt nog wel mee hebben?' vroeg ze.

'Ik kan er wel tegen om uitgescholden te worden,' zei Erik. 'Geloof me, ik heb wel erger gehoord.'

Hanna kwam in de verleiding nog eens de smoes over eten bij de buurvrouw op te hangen, maar dat zou hij waarschijnlijk niet hebben geloofd. Tot haar ergernis bloosde ze. Hanna staarde naar het scherm. Wat ze bij Maria had ontdekt, had haar geschokt, en vanavond zou ze vermoedelijk zelfs in Kleva geen rust hebben. Misschien zou ze naar Ingrid toe kunnen gaan, maar die had haar niet uitgenodigd en Erik wel. Weliswaar voordat ze hem had uitgescholden, maar ze moest niet meer zo verdomd laf zijn. En ze wilde het nog steeds uitleggen.

'Oké,' zei ze.

De verbazing op Eriks gezicht bracht Hanna in paniek. Waarschijnlijk had hij het alleen maar gevraagd omdat hij aannam dat ze nee zou zeggen. Maar bij de manier waarop Erik 'leuk' zei, kromp haar angst tot een hanteerbaar niveau. Ze logde uit en stond op.

Om even voor vijven stapten ze het appartement van Erik en Supriya in Varvsholmen binnen. Zijn dochter Nila kwam aangerend in haar roze jurk.

'Hallo. Wie ben jij?'

'Ik ben Hanna. Je vader en ik werken samen.'

Er klonken snelle voetstappen. Waarschijnlijk kwamen ze op de nieuwe stem af. Supriya trok haar naar zich toe en omhelsde haar. Haar hoofd kwam niet hoger dan Hanna's borst.

'Wat leuk je te ontmoeten.'

Erik wierp zijn vrouw een blik van ongenoegen toe. Misschien vond hij dat ze overdreef. Hanna had gedacht dat Supriya geen Zweeds sprak, maar dat deed ze wel – zij het met een duidelijk accent en met een afwijkende woordvolgorde.

Hanna gaf Supriya's ouders een hand. Om de een of andere reden had ze gedacht dat ze Indiase kleding zouden dragen, maar het enige Indiase was de sjaal die Supriya's moeder om haar schouders had. Hanna vond het niet fijn om zichzelf op vooroordelen te betrappen. Ze was maar één keer buiten Europa geweest, op een charterreis van een week naar Marokko.

Nila zat met haar opa te schaken, terwijl Supriya's moeder eten kookte. Hanna bleef in de woonkamer staan en wist niet wat ze moest doen. Erik was samen met Supriya verdwenen.

'Kom,' zei Erik vanaf het balkon en ze liep naar hen toe.

Supriya gaf haar een glas witte wijn. Hanna's auto stond nog voor het bureau en ze had besloten om met de bus naar huis te gaan.

'Dank je wel,' zei ze.

Het uitzicht was fantastisch. Het enige wat ze jammer vond van haar huis, was dat ze de zee niet kon zien. Dat was de voornaamste reden dat ze elke ochtend naar het strand ging. Ze zag de zee natuurlijk vanaf de brug, maar dan kon je hem niet horen en de geur niet ruiken, en dat was niet hetzelfde.

Hanna zat wijn te drinken en nootjes te eten bij Erik en zijn vrouw. Zij praatten wel, dus Hanna hoefde niets te zeggen. Toch kon ze zich niet echt ontspannen.

'Hoelang wonen jullie al in Zweden?' vroeg Hanna, om te laten zien dat ze meer kon dan luisteren.

'Bijna vijf jaar,' zei Supriya. 'Ik wil dat Nila hier opgroeit. India is geen goed land voor vrouwen.'

Haar blik veranderde toen ze haar vaderland noemde, en Hanna voelde het verlangen als een rilling over haar huid. Erik leek het niet te merken.

'Nee?' vroeg ze.

'Nee, ze hebben niets in te brengen.'

'Alsof dat jou ooit heeft weerhouden,' zei Erik.

De blik die hij zijn vrouw schonk, liep over van liefde.

'Misschien niet,' antwoordde ze.

Hanna voelde een steek. Dat zou zij waarschijnlijk nooit meemaken, dat iemand op die manier van haar hield. Vaker dan ze wilde, dacht ze na over hoe het leven nu geweest was als ze niet had geweigerd bij Fabian in te trekken. Misschien hadden ze dan nog samengewoond. Maar ze betwijfelde of ze erg gelukkig waren geweest. Soms duurde het een tijdje voordat ze tot inzicht kwam. Ze was niet verliefd geweest op hem, maar op het idee om iemand te hebben met wie ze alles kon delen.

Ze keek Supriya aan, die naar haar glimlachte. Hopelijk zou haar verlangen niet onhanteerbaar worden.

Hanna's telefoon ging en toen ze zag dat het een onbekend nummer was, aarzelde ze even voordat ze op het groene hoorntje drukte. Ditmaal werd er niet gezwegen en hoorde ze geen brand, maar een vervormde mannenstem die zei: 'Rot op. Als je blijft, ben je dood.' Ze hing gauw op.

'Belt ze nog steeds?' vroeg Erik.

Hanna haalde afwerend haar schouders op. Dit was misschien het moment om te vertellen wat ze bij Maria had ingezien, maar ze kon het niet. Supriya verontschuldigde zich en zei dat ze naar de wc ging. Waarschijnlijk om hen even alleen te laten. Hanna zocht naar de juiste woorden, maar hoe bemoedigend Erik haar ook aankeek, ze kwamen er niet uit. Hij wist de stilte een kleine minuut te verdragen.

'Je moet iets weten over Daniel,' zei hij.

'Wat bedoel je?'

'Hij is homo.'

'Oké...'

'Ja, ik zag dat je...'

'Dank je, genoeg zo.'

Hanna nam een slok wijn en weerstond de impuls om het glas tegen haar wangen te houden om ze te verkoelen. Had Daniel het ook gezien? Dat was nog het vervelendste, dat ze zo openlijk had gehunkerd. In zekere zin was het mooi dat hij homo was. Ze had aldoor al begrepen dat ze zich puur fysiek tot hem aangetrokken voelde en dat zijn gelijkenis met Fabian daarvan de oorzaak was. Ze wist niets van hem, wat nu des te duidelijker werd. Terwijl ze nog een slok wijn nam om niets te hoeven zeggen, kwam Supriya naar buiten om te melden dat het eten klaar was.

Aan tafel ging iedereen over op het Engels. Hanna schaamde zich voor haar Engels, dat minder goed was dan ze zou willen, maar dat leek niemand erg te vinden. Het eten was verrukkelijk en lang niet zo pittig als ze had gevreesd. Toen ze dat zei, moest Supriya's moeder lachen.

'Ik gebruik minder kruiden, dan kan Erik het ook eten.'

Iedereen lachte. Erik ook.

Supriya's moeder vroeg naar Hanna's familie en leek medelijden met haar te hebben toen ze hoorde dat Hanna alleen woonde. Dat de enige naaste familie een oma was die in een tehuis woonde en een broer die naar Londen was verhuisd. Hanna overdreef het contact dat ze hadden, beweerde dat ze elkaar wekelijks spraken. Haar grootouders van vaderskant noemde ze niet.

Ten slotte begon de wijn Hanna naar het hoofd te stijgen. De uitbarsting eerder. Het telefoontje van daarnet. En deze familie. Het werd haar gewoon te veel.

'Ik moet naar huis,' zei ze. 'Ik moet een bus halen.'

Dat was overdreven. Het duurde nog bijna een uur voordat de bus vertrok, maar ze gokte erop dat Erik dat niet wist.

Het stationsgebouw was dicht, dus Hanna ging in het bushokje zitten. Het was moeilijk om niet aan Joel te denken. Aan de foto die hij had gemaakt van zijn mishandelde gezicht.

Wat was er daarna gebeurd?

Hanna leunde achterover en sloot haar ogen. Meteen was de stem er weer, die tegen haar had gezegd dat ze dood zou gaan als ze niet oprotte. Maar ze kon nergens heen.

Ze opende haar ogen weer om van die stem af te zijn. Die had de vermoedens bevestigd die ze jarenlang had verdrongen. Er klopte iets niet. De flarden die ze te horen had gekregen klopten niet met elkaar. Het brute geweld. Het weinige wat haar vader zelf had verteld. Ze moest uitzoeken wat er in die nacht zestien jaar geleden was gebeurd.

Hanna stuurde Ove een berichtje en vroeg of ze het dossier van haar vader mocht inzien.

DE LAATSTE DAG

De brommer loeit en Joels lichaam reageert instinctief. Hij is ervan overtuigd dat Fanny op hem in zal rijden. Of dat ze voor hem zal blijven staan en van de brommer zal springen om hem te slaan en daar ditmaal niet meer mee te stoppen.

En dat hij daar niets tegen kan beginnen.

Fanny schiet langs hem heen en geeft hem een trap. Het is niet zo'n harde trap, maar hard genoeg om Joel uit zijn evenwicht te brengen. Hij tuimelt de berm in en kan zijn armen maar half omhoogkrijgen. Hij valt op zijn linkerelleboog en zijn gil verdrinkt in het geknetter van de brommer. Joel ligt op zijn zij in het halfhoge gras. Hij duikt in elkaar, net als daarnet in het bos, en beschermt zijn hoofd met zijn armen.

Zonder haar snelheid te verlagen keert Fanny op de weg en slaat de Snegatan in.

Joel durft er niet op te vertrouwen dat ze weg is. Hij blijft in het donker liggen wachten en luisteren. Maar hij hoort alleen de pijn. Het bonzen van zijn rib.

Eén keer eerder heeft hij iets gebroken. Toen was hij met de fiets omgevallen en op zijn arm terechtgekomen. De fysieke pijn herinnert hij zich niet, maar alleen die andere: dat Axel tegen hem zei dat hij moest stoppen met janken. Dat alleen meisjes huilden.

Hoe oud was hij toen? Een jaar of acht, want hij zat al op school en de andere kinderen hadden op het gips getekend. Nee, niet de kinderen. De meisjes. Want hij speelde meestal met meisjes.

Het leven is één grote chaos. Hoe is dit zo gekomen?

Joel heeft geen idee hoe hij eruit moet komen. Hij praat al met Nadine en dat helpt niet. Misschien omdat er een grens is aan wat hij tegen haar kan zeggen. Van sommige dingen die hij zegt, heeft ze duidelijk last. Maar hij begrijpt het wel. Ze is verliefd op hem.

Hij zou Tina moeten bellen. Proberen sorry te zeggen en het uit te leggen, maar Joel vraagt zich af of ze hem ooit kan vergeven.

Tina was zo verdrietig geworden.

Een koude windstoot doet Joel huiveren en hij krabbelt overeind. Fanny is echt weg. Hij kan wel huilen van opluchting en nu pas beseft hij hoe gespannen hij was. Maar hij betwijfelt of ze hem en Molly met rust zal laten. Niet zolang ze haar geld niet heeft.

Ook daar moet hij met zijn moeder over praten.

Hij moet haar om hulp vragen.

De duisternis slokt zijn opluchting op. Hoe vreselijk het ook was om Fanny achter zich te hebben en zich zorgen te maken over wat ze zou doen, haar brommer verlichtte de weg.

'Ik ben er bijna,' zegt hij hardop, om de spoken in het donker te verjagen.

Het is nog maar een paar honderd meter naar zijn warme bed.

Joel pakt zijn telefoon om de zaklamp aan te doen en een berichtje aan Tina te sturen. Sorry is genoeg. Uitleg komt later wel. Maar ditmaal krijgt hij zijn telefoon niet aan de praat.

54

Om kwart voor tien stapte Hanna in Kleva uit de bus. Aangezien hij een paar minuten te vroeg was, bleef de chauffeur bij de halte staan. Ze liep langs de berm, en de man die ook was uitgestapt, leek de andere kant op te verdwijnen. Ze was ongeveer halverwege toen de bus haar inhaalde, met een handvol passagiers in zuidelijke richting onderweg naar eindbestemming Mörbylånga.

De zon was een uurtje geleden ondergegaan en het was pikdonker. Hanna haalde haar telefoon tevoorschijn om de weg te kunnen zien. Ze moest een zaklampje kopen dat ze bij zich kon houden voor dit soort situaties. Toen ze de flauwe bocht om was, zag ze de lantaarn die de dorpsstraat verlichtte. Wat een opluchting.

De wijn was nog niet helemaal uit haar systeem, het waren bijna drie glazen geworden en zoveel dronk ze anders nooit. Ze wilde thuis een groot glas water drinken en een uurtje voor de tv zitten. De wetenschap dat Daniel homo was verdringen met een uur *Outlander*. En dan naar bed.

Hanna ging harder lopen. Dat ze bang was in het donker was het laatste wat ze over zichzelf zou beweren, maar ze was vergeten hoe anders de duisternis hier was dan in Stockholm. Zo compact en zwaar. Je zag helemaal niks.

Er ritselde iets achter haar en haar hart stond even stil. Was die man toch deze kant op gelopen? Ze draaide zich om, maar zag niets. Maar als hij deze kant op kwam, wat dan nog? Misschien woonde hij wel in het dorp.

Hanna kwam maar niet tot rust. Ze was ervan overtuigd dat de man het op haar had gemunt. Dat hij misschien zelfs degene was die haar had gebeld en bedreigd. Het enige waarmee ze zich kon verdedigen was haar eigen kracht, en daarmee redde ze het niet als hij een wapen had. Ze had een cursus ontwapeningstechniek gedaan, maar dat was in een verlichte gymzaal, niet in een pikzwarte duisternis terwijl ze aangeschoten was.

Ze deed het enige wat ze kon doen: ze begon te rennen.

Onverantwoord snel, gezien het feit dat ze niet zag waar ze haar voeten zette. Zolang ze op het asfalt bleef, zou het wel gaan. Ze nagelde haar blik vast aan de deinende straatlantaarn, daar moest het heen. Ze probeerde te luisteren of er iemand achter haar aan kwam, maar hoorde alleen het geluid van haar voeten op het asfalt en haar hartslag die in haar oren dreunde. Ze kwam te dicht bij de berm en struikelde. Wanhopig stak ze haar handen uit, ervan overtuigd dat ze zou vallen. Op het laatste moment wist ze haar evenwicht te hervinden. Eigenlijk zou ze haar tempo moeten vertragen, maar dat ging niet. Nog een meter of tien tot aan de afslag.

Toen ze afsloeg en in het dorp kwam, snikte ze van opluchting. Hier was meer licht, de meeste dorpsbewoners waren nog op. Ze kon nu meer zien en ook om hulp roepen als dat nodig was. Ze keek een hele poos achterom, maar als die man achter haar aan zat, dan was hij ook blijven staan.

Hanna liep met snelle passen door het dorp. Ze wilde niet rennen, voor het geval er iemand naar buiten keek. Ze wilde geen aanleiding geven tot roddels. Niet bekend komen te staan als die gekke rechercheur die naar huis was gerend alsof de duivel haar op de hielen zat.

Hanna kwam bij haar donkere huis en voelde zich niet in staat om naar binnen te gaan. Wat ze nodig had, was een ander levend mens. Iemand die haar kon vertellen dat deze angst niet echt was. Bij Ingrid brandde licht, dus ze liep door en belde bij haar aan.

Ingrid keek door het keukenraam en Hanna stak schuchter een hand op bij wijze van groet. De deur gleed open. Je kon bij Ingrid beter nergens omheen draaien.

'Ik ben met de bus uit de stad gekomen en ik had het gevoel dat iemand me volgde. Ik durf niet naar huis te gaan.'

'Kom erin,' zei Ingrid. 'Ik wilde net naar bed gaan, maar dat kan altijd nog.'

Hanna wierp een snelle blik over haar schouder. De nacht was vol met bewegende zwarte vlakken, maar waar die bewegingen door werden veroorzaakt viel moeilijk vast te stellen. Toen ze binnen was, draaide Hanna de deur achter zich op slot.

'Een whisky?' vroeg Ingrid.

Hanna aarzelde. Eigenlijk zou ze niet meer moeten drinken, maar op dit moment had ze de alcohol nodig om haar zenuwen te kalmeren.

'Ja, graag.'

'Ik heb een Japanse whisky gevonden bij de slijterij in Kalmar.'

'Dat klinkt goed,' zei Hanna.

Ingrid liet haar in de woonkamer plaatsnemen, terwijl ze zelf naar de keuken ging. Er klonk gerammel en even later kwam Ingrid tevoorschijn met een dienblad met daarop twee glazen en een fles. Nikka, las Hanna op het etiket. Ze nam een flinke slok uit haar glas. Het was lekkere whisky met een volle en niet te rokerige smaak, net zoals ze het graag had.

'Vertel,' zei Ingrid.

De ergste angst was voorbij, maar Hanna deed toch haar verhaal. Over de man die tegelijk met haar was uitgestapt en van wie ze het idee had gekregen dat hij haar volgde.

'Waarom dacht je dat?' vroeg Ingrid toen ze uitgesproken was.

Hanna kreeg tranen in haar ogen. Dat had oma ook vaak gedaan. Ze had geen genoegen genomen met wat ze zei, maar door willen dringen tot wat erachter zat. Want ook al zou ze zich maar hebben verbeeld dat de man achter haar aan zat, de stem aan de telefoon was geen fantasie geweest.

‘Ik word bedreigd,’ zei Hanna. ‘Ik krijg telefoontjes. Eerst dacht ik dat het Esters dochter Maria was, maar vandaag werd me duidelijk dat het iemand anders is. Het enige wat ik weet, is dat het met mijn vader te maken heeft.’

Ingrid nipte van haar whisky.

‘Waarom zou iemand jou daarom bedreigen?’

‘Omdat ik... Ik denk niet dat de waarheid aan het licht is gekomen, en ik moet... Ik moet erachter zien te komen.’

‘Denk je dat je vader onschuldig was?’

‘Misschien. Of ik weet niet...’

Hanna zweeg en probeerde de chaos in haar hoofd te ontwarren, maar dat lukte niet. Ingrid keek haar aan en wees de zwakke plek in haar verhaal aan.

‘Weet iemand dat je wilt uitzoeken wat er gebeurd is?’

‘Nee.’

Het was nog geen uur geleden dat ze Ove een bericht had gestuurd dat ze het dossier wilde hebben, en de telefoontjes waren woensdag al begonnen. Voelde iemand zich echt bedreigd door het simpele feit dat zij terug was op Öland? Hanna begreep het niet. Totdat het inzicht haar als een vuistslag in het gezicht trof. Stel je voor dat haar vader toch niet onschuldig was en dat hij een medeplichtige had gehad.

MAANDAG
20 MEI

55

Het was bijna zeven uur toen Hanna voor de omgekeerde roeiboot op het strand van Kleva bleef staan. De hemel boven de Kalmarsund was lichtblauw en het was al twaalf graden. Ze had niet naar het weerbericht gekeken, maar de warmte leek in aantocht.

Daar zouden Supriya's ouders blij mee zijn. Maar toen besefte ze dat de Zweedse lentewarmte voor hen als winter was.

Hanna was gisteren even naar het bureau gegaan, vooral om haar auto te halen. Toen er niemand van haar groep bleek te zijn, was ze teruggereden naar Öland. Daar had ze een omweg gemaakt langs Gårdby en het Möckelmossen.

Ze had naar Fanny gezocht, maar haar niet gevonden. Toen ze belde, kreeg ze meteen de voicemail.

De middag had ze met Ingrid doorgebracht, die langs was gekomen om te kijken hoe het met haar ging. Het had geplensd, en daar hadden ze op Hanna's kleine veranda van zitten genieten. Ze hadden theegedronken en Ingrids zelfgebakken frambozenkoekjes gegeten. Ze hadden het vooral over Ingrid gehad. Ingrid was van slag omdat haar zoon 's ochtends aan de telefoon had gezegd dat ze beter naar een serviceflat kon verhuizen. Hij was het niet met haar eens dat ze prima voor zichzelf kon zorgen. Er was een ander verdriet dat ze moeilijker onder woorden kon brengen: dat de tijd verstreek. Het was een enorm verschil met Stockholm dat Hanna hier een buurvrouw had met wie ze het goed kon vinden. In Stockholm had ze nooit een poging tot burencontact ondernomen. Het was niet eens bij haar opgekomen.

Het was al avond toen Hanna zich realiseerde dat ze vergeten was Rebecka te bellen, en toen had ze een appje gestuurd dat ze aan haar dacht. Ze had niets over het onderzoek, over Fanny Broberg of Markus Johansson gezegd. Een drieënveertigjarige man die misschien misbruik had gemaakt van het feit dat Joel er slecht aan toe was en zich onzeker voelde.

Wist Rebecka van de huiszoeking bij Fanny? Vast wel. Dat wist waarschijnlijk het hele dorp.

Het antwoord was kort geweest: Dank je.

Hanna ademde de zeelucht nog een keer diep in, draaide zich om en liep terug naar huis.

Drie kwartier later stapte ze haar kantoor binnen met een kop koffie in haar hand. Tot nu toe ging het goed met het heen en weer rijden, maar als de stroom toeristen op gang kwam, zou het moeilijk worden. Ze herinnerde zich de files uit haar kindertijd. Een van de oude mannen uit het dorp had als bermtoerist op zijn strandstoel bij het brughoofd gezeten. De Ölandbrug had nu meer rijstroken, maar het verkeer was toegenomen, dus ze wist niet zeker of dat hielp. Vlak na haar stapte Erik het kantoor binnen.

'Het was gezellig zaterdag,' zei ze. 'Bedankt.'

Hij glimlachte naar haar en er was beslist iets veranderd tussen hen. Of was ze eindelijk minder gespannen? Soms had ze het talent om dingen nodeloos ingewikkeld te maken, maar op dit moment had ze niet het gevoel dat ze iets hoefde uit te leggen.

Hanna liep naar haar bureau om haar mail en het logboek te checken. Op een meter afstand bleef ze staan. Er lag een bruine papieren map op haar toetsenbord. Ze liet zich op haar bureaustoel zakken en staarde naar de map. Uiteindelijk maakte ze hem open en ze keek naar het bovenste blaadje. Het was een kopie van het onderzoek naar de roofmoord op Ester Jensen.

Op de een of andere manier had Hanna weten te verdringen dat ze daarom had gevraagd. Ze wilde nog steeds achter de waarheid zien te komen, maar nu moest ze zich concentreren op de belofte die ze Rebecka had gedaan, dat ze Joels moordenaar zou vinden.

Hanna opende het bovenste laatje van haar bureau en legde het dossier erin.

De nieuwste informatie in het logboek was dat de eigenaar van de auto op de parkeerplaats bij het Möckelmossen had gebeld. Hij had een zwerftocht van een paar dagen gemaakt en zijn telefoon uitgeschakeld. Pas toen hij zondagavond op het parkeerterrein kwam en de bloemen zag, begreep hij dat er iets was gebeurd. Toen hij eerst de bezorgde berichten van zijn moeder had beluisterd en daarna het terugbelverzoek van de politie, had hij contact met hen opgenomen. Hij kon niets bijdragen aan het onderzoek, zei hij, en Hanna zag geen reden om daaraan te twijfelen.

Om tien over acht belde ze Markus Johansson. Dat was vroeg, maar ze wilde het voor de ochtendbriefing doen. Op de achtergrond klonken stemmen en ze nam aan dat hij op zijn werk was.

'Wacht even,' zei hij.

Terwijl hij zich verplaatste, werden de achtergrondgeluiden steeds zachter, om ten slotte abrupt te verdwijnen toen er een deur werd gesloten.

'Zo. Wat wil je?'

'Heb je nog iets te vertellen over Joel?'

'Nee.'

'Ook als het jou niet belangrijk lijkt, kan het ons helpen.'

'Ik heb verder niets.'

'Hoe is de schade aan je auto ontstaan?'

De stilte werd gevuld door Markus' ademhaling, en Hanna's lichaam reageerde met een versnelde hartslag. De man die belde en dreigde, had haar rust verstoord. Had hij echt gedacht dat ze haar biezen zou pakken? Wat zou hij doen als hij doorkreeg dat ze zou blijven?

Carina en Daniel kwamen binnen en liepen naar hun kant van het vertrek. Daniel knikte naar haar en Erik, maar Carina negeerde haar. Daniels aanblik riep maar een klein beetje gêne op.

'Waarom is dat interessant?' vroeg Markus ten slotte.

'Dat kan ik niet zeggen.'

Hij zuchtte.

'Een boze man op een parkeerterrein, die tegen de zijspiegel trapte en daarna met iets scherps langs de zijkant ging. Een sleutel misschien. Ik weet het niet.'

'Waarom?'

Weer een pauze. Toen die een paar tellen had geduurd, herhaalde Hanna de vraag. Vriendelijk, zonder verwijten.

'Ik heb geen idee,' zei Markus. 'Het was avond en hij was dronken. Ik zal wel iets hebben gedaan waaraan hij zich stoorde.'

'Was die persoon Joel?'

'Absoluut niet!'

De heftigheid waarmee hij het ontkende, was interessant.

'Dank je wel,' zei ze. 'We spreken elkaar weer.'

56

Rebecka keek naar Molly, die ontbijtgranen naar binnen lepelde. Gisteravond had ze gezegd dat ze weer naar school wilde. Dat ze haar vriendinnen miste, vooral Vera. Petri had het meteen een goed idee gevonden, maar Rebecka weifelde, en die weifeling had haar het bed uit gedreven toen de wekker ging.

'Heb je je bedacht?' vroeg ze.

Ze wilde niets liever dan dat Molly ja zou zeggen, maar haar dochter schudde driftig haar hoofd. Ze had haar poezenjurk aan, die ze dinsdag bij de barbecue ook had gedragen.

'Ik moet naar school, anders vergeten ze me nog.'

'Zo snel vergeet je iemand niet.'

Ging dit over Joel? Had Molly het gevoel dat ze hem al begon te vergeten? Rebecka durfde het niet te vragen. Ze wierp een blik op de lege stoel. Ze zag Joel voorovergebogen zitten over de boterhammen met smeerkaas die hij altijd at. Ze kon hem zelfs horen smakken. Maar toen ze zich zijn geur probeerde te herinneren, was het de babygeur die op haar afkwam. De zoete mengeling van talkpoeder en melk die te lang had gestaan.

Axel had het in zijn verschrikkelijke interviews over de babytijd en de kinderjaren gehad. Over hoe fantastisch Joel was geweest. Ze had ze gelezen, ze had het niet kunnen laten. Nu was hij de arme, rouwende vader die ten onrechte van de moord op zijn zoon was beschuldigd. De media waren dol op hem. Ze leken geen genoeg van hem te kunnen krijgen.

Gisteravond had hij nog meegedaan aan een rechtstreekse uitzending van *Rapport*. Het enige wat Axel over haar had gezegd, was dat ze geen goed contact hadden en hij liet duidelijk blijken dat dat haar schuld was.

'Maar ik wil met Vera spelen,' zei Molly.

Petri stak zijn hoofd om de keukendeur.

'En dat mag ook. Ga gauw je tanden poetsen, dan breng ik je.'

Hij keek Rebecka niet aan. Sinds de ruzie van zaterdag hadden ze nauwelijks iets tegen elkaar gezegd. Het was een ander soort zwijgen dan eerder. Niet dof, maar dodelijk vermoeiend. Ook al had hij het druk met de nieuwe renovatieopdracht, hij was thuisgebleven om zijn dochter naar school te brengen, en dat vond Rebecka geweldig van hem. Tegelijkertijd besefte ze waar ze als een berg tegen opzag: het moment waarop Petri thuis zou komen en ze alleen zouden zijn, zonder iemand die door hun geschreeuw gestoord kon worden.

Hij had gisteren de slaap evenmin kunnen vatten. Ze had niet gevraagd waardoor dat kwam. Ze had geen dingen overhoop willen halen die niet meer recht te breien waren. Uiteindelijk was hij in slaap gevallen en zij had in het donker naar zijn ademhaling liggen luisteren.

Molly kwam de trap af en keek haar smekend aan.

'Mama moet me brengen.'

'Oké.'

Rebecka stond op. In de deuropening hield Petri haar tegen, zijn blik gericht op de deurpost rechts van haar.

'Weet je het zeker?' vroeg hij.

Ze knikte, ook al wist ze helemaal niet zeker of Molly wel naar school moest gaan vandaag, en of zijzelf het wel aankon om ouders of leraren tegen te komen. Maar ze kon geen nee zeggen tegen Molly.

Toen ze naar buiten stapten, gaf haar dochter haar een hand. Ze was duidelijk gespannen.

Rebecka keek naar haar kleren. Ze had in elk geval een spijkerbroek en een schone blouse aan, en haar eigen schoenen, maar ze realiseerde zich dat ze al een paar dagen haar haar niet had gewassen. Ze ging met haar hand naar haar achterhoofd en probeerde de vette pieken uit elkaar te trekken. Ze voelde weer ergernis jegens Petri. Had hij dat niet even kunnen zeggen?

Er liepen mensen voor hen en Rebecka vertraagde haar pas. Ze wilde ze niet inhalen.

'Wat is er?' vroeg Molly.

'Niets,' zei ze en ze glimlachte.

Ze kwamen op het schoolplein en tot Rebecka's opluchting was Vera daar. Ze rende naar Molly toe en knuffelde haar, trok haar mee om te spelen. Ze hadden nog tien minuten voordat de eerste les begon.

'Dag, mama,' riep Molly over haar schouder.

Rebecka zwaaide, maar had geen stem om mee te roepen. Ze liep naar Isak toe, de leraar die ze het meest vertrouwde. Je zag dat hij dol was op zijn werk en de kinderen serieus nam. Hij was hier een paar jaar geleden komen wonen, dus hij had Joel nooit in de klas gehad. Ze hoefde het niet eens te vragen.

'Ik zal Molly extra goed in de gaten houden vandaag,' zei hij. 'En ik bel als er iets is.'

'Dank je wel.'

'Ik vind het zo erg voor je. Ik weet hoeveel pijn het doet om iemand te verliezen.'

'Dank je,' zei ze nog eens.

Ze draaide zich om met het verdriet als een opgerold stekelvarken in haar binnenste. 'Stekevak' had Molly ze genoemd toen ze kleiner was. Rebecka had het gevoel dat ze met Molly een snelweg op was gestapt en dat ze Molly daar gewoon had neergezet en was weggegaan. Ze wilde omkeren, haar dochter ophalen en wegrennen.

Maar dat deed ze niet.

Met elke stap werd de druk op haar borst iets minder, en het lukte Rebecka om de mensen die ze tegenkwam te groeten. Ze liep langzaam, omdat ze wilde dat Petri weg zou zijn als ze thuiskwam. Het goedmaken met hem was meer dan ze nu aankon.

Het drong tot haar door dat ze Isak had moeten vragen wie hij had verloren. Misschien wist Ulrika het, maar dan had ze het waarschijnlijk wel gezegd. Ulrika praatte graag over alle mensen in het dorp.

Toen Rebecka het huis naderde, ontdekte ze dat Petri's auto nog op de oprit stond. Ze wilde bijna rechtsomkeert maken. Maar waar moest ze naartoe? Misschien kon ze het atelier in glippen en daar wachten totdat hij weg was. Bij de gedachte aan het atelier keek ze naar het huis van Gabriel en Ulrika. Gabriel zat op de veranda. Hij wendde zijn gezicht af, maar ze had zijn rode ogen al gezien. Een deel van haar wilde naar hem toe lopen en vragen hoe het met hem was, al bestond het risico dat hij over zijn huwelijksproblemen zou beginnen. Misschien had Gabriel Ulrika uiteindelijk verteld van zijn overspel. Dat leek nu zo onbenullig. Ze begreep niet wat ze ooit in hem had gezien. De wanhoop nadat Gabriel haar had gedumpt, was niets vergeleken met de totale duisternis waar het verlies van Joel haar in had gestort.

Gabriel was niets. Hij was nooit iets geweest, en ze kon niet eens meer boos op hem zijn omdat hij een luchtkasteel had gebouwd waar hij haar in had gelokt.

Maar hoe kon ze dat aan Petri duidelijk maken? Wilde ze dat wel?

Het antwoord kwam als een golf van warmte. Die had ze ook vaak gehad toen ze zwanger was van Molly. Ja, ze wilde niets liever. Petri had haar nooit bedrogen. Hij stond altijd voor haar klaar, en hij verdroeg haar stemmingswisselingen. Bovendien hield hij boven alles van hun dochter. Zonder hem zou ze niet verder kunnen.

Petri opende de deur en stapte de veranda op. De vastberaden uitdrukking op zijn gezicht maakte haar bang en de zekerheid die ze daarnet had gevoeld, wankelde. Na een korte aarzeling liep ze naar hem toe.

'We moeten praten,' zei hij. 'Ik wil je iets vertellen.'

57

Toen ze de vergaderkamer verlieten, kreeg Erik zo'n kramp in zijn kuit dat hij moest blijven staan. Misschien had hij te veel van zichzelf gevergd met hardlopen, maar hij wilde het niet opgeven. Dingen half doen was niets voor hem. Toen hij Marathi leerde, had hij er wekenlang elke dag een paar uur aan gezeten. Toch ging hij te langzaam vooruit en toen was hij er helemaal mee gestopt.

Erik zette een stap opzij om Amer langs te laten.

'Wat is er?' vroeg zijn collega.

'Ik neem die ironman waarschijnlijk te serieus.'

'De echte sport is om die loop te doen zonder eerst te trainen.'

'Dat meen je niet. Wie doet nou zo gek?'

'Mijn broer,' lachte Amer. 'Een paar jaar geleden. Hij heeft dagenlang niet kunnen lopen.'

'En jij dan? Is het niks voor jou?'

'Ik ga nog liever vuurspuwen bij een talentenjacht op TV4.'

'Kun je vuurspuwen?'

'Misschien. Dat merk ik wel als ik het probeer.'

De kramp was minder geworden en Erik hinkte door de gang. Misschien kon hij beter aan Supriya bekennen dat hij er genoeg van had. Haar humeur zou daar beter van worden. Haar schoonouders zouden vandaag zonder haar in Kalmar rondwandelen en Supriya was bang dat ze haar continu zouden bellen omdat ze haar hulp ergens bij nodig hadden. Erik kon niet tegen haar gezeur, het paste niet bij haar.

Maar Supriya had wel gelijk gehad met haar idee om Hanna uit te nodigen. Hij had zich wel een beetje zorgen gemaakt toen ze er opeens vandoor ging, en hij had haar willen sms'en om te vragen of alles goed was. Maar Supriya had gezegd dat dat niet hoefde. Toen hij Hanna vanochtend had gegroet, had ze vrolijk geleken.

Tijdens de ochtendbriefing hadden andere emoties de overhand gehad. Ze bevonden zich nu in een stadium van afwachten, en de vergadering was snel afgehandeld. Bij de huiszoeking was er een jas met bloed op de mouw in beslag genomen en naar het lab gestuurd. Fanny zelf leek verdwenen, wat Ove als een teken van schuld had uitgelegd. Maar het kon evengoed angst zijn. Erik herinnerde zich de paniek toen Fanny had geschreeuwd dat ze haar erin wilden luizen.

Ove wilde dat ze zich op Fanny Broberg zouden concentreren en hij had een intern opsporingsbericht uitgestuurd. Erik had niet geprotesteerd, al geloofde hij meer in Markus Johansson als dader. Maar die werd al doorgelicht. Carina zou het materiaal doornemen dat ze hadden verzameld: bankafschriften, lijsten van telefoongesprekken, achtergrondinformatie... Er was iets vreemds aan de vriendschap die Markus met Joel beweerde te hebben.

Erik voelde dat het tijd werd om sommige verhoren over te doen. Om zich te concentreren op de mensen die het dichtst bij Joel Forslund stonden. Soms moest de ergste schok over iemands dood voorbij zijn voordat de nabestaanden echt over de persoon konden praten.

Zijn mobiel zoemde, een berichtje van Supriya: Het is nog maar negen uur en mama heeft al twee keer gebeld. Waar zijn de sleutels, waar kan ik geld opnemen? Ik word gek.

Supriya had haar ouders gisteren al dat soort dingen verteld, maar kennelijk was het niet blijven hangen. Ze werden ouder. En ze waren buiten hun vertrouwde omgeving. Maar dat schreef hij niet. In plaats daarvan schreef hij iets meelevends.

Erik logde in op de mail en ontdekte een nieuw bericht van Melina. Ze had naar de beveiligingsbeelden van winkelcentrum Ölands Köpstad gekeken en dacht te hebben gevonden wat ze zochten. Erik klikte op het bijgevoegde filmpje.

Het perspectief was schuin van boven. Joel liep langs de camera, gekleed in een spijkerbroek en een capuchontrui. Zijn passen waren snel en boos. Iemand haalde hem in. Een man in een nette pantalon en een overhemd. Erik zette het beeld stil om het goed te kunnen zien. Het was Markus Johansson, geen twijfel mogelijk. Hij stond tegenover Joel, met zijn gezicht naar de camera. Erik drukte weer op play, en er volgde een gesprek van een paar minuten. Het werd afgebroken toen Markus een hand op Joels schouder legde. Joel schudde hem af en rende weg. Markus keek hem na, duidelijk van slag.

Petri Forslund had de situatie beschreven als intiem, maar dat was Erik niet met hem eens. Tenzij Petri iets had gezien wat de camera niet had opgevangen.

Erik zette een stap naar achteren, zodat hij iedereen in het vertrek kon zien.

'Luister, mensen, ik heb iemand nodig die doof is.'

'Waarvoor?' vroeg Daniel.

'Om te liplezen. Ik wil weten wat er op deze beveiligingsbeelden gezegd wordt.'

'Dat iemand doof is, wil niet zeggen dat hij of zij kan liplezen,' zei Daniel.

'Nee, dat...'

'Maar mijn moeder is doof en ze kan liplezen.'

58

Hanna's blik gleed continu naar de la van haar bureau. Waarom had ze niet gewacht met vragen om het dossier? Nu had ze geen tijd om te spitten in wat haar vader had gedaan. Ze moest werken.

Gefrustreerd duwde ze haar nagels in haar handpalm. Dacht ze echt dat ze zou kunnen bewijzen dat Lars in opdracht van iemand anders had gehandeld? Of dat hij zelfs onschuldig was? En wat zou dat dan nu nog uitmaken? Hij was dood.

Maar zo simpel was het natuurlijk niet. Zij en Kristoffer leefden met de consequenties van zijn veroordeling. Ze moest de waarheid achterhalen, wat die ook was, en ze mocht zich niet laten afschrikken.

De draaikolk van gedachten moest doorbroken worden en Hanna liep naar de dichtstbijzijnde wc. Achter haar rug hoorde ze Erik vragen naar iemand die doof was, maar ze versnelde haar pas. Ze sloot de deur en ging op het wc-deksel zitten. Een paar minuten later sms'te Erik dat hij de beveiligingsbeelden van Ölands Köpstad had gekregen. Hanna stond op en spoelde door, zodat het zou klinken alsof ze van de wc gebruik had gemaakt, maar voordat ze bij de recherchekamer was, stak Ove zijn hoofd om de deur van zijn kantoor.

'Kom je even?'

Dat was geen vraag, maar een dringend verzoek. Hij was alweer naar binnen verdwenen zonder op haar antwoord te wachten. Tijdens de ochtendvergadering had Hanna al een verandering bij hem bespeurd en ze had bijna niets gezegd tijdens de bespreking, ook al vond ze dat ze zich meer op Markus Johansson moesten richten dan op Fanny Broberg. Ze had weinig zin om in haar eentje Oves kamer binnen te gaan. Zijn stem had niet geklonken alsof hij nieuwe informatie had. Dit ging over iets anders.

Hanna stapte naar binnen en sloot de deur achter zich. Ove lachte naar haar, maar ze vond zijn glimlach wat stijfjes.

'Ga zitten,' zei hij.

Toen ze zat, ging hij verder: 'Kijk niet zo verschrikt. Ik wil even met je afstemmen hoe jij vindt dat de eerste dagen hier zijn gegaan.'

'Oké.'

Daarmee bedoelde ze dat ze wel wilde afstemmen, niet dat de eerste dagen oké waren geweest. Het leek wel of Ove besloot het verkeerd te begrijpen.

'Volgens mij is het wel iets beter gegaan dan oké.'

'Bedankt.'

Alsof dat woord ook maar een greintje beter was.

Dat Ove zijn best deed om opgewekt over te komen maakte haar vrees voor wat er zou komen alleen nog maar groter. Ze vroeg zich af of Ove vanochtend met Erik had gepraat, en wat Erik dan had gerapporteerd. Maar dat was oneerlijk tegenover Erik. Hij had haar uit eigen beweging verteld dat hij van Ove een oogje op haar moest houden. En volgens hem zat daar bezorgdheid achter.

'Heb je het dossier gevonden?'

Hanna knikte langzaam. Dus hij wilde het over haar vader hebben. Dat had ze meteen moeten begrijpen.

'Waarom wil je daarin spitten? Kun je het niet beter loslaten?'

Loslaten? Hoe zou ze dat ooit kunnen?

Daar had je het weer. Er waren te veel dingen die niet klopten.

Hanna keek naar Ove, naar zijn licht voorovergebogen bovenlichaam. Er zat een vlek op de mouw van zijn blauwe overhemd. Misschien had hij weer op zijn kleinkind gepast. De ogen achter zijn bril waren op haar gefixeerd. Dit was niet de gelegenheid om te vertellen over de foto van Maria en Carina die ze had gezien. Of om vragen te stellen over het dossier, of er iets in stond wat hem aan de schuld van haar vader had doen twijfelen. Of hem het idee had gegeven dat er meer mensen bij betrokken waren. Een onderzoek was meestal geen kaarsrechte weg naar een dader.

Als iemand zich bedreigd voelde enkel door het feit dat zij hier weer was, dan moest ze haar graafwerk zo veel mogelijk geheimhouden.

'Ik weet niet of ik het nu al wil lezen,' zei ze. 'Ik weet eigenlijk niet waarom ik erom heb gevraagd.'

'Mooi,' zei Ove en zijn houding werd relaxter. 'Ik had het je misschien niet moeten geven, maar ik wil je op alle mogelijke manieren helpen.'

Hij klonk eerlijk toen hij dat zei, maar het was duidelijk in welke richting hij haar wilde helpen: weg van haar vader.

Ove wilde nog iets zeggen, maar toen ging zijn telefoon. Na een snelle blik op het nummer nam hij op. Toen Hanna aanstalten maakte om op te staan, stak hij een wijsvinger op om duidelijk te maken dat ze moest blijven. Het klonk alsof hij met Carina praatte.

Uit de klank van Oves stem maakte ze op dat er iets was gebeurd in het onderzoek. Hij hing op en glimlachte naar haar.

'Markus Johansson was woensdag op Öland,' zei hij. 'Hij heeft om zeven uur 's avonds getankt bij tankstation Preem bij de brug.'

Hij had beweerd dat hij al een paar weken niet meer op Öland was geweest. Opeens wist Hanna weer waar ze de auto had gezien.

'Die avond was ik op de parkeerplaats bij het Möckelmossen. Ik geloof dat ik achter zijn zwarte Audi heb geparkeerd. De zijspiegel was kapot.'

Het probleem was alleen dat Hanna zich niet kon herinneren dat ze hém had gezien.

59

Zodra de video afgelopen was, startte Erik hem opnieuw. Daniels moeder zou met de auto naar het politiebureau komen en Daniel was naar beneden gegaan om haar op te halen. Erik kon niet meer uit de gezichtsuitdrukkingen opmaken, hij had de woorden nodig.

Zijn mobiel zoemde en hij dacht dat het Hanna misschien was. Ze was een kwartier geleden verdwenen, onduidelijk waarheen. Erik zuchtte toen hij het berichtje van Supriya las: Nu belde mama om te vragen of ze een jas mag lenen.

Hij zag de bui al hangen, dat hij de hele dag aandacht voor Supriya zou moeten hebben. Ze deed hetzelfde tegen hem als haar ouders tegen haar.

Ik moet nu werken.

Zodra Erik het antwoord had verstuurd, had hij al spijt. Supriya reageerde zoals verwacht.

Fijne steun ben jij.

Hij vond dat ze overdreef. Zowel hierin als wat haar ouders betrof. Maar die discussie had hij eerder met haar gevoerd, zonder dat het had geholpen. Hij begreep niet waarom ze zoveel moeite had met haar ouders. Ze waren aardig en makkelijk in de omgang, en de kindertijd die ze had beschreven, verklaarde haar houding niet. Yadu was afwezig geweest en streng, maar van Aavika mocht ze doen wat ze wilde, zolang ze het goed deed op school en haar huishoudelijke taken uitvoerde.

Sorry, appte Erik. Maar ik moet echt werken.

Supriya antwoordde niet en hij wist dat hij waarschijnlijk een paar uur rust had gekocht, maar voor welke prijs?

Hanna kwam de kamer in met een andere lichaamstaal dan toen ze was weggelopen. Alsof ze bij de dokter was geweest en te horen had gekregen dat de tumor goedaardig was. Ze kwam naar hem toe.

'Waar zat je?' vroeg hij.

'Bij Ove. Markus Johansson was woensdag op Öland en ik denk dat ik zijn auto heb gezien bij het Möckelmossen...'

'Maar hem niet?'

'Nee.'

Erik liet haar de beveiligingsbeelden zien en vertelde dat er iemand aan kwam die kon liplezen.

'Wat er ook gezegd wordt, we moeten hem verhoren,' zei Hanna. 'Ik bel hem dat hij moet komen.'

'Wat wilde Ove?' vroeg Erik.

Hanna was iets te lang weg geweest om het met Ove alleen over Markus Johansson te hebben gehad, maar ze schudde snel haar hoofd en liep naar haar bureau.

Daniel kwam de kamer binnen met zijn moeder.

'Erik, dit is Gunnel.'

Afgezien van de haarkleur – Daniel was donker en zijn moeder blond – leken ze heel veel op elkaar. Ze hadden dezelfde rechte neus en ronde wangen. Ze waren beiden keurig gekleed. Daniel in een spijkerbroek en een overhemd, Gunnel in een nette broek en een lichtroze trui met een v-hals.

Erik gaf haar een hand. Daarna wist hij niet wat hij moest doen.

'Je kunt met haar praten,' zei Daniel. 'Als je maar naar haar kijkt. Ze kan liplezen, zoals gezegd.'

Hij en zijn moeder glimlachten allebei. Ze maakten dit waarschijnlijk wel vaker mee. Daniel was anders nu hij haar bij zich had. Zachter. Erik had niet eens geweten dat zijn moeder doof was, ook al had hij Daniel wel over haar horen praten. Daniel was opgegroeid in Rockneby, even ten noorden van Kalmar, en zijn ouders woonden daar nog, net als een van zijn beide zussen.

'Fijn dat je zo snel kon komen,' zei Erik.

Gunnel gebaarde en Daniel vertaalde: 'Geen probleem. Ik heb alle tijd. Ik ben gepensioneerd.'

'Ik heb een verhoorkamer gereserveerd,' zei Erik. 'Daar zitten we rustig.'

Toen hij de ruimte besprak, had hij zich niet gerealiseerd dat haar doofheid betekende dat ze geen last had van het geratel van toetsenborden en van de gesprekken die werden gevoerd. Maar hij bracht haar toch naar de verhoorkamer en startte de opname op de laptop daar. Gunnel keek er geconcentreerd naar, maar haar handen waren stil. Pas toen de opname afgelopen was, bewogen ze.

'Wat zei ze?'

'Dat ze de opname nog eens moet zien. Het is een beetje moeilijk te zien wat hij zegt, omdat hij zo van streek is. Bovendien wil ze pen en papier, dan kan ze het opschrijven.'

Erik gaf Gunnel pen en papier en startte de video opnieuw. Tien minuten later, nadat de opname een derde keer was afgespeeld, had ze het gesprek genoteerd. Of tenminste Markus' deel ervan. Van Joel was alleen het achterhoofd te zien, en toen hij wegliep de zijkant van zijn gezicht.

Ik wil alleen dat je je beter gaat voelen.

Jawel, echt. Ook al begrijp ik dat het niet zo voelt.

Je moet het vertellen. Begin met je moeder. Het kan niet erger worden dan het al is.

Waarom zeg je dat? Dat is erg oneerlijk van je.

Joel, wacht...

Bij die laatste woorden stak hij zijn hand uit en legde die op Joels schouder. Joel schudde hem nijdig af en Markus' gezicht was gepijnigd.

Erik bedankte Gunnel en ze gebaarde iets naar haar zoon, die in gebarentaal antwoordde.

‘Wat zei ze?’ vroeg Erik.

‘Ze wilde weten of hij de moordenaar is.’

‘Wat heb je geantwoord?’

‘Dat ze niet zo verdraaid nieuwsgierig moet zijn. Bovendien heb ik haar een lunch beloofd op kosten van de politie.’

60

Toen Hanna de rug zag, de oversized bloemetjesblouse, bleef ze staan. Ze wilde niet met Carina praten, maar ze moest wel. Over twintig minuten was Markus Johansson hier, en hij had aangekondigd dat hij zijn advocaat mee zou nemen. Hij had helemaal niet verbaasd geklonken toen Hanna zei dat ze hem nog eens moesten verhoren.

Hanna ging bij Carina staan.

'Ben je nog meer te weten gekomen over Markus Johansson, behalve dat hij bij de Preem had getankt?'

Carina keek haar aan en keek vervolgens demonstratief naar de tijd op haar mobiel. Hanna was zich ervan bewust dat er weinig tijd verstreken was sinds Carina met Ove had gepraat, maar ze weigerde sorry te zeggen omdat ze haar werk deed. Haar collega zuchtte.

'Ik krijg het gevoel dat hij een dubbelleven leidt.'

'Waarom?' vroeg Hanna.

'De regeling met zijn vrouw vond ik vreemd,' zei Carina. 'Daarom heb ik naar zijn bankafschriften gekeken. Er zitten nogal wat cafébezoeken bij en ik denk niet dat hij daar met zijn vrouw was.'

'Waarom niet?'

'Omdat het vaak bedragen waren waar je maar één drankje van kunt betalen.'

'Heel mooi, dank je.'

Dit was meer dan waarop Hanna had gehoopt. Carina leek niet heet of koud te worden van Hanna's erkenning. Ze keek helemaal niet blij, niet zoals ze toen naast Maria voor een rozenstruik had gestaan. Maar daar kon Hanna haar niet mee confronteren. Niet zo kort voor een belangrijk verhoor.

'Ben je nog verder gekomen met die bloedooievaarsbek?' vroeg ze. 'Is er iets wat erop wijst dat die in Joels hand is gestopt?'

'Nee,' zei Carina. 'Volgens de FO is het waarschijnlijker dat hij die zelf heeft geplukt. Maar dat kunnen ze niet met zekerheid zeggen.'

'Want als je naar Markus Johansson kijkt, gaat het misschien toch om relaties.'

Om de een of andere reden keek Carina geërgerd.

'Hoe laat gaan jullie hem verhoren?' vroeg ze.

'Om halfelf in verhoorkamer 14, dus zeg het maar als je nog iets vindt.'

Carina knikte en draaide zich om naar het scherm.

Hanna had nog tien minuten voordat Markus Johansson kwam. Ze legde alle foto's van de parkeerplaats bij het Möckelmossen bij elkaar. Ze sorteerde ze op stapeltjes naar de dag waarop ze waren genomen. Daarna bladerde ze erdoorheen. Ze wilde Markus Johansson vinden. Vooral op de foto's van woensdag. Ze wist zeker dat ze haar auto achter zijn zwarte Audi had geparkeerd. Dat een andere zwarte Audi net zo'n kapotte buitenspiegel had, was té onwaarschijnlijk. Toen ze Markus niet kon vinden, liet ze de foto's gefrustreerd vallen. Vervolgens besefte ze wie degene was naar wie ze zocht. Ze vond de juiste foto en staarde ernaar.

Ja, dat was hij.

De receptie belde dat Markus Johansson er was. Hanna stopte de foto in een dossiermap en ging hem halen. Op weg erheen bleef ze bij Eriks bureau staan om hem te vertellen dat het zover was.

Zo te zien had Markus Johansson niet geslapen. Hij was bleek en had wallen onder zijn ogen. De advocaat die hij bij zich had, zag er heel wat fitter uit. Ze droeg een grijs mantelpak en een zwarte strikblouse.

Hanna startte de opname en dreunde de formaliteiten op.

'Waar wordt mijn cliënt van verdacht?' vroeg de advocaat.

'Nog nergens van,' zei Hanna. 'In dit verhoor willen we vaststellen of hij als verdachte van de moord op Joel Forslund moet worden aangemerkt.'

Hanna wendde haar ogen niet af van Markus' gezicht. Verdriet was de overheersende emotie. Mensen die gemoord hadden, konden verdrietig zijn. De eerste keer dat Hanna haar vader opzocht in de gevangenis, had hij bijna de hele tijd zitten huilen.

Hanna legde de foto van de parkeerplaats bij het Möckelmossen op tafel en wees naar de blonde vrouw.

'Dit ben jij, toch?'

Markus wierp een snelle blik op de afbeelding en knikte toen.

'Wilde je niet worden herkend of waar was dit voor?'

'Ik wilde daar als mezelf naartoe. Als Tina.'

'Leg uit.'

'Ik ben een vrouw. Een transvrouw.'

Markus keek hen smekend aan, maar Hanna spoorde hem aan om door te gaan. Ze moesten weten waarom hij daar op het parkeerterrein was geweest.

'Ik heb me nooit op mijn gemak gevoeld in mijn lichaam. Een paar jaar geleden bereikte ik een dieptepunt en ik moest er iets aan doen. Ik heb het aan mijn vrouw verteld en ben specialistische hulp gaan zoeken. Daarom wonen we niet meer samen. Mijn zoon vond het ook moeilijk om te accepteren wie ik ben.'

De advocaat zat stil te luisteren. Hanna kreeg de stellige indruk dat zij dit allemaal al wist. Nu Hanna het wist, begreep ze niet hoe het haar eerder had kunnen ontgaan. Hij had dezelfde fijne trekken. Maar ze had de blondine echt voor een vrouw aangezien. Ze droeg een spijkerbroek en een blouse, had lang, steil haar en was slechts licht opgemaakt.

'Waarom loog je dat je niet op Öland was geweest?'

'Omdat ik bang werd. En omdat ik mezelf wilde beschermen.'

'Hoe zag de band tussen jou en Joel eruit?' vroeg Hanna.

‘We hadden geen liefdesrelatie. Daar heb ik niet over gelogen. Ik probeerde hem te helpen.’

‘Op welke manier?’

‘Joel was onzeker en verward. Dat was ik ook toen ik vijftien was. Achteraf begrijp ik natuurlijk waarom, maar toen niet. De afgelopen jaren heb ik vaak op dat forum gezeten, waar ik bij toeval Joels posts zag. Ik besloot hem de hulp te bieden die ik zelf op die leeftijd graag had willen hebben.’

‘Hoe dan?’

‘Ik begon met Joel te chatten.’

‘Was Joel transseksueel?’ vroeg Erik.

‘Als jullie een etiket willen plakken, dan... ja, ik denk het wel. Maar Joel zat vooral met het gevoel dat er iets niet goed was. Eerst dacht hij dat het kwam doordat hij van jongens hield, later zei hij dat hij als meisje geboren had moeten worden. Maar hij begon net tot het inzicht te komen dat hij niet het een of het ander, maar en en was.’

Hanna vond dat Markus in raadselen sprak.

‘Heb je daar een woord voor?’ vroeg ze.

‘Dat zijn er een heleboel: niet-binair, transgender, genderfluïde... Voor Joel was het proces nog niet afgesloten. Hij wist niet hoe hij zichzelf wilde noemen.’

Erik draaide de laptop naar hem toe en startte de video.

‘Waar ging dit over?’

Het verhaal klopte met de halve versie die Gunnel hun al had gegeven. Markus, of Tina, vond dat Joel met zijn moeder moest praten en had nog eens geprobeerd hem daartoe te bewegen. Hij dacht dat Joel te veel opkropte en dat het daarom zo slecht met hem ging. Joel had tegen Tina geschreeuwd dat ze zich er niet mee moest bemoeien. Dat alles beter was geweest voordat ze elkaar hadden ontmoet. Dat hij haar haatte.

Hanna’s overtuiging werd met elk woord sterker: deze man had Joel niet vermoord.

Of liever gezegd: deze vrouw.

'Kun je vertellen wat er met je auto gebeurd is?' vroeg ze.

'Er zijn in deze stad geen goede uitgaansgelegenheden voor mensen zoals ik, maar één keer per week kleed ik me als degene die ik ben en neem ik een drankje. Daar ben ik mee begonnen als onderdeel van mijn transitietraject, en ik ben gelukkiger als Tina dan als Markus. Maar makkelijk is het niet. Een paar jongens hoorden me praten met mijn vrouw toen ik daar wegging. Mijn stem verraadde me, dus ze liepen achter me aan naar mijn auto. En ja... de rest weten jullie.'

Voor de opname herhaalde Hanna wat Tina eerder had gezegd. Dat de zijspiegel kapot was getrapt en dat de auto bekrast was. Ze beëindigde het verhoor en bedankte Tina voor haar komst.

'Dus ik ben geen verdachte?'

'Nee. En als je eerder de waarheid had verteld, hadden we dat sneller kunnen vaststellen. Begreep je niet dat dit belangrijke informatie was?'

'Joel vond het al moeilijk om dit aan zijn moeder te vertellen. Hij wilde echt niet dat iemand het wist. Die wens probeerde ik te respecteren.'

61

Terwijl Hanna met Markus Johansson en zijn advocaat mee naar beneden liep, naar de receptie, ging Erik Ove op de hoogte stellen. Het was duidelijk dat Hanna niet mee wilde gaan en Erik werd nog nieuwsgieriger naar wat ze hadden besproken. Misschien hadden ze het over haar vader gehad, maar daar wilde Erik niet weer naar vragen.

Ove zag eruit alsof hij een retraite van een week aan de Franse Rivièra nodig had. Hij sloeg de bruine dossiermap dicht waarin hij zat te lezen. Erik kon nog net het logo van Forensische Geneeskunde zien.

'Ik hoop dat je goed nieuws hebt,' zei Ove.

'Helaas niet.'

Erik vertelde wat er tijdens het verhoor aan het licht was gekomen en dat Hanna en hij allebei het gevoel hadden gekregen dat de dader vermoedelijk iemand anders was.

'Verdorie,' zei Ove. 'Het lijkt erop dat we weer terug zijn bij Fanny Broberg.'

'Mee eens.'

'Weten jullie echt zeker dat hij het niet heeft gedaan?'

'Zeker genoeg. Hij had geen motief.'

'Misschien liegt hij.'

'Ja, maar daar zijn nog geen aanwijzingen voor.'

Ove hield koppig vast aan Markus Johansson, waarom begreep Erik niet. Vanmorgen had hij nog prioriteit willen geven aan Fanny Broberg.

'Hij zei dat hij thuis was,' zei Erik. 'Het is nogal moeilijk om dat bevestigd te krijgen.'

'Probeer het.'

Erik knikte. Ove had een kiem van twijfel gezaaid. Waren ze te snel geweest met Markus Johansson? Ook al klopte het wat hij over de ontmoeting in Ölands Köpstad had verteld, over andere dingen kon hij liegen.

'Dat Joel... transgender was, kan dat een motief zijn?' vroeg Ove.

'Dat denk ik niet,' zei Erik. 'In principe wist verder niemand dat.'

'Niet dat wij weten, in elk geval,' herinnerde Ove hem.

Markus' situatie had Eriks sympathie gewekt. Zijn vrouw had het huis verlaten, omdat ze de verandering moeilijk vond en zijn zoon wilde niet meer in dezelfde stad wonen. Tegelijkertijd begreep hij ook dat zij dit moeilijk konden verwerken: een partner en vader die over zo'n groot deel van zijn persoonlijkheid had gezwegen. En hoe Erik het ook probeerde, hij vond het lastig om Markus als Tina te zien. Misschien was zijn uiterlijk een barrière.

Erik was niet erg thuis in transgenderkwesties. Een jeugdvriend van Supriya had een geslachtscorrectie ondergaan en was dodelijk mishandeld. Maar Zweden was anders dan India in dit soort kwesties. Dat hoopte hij tenminste.

Nadat hij Oves kantoor uit was geglipt, ging Erik rechtstreeks naar de kantine. Hij had behoefte aan koffie. En bovenal aan Supriya. Net als Ove had hij gedacht dat ze dicht bij een oplossing waren en hij had ernaar uitgekeken om meer bij zijn gezin te kunnen zijn. Hij appte haar en hoopte dat ze niet met een patiënt bezig was.

Sorry dat ik daarnet zo'n idioot was.

Het antwoord kwam meteen. Ja, maar je bent wel mijn idioot.

Gevolgd door een emoji van een rennend mannetje in een korte broek.

Het onderzoek verloopt zwaar.

Ditmaal liet het antwoord iets langer op zich wachten. Je fikst het. Net als altijd.

En een paar tellen later: Ik hou van je.

Ik hou van je, schreef Erik en hij nam een slok van de zwarte koffie die hij net had ingeschonken.

Hij had het idee dat Supriya en hij eerlijk tegen elkaar waren. Dat ze konden praten. Maar wat wist hij er eigenlijk van? Hij liep de trap op en daar zat Hanna in een van de fauteuils.

'Hoe nam Ove het op?' vroeg ze.

'Gaat wel. Hij wil Markus Johansson niet loslaten.'

'Dat begrijp ik op zich wel, omdat we nog geen andere namen hebben.'

'Fanny,' zei Erik. 'En misschien Lukas en Tilde. Het lijkt erop dat we weer bij hen uitkomen.'

Hanna schudde haar hoofd.

'Ik denk het eigenlijk niet. Ik bel Nadine nog eens, om haar ermee te confronteren dat Joel transgender was. Zij lijkt degene te zijn die het dichtst bij hem stond. Daarna ga ik naar de foto's van het parkeerterrein kijken. Ik raak het gevoel niet kwijt dat ik iets over het hoofd heb gezien. Eerst moet ik alleen nog even met Carina praten over de nieuwe situatie.'

Haar stem was tot een fluistering afgezakt en Hanna keek om zich heen.

'Wat is er?' vroeg Erik.

'Wat bedoel je?'

'Wat is dat met jou en Carina?'

Nadat Hanna had gezegd dat Carina haar niet leek te mogen, had Erik ingezien dat dat waarschijnlijk klopte. De kleur van Hanna's wangen werd donkerder.

'Ze kent de dochter van Ester.'

'Hoe weet je dat?'

'Ik heb een foto van hen gezien toen ik bij Maria was.'

'Aha,' zei Erik.

'Wat, aha?'

Erik keek Hanna aan en wist niet hoe hij verder moest gaan. Hij vermoedde dat dit de oorsprong was van de uitbarsting van gisteren. Maar was het echt zo'n punt dat Carina Maria kende? Daar konden ze toch wel om samenwerken?

'Heb je Carina ernaar gevraagd?'

'Nee,' zei Hanna.

'Praat dan met Ove.'

Hanna stond op uit de fauteuil en Erik zuchtte. Voelde ze zich echt beledigd? In de deuropening draaide Hanna zich om.

'We moeten met Joels stiefvader Petri praten.'

'Is daar een bepaalde reden voor?'

'Dat hebben we nog niet echt gedaan.'

62

Ik wil je iets vertellen.

Zodra Rebecka die woorden had gehoord, of eerder de angst die eraan had gekleefd, leek het net of ze zichzelf had uitgeschakeld. Alsof haar bewustzijn en haar lichaam zich op die manier wilden beschermen. Ze was snel naar boven gegaan en had het dekbed over haar hoofd getrokken.

Petri was achter haar aan gelopen en was op de rand van het bed komen zitten.

Zonder iets te zeggen.

Hij had gewacht.

Totdat hij niet meer had kunnen wachten en smekend haar naam had gefluisterd, maar toen had ze haar handen tegen haar oren geduwd en 'lalala' geroepen. Alsof ze niet goed bij haar hoofd was. Zo voelde het, alsof ze over de rand was geduwd en alle houvast kwijt was.

Hij had weer gewacht.

Uiteindelijk had hij het opgegeven en was weggegaan.

Ik kan er niet meer bij hebben.

Haar hele lichaam had pijn gedaan van die overtuiging, maar na verloop van tijd had de pijn zijn verlammende greep laten verslappen.

Ze kon hier niet blijven liggen. Straks kwam Molly thuis uit school en voor die tijd moest ze naar Petri luisteren.

Rebecka ging rechtop zitten en de kamer draaide. Ze wachtte tot de duizeligheid over was, sloop naar de deur en deed hem open. Toen ze Petri niet hoorde, glipte ze de badkamer in en sloot zich daar op. Uitgeput liet ze zich op het wc-deksel vallen. Het douchegordijn was vies aan de onderkant, ze zou het los moeten halen om het te wassen. Ze moest zoveel.

Waar was ze bang voor?

Dat Petri ook ontrouw was geweest? Dat hij iets anders naars had gedaan waarvoor hij zich schaamde? Dat hij niet met haar verder wilde?

Ja, dat was het grootste angstvisioen. Dat hij haar zou verlaten. Dat ze nog eenzamer zou worden dan ze al was. Maar dat kon ze hem niet echt kwalijk nemen.

Wat een stomme idioot was ze geweest.

Ze had voor niks hun relatie verwoest.

Opeens zag ze alles wat goed was aan Petri. Dat hij haar altijd had gestimuleerd om te schilderen. Dat hij haar op weg had geholpen met haar keramiek toen ze iets nieuws wilde proberen. Dat hij meteen thuiskwam als ze hem nodig had. Zoals die keer dat er een vleermuis door het huis vloog. Of die keer dat ze ervan overtuigd was dat Axel de band van de Saab had doorgesneden.

Rebecka pakte het douchegordijn vast en trok er zo hard aan dat de hele stang met een klap naar beneden kwam. Het galmde nog na toen Petri de trap op kwam rennen. Hij trok aan de kruk van de dichte deur.

'Toe, laat me erin.'

Rebecka reageerde niet. Ze staarde naar de stang van het douchegordijn, die uit de badkuip omhoogstak. Ze hadden een stanleymes op het kastje buiten gelegd, om de deur snel open te kunnen krijgen als Molly hulp nodig had. Ze was blij dat hij dat niet gebruikte.

'Ik vergeef je,' zei hij. 'Toe, laat me nu binnen.'

Bij die woorden moest ze huilen, ook al wist ze niet zeker of hij het meende. Misschien had hij zoveel haast om haar te vergeven omdat hijzelf iets veel ergers had gedaan. Langzaam stond ze op en ze draaide de deur van het slot. Ze liet zich omhelzen en naar de bank in de woonkamer brengen.

'Gabriel laat me koud,' zei hij. 'Hij is niet belangrijk. Alleen jij en ik zijn belangrijk.'

Rebecka kon niets zeggen. Nu was het haar beurt om te wachten.

'Sorry als ik je heb laten schrikken, maar... Verdorie...'

Hij drukte zijn vuisten tegen zijn slapen.

'Ik begrijp niet waarom ik dit zo moeilijk vind.'

'Zeg het maar gewoon,' fluisterde ze.

Zijn vuisten zakten op zijn knieën en ze staarden er allebei naar.

'Ik heb gezeten,' zei Petri. 'Ik weet niet waarom ik nooit iets heb gezegd, maar... En nu... Misschien maakt de politie daar een heel ding van, ook al zou het niet meer in de registers mogen staan.'

Rebecka's hand was op weg geweest naar de zijne, maar de beweging veranderde. Hoe moest ze reageren op wat hij zei? Ze was volkomen leeg vanbinnen. Net als op de momenten waarop ze wist dat Axel elk moment uit zijn vel kon springen. Hoe kon ze dit níét hebben geweten?

'Waarvoor heb je gezeten?' vroeg ze voorzichtig.

'Ernstige mishandeling. Ik was vijftien, dus het werd gesloten jeugdzorg. En na... Daarna veranderde het. Sonja was altijd al goed voor me geweest, maar pas toen ik besefte dat ze niet van plan was me in de steek te laten nadat ik... Toen durfde ik haar pas echt te vertrouwen. Het gebeurde in Nybro, en Sonja deed net alsof ik een tijdje bij familie logeerde.'

De woorden kwamen snel en hortend.

'Ik was zo boos. Het was niet de eerste keer dat ik iemand had afgetuigd, maar deze jongen had een fractuur in zijn gezicht. Hij deed aangifte. Hij had een heleboel getuigen. Maar ik ben die boze persoon niet meer, en het spijt me dat... dat ik die vroeger wel liet zien. Stel je voor dat de politie denkt dat ik... dat ik Joel heb mishandeld.'

Petri snikte.

'Ik weet dat ik mijn emoties niet makkelijk toon, maar ik mocht Joel heel graag en ik mis hem. Natuurlijk niet zo erg als jij, maar...'

Het was net alsof Rebecka Petri voor het eerst zag. Ineengedoken en bang. Ze begreep zijn voortdurende voorzichtigheid. Zijn inschikkelijkheid. De remmingen die hij had. Dat hij niet durfde te zeggen wat hij vond en dacht. Hij was net als zij. Hij wilde een heleboel wat hij niet kon. De liefde die ze nu voor hem voelde, beangstigde haar, maar ze wilde de angst niet meer laten regeren.

'We moeten beter met elkaar leren praten,' zei ze.

'Dat weet ik.'

Petri sloeg zijn arm om haar heen. Ze boog zich naar voren en leunde met haar hoofd tegen zijn borst.

63

Carina's bureau was leeg, maar toch liep Hanna erheen. Daniel was er ook niet en ze liet haar blik over het bureaublad gaan. Een agenda, een notitieboekje, een stressbal en een beker met pennen. Er stonden geen foto's. Het enige wat een beetje persoonlijk leek, waren de twee potplanten, aangezien die goed verzorgd waren en in een pot stonden die er handgeschilderd uitzag. Misschien had de liefde voor tuinieren haar en Maria samengebracht. Maar waar dan? Hanna dacht eerder aan een tuinvereniging dan aan een internetforum. Misschien wist Ingrid of je dat soort verenigingen had in de buurt, en waar dan.

Ze hoorde voetstappen en draaide zich om, maar het was Erik maar. Hanna had spijt dat ze hem had verteld van de foto. Vraag het aan Carina, was zijn oplossing geweest. Of praat met Ove.

Hanna liep terug naar haar bureau. Ze wilde Carina liever niet bellen, dus ze stuurde een berichtje over het verhoor van Markus Johansson. Daarna belde ze Nadine.

'Ik heb zo les,' zei Nadine. 'Dus je moet snel zijn.'

'Waarom heb je niet verteld dat Joel transgender was?'

De stilte was zo compact dat Hanna dacht dat Nadine had opgehangen.

'Hallo?'

'Met wie heb je gesproken?'

'Met Markus Johansson. Of met Tina, moet ik misschien zeggen.'

Nadine zweeg weer.

'Wat weet je over haar?' vroeg Hanna.

'Ik heb haar nooit ontmoet, maar Joel zei dat hij hulp van haar kreeg.'

'Hulp waarmee?'

'Om zich beter te voelen.'

'Hadden ze een relatie?'

'Dat geloof ik niet. Ik vond het wel dubieus dat hij met iemand van drieënveertig chatte. Dat had ik nooit gedaan. Maar Joel verzekerde me dat ze oké was.'

Hanna zei niets, soms was dat de beste manier om iemand aan het praten te krijgen.

'Ik kon dat niet vertellen,' ging Nadine verder. 'Eerst probeerden we verschillende meisjesnamen uit, en daarna hadden we het over "personen". Maar Joel was er zelf nog niet uit.'

Die informatie was nuttig geweest voor het onderzoek. Als Nadine het meteen had verteld, waren ze eerder gekomen waar ze nu waren. Maar dat maakte niet meer uit, dus Hanna besloot er niets over te zeggen.

'Hoe zou jij de relatie van Joel en Petri beschrijven?' vroeg ze.

'Nee, ik ga niet.'

'Sorry?'

'Dat was niet tegen jou. Tegen een klasgenoot. Ik ga niet naar de les.'

'Het spijt me, het was niet de bedoeling om...'

'Ach, ik had toch al geen zin om te gaan. Waarom vraag je naar Petri?'

'Geef gewoon antwoord.'

'Joel maakte vaak grapjes over hem, maar ik denk dat hij hem graag mocht. En hij was jaloers op Molly, omdat zij een echte vader had.'

Hanna's poging om Nadine daarna nog meer te laten zeggen mislukte, dus ze beëindigde het gesprek. Ze zocht Petri's nummer op. Ze keek op toen ze snelle voetstappen hoorde. Carina hield haar telefoon omhoog.

'Had je niet even kunnen bellen?'

'Ik was bij jouw bureau, maar daar was je niet, dus ik dacht dat je bezig was.'

Achter Carina's hoofd was de waakzame blik van Erik te zien.

'Heb je vragen over iets wat ik heb geschreven?' vroeg Hanna.

'Je bent mijn baas niet.'

Hanna staarde Carina aan. Ze had geen idee hoe ze met haar boosheid om moest gaan. Die leek zo vreselijk oneerlijk. Vanuit een ooghoek zag ze Erik dichterbij komen, ze wilde tegen hem snauwen dat hij zich nergens mee moest bemoeien.

'Ik snap niet dat ze je de kans geven om hier zomaar binnen te komen stuiven,' zei Carina. 'Om anderen die hier al jaren werken van hun plek te verdringen. Vooral niet gezien jouw achtergrond.'

Carina draaide zich om, waarschijnlijk om weg te benen, en botste bijna tegen Erik aan. Hanna hield haar blik op het bureau gericht. De gehate blos brandde op haar wangen.

Ze moest protesteren.

Ze vertikte het om Erik de situatie voor haar te laten oplossen. In één ding had hij in elk geval gelijk. Ze moest met Carina praten. Haar duidelijk maken dat ze zich zo niet kon gedragen.

'Carina,' zei Erik.

Precies op dat moment stapte Daniel de kamer binnen en bleef bij de deur staan. Hanna dwong haar lichaam om op te staan en naar Carina toe te gaan.

'Ik ben mijn vader niet,' zei ze.

Haar stem trilde en ze slikte voordat ze verderging.

'Jij kent Esters dochter, Maria. Toch?'

'Dat is mijn nicht.'

Carina wierp haar een boze blik toe en liep snel de kamer uit. Daniel keek haar na en daarna keek hij naar Hanna, alsof hij haar om toestemming vroeg. Ze knikte naar hem en hij verliet ook de kamer. Hanna keerde terug naar haar stoel en plofte erop neer.

'Hoe is het?' vroeg Erik.

'Oké.'

'Je hebt tenminste een antwoord.'

'Ja.'

Uiteindelijk wist Hanna zich te vermannen. Ze was goed in haar werk en dat zou Carina haar niet afpakken. Als Carina zo onaardig bleef doen, moest ze nog eens met haar praten. En als dat niet hielp, moest ze het met Ove bespreken.

Hanna belde Petri en toen hij niet opnam, sprak ze een bericht in dat ze zo snel mogelijk gebeld wilde worden. Daarna haalde ze de foto's van de parkeerplaats bij het Möckelmossen tevoorschijn. Ze wist dat ze Rebecka moest vertellen wat ze over Joel te weten was gekomen. Dat hij misschien transgender was. Het risico bestond dat het uitlekte en in de krant kwam.

De telefoon ging en Hanna hoopte dat het Petri was, maar het was Joels vriendin Linnea.

'Ik moet iets bekennen.'

Hanna hoorde haar slikken, maar er kwam verder niets.

'Ja,' zei ze.

'Fanny verkocht hasj aan Joel.'

'Bedankt,' zei Hanna. 'Maar daar waren we al achter.'

Linnea begon te huilen.

'Kun je vertellen waarom je huilt?' vroeg Hanna.

Er kwam een onsamenhangend verhaal dat Linnea hasj van Joel had gekregen. Dat ze rechtstreeks naar Fanny was gegaan toen ze meer wilde. Dat Fanny had gezegd dat het gratis was, maar daarna toch geld had willen hebben. Als Linnea niet betaalde, moest Joel dat doen.

'Stel je voor dat ze hem daarom...' snikte Linnea.

'We weten nog niet wie Joel heeft gedood,' zei Hanna. 'Of waarom. Maar het is goed dat je dit hebt verteld.'

Nadat Hanna had opgehangen, keerde ze terug naar de foto's. Ze besefte dat ze er op een andere manier naar moest kijken. Ze begon een lijstje te maken van de mensen die op het parkeerterrein waren geweest, maar er waren er zoveel die ze niet herkende. En ze zagen er zo gewoon uit. Het waren mensen uit Gårdby en omliggende dorpen. Ouders, klasgenoten, leraren...

Ze inspecteerde hun gezichten, zocht naar tekenen van schuld. Ze staarde een hele poos naar de foto van Tina. Daar zag Hanna inderdaad schuld, maar die ging bijna helemaal schuil achter verdriet.

Met een zucht raapte ze de foto's bij elkaar, en toen ontdekte ze hem: de man die op twee foto's stond. Van haar leeftijd, blond. Zijn gezicht gesloten op de ene foto, wanhopig op de andere. Ze bekeek alle foto's nog eens; hij was de enige die daar meer dan één keer was geweest.

Ze zag hem vaag op een derde foto, in elk geval dacht ze dat het zijn haar was dat aan de rand van een groep tieners te zien was. Waarschijnlijk had ze hem bij drie verschillende gelegenheden gefotografeerd, en dat was vaak als je bedacht dat ze geen van de keren lang was gebleven. Ze staarde naar de foto waarop hij ernstig keek en ze kon zich niet herinneren of ze hem nog ergens anders had gezien dan op het parkeerterrein.

Hanna stopte de foto in een map, samen met een foto van Tina als Markus Johansson, en stond op om het tegen Erik te zeggen. Toen bedacht ze zich en ze nam de rest van de printjes ook mee. Ze moesten naar Rebecka toe om alle foto's met haar na te lopen.

64

De boter op het geroosterde broodje glom en Rebecka legde het weer op haar bord. Ze had lang op Petri in moeten praten, maar uiteindelijk was hij naar zijn werk gegaan. Ze moest alleen zijn en om hem weg te krijgen had ze beloofd dat ze iets zou eten. Hij had gevraagd of ze meer wilde weten over de mishandeling, maar ze had haar hoofd geschud. Dat kon wachten. Het was twintig jaar geleden en hij had nooit een vinger naar haar uitgestoken.

Hij was niet zoals Axel.

Rebecka pakte het broodje weer op en ditmaal nam ze een hap. Ze moest hem wegspoelen met een slok water.

Er reed een auto de oprit op. Hij stopte. De luxaflex benam haar het zicht, maar Rebecka begreep wel wat voor auto het was. Misschien aan hoe resoluut de portieren open- en dichtgingen, aan hoe de voeten zich over het grind bewogen. Ze zette zich schrap voor wat er zou komen: de klop op de deur. Vijf dagen geleden had de politie voor de deur gestaan met de boodschap dat Joel dood was. Alles was ingestort.

Nee, niet de politie. Hanna.

De situatie was zo absurd geweest dat Rebecka het nog steeds moeilijk kon bevatten. Keer op keer beleefde ze de wandeling naar de deur opnieuw. Wat er allemaal door haar hoofd ging toen ze zag wie er stond, de conclusie die ze meteen trok toen ze zich realiseerde dat Hanna rechercheur was geworden. Dat het om Joel moest gaan. Dat het ergst denkbare gebeurd was. De hoop waaraan ze zich toch vastklampte. Dat het om iets anders ging. De wanhoop toen dat niet zo was.

Nu er weer werd geklopt, stond Rebecka op en liep naar de deur. Ze was terug bij het bericht dat alles had verwoest. Het waren Hanna en die andere rechercheur weer. Aan hun gezichten kon ze niet zien wat ze wilden vertellen.

Hanna omhelsde haar. Rebecka beantwoordde het gebaar, maar ze had het haar nog steeds niet vergeven dat ze over Axels aanhouding had gezwegen.

'Ben je alleen?' vroeg Hanna.

'Ja. Molly is op school en Petri werkt.'

'Mogen we binnenkomen?'

Rebecka nam hen mee naar de keuken. Ze ging aan tafel zitten, schoof het bord met het geroosterde broodje opzij en nam een slok water.

'Rebecka, ik wil je iets vertellen. Over Joel.'

Ik wil je iets vertellen.

Haar lichaam herinnerde zich de reactie op Petri's woorden, maar Rebecka wilde rationeel blijven. Moest ze de politie vertellen dat Petri had gezeten? Maar nee, dat kon ze niet maken. Dat zou verraad zijn.

Rebecka keek Hanna aan. Wat voor verbijsterend nieuws kwam ze ditmaal brengen? Wat had ze nog meer verzwegen?

'Joel was transgender.'

'Wat zei je?'

'Joel was transgender.'

'Hè... Wilde hij een meisje zijn?'

'Nee. Het is me uitgelegd door iemand die door Joel in vertrouwen was genomen. Iemand die hem kennelijk wilde helpen om te begrijpen wie hij was.'

'Hoezo wie hij was?'

Ze klonk als een plaat die was blijven hangen.

'Hij voelde zich niet thuis in zijn lichaam,' zei Hanna. 'Hij voelde zich geen jongen en geen meisje, maar en en. Niet-binair, heet dat schijnbaar.'

Wat betekende dat? Rebecka begreep het niet, maar ze hield haar mond. Hanna keek haar aan alsof ze dacht dat ze zou gaan gillen. De andere rechercheur keek haar rustig aan. Hoe heette hij ook weer? Ze had de naam een paar keer gehoord en het stoorde haar dat ze er niet op kon komen.

Rebecka draaide zich om naar het raam. Ze had wel gemerkt dat het niet goed ging met Joel. Waarom had ze niet geëist dat hij met haar praatte? Laf als ze was, had ze gehoopt dat het vanzelf goed zou komen. Maar in plaats daarvan had hij steun gezocht bij iemand anders.

'Heb je de naam Tina weleens gehoord?' vroeg Hanna.

'Nee.'

'En Markus Johansson?'

'Nee.'

'Ik zal je een foto laten zien.'

Hanna haalde een foto uit een map en legde die voor Rebecka op de keukentafel. Op de foto was een man met lichtbruin haar te zien.

'Ik heb hem nog nooit gezien,' zei ze. 'Wat heeft hij met Joel gedaan?'

Hanna antwoordde niet, maar haalde nog een foto uit de map. Aan het licht zag je dat die 's avonds was gemaakt. De zon was bijna onder, en de schuine stralen gaven een merkwaardig scherp licht. Rebecka herkende de plaats meteen. Het was de parkeerplaats bij het Möckelmossen, waar Joel was gevonden. Ze zag mensen en de afzetlinten van de politie. Het moest de eerste avond geweest zijn. Toen zij er kwam, waren de linten al weg. Hanna wees naar de man in het midden van de foto.

'Weet je wie dit is?'

'Ja, dat is Gabriel. Mijn buurman.'

'Andersson? Van het blauwe huis?'

'Ja, hij is de vader van Linnea. En Elias. Waarom vraag je dat?'

Rebecka zag het antwoord al op Hanna's gezicht voordat ze het hoorde.

'Het spijt me, maar dat kan ik niet zeggen.'

Bij de blik die de rechercheurs wisselden, ging er een golf van misselijkheid door haar heen. Ze wilde schreeuwen: waarom vraag je dit?

Hanna liet haar een stapel foto's van het parkeerterrein zien, maar Rebecka kon zich er niet op concentreren. Ze zag alleen de foto van Gabriel.

'We moeten gaan,' zei Hanna. 'Maar ik laat je zo snel mogelijk iets weten.'

'Ik wil het nu weten.'

Hanna omhelsde haar weer.

'Dat kan niet. Later. En blijf alsjeblieft hier.'

Rebecka sloeg haar armen weg. Hoe kon Hanna haar dit nog eens aandoen?

65

De deur van Rebecka's huis ging achter Hanna dicht. Het deed pijn om haar met een kluitje in het riet te sturen. Maar het onderzoek liep nog. Ze kon niet zeggen wat ze vermoedden, omdat ze niet wisten of het klopte. Er konden andere redenen zijn waarom Gabriel Andersson zo vaak naar de parkeerplaats bij het Möckelmossen was gereden nadat Joel daar dood was gevonden. Een ander soort schuld. Of een eigen tragedie die hij moest verwerken. Dit soort sterfgevallen rakelde zoveel op.

Erik pakte zijn telefoon en belde Ove.

'Hoe is het?' vroeg hij toen hij had opgehangen.

'Het is zoals het is,' zei Hanna. 'Wat zei de chef?'

Ze dempte haar stem, zodat er geen woorden bij Rebecka naar binnen zouden sijpelen.

'Dat we Gabriel Andersson moeten ophalen voor verhoor.'

Dat was de vanzelfsprekende stap: horen wat hij te zeggen had.

Ze gingen naar Gabriels huis, waar een rode Nissan op de oprit stond. Hanna was er vrij zeker van dat het Ulrika's auto was. Toen ze erlangs liep, kon ze de warmte van de motorkap voelen. In de keuken brandde licht en Erik zette zijn vinger op de bel. Ulrika deed open. Ze hadden haar al ontmoet toen ze met Linnea praatten en lieten geen legitimatie zien.

'Ben je alleen thuis?' vroeg Hanna.

'Ja, hoezo?'

'Mogen we binnenkomen?'

Erik deed een stap naar voren toen hij dat zei. Ulrika deed een stap naar achteren en liet hen binnen. Ze was bleek en voorzichtig in haar bewegingen en ze keek hen niet aan. Dat hoefde niets te betekenen. Sommige mensen werden extreem zenuwachtig als de politie aanbelde, aangezien die zelden goed nieuws had. Laatst was ze ook nerveus geweest, maar toen had ze haar bezorgde energie op Linnea gericht. Het leek wel of ze niet wist wat ze er nu mee moest doen. Hanna vroeg zich af of haar dochter had verteld van de drugs. Ze betwijfelde het, maar de hasj kon wachten. In de keuken bleef Ulrika staan en ze keek om zich heen, daarna ging ze door met het uitpakken van haar boodschappen.

'Kunnen we even gaan zitten?' vroeg Hanna.

'Wacht. Eerst even de koelkastspullen opruimen.'

Ulrika zette een pak *filmjölk* en een kuipje Bregott in de koelkast. Langzaam. Alsof ze nog wat tijd nodig had om zich voor te bereiden.

'Waar is Gabriel?' vroeg Erik toen Ulrika tegenover hen was komen zitten.

'Op zijn werk.'

'Waar werkt hij?'

'Hij geeft les op Ölands Friskola in Färjestaden.'

Zodra Erik Gabriel had genoemd, waren Ulrika's tranen gaan stromen.

'Kun je uitleggen waarom je huilt?' vroeg Hanna.

'Ik maak me zorgen om Gabriel.'

'Waarom?'

Maar ze kon niet antwoorden. Hanna scheurde een stuk keukenpapier van de rol op de keukentafel en gaf het aan haar. Ulrika duwde het papier tegen haar ogen. Even later snoot ze luidruchtig haar neus. Weer vroeg Hanna waarom Ulrika zich zorgen maakte om Gabriel, maar ze schudde alleen haar hoofd.

'Wat heb je gedaan nadat jullie hadden gebarbecued?' vroeg Erik.

'Ik heb het ergste opgeruimd in de keuken en daarna ben ik naar bed gegaan.'

'En Gabriel?'

'Hij ook.'

'Maar?'

Het was duidelijk dat de avond een vervolg had gekregen en dat Ulrika bang was daar iets over te zeggen. Ze sloot haar ogen. Misschien moest ze hen wegdenken om antwoord te kunnen geven.

'Hij is weer opgestaan. Terwijl ik lag te slapen. Ik werd wakker en toen was hij weg.'

'Heb je gekeken hoe laat het was?' vroeg Hanna.

'Ja. Het was halfeen. Ik ben naar de badkamer gegaan, maar daar was hij niet. En ook niet beneden.'

Ulrika had haar ogen opengedaan, maar ze keek hen niet aan.

'Hoe laat kwam hij thuis?' vroeg Erik.

'Pas tegen drieën. Ik kon niet meer in slaap komen toen hij er niet was.'

'Wat gebeurde er toen Gabriel thuiskwam?'

Ulrika zei niets. Haar gezicht was helemaal stil. Hanna herhaalde Eriks vraag.

'Ik deed alsof ik sliep,' zei Ulrika.

'Wat deed Gabriel?'

'Hij zette de wasmachine aan en daarna ging hij douchen. Het duurde zeker een halfuur voordat hij naar bed ging. Hij was zo dronken dat hij naast de deur tegen de muur liep.'

'Weet je waarom hij weg was geweest?' vroeg Erik.

Haar gezicht werd harder.

'Hij gaat vreemd. Niet voor het eerst, maar hij had beloofd dat hij ermee zou stoppen. Op zijn eigen verjaardag, nadat ik... We hadden gezellig zitten barbecueën en toen ging hij weg om...'

'Hoe heeft Gabriel zich de afgelopen dagen gedragen?'

De hardheid verdween. Ulrika boog zich voorover en verborg haar gezicht in haar handen. Haar lichaam schokte van het huilen. Ze wachtten tot het overging. Erik scheurde een nieuw stuk keukenrol af en gaf het aan haar.

'Hij glijdt steeds als een schaduw rond. Ik heb hem een paar keer gevraagd wat er is, maar hij zegt dat ik spoken zie. Ik weet niet of hij echt op zijn werk is. Zoals hij eraan toe is, denk ik niet dat hij les kan geven.'

Een nieuwe huilbui vulde de keuken.

'Ik had hem ermee moeten confronteren toen hij thuiskwam, maar daar was ik te laf voor.'

Ulrika veegde haar ogen en neus af met het papier.

'Ik ben te laf. Ik heb geprobeerd met Rebecka over mijn vermoedens te praten, maar dat is ook niet gelukt.'

'Wat vermoed je dan?'

Hanna had wel een idee van het antwoord, maar ze wilde het haar hardop horen zeggen.

'Dat Gabriel op de een of andere manier betrokken was bij Joels dood,' fluisterde Ulrika. 'Ik snap niet hoe of waarom, maar dat is de enige verklaring voor... Hoe hij... En hoe vertel je zoiets?'

Ulrika keek hen aan alsof ze echt dacht dat zij antwoord konden geven. Ze hield haar blik op Hanna gevestigd.

'Heeft Gabriel Joel gedood?'

'Op dit moment weten we alleen dat we met hem moeten praten. Waar kan hij zijn als hij niet op zijn werk is?'

'Ik heb geen idee. Ik heb nergens meer enig idee van.'

'Toe, denk na.'

'Misschien bij die andere vrouw. Wie het ditmaal ook is.'

66

Voorzichtig draaide Rebecka aan de luxaflex. Een klein stukje maar, zodat Hanna en Erik het niet zouden zien. Erik, zo heette hij. Ze voelde zich opgelucht omdat de naam haar weer te binnen was geschoten. Alsof dat bewees dat ze niet compleet waardeloos was.

De rechercheurs stonden bij de auto, Erik was aan het bellen. Toen hij had opgehangen, fluisterden ze met elkaar. Hun gezichten waren gesloten en ernstig. Daarna liepen ze naar het huis van Gabriel en Ulrika en kon ze hen niet meer zien vanwege die verdomde heg die Petri nog had zullen snoeien.

Rebecka keek op haar horloge. Ulrika zou al thuis moeten zijn van haar werk bij Almérs. Ze liep snel naar het raam op de kopse kant, maar de hoek was ongunstig. Ze kon alleen een glimp opvangen van de deur die werd geopend en gesloten.

De paniek was zo heftig dat Rebecka niet wist waar ze het moest zoeken. Ze wilde naar Ulrika's huis rennen en er binnendringen. Zeggen dat ze precies moest weten wat zich daar afspeelde. Ze kon met geen mogelijkheid rustig blijven. Ze fladderde heen en weer tussen de keuken en de woonkamer en beet haar nagelriemen stuk.

Misschien kon ze van bovenaf meer zien. Ze liep snel de trap op naar Joels kamer, struikelde bijna over de drempel en wankelde naar het raam. Het enige wat van hieruit te zien was, behalve de oprit en de tuin, was Linnea's donkere kamer. Maar ze waren daar nog in huis, dat moest wel. Anders had ze de auto wel gehoord. Joels kamer had geen raam aan de voorkant, dus ze kon niet kijken of ze niet toch waren weggereden.

Dat ze tussen Joels spullen stond, maakte haar rustiger. Ze wilde eigenlijk haar blik niet van de oprit afwenden, maar keek toch om zich heen in de kamer. Het onopgemaakte bed. De stoel met kleren die te vies waren voor de kast en te schoon voor de was. Het bureau waarop geen schetsboeken meer lagen. De kleine sneeuwbol met een ballerina, die hij op zijn zesde van zijn eigen geld op een rommelmarkt had gekocht.

Transgender? Geen jongen of meisje, maar en en? Ging dat echt over haar zoon?

Haar lieve, kleine Joel. Nee, ze wilde het niet geloven. Het leek wel of Hanna een bom had laten vallen, haar daar met bloederige beenstompen had zien liggen en haar vervolgens in de steek had gelaten.

Rebecka reikte naar de capuchontrui die bovenop over de stoel hing en duwde hem tegen haar neus. Zijn geur zat er nog in. Ze wankelde, en toen ze met haar hand steun zocht bij de vensterbank, gooide ze bijna het Boeddhabeeldje om. Die wierook was natuurlijk om de hasjlucht te verdoezelen. Was ze echt zo stom geweest, of had ze het niet willen zien?

Joel was weg, en een groot deel van haar stribbelde nog tegen.

Ze weigerde te accepteren dat het zo was geworden.

Rebecka staarde weer naar de oprit. Waarom duurde het zo lang?

Ten slotte zag ze Hanna en Erik naar buiten komen en over de oprit lopen. De afstand was te groot om hun gezichtsuitdrukking te kunnen zien. Ze rende de trap af, naar de keuken. Door de luxaflex zag ze hen haar kant op komen. Eerst dacht ze dat ze op haar deur zouden kloppen, maar ze stapten in de auto en reden weg.

Hanna, die trut.

Alles was klote.

Rebecka probeerde niet eens te wachten. Ze rende naar Ulrika's huis en belde aan. Toen de deur niet werd opengedaan, bonsde ze erop.

'Laat me binnen, Ulrika. Ik weet dat je er bent.'

De hand was weer op weg naar de deur toen die opengleed. Ulrika's ogen waren rood en dik en ze had haar armen om zichzelf heen geslagen. Om dat vreselijke pillende vest dat ze aanhad.

'Het spijt me zo vreselijk.'

'Ja, dat zei je al. Wat spijt je precies?'

Ulrika zei niets, ze stond daar maar naar de vloer te kijken. Rebecka wrong zich langs haar heen de hal in. Ze keek om zich heen, ook al wist ze dat Gabriel niet thuis was. Ulrika draaide zich om en Rebecka schreeuwde tegen haar.

'Heeft Gabriel Joel gedood? Nou, heeft hij dat gedaan?'

'Ik weet het niet. Maar ik geloof van wel.'

'Waarom heb je niets gezegd, verdomme?'

Ulrika liet zich vooroverzakken en ving zich op met haar handen. Alsof ze aan het bidden was.

'Dat heb ik geprobeerd.'

'Geprobeerd,' snauwde Rebecka. 'Dat zal wel.'

Ze was zo boos dat ze Ulrika wel kon slaan. Of schoppen.

'Je begrijpt niet hoe deze dagen geweest zijn,' zei de vrouw die haar vriendin was geweest.

Ulrika krabbelde overeind en zette een stap in haar richting.

'En ik dan?' riep Rebecka. 'Hoe denk je dat het voor mij is geweest? Wat je zieke echtgenoot ook gedaan heeft, hij leeft nog. Joel is dood.'

Niet te geloven dat ze met Gabriel naar bed was geweest. Dat ze had gewenst dat zij tweeën een stel waren.

Rebecka duwde Ulrika opzij en liep naar buiten. Met bonzend hart rende ze naar huis. Ze had Petri nodig, ze had hem harder nodig dan ooit, omdat ze besefte op welk moment het waarschijnlijk was gebeurd. Toen ze snikkend en kotsend boven de kleine wc in het atelier hing en dacht dat haar leven voorbij was omdat Gabriel haar niet meer wilde. Volgens de politie was Joel de deur uit geslopen. Hij was vast thuisgekomen en...

Wat had hij gezien? Wat was Joels laatste beeld van haar geweest?

DE LAATSTE DAG

Vier stappen, dan draait hij zich weer om. Hij durft niet te vertrouwen op de stilte achter hem. Alleen het knarsen van de wrattenbijters is te horen. Geen motorgebrom. Geen vogel. Hij mist de nachtzanger. De hoge, snelle klanken die de duisternis weghouden.

Hij schrikt van een schaduw aan de kant van de weg en de pijn straalt uit vanuit zijn gebroken rib.

Het is maar een struik.

De duisternis is vol met gestalten die om hem heen dansen – steeds sneller, steeds dichterbij – en hem het ademen moeilijk maken. Misschien heeft zijn rib zijn longen beschadigd.

Uiteindelijk ziet Joel het licht. Een stip die langzaam uitgroeit tot een vierkant. Zijn hoofd bonst. De misselijkheid komt in golven en laat het licht trillen. Hij probeert het vast te houden met zijn blik. Die kant moet hij op.

Hij kan niet meer op zijn benen staan, zakt op zijn knieën en vangt zich op met zijn handen. Hij krijgt een zure smaak in zijn mond. Het is net alsof iemand een vuist in zijn borst heeft gestoken en die ronddraait.

Het is verleidelijk om te blijven zitten, maar hij is zo dichtbij.

Joel krabbelt op en strompelt verder. Er kraakt iets achter hem. Voetstappen? Nee, dat mag niet – het moet een dier zijn geweest.

Hij ziet een beweging in het licht en blijft staan. Zijn ogen verzetten zich tegen wat ze zien, willen de boodschap niet doorgeven.

Waarom?

Die vraag verscheurt hem en splijt de grond onder hem. Alles stort in.

Als versteend staart Joel naar het raam van het atelier.

Mama.

En Gabriel.

Hoe kan ze?

Haar gezicht is verwrongen van verlangen, maar Gabriel wil haar niet. Mama stort zich op hem en hij deinst terug. Ze valt en Joel ziet haar niet meer. Toch komt hij niet van zijn plaats.

De deur vliegt open en Gabriel strompelt naar buiten.

'Joel,' fluistert hij. 'Mijn god, wat is er gebeurd?'

En als hij Joels gezicht ziet: 'Het is niet wat je denkt.'

Waarom fluistert hij? En wat stinkt hij smerig naar wijn.

Joel probeert langs hem heen te komen, naar binnen. Hij moet kijken hoe het met zijn moeder is. Gabriel pakt hem bij de arm en Joel rukt zich los. Te heftig. Hij valt voorover en ditmaal slaagt hij er niet in zich met zijn handen op te vangen.

De pijn schiet vanuit zijn buik omhoog. Pas als Joel opstaat, realiseert hij zich dat de pijn niet van de gebroken rib komt. Hij steekt zijn hand in de kangoeroezak van de capuchontrui en als hij zijn vingers eruit haalt, zijn ze plakkerig van het bloed.

Het mes. Hoe diep is dat…

'Ik had een…'

Verder komt Joel niet, voordat hij op zijn knieën zakt.

Dan hoort hij gejammer. Waarom staat Gabriel daar maar? Waarom helpt hij hem niet?

En waarom doet hij alsof híj degene is die gewond is?

'Sorry.'

Joel denkt dat hij het verkeerd heeft verstaan, maar het woord komt nog eens, in stoten nu: 'Sorry, sorry, sorry.'

Het is zo moeilijk om grip te houden op de werkelijkheid. Joel voelt armen om zich heen en hij wil schreeuwen: nee, stop! Het doet te veel pijn. Bel een ambulance.

De armen dwingen hem omhoog.
'Ik breng je naar het ziekenhuis,' zegt Gabriel.

67

Aan de rechterkant van de weg stond een bushokje en Erik besefte dat Joel daar de selfie had gemaakt. Het was nu leeg en de middagzon scheen zo fel door de voorruit dat je kon denken dat het zomer was. Erik zag de mishandelde Joel voor zich. Hoe hij daar midden in de nacht alleen zat en zijn verwondingen inspecteerde. Krachten verzamelde om naar huis te gaan.

Erik nam gas terug, reed langs het bushokje en sloeg af naar Färjestaden. Hij zette de zonneklep goed en gluurde naar Hanna, die door de zijruit keek. De situatie leek haar aan te grijpen, ook al probeerde ze net te doen of het niet zo was.

'Met mij gaat het goed,' zei ze.

Hanna had een radar voor de gemoedstoestand van andere mensen.

'Begrepen,' zei hij.

De telefoon ging en Erik keek naar het nummer. Het was Yadu.

'Shit,' mopperde hij. 'Het is mijn schoonvader. Die belt me anders nooit.'

'Zal ik opnemen?'

Erik schudde zijn hoofd. Het was vast niets bijzonders. Waarschijnlijk had Supriya een patiënt en kon ze niet opnemen. Hoe ze ook klaagde over haar ouders, ze zou een telefoontje van hen nooit negeren.

'Denk je dat het gevaar bestaat dat Ulrika Gabriel waarschuwt?' vroeg Hanna.

‘Dat denk ik eerlijk gezegd niet.’

‘Ik ook niet.’

‘Anders bel je de school even om te horen of hij daar is.’

Dat deed Hanna en ze stak een duim omhoog zodra ze het antwoord kreeg. Erik hoorde alleen Hanna’s kant van het gesprek, maar daaruit kon hij opmaken dat Gabriel lesgaf. Zonder te vertellen waarom ze met Gabriel wilden praten, zei Hanna tegen de vrouw aan de andere kant van de lijn dat ze de les niet hoefde te onderbreken en dat ze voor de school op hen moest wachten. Dat ze er over tien minuten waren.

‘Nou, die schoot helemaal in de stress,’ zei Hanna toen ze had opgehangen.

‘Dat is toch niet zo gek?’

‘Nee, ik weet het. Ze vroeg of er een familielid van hem was overleden.’

‘Misschien was zij degene met wie Gabriel een affaire had.’

Een hoofdschudden was Hanna’s enige commentaar.

Vanuit een grindweg kwam een tractor de weg op en Erik moest op de rem trappen. Hij ging tegen de middenstreep rijden om in te halen, maar net op dat moment kwam er een rij tegenliggers aan. De tractor tufte voort alsof hij alle tijd van de wereld had.

‘Welkom op het platteland,’ zei Hanna.

‘Nou, zeg dat,’ zei Erik en hij glimlachte.

Hij trommelde op het stuur, totdat er een gelegenheid kwam om in te halen. Hij had de sirene kunnen gebruiken om sneller te kunnen opschieten, maar een minuut meer of minder zou niet echt uitmaken. Gabriel Andersson wist niet dat ze in aantocht waren.

Yadu belde nog eens, maar Erik negeerde die oproep ook. Hij duwde het flintertje ongerustheid weg. Wat er ook gebeurd was, hij kon nu niet terugbellen. Ze waren er bijna.

Voor het moderne glazen gebouw stond een vrouw van in de dertig. Ze droeg een groene blouse met korte mouwen en een spijkerbroek, waar ze met haar handen overheen wreef. Erik reed tot aan de ingang.

'Wat willen jullie van Gabriel?' vroeg de vrouw zodra ze waren uitgestapt.

'Daar kunnen we niet op antwoorden,' zei Erik. 'Maar hij moet met ons mee. Dus het is goed als u of iemand anders meeloopt om de les over te nemen.'

'Dat doe ik wel. Ik ben Sandra Dahl, trouwens.'

Ze gaf hun allebei een hand.

Erik bedacht dat ze Sandra misschien zouden moeten vragen om Gabriel uit de les te halen. De kans bestond dat hij in paniek zou raken als hij doorhad dat ze van de politie waren. Maar die verantwoordelijkheid konden ze niet uit handen geven. Vooral niet aan deze nerveuze vrouw. Gabriel zou begrijpen dat er iets mis was. Een andere mogelijkheid was wachten totdat de les afgelopen was, maar dan zouden de gangen volstromen met leerlingen. Nu waren ze bijna leeg.

De vrouw bracht hen naar het lokaal en knikte naar de deur. Daarna deed ze een stap terug.

Erik klopte aan en deed de deur open.

'Hallo, Gabriel. Ik ben Erik Lindgren, politie Kalmar. Misschien ken je me nog. Dit is mijn collega Hanna Duncker. Je moet met ons meekomen.'

Gabriel leek wel een ree die in het licht van een koplamp was gevangen. Hij zei niets, staarde hen alleen aan. Erik had op de eerste dag van het onderzoek met hem gesproken, nadat hij het bericht van overlijden aan Rebecka had overgebracht. Had hij toen argwaan moeten krijgen?

Maar dat was wijsheid achteraf. Net als dat hij had moeten vragen of hij de foto's van het parkeerterrein mocht zien waarmee Hanna naar Rebecka wilde gaan. Dan had hij hem meteen kunnen identificeren en hadden ze niet naar Rebecka toe hoeven gaan.

'Met de les komt het wel goed,' zei Erik. 'Die neemt Sandra over.'

Gabriel schrok toen Sandra's naam werd genoemd en keek zo mogelijk nog gestrester. Misschien had Erik het goed geraden toen hij veronderstelde dat Gabriel iets met haar had gehad. Het was doodstil in het lokaal, ook al zat het vol met tieners. Gabriel keek naar zijn leerlingen en daarna naar het raam. Hij had een pen in zijn hand en het bord achter hem stond vol met vergelijkingen.

Erik stond doodstil naar Gabriel te kijken, klaar om naar voren te springen als het nodig was. Vanaf hier was door het raam alleen de lichtblauwe hemel te zien. Langzaam draaide Gabriel zijn hoofd weer naar zijn leerlingen. Hij sloot zijn ogen. Een paar seconden later deed hij ze open, hij draaide zich om en liep naar de deuropening.

68

De gangen waren nog grotendeels leeg. Hanna en Erik liepen ieder aan een kant van Gabriel, en Hanna hield de rechterkant in de gaten. De leerlingen die ze tegenkwamen, namen geen notitie van hen, maar een oudere vrouw draaide zich om en keek hen na. Hanna maakte zich geen zorgen over de mensen om hen heen, hooguit om Gabriels reactie als iemand iets zou zeggen. Mensen onder druk waren onberekenbaar.

Erik duwde de deur open en wierp een laatste blik achterom. Sandra Dahl staarde hen na. Misschien had hij toch gelijk gehad.

Voor het open portier aarzelde Gabriel.

'Je hebt geen keus,' zei Hanna. 'Je moet mee.'

Gabriel keek haar aan en zijn lippen gingen vaneen alsof hij iets wilde zeggen. Maar toen de deur van de school openging, deed hij zijn mond dicht en stapte achterin. Erik verontschuldigde zich; hij moest even bellen. Zijn schoonvader waarschijnlijk. Ook al was Hanna er nieuwsgierig naar, ze ging op de bijrijdersstoel zitten en draaide zich om naar Gabriel.

'We gaan naar het politiebureau in Kalmar, waar we je zullen verhoren. Je wordt ervan verdacht Joel Forslund te hebben gedood. Je hebt recht op een advocaat, die bij het verhoor aanwezig mag zijn.'

Hanna sprak langzaam, zodat Gabriel het goed zou begrijpen. Eerst keek hij haar aan alsof hij er geen touw aan kon vastknopen, maar toen ze het nog eens wilde zeggen, viel hij haar in de rede.

'Ik wil geen advocaat.'

Erik sprong achter het stuur en ze keek hem vragend aan.

'Mijn schoonmoeder ligt op de spoedeisende hulp. Ze heeft een hartinfarct gehad.' Hij schudde zijn hoofd. 'En Supriya neemt de telefoon niet op. Waarschijnlijk heeft ze een patiënt.'

'Wat wil je eraan doen?'

'Op dit moment niets. Ik heb een bericht ingesproken op Supriya's voicemail.'

Erik startte de auto en reed weg.

'Is het ernstig?' vroeg Hanna.

'Dat kunnen ze nog niet zeggen. Yadu was erg in de war en ik kon niet echt met hem praten.'

Hanna keek naar Gabriel op de achterbank. Hij hield zijn blik op het portier gericht en leek zich van hun gesprek niets aan te trekken. Zijn handen lagen stil op zijn schoot. Als hij eruit probeerde te komen, zou dat niet lukken. De achterportieren konden niet van binnenuit worden geopend. Eigenlijk wilde ze Erik overhalen het verhoor te laten zitten en rechtstreeks naar het ziekenhuis te rijden. Maar ze wist dat ze dat zelf niet zou hebben gedaan.

In een reflex draaide Hanna haar hoofd opzij toen Erik over de Ölandbrug reed. De rust die vanaf het water op haar afkwam, kon haar spanning niet helemaal wegnemen. Ze stonden voor een beslissend moment. Haar intuïtie zei haar dat Gabriel Andersson schuldig was, maar dat betekende niet dat hij ook zou bekennen. Of dat het onderzoek tot een aanklacht zou leiden. Ze keek weer naar hem in de binnenspiegel. Hij leek zich niet te hebben bewogen.

De afslag naar het bureau kwam steeds dichterbij.

'Weet je het zeker?' vroeg Hanna.

Sterker wilde ze niet aandringen. Erik antwoordde door af te slaan.

Ze brachten Gabriel naar een verhoorkamer.

'Wil je iets drinken?' vroeg Hanna.

Gabriel keek haar aan alsof dat de stomste vraag was die hij ooit had gehoord en schudde zijn hoofd.

Erik startte de band, noemde dag en tijdstip, wie er aanwezig waren en waar Gabriel Andersson van werd verdacht.

'Kun je vertellen wat er in de nacht van 14 op 15 mei is gebeurd?' vroeg Hanna.

Gabriels blik schoot heen en weer tussen hen en de deur. Maar het was net als in de auto, er was geen uitweg. De zucht die hij slaakte, was tevens een snik.

'Ik werd dinsdag veertig en Ulrika had een feestje voor me georganiseerd. De buren kwamen barbecueën. Daardoor besefte ik wat voor een idioot ik was geweest.'

'Was geweest?'

'Ja, ik was vreemdgegaan en besloot die andere relatie te beëindigen. Ik wilde niet meer zo'n klootzak zijn. Ik hou van Ulrika en van mijn kinderen. Zij zijn de enigen bij wie ik wil zijn.'

Het was een goed teken dat Gabriel antwoord gaf op de vragen. Bij de meeste verhoren ging het er rustig aan toe, het waren eerder gesprekken dan iets anders. Als de verdachte praatte, tenminste. Het kwam ook voor dat ze niets zeiden, of dat ze een volkomen belachelijk verhaal ophingen om de schuld van zich af te schuiven.

'Had je die andere vrouw die nacht gezien?'

'Ja, ik ging naar haar toe.'

'Ze woont dus in Gårdby,' constateerde Erik.

'Ja,' zei Gabriel.

'Wie is ze?' vroeg Hanna.

Ze was ervan overtuigd dat hij nu Sandra Dahl zou zeggen.

'Rebecka. De moeder van Joel.'

Hanna was zo geschokt dat ze haar reactie niet kon verbergen. Eerder had ze tijdens verhoren met een stalen gezicht de vreselijkste dingen aangehoord. Als ze haar reactie liet blijken, klapte de verdachte misschien dicht. Maar dit raakte haar. Waarom had Rebecka niets gezegd? Had ze aldoor al geweten wie Joel had gedood?

'Waar zagen jullie elkaar die nacht?' vroeg Hanna. Ze hoorde zelf hoe verwijtend ze klonk.

'In haar atelier.'

'Hoe reageerde Rebecka toen je de relatie wilde verbreken?' vroeg Erik, die daarmee de aandacht op zich vestigde.

'Slecht. We kregen ruzie.'

'Hadden jullie gedronken?'

'Ja, we hadden in de loop van de avond flink gedronken. En ik had een fles meegenomen naar het atelier, die we deelden. Ik moest mezelf moed indrinken...'

Gabriel onderbrak zichzelf en staarde naar de tafel.

'Wat gebeurde er in het atelier?' vroeg Erik rustig.

'Dat was heel naar,' zei Gabriel. 'Ze wierp me vreselijke dingen voor de voeten. Een deel ervan klopte, maar het meeste niet. Maar toch was ik blij dat ik er een punt achter had gezet.'

Hanna wist dat ze haar mond moest houden, maar dat lukte haar niet.

'Hoe kon dit ertoe leiden dat Joel werd doodgestoken?'

Het enige wat ze nu wilde weten, was wat Rebecka's aandeel was geweest. Gabriels blik was nog steeds op de tafel gericht en het was duidelijk dat hij zichzelf niet meer in de hand had.

'Heb jij Joel doodgestoken?' vroeg Erik.

Gabriel schudde zijn hoofd.

'Zeg het hardop, zodat het op de band komt.'

'Nee, ik heb hem niet doodgestoken. Ik zei tegen Rebecka dat ik niet meer naar haar wilde luisteren, dat ik wegging. Toen stortte ze zich op me. Ik deed een stap naar achteren en ze gleed op de grond, lag daar en hield mijn been vast. Ik zei dat ze haar verstand moest gebruiken...'

Gabriels wangen werden rood en Hanna nam aan dat hij zich heel wat minder netjes had uitgedrukt.

'Rebecka kroop naar de wc en ik hoorde haar overgeven. Toen ik me omdraaide om weg te gaan, zag ik iemand voor het raam staan, dus ik rende naar buiten. Ik had eerst niet door dat het Joel was. Hij zag er zo vreemd uit. Met bloed op zijn gezicht...'

Gabriel wierp een verlangende blik op de deur.

'Ga verder,' drong Hanna aan en ze slaagde erin haar stem kalm te houden.

'Ik geloof dat ik hem vastpakte. Ik wilde met hem praten. Uitleggen wat hij had gezien. Dat hij het aan niemand mocht vertellen. Maar hij rukte zich los en viel op zijn buik. Toen hij opstond, zag hij er nog vreemder uit. Hij stak zijn hand in de zak van de trui en toen hij die eruit trok, zat er bloed aan.'

Gabriel zweeg, het was duidelijk dat hij ver weg was met zijn gedachten. Waarschijnlijk bij Joel.

'Wat deed je toen?' vroeg Hanna.

Gabriel antwoordde niet, maar toen ze de vraag herhaalde, trilde hij alsof hij koorts had.

'Ik raakte in paniek. Ik zei dat ik hem naar het ziekenhuis zou brengen en nam hem mee naar de auto. Dat was ik ook van plan. Maar hij bloedde zo. Hij had een mes in zijn zak. Snappen jullie? Een mes, verdomme!'

'Ja,' zei Hanna, zodat Gabriel niet zou stoppen met vertellen.

'Joel overleed in mijn auto, en toen wist ik niet wat ik moest doen. Ik heb zeker een uur rondgereden. Ten slotte heb ik hem daar bij het Möckelmossen achtergelaten.'

'Waarom riep je Rebecka niet?' vroeg Hanna.

Ze slaagde er nogmaals in de emotie uit haar stem te houden, ze wilde niet dat hij dicht zou klappen en haar zonder antwoorden zou laten zitten. Maar bij die vraag zakte Gabriel in. Hij leunde naar voren over de tafel en zijn lichaam schokte van het huilen.

'Ik kon haar er niet bij hebben,' snikte hij. 'En ik wilde niet dat ze het zag. Niet in de toestand waarin ze verkeerde.'

'Waarom heb je geen ambulance gebeld?'

Gabriel schoot overeind.

'Ik raakte in paniek,' zei hij. 'Ik dacht dat het sneller zou gaan als ik Joel naar het ziekenhuis bracht. En dan kon ik het er onderweg met hem over hebben dat hij niets tegen Ulrika mocht zeggen.'

'Wat ging er mis?' vroeg Erik.

'Joel ging dood en ik wilde... Ik wilde mezelf redden. Hij was al dood en niet meer te helpen. Maar mijn gezin... dat moest ik redden. Ulrika heeft me zoveel kansen gegeven. Het had onze relatie verpest als ze had beseft dat ik bij... Ik hou van haar. Van Ulrika, dus. Mijn hemel... Ik snap niet hoe ik zo godvergeten stom heb kunnen zijn.'

Hanna begreep niet waar hij op doelde en misschien voelde Gabriel dat, want hij keek haar recht aan.

'Ik had het alarmnummer moeten bellen,' zei hij. 'Daar heb ik zo verschrikkelijk veel spijt van. Maar het leek wel of er iets misging in mijn hoofd. Ik kon niet helder denken.'

'Hoe heb je Joel achtergelaten?' vroeg Hanna.

'Bij het Möckelmossen. Waar hij is gevonden.'

'Ja, maar hoe?'

'Hij was dood,' zei Gabriel. 'Hij had geen hartslag.'

Misschien begreep hij niet wat ze bedoelde, doordat hij zo van streek was, of hij wilde het er niet over hebben.

'Beschrijf hoe je Joel op het parkeerterrein hebt achtergelaten,' zei Hanna. 'En hoe hij eruitzag toen je wegreed.'

'Ik trok hem uit de auto,' zei Gabriel. 'Het mes viel op de grond en dat heb ik in de auto gelegd. Daarna heb ik het uit het raam gegooid.'

'Heb je het vastgehouden?'

'Alleen met de mouw van mijn jas.'

'Waar?'

'Bij het lemmet. Tegen het heft aan.'

'En Joel? Beschrijf hem eens.'

'Hij lag op zijn zij. Hij bewoog niet.'

'Heb je iets in zijn hand gestopt?'

'Nee,' zei Gabriel onzeker.

'Toen Joel werd gevonden, zat hij tegen de muur geleund,' zei Hanna. 'Hij had een bloedooievaarsbek in zijn hand.'

'Nee,' zei Gabriel. 'Dat kan niet.'

Hij leek het echt niet te geloven, al was dat misschien uit zelfbescherming. Hanna had behoefte aan frisse lucht, maar voordat ze het verhoor kon beëindigen, moest ze nog één vraag stellen.

'Denk je dat Rebecka iets heeft gezien?'

'Nee, ik weet zeker van niet.'

Hanna stopte de opname.

'Wat gebeurt er nu met me?' vroeg Gabriel.

'We gaan met de officier van justitie praten, en dan word je in verzekering gesteld.'

Het was duidelijk dat Gabriel er niet op had gerekend dat hij weg zou mogen.

'Wat gaan jullie tegen Ulrika zeggen?' vroeg hij. 'Over Rebecka en over wat er gebeurd is?'

'We hoeven alleen maar te zeggen dat je in verzekering gesteld bent. Ulrika wist al dat je vreemdging. Maar ik denk niet dat ze doorhad met wie.'

HET LAATSTE UUR

Joel wordt wakker en heeft geen idee waar hij is. Daarnet zat hij nog in een auto.

Het is hier zo donker, en de lucht in zijn gezicht is koud. Daar is hij waarschijnlijk wakker van geworden. Hij ligt met zijn wang op iets ruws. Grind misschien.

Hij brengt zijn vingers naar zijn buik en ze worden plakkerig van het bloed. Hij heeft overal pijn, niet alleen daar. In zijn hoofd, zijn rib, zijn rug... Maar toch kan hij zich bewegen.

Er is een muur naast hem, hij sleept zich erheen en leunt ertegen. Waarom heeft Gabriel hem hier achtergelaten? Waarom heeft hij hem niet naar het ziekenhuis gebracht? Zijn ogen beginnen nuances te onderscheiden in het donker, maar toch begrijpt Joel niet waar hij is.

Hij kijkt naar de hemel, naar alle sterren daar.

Mama en Gabriel.

Nee, hij wil zich niet herinneren wat hij heeft gezien. Zijn moeder die zich op Gabriel stortte. De lelijke hunkering op haar gezicht.

Dit is echt een rotdag, en er komt maar geen eind aan. Het wordt alleen maar steeds erger.

Joel leunt opzij. Hij moet opstaan, hij moet hier weg. Maar hij is te zwak. Hij krijgt iets in zijn vingers als hij op de grond steunt. Verbaasd beseft hij dat het een bloem is. Joel houdt hem voor zijn ogen om hem te bekijken, maar het is te donker.

Hij wil naar huis. Naar zijn bed en naar zijn ouders en zijn zusje. Tina heeft gelijk. Hij moet het aan zijn moeder vertellen. Er was iets in hem gebeurd toen Tina die omschrijving gebruikte: niet-binair. Het leek wel of alles op zijn plaats viel. Misschien had hij het daarom van zich afgeslagen. Tina van zich afgeslagen.

Hij moet haar zijn verontschuldigingen aanbieden voor alle nare dingen die hij heeft gezegd.

Mika.

Joel proeft de naam.

Ja, als hij ouder wordt, zal hij zijn naam in Mika veranderen. Tenzij hij dat van zijn moeder al eerder mag doen. Misschien wordt het makkelijker om met haar te praten nu hij weet dat zij ook een geheim heeft.

Joel leunt met zijn hoofd tegen de muur en sluit zijn ogen. Zijn hart is een rondhippend vogeltje. En nu hoort hij ze weer, de hoge, snelle klanken die hem gezelschap hadden gehouden op weg naar het bos.

De nachtzanger.

Hij glimlacht. Alles komt goed. Als iemand hem maar snel vindt.

69

Nadat het bericht van de officier van justitie was gekomen dat Gabriel Andersson in verzekering moest worden gesteld, was Hanna met Ove gaan praten. Ze had gezegd dat ze het aan Rebecka wilde vertellen. Ove gaf meteen toestemming.

Erik was na het verhoor snel naar het ziekenhuis gegaan, Supriya was daar al. Ze had geappt dat Aavika het ergste had gehad.

De aanklacht die de officier van justitie had gebruikt, was dood door grove nalatigheid, aangezien Joel nog had geleefd toen Gabriel hem op de parkeerplaats bij het Möckelmossen had achtergelaten. Het was hoogst onwaarschijnlijk dat er daarna nog iemand gekomen was, die Joel had verplaatst. Op dood door grove nalatigheid stond maximaal zes jaar.

Hanna had geen hartzeer om Gabriel, maar wel om zijn gezin, vooral om de kinderen. Ze wist maar al te goed wat zij nu door zouden moeten maken. En Linnea voelde zich al schuldig over het gedoe met de hasj. Maar Hanna's hart bloedde het meest voor Joel, de vijftienjarige die niet verder had mogen leven, niet had mogen ontdekken wie hij of zij werkelijk was. En voor Rebecka. Hanna hoopte dat het klopte dat haar vriendin er geen weet van had gehad.

Ook wat haar zelf betrof voelde Hanna een diep verdriet. Om alles wat er door de jaren heen was gebeurd.

Ze reed Gårdby in en de pijn werd erger. Ze keek naar de huizen en de bomen die voorbijgleden en het leek wel of de verschillende tijdlagen tot één enkele samensmolten, die pijn deed. Zou ze hier ooit overheen komen? Ze besefte hoe moeilijk het zou zijn om met Rebecka te praten, daar was ze nog niet klaar voor. Hanna sloeg rechts af de Snegatan in. Sinds de huiszoeking had niemand Fanny meer gezien. Ze nam de telefoon niet op, evenmin als haar moeder.

Hanna reed het erf op en bij het zien van de gehurkte figuur bij de brommer ging er een schok van opluchting door haar heen. Ze stapte uit en liep naar Fanny toe.

'Wat wil je?' vroeg ze zonder op te kijken.

Het leek wel of Fanny weer een gedaanteverwisseling had doorgemaakt. Weg was al het harde en bange. Er was alleen nog een verdrietig kind over.

'We weten dat jij Joel niet hebt neergestoken.'

'Kom je alleen om dat te vertellen?'

'Ja.'

'Bedankt.'

Toen Hanna zich omdraaide en weg wilde lopen, hield Fanny haar tegen.

'Wie heeft het dan gedaan?'

'Dat kan ik je helaas niet vertellen.'

Hanna stapte in de auto. Ze had natuurlijk een preek kunnen afsteken over alles wat Fanny wel had gedaan. Dat ze Joel had mishandeld. Dat ze kleine kinderen geld had afgeperst. Hoe verkeerd dat was. Maar Hanna was er vrij zeker van dat Fanny dat al had begrepen. De vraag was wat ze daarmee ging doen; daar kon je nu nog niets van zeggen. Hanna zou later met Fanny gaan praten, als de rust weer een beetje was weergekeerd.

Toen Hanna bij Rebecka's huis kwam, waren Petri en Molly er al. Ze besloot het hun allemaal tegelijk te vertellen. Vooral omwille van Molly. Ze zou de onrust meteen voelen, en niets te horen krijgen was erger. Dat wist Hanna nog goed van de ziekte van haar moeder. De gesprekken waar ze buiten was gehouden, maar die ze toch had opgevangen. Iedereen zei tegen haar en Kristoffer dat hun moeder weer beter zou worden, terwijl dat niet waar was. Bovendien wist Hanna dat zij waarschijnlijk beter in staat was het te vertellen dan Rebecka. Ze liet hen allemaal naar de woonkamer komen.

'We weten hoe Joel is overleden,' zei ze.

'Hoe dan?' vroeg Molly, die bij haar moeder op schoot zat.

Petri had zijn armen om hen beiden heen geslagen.

'Hij is gevallen en heeft zich bezeerd aan een mes.'

'Bij het Möckelmossen?'

Hanna aarzelde even voordat ze de naam noemde. Maar Molly zou het toch horen. En dan kon ze het beter hier horen dan dat de naam gefluisterd werd door iemand die dacht dat ze het niet snapte.

'Nee, hier voor de deur. Maar Gabriel heeft hem verplaatst. Hij dacht dat Joel al dood was, terwijl dat niet zo was.'

Hanna keek Rebecka aan toen ze de buurman noemde en realiseerde zich dat Rebecka het al wist. Wanneer had ze dat begrepen?

'Waarom deed hij dat?'

Petri en Rebecka lieten het aan Molly over om vragen stellen, en Hanna beantwoordde ze zo goed mogelijk, zonder omhaal, op het niveau van de zesjarige. In zekere zin was het voor haar ook makkelijker dat Molly erbij was. Het zou straks moeilijker worden met Rebecka. Maar op deze vraag had ze geen goed antwoord.

'Dat weet ik eigenlijk niet,' zei ze.

'Dat was dom van hem,' zei Molly.

'Ja, dat is zo.'

Molly dacht na, maar op dat moment had ze geen vragen meer. Die zouden later nog wel komen. Het was duidelijk dat haar ouders er des te meer hadden. Hanna ving Rebecka's blik op.

'Zullen we buiten gaan zitten?'

Rebecka knikte. Ze gingen op de schommelbank zitten, met uitzicht op het kleine bos.

'Dus Joel heeft ons gezien?' vroeg Rebecka met trillende stem.

'Ja. Gabriel zag hem toen hij weg wilde gaan en rende naar buiten om met hem te praten. Toen viel Joel en kreeg het mes in zijn buik.'

'Wat deed Joel met een mes?'

'Hij was 's nachts naar het bos achter de school geslopen voor een afspraak met een groep pestkoppen. Hij nam het mes mee om zich te verdedigen, maar hij heeft het niet gebruikt. Of alleen om mee te zwaaien. Hij is daar mishandeld. Aangezien zowel de jongeren als Gabriel hun aandeel in de gebeurtenissen hebben toegegeven, kan ik nu op veel meer vragen antwoord geven.'

Rebecka zei niets.

'Heb jij echt niets gezien?' vroeg Hanna.

'Ik hing jankend boven de wc van het atelier, omdat Gabriel me had verlaten. Omdat ik dacht dat de wereld instortte...'

'Waarom heb je niet verteld dat jij en Gabriel in het atelier waren?'

'Hou op met die verwijten,' zei Rebecka. 'Dat kan ik niet aan. Ik neem het mezelf al genoeg kwalijk.'

Ze schoof een eindje bij haar weg.

'Ik maak je geen verwijten,' zei Hanna. 'Ik wil het alleen begrijpen.'

Rebecka wendde zich af en streek met de mouw van haar shirt over haar ogen.

'Ik heb geen moment gedacht dat het belangrijk was. En... ik wilde niet dat iemand het wist.'

Luid huilend sloeg Rebecka haar handen voor haar ogen. Na enige aarzeling schoof Hanna naar haar toe en sloeg een arm om haar heen. Ze wist niet zeker of Rebecka dat wel wilde. Rebecka jammerde weer net zo als toen ze te horen had gekregen dat Joel dood was. Het duurde een paar minuten voordat ze haar handen weghaalde en haar met zo'n wanhopige blik aankeek dat Hanna haar ogen bijna wilde neerslaan.

'Klopt het dat Joel niet meteen dood was?' vroeg ze. 'Dat ik hem had kunnen redden?'

'Het is onduidelijk of iemand hem had kunnen redden, maar hij leefde nog toen Gabriel hem op het parkeerterrein achterliet.'

‘Maar waarom dacht Gabriel dat hij dood was?’

‘Dat weet ik niet. Hij was waarschijnlijk dronken, raakte in paniek en kon niet helder denken.’

‘Die klootzak!’ riep Rebecka.

‘Ja, dat is wel het minste wat je kunt zeggen.’

Hanna vertelde meer van wat Gabriel tegen haar had gezegd. Waarom hij geen ambulance had gebeld en Rebecka niet had geroepen. Dingen die ze niet had willen zeggen waar Molly bij was.

‘Als ik niet in het atelier was geweest met Gabriel, dan was...’

Meer wist Rebecka niet uit te brengen. Hanna wilde de schuld van haar afnemen en bij Gabriel neerleggen, waar hij thuishoorde, maar voor dat soort troost was Rebecka niet ontvankelijk.

‘Hou op,’ snauwde ze.

Ze zaten een poosje te schommelen en naar het bos te staren. Hanna besloot een schommelbank aan te schaffen voor haar tuintje en die zo neer te zetten dat ze kon uitkijken over het open veld.

‘Sorry,’ zei Rebecka. ‘Ik ben blij dat je het hebt verteld waar Molly bij was. Ik denk niet dat ik dat had aangedurfd.’

‘Je moet het ook aan Petri vertellen. We zullen dit niet geheim kunnen houden.’

‘Tijdens het barbecueavondje had Petri al door dat Gabriel en ik...’

Hanna zag dat Rebecka weer op het punt was aangeland dat alles haar schuld was. Haar gezicht was verwrongen van zelfverachting. Ditmaal deed Hanna geen poging om haar te troosten. Na een poosje werd Rebecka’s gezicht gladder. Hanna wist hoe het was om heen en weer te worden geslingerd tussen gevoelens die niet met elkaar te verenigen waren.

‘Wat je zei over Joel,’ zei Rebecka. ‘Dat hij transgender was. Dat hij niet wist of hij een jongen of een meisje was.’

‘Ja.’

‘Ik denk dat dat inderdaad zo was. Het verklaart hoe hij was als kind. De ene dag speelde hij met poppen, de volgende dag wilde hij een balletje trappen. Dat is natuurlijk bij veel kinderen zo, maar bij hem wisselde het heel sterk. Alsof hij ergens naar zocht.' Rebecka haalde haar neus op. 'Maar waarom heeft hij niets tegen me gezegd? Hij moet zo eenzaam zijn geweest… Ik zou het hebben begrepen. Misschien niet meteen, maar ik had het wel begrepen…'

'Tina en Nadine zeggen allebei dat hij het wilde vertellen. Hij moest het alleen nog durven. Bovendien had hij tijd nodig om het te begrijpen. Hij begreep het misschien zelf nog steeds niet. En het valt niet mee om te praten over iets wat je zelf niet begrijpt.'

Rebecka schudde haar hoofd.

'Mag ik zijn schetsboeken terug hebben?'

'Uiteraard. Ik zal ervoor zorgen dat je die zo snel mogelijk krijgt.'

'Ik ben trouwens bij Ulrika geweest nadat jullie waren weggereden.'

'Ja, dat dacht ik wel. Je hebt nooit veel impulscontrole gehad.'

Rebecka lachte door haar tranen heen.

'Ik haat haar ook. Omdat ze het vermoedde, maar niets heeft gezegd. Als ze dat wel had gedaan, had ik het eerder geweten. Ik ben niet zo aardig geweest tegen haar.'

'Hé, maar dat snap ik. Laat dit bezinken en kijk na verloop van tijd wat je gevoelens zijn. Maar wat je ook doet, haat de kinderen niet. Linnea en Elias.'

Rebecka schudde haar hoofd.

'Natuurlijk niet.'

Een hele poos was alleen het piepen van de schommelbank te horen.

'Ik snap niet wat ik in hem zag,' zei Rebecka.

'Je talent om mannen te kiezen is ook nooit alles geweest,' zei Hanna.

Even dacht ze dat ze te ver was gegaan, maar Rebecka lachte. Een tel later was haar gezicht vol van zelfhaat.

'Petri lijkt me een goeie vent,' zei Hanna.

'Ja, dat is hij ook,' zei Rebecka. 'En hij zegt dat hij mij dat van Gabriel heeft vergeven, maar dat juist hij… Hoe moet Petri kunnen… Hoe moet ik…'

Hanna legde haar hand op die van Rebecka.

'Je was de enige die er echt voor me was tijdens de toestanden met mijn vader. En het was laf van me om gewoon weg te gaan.'

'Dat is zo. Maar nu ben je hier.'

'Nu ben ik hier en ik help je zoveel ik kan.'

Ze schommelden verder. Hanna had bewust het woord 'erdoorheen' niet gebruikt. Want zover zou Rebecka vermoedelijk nooit komen. Er was geen andere kant, waar alles opeens goed zou zijn.

'Ik moet je iets vragen…'

'Ja.'

Hanna had gedacht dat het Rebecka misschien zou afleiden om over iets anders te praten, maar nu aarzelde ze.

'Zeg het maar,' zei Rebecka.

'Nou, wat ik eerder ook al vroeg. Of je met Axel over mij hebt gepraat. Axel noemde jou een leugenaar en zei dat juist ik dat toch moest weten. Dat je me nooit had gemogen.'

Rebecka schudde haar hoofd.

'Wat heb je tegen Axel gezegd over mij?'

'Dat weet ik eerlijk gezegd niet meer. Ik denk dat ik heb gezegd dat ik moe was van al het drama. Maar dat waren maar woorden. Ik bedoelde niet… Je weet toch hoe Axel is. Hij grijpt alles aan om te provoceren.'

'Ja, dat weet ik. Het is alleen dat…'

Hanna zweeg, omdat ze niet wist hoe ze verder moest gaan. Nadat Fabian het had uitgemaakt, leek ze teruggeworpen naar het verleden, naar datgene wat ervoor zorgde dat ze niet vooruitkwam. Ze had besloten om met haar vader te gaan praten, maar ze was te laat geweest en dat was ook bijna háár dood geweest. Hanna had er alles aan gedaan om dat moment te verdringen. Ze had in haar flat in Bagarmossen naar het plafond liggen staren. Straks ging de wekker en ze had niet geslapen. Op dat moment had ze het gevoel dat ze werkelijk niets had om voor te leven. Ze liep naar het medicijnkistje, pakte de strips met paracetamol en Ibuprofen en drukte alle pillen eruit. Toen ze die naar haar mond wilde brengen, viel haar oog op de tatoeage en dacht ze aan alles wat oma voor haar had gedaan.

Er was een leven geweest dat goed was. Ze had de pillen weggegooid en besloten echt te veranderen. Toen ze over de Ölandbrug reed, had ze zich gerealiseerd wat de eerste stap was: weer op Öland gaan wonen.

Ze kon niet terug naar Stockholm. Daar had ze niets.

'Mijn chef heeft mij het dossier gegeven,' zei ze. 'Over... mijn vader en wat hij heeft gedaan.'

'Waarom? Je weet toch wat er gebeurd is?'

'Daar ben ik niet meer zo zeker van.'

Ze was er eigenlijk nooit zeker van geweest. Lars was nooit gewelddadig geweest, ook al dronk hij. Het klopte niet dat hij een vrouw op brute wijze zou hebben vermoord. Niet om die reden. Het enige wat misschien een verklaring kon zijn, was dat er iemand anders bij betrokken was geweest, of dat het om iets heel anders ging dan om het geld dat Ester zou hebben verborgen.

Maar wie en waarom? Ze had geen idee.

Rot op. Als je blijft, ben je dood.

Maar Hanna kon Öland niet verlaten, want als ze dat deed, zou ze op alle manieren behalve de fysieke doodgaan. De enige weg vooruit was uitzoeken wat er was gebeurd toen Ester overleed. Het liefst zonder dat iemand doorhad wat ze aan het doen was. Misschien had ze het niet eens aan Rebecka moeten vertellen, maar Hanna vertrouwde haar. Als Hanna haar dat vroeg, zou ze zwijgen. Bovendien had Rebecka nu haar eigen hel om mee te worstelen.

Hanna zou om te beginnen het dossier doornemen. Daarna zou ze de vragen stellen die ze eerder niet had durven stellen, aan iedereen die iets kon weten over het hoe en waarom van de moord op Ester. Ze zou uitzoeken wie er achter de telefoontjes zat. Dat was de enige manier om verder te komen, en ze was als de dood.

NAWOORD

Ik heb ervoor gekozen om dit boek aan Mika op te dragen, maar ik had ook kunnen schrijven: voor alles wat nooit is geworden wat het had kunnen worden.

Soms neemt het leven een wending waar niemand rekening mee houdt, en dat gegeven bepaalt mijn schrijven meer dan wat dan ook. Evenals de wens dat mensen wat aardiger zouden mogen zijn voor elkaar. Dat alle mensen evenveel waard zijn, zou vanzelf moeten spreken.

Zo'n wending, een gebeurtenis waar ik lange tijd niet over heb kunnen vertellen, is de moord op taxichauffeur Dusanka Petrén in 1991. Ik was vijftien toen drie jongens, twintigers, werden opgepakt wegens betrokkenheid bij haar dood. Iedereen in mijn woonplaats Kalmar praatte erover, omdat de jongens daarvandaan kwamen. Ze waren door Dusanka's ex-man ingehuurd. Maar wat ik me het best herinner, is het zwijgen. Bij mijn ouders thuis konden we er niet over praten. De jongen die wegens medeplichtigheid werd veroordeeld, die door de pers 'het brein' werd genoemd, was de vriend van mijn zus. We gingen met zijn familie om. Een van de jongens die voor de moord werden veroordeeld, werkte in hetzelfde café als ik.

Al ver voor 1991 las ik spannende boeken, maar die gebeurtenis heeft me nog meer doen stilstaan bij vragen als: Wat brengt iemand ertoe om te doden? Hoe beïnvloedt de moord de mensen eromheen? Zowel de mensen rond het slachtoffer als die rond de dader.

Over die laatste groep heb ik nu eindelijk durven schrijven, door mijn nieuwe rechercheur Hanna Duncker een vader te geven die veroordeeld is voor moord. En ik keer terug naar de plaatsen waar alles voor mij is begonnen: Kalmar en Öland.

Tijdens het werken aan dit boek ben ik door veel mensen geholpen, die ik hier wil bedanken:

Mijn uitgever Åsa Selling. Ze heeft het voor elkaar gekregen mij te laten geloven dat ik kan schrijven.

Mijn scherpe redacteur Jesper Ims, en de rest van de club bij de nieuwe uitgeverij Romanus & Selling: Lina Rönning, Emelie Hollbox en Susanna Romanus. Alles klopt aan deze uitgeverij!

Astri von Arbin Ahlander, de oprichter van Ahlander Agency. Ik ben zo trots dat ik daar eindelijk bij mag horen, want ze hebben echt verstand van tekst. Mijn agent Kaisa Palo, die me heeft geholpen met het kiezen van een uitgeverij, en iedereen bij het agentschap die nu bezig is de serie vertaald te krijgen.

De inspecteurs Ulf Einarsson en Ulf Martinsson van de politie van Kalmar, die me zo genereus hebben ontvangen en mijn vragen hebben beantwoord. Ik voel me wel een beetje schuldig over de conflicten op het bureau die ik heb verzonnen.

Mijn nicht Jessica Mo, die anders dan ik op Öland is opgegroeid.

Elise Karlsson, die beter thuis is in transgenderkwesties dan ik.

Björn Ekenberg, Gunnel Mo, Petra Mo, Sara Mo en Martin Falkman, die het boek hebben gelezen en er hun mening over hebben gegeven.

En mijn nichtje Alice, die me heeft geleerd hoe vijftienjarigen praten.

Het verhaal zelf is fictie. Als er nog rare dingen in zitten, komen die geheel en al voor mijn rekening.

Nu ik dit schrijf, zit de wereld midden in zo'n wending: het coronavirus. Hoe het verdergaat, valt nog niet te overzien, maar ik ben ervan overtuigd dat velen met mij zullen willen doorgaan met lezen en luisteren.

Johanna Mo
april 2020